全新譯校 經典新版世界名著 3

The Million Pound Note And Other Stories

百萬英鎊

〔美〕馬克・吐溫 著
曹潤雨 譯

經典新版　世界名著

閱讀經典名著確實是不一樣的宴饗。人們對於經典名著，不會只說「我讀過」，而是說「我又讀了」。事實上，我每次去讀它，都會讀出新的東西，新的精神。

——當代義大利名作家、後設小說大師卡爾維諾（Italo Calvino）

真正的光明，絕不是永遠沒有黑暗的時候，只是永不被黑暗掩沒罷了。真正的英雄，絕不是永遠沒有卑下的情欲，只是永不被卑下的情欲所征服罷了。閱讀經典名著，永遠可以使人自我昇華，不陷於猥瑣。

——法國名作家、諾貝爾文學獎得主羅曼羅蘭（Romain Rolland）

閱讀文學經典、世界名著，能夠滋潤現代人的心靈，使人對世事、愛情與人性重新有一番體悟。

——美國現代名作家、諾貝爾文學獎得主海明威（Ernest Hemingway）

台灣曾出版的世界名著與文學經典可謂汗牛充棟，然而，細察譯文品質與內容，大多是三十至五十年代大陸譯者的手筆，其行文用語的方式與風格，早已與當代讀者的閱讀習慣、閱讀趣味脫節，以致不再能喚起讀者的關注。這一套「經典新版　世界名著」是全新譯本，行文清晰、流暢、優雅，用語力求充分符合當代人的品味。故而，是「後真相時代」中尋求心靈滋養者最適切的選擇。

譯者序

曹潤雨

馬克・吐溫（Mark Twain）原名山繆・朗赫恩・克萊門斯，常被評論界尊稱爲「美國文學中的林肯」，曾獲諾貝爾文學獎的小說家福克納視他爲「美國文學之父」；而另一位諾貝爾獎得主，美國標誌性作家海明威則更加直接地說：「美國現代文學作品都源於一本書，它的名字叫《哈克貝利・費恩歷險記》（即《頑童歷險記》）」，而這部長篇小說正是馬克・吐溫的代表作之一。

一八三五年十一月三十日哈雷彗星劃過夜空，也在這一天，馬克・吐溫降生在美國西部密蘇里州一個剛剛建立起來的移民小鎮上。他的父親曾做過律師，還開過雜貨店，爲人誠實、受人尊敬，但不善經營，因此這一家人一直都在困頓中掙扎。

幼年體弱多病的馬克・吐溫有著天使般的可愛容貌，可他的行爲卻是極其的調皮搗蛋，這大概是遺傳了母親活潑開朗、熱情滿懷的基因，因此他的童年是在貧窮、快樂、歷險和惡作劇的交織中度過的，這些痕跡在他日後的文學創作中，讀者可以清晰地感受到。我們甚至可以把《競選州長》、《田納西的新聞界》和《我怎樣編輯農業報》等這些幽默挖苦美國社會現實的作品看成是馬克・吐溫對醜惡不公現象所精心設計的惡作劇。

青少年時代的馬克・吐溫經歷複雜，做過十年的排字工、三年多的水手、兩個星期的士兵和一陣子的淘金者，這些都成了他文學創作的基礎和素材來源。而最終，他找到了自己的歸宿——記者、演說家兼作家。

隨著一八六五年短篇小說《卡拉維拉斯縣馳名的跳蛙》的發表，而立之年的馬克・吐溫聲名鵲起，他那辛辣幽默、鞭辟入裡、刻畫生動的風格廣爲人們樂道。隨後更多的作品讓他很快成爲世界矚目的文學大家。

生活上，馬克・吐溫和他一生鍾愛的妻子麗薇在鄉間組建了幸福的家庭，他的寫作是從「在平靜中回憶起的情感」，身居豪宅，有家人和好友相伴，這樣安穩的家庭生活給予他力量去開啓童年的記憶之門，寫下一生中最重要的幾部著作，開創了美國的文風。

但中後期的馬克・吐溫先是經濟狀況急轉直下，致使他一度債務纏身；後來又遭母親、妻子和愛女的先後病故，加之社會風氣的墮落使他看不到光明，此時他的一些作品帶有悲觀色彩，流露出對「人」的失望情緒。

一九一〇年四月廿一日黃昏，哈雷彗星再次劃過天空的兩日後，馬克・吐溫因心臟衰竭逝世，這正如他所願，「既是一同到來，也就應該一起去」。

馬克・吐溫的作品別出心裁，特色十分鮮明。首先是他所運用的寫作語言極具特色，他是美國文學史上第一個用純粹的美國口語進行寫作的小說家。從早期幽默短篇作品不時閃現的妙言俚語和黑色幽默，到小說類作品中大量活靈活現的典型美國人物，馬克・吐溫用他的筆真實地記錄下了各種有著鮮明美國特點的民間語言，爲真正的美國本土文學奠定了語言風格基礎。

其次，馬克・吐溫將幽默作爲自己的寫作風格，幾乎他所有的作品中都充滿了幽默的影子。作爲一位當之無愧的幽默大師，他從單純的幽默中發展出了諷刺的，甚至悲傷的幽默，使幽默成爲一種重要的美國文學風格代代相傳下來。馬克・吐溫曾這樣描述過幽默的力量：

「人類，不論多麼貧窮，毋庸置疑都擁有一個真正有效的武器——笑聲。權柄、金錢、勸誘、央求、壓力——這些對一個巨大的謊言來說，都只能在歷盡千年萬載之後方可觸及其皮毛——推一推——擠一擠——抑或略傷其元氣；但只有笑聲才能令其在彈指間冰消瓦解。笑聲的摧枯拉朽之力勢不可當。」

儘管馬克．吐溫常被當作幽默作家提起，但是外表的喜劇色彩卻掩蓋不了他出人意料的內心深度。

他在作品中所提出的那些深刻的社會難題，至今人們仍在年復一年地苦苦思索，尋求解厄之策。例如，一個以自由為立國之本的國家，卻是由擁有奴隸的早期移民建立起來的，這個問題應如何解釋；我們知道發達的科技具有破壞性的力量，但全世界仍然對技術頂禮膜拜，這個困局應如何解開；還有帝國主義的問題，以及摒棄帝國主義需要克服的種種困難。

在當今四海之內，實際上很難找到一個馬克．吐溫在作品中未曾觸及的問題。遺傳與環境、動物權利、性別界限、黑人的聲音在美國文化遺產中的地位，馬克．吐溫都一一進行了講述。因此，諷刺作家迪克．格里高利曾經指出，馬克．吐溫「遠遠超前於他生活的時代，與其他人簡直不可同日而語。」

在馬克．吐溫逝世百年之際，通過收入本集的這些作品，我們依然能夠真切地感受到那個當年被稱之為「鍍金時代」的美國，感受到馬克．吐溫這位批判現實主義大師內心的頑皮、真摯、思考、憂慮與痛苦。

馬克．吐溫——一位真實的時代記錄者，他為那個時代而生，也因那個時代而獲永生。

目錄

Contents

百萬英鎊

二十七歲那年，我在舊金山一個礦業經紀人那裡當辦事員，因此把證券交易的內情摸得清清楚楚。當時的我是如此貧窮孤單，除了自己的聰明才智和清白的名聲之外，一無所有。但是這反倒讓我腳踏實地，不做那沒影的發財夢，死心塌地奔自己的前程。

每個星期六下午股市收了盤，我就擁有了完全屬於自己的時間，我喜歡弄條小船到海灣裡去消磨時光。

有一天，我一時興起把船駛出海灣，漂到了茫茫大海中並且迷失了方向。正當夜幕降臨，在我幾乎絕望的時候，我被一艘開往倫敦的雙桅帆船給救了。漫漫的旅途狂風暴雨，他們叫我當一個普通的水手，用工作支付我的船費。

最後，我在倫敦上了岸，當時我的衣服襤褸骯髒，口袋裡只有一塊錢。這點錢只夠應付我二十四小時的食宿。二十四小時以後，我就饑腸轆轆，無處容身了。

第二天上午十點，我破衣爛衫，餓著肚子狼狽地拖著腳步走在波特蘭路上。這時，一個保姆領著一個孩子走過，那孩子剛好把一個咬過一口的美味的梨子扔到下水道裡。不用說，我站在那裡，滿含欲望的目光盯住那沾滿泥濘的寶貝。

我口水直流，肚子也渴望著它，全心全意地乞求這個寶貝。可是我每次剛一動彈，總有一雙過路的火眼金睛能明察秋毫，我自然又站得直直的，顯出若無其事，假裝根本就沒有看到那個梨子。

這齣戲演了一回又一回，我始終無法把那顆梨弄到手。後來我忍無可忍，下定決心不顧體面，硬著頭皮去拿它的時候，忽然我背後有一扇窗戶打開了，一位先生從那裡面喊道：

「請到這兒來。」

一個衣著華麗的僕人領著我進去了，他把我引到一個佈置豪華的房間裡，裡面坐著兩位年長的紳士。他們把僕人打發出去，叫我坐下。他們剛吃完早飯，看著那些殘羹剩飯，我簡直難以保持理智，可是主人並沒有請我品嘗，我也就只好盡力忍住肚子裡饑餓的煎熬。

這裡剛剛發生過的事，但是當時我根本不知道，我也是過了很久以後才明白的。現在我就要把事情的經過告訴你。

房中的兩位紳士是對兄弟，他們為一件事已經有兩天爭得不可開交了，最後雙方同意用打賭來分出高低，無論什麼事，英國人靠打賭都能一了百了。

也許你有印象，有一次英格蘭銀行曾經發行過兩張一百萬英鎊的大鈔，用於和某國完成一項政府間的交易之類的特殊目的。不知什麼原因，交易只用掉了其中一張，剩下的那張一直存在銀行的金庫裡。

兄弟兩人在閒談中忽發奇想，如果有一個誠實而聰明的外地人落難倫敦，舉目無親，手裡除了那張一百萬鎊的鈔票之外一無所有，而且他又無法證明這張鈔票是自己的，那麼他的命運會怎樣。哥哥說他會餓死，弟弟認爲不會。哥哥的理由是，那個外地人不能把它拿到銀行或是其他任何地方使用，因爲那樣的話，他就會當場被捕。

他們就這樣爭執不下，後來弟弟說他願意拿兩萬英鎊打賭，賭那個人最終可以靠那一百萬生活三十天，而且還不會被抓進監獄，哥哥願意同他打賭。於是弟弟就到銀行裡去把那張鈔票買了回來。

你看，十足的英國人作風，魄力十足。他口述了一封信，叫一個文書用漂亮的楷體字謄清。然後弟兄倆就在窗前坐了整整一天，等待一個適當的人出現，然後把這封信給他。

他們檢閱一張張經過窗前的臉，有的雖然老實，卻不夠聰明；還有許多人雖然聰明，卻又不夠老實；還有不少又聰明有老實的，可是這個人又不是窮人；再不然就是雖然是窮人，卻又不是外地人。總是不能盡如人意，直到我的出現才解決了問題。他們都認爲我具備所有條件，因此他們一致選定了我，可我呢，正等著知道叫我進來到底要幹什麼。

他們開始對我進行詢問，打聽我的身分來歷，很快就弄清楚了我的來龍去脈。最後他們告訴我說，我正合他們的心意。我說我非常榮幸，並且問他們究竟是怎麼回事。他們之中的一位交給我一個信封，告訴我可以在信裡找到答案。我正想打開來看，他卻說不行，叫我把它帶回住處好好地看，不要著急，一個字一個字地看清楚。

我滿腹狐疑，很想問個明白，可是他們卻讓我離開。於是我只得告辭，心裡覺得受到了莫大的侮辱，他們分明是在搞惡作劇，拿我耍著玩，而我卻不得不忍受這一切，因爲以我當時的處境，是不能得罪這些有錢有勢的人的。

本來，我能把那個梨撿起來，明目張膽地吃進肚子去，可現在那個梨已經無影無蹤，因此我爲了這樁倒楣的事情失去了一份食物。一想到這兒，我對那兩個人就氣不打一處來。

我一走到看不見那所房子的地方，就立刻拆開了那封信，看見裡面居然裝著錢！說老實話，這時我對他們可是另眼相看啦！根本沒多想，我急不可待地把信和鈔票往背心口袋裡一塞，立即以最快的速度找到了最近的一個小飯館。接下來就是一陣狼吞虎嚥！當我吃到撐得再也吃不下的時候，掏出那張鈔票，攤開看了一眼，我差點暈過去了。一百萬英鎊[1]！哎，我懵了。

我盯著那張鈔票頭暈眼花，足足一分鐘後我才清醒過來。這時候，首先映入我眼簾的是小吃店老闆，他的眼睛也望著鈔票，也給嚇呆了。他正在全心全意地禱告上帝，手腳都不能動彈了，眼睛裡滿是羡慕的目光。此時我計上心來，做了這時按人之常情應該做的事。我把那張鈔票遞到他面前，小心翼翼地說道：

「請你找錢吧。」

這時他才恢復了常態，連連道歉說他換不開這張鈔票。我拼命塞給他，他卻連碰也不敢

1. 當時一英鎊可兑五美元，一百萬英鎊相當於五百萬美元。

碰它一下。

他很喜歡看它，一個勁地打量那張鈔票，好像無論看多久也不過癮似的，可是卻戰戰兢兢地不敢碰它，就像這張鈔票是神聖不可侵犯，可憐的凡人連摸也不能摸似的。

我說：「不好意思，給您添麻煩了，可是你一定得想個辦法，請你換一下吧，我沒帶別的鈔票。」

可是他說那沒關係，他很樂意把這筆微不足道的飯錢記在帳上，下次再說。我說可能很久都不會再到他這地方來，他說那也沒有關係，他可以等，而且只要我願意，想吃什麼就點什麼，這錢想什麼時候給就什麼時候給。他說他相信自己不至於如此沒有眼光，不會因爲我的幽默，故意如此裝扮，就不相信我是一位有錢人。

這時候又有一位顧客進來了，老闆示意我把那個怪物藏起來，然後恭恭敬敬地把我送到門口。一出門口，我就向那所房子奔去，讓他們在警察把我抓起來之前糾正這個錯誤。我真的有些驚慌失措。事實上，簡直是膽戰心驚，雖然這件事完全與我無關。可是我很瞭解大家的想法：當他們發現自己錯把一張一百萬鎊的鈔票當成一鎊給了一個流浪漢的時候，他們絕不會怪自己眼力不好，非把那個流浪漢罵個狗血噴頭不可。

當我來到那所房子前時，我漸漸平靜下來，因爲那兒一切如常，這使我覺得那個錯誤一定還沒有被發覺。

我按了門鈴，原先那個僕人出來了，我說我想見那兩位先生。

「他們出門了。」他用這類人那種不可一世的冷冰冰的口氣說。

「出門了？他們去哪了？」

「旅行去了。」

「我想是到歐洲大陸了吧。」

「可——上哪兒啦？」

「歐洲大陸？」

「是呀，先生。」

「怎麼走的——他們走的哪條路？」

「那我可不知道了，先生。」

「他們什麼時候回來呢？」

「他們說，得一個月吧。」

「一個月！啊，這可怎麼辦！幫忙想想辦法，看怎麼能給他們傳個話，我有很重要的事。」

「實在辦不到，我根本不知道他們上哪兒去了，先生。」

「那麼我想見見他們的家人。」

「他們家裡人也都走了，已經出國好幾個月了——我想是到埃及和印度去了吧。」

「夥計，出了件大錯特錯的事了，我想他們很快就會回來的，請你轉告他們我來過，請他們不必著急，我還會來的，直到問題解決爲止。」

「他們要是回來，我一定轉告他們，不過，我想他們是不會回來的。他們說不到一個鐘頭你就會來打聽的，讓我務必轉告你什麼問題也沒有，時候一到，他們會準時在這裡等你的。」

於是我只好悻悻地離開了。

他們究竟想幹什麼呀！我真是摸不著頭腦。他們會「準時」回來。那是什麼意思？對了，沒準那封信上說了，我差點把它給忘了，我馬上拿出了那封信。信上是這樣說的：

看面相可知，你是個聰明而誠實的人。我們猜想你很窮，而且是個外地人。信裡有一筆錢，是借給你的，期限是三十天，不要利息，期滿時把它交回來就可以了。

我們拿你打了個賭。如果我贏了，你可以在我的職權範圍內隨意選擇一個職位——也就是說，你能證明自己熟悉和勝任的任何職位都可以。

沒有簽名，沒有地址，沒有日期。

天哪，這真是一團亂麻！你們當然已經知道了事情的來龍去脈，可是我當時並不知道。那對我簡直是深不可測、漆黑一團。我完全不明白他們在搞什麼把戲，也不知道這對我來說是福還是禍。於是我來到公園坐下來，想釐清頭緒，並且考慮今後該怎麼辦。

經過一小時的推測，我終於得出了以下的結論。

也許那兩個人是一番好意，也許是歹意；這點我無法斷定——隨它去吧。他們是玩把戲，搞陰謀，做實驗，或是搞其他勾當，事實究竟怎樣，無法斷定——隨它去吧。他們拿我打了一個賭；究竟怎樣賭，無法斷定——也隨它去吧。

不能確定的部分就這樣清理完畢，問題的其餘部分卻是明顯的、毫無疑問的，如果我去英格蘭銀行要求把這張鈔票存入它的主人帳上，他們是會照辦的，因爲他們認識它的主人，雖然我不知道他是誰。

不過銀行會盤問鈔票怎麼會到了我手裡，如果我講出實情，他們一定會把我送去難民收容所；如果我撒謊，他們一定會把我關到牢裡去。假如我拿這張鈔票隨便到哪換錢，或是拿它去抵押貸款，後果也是一樣。所以無論怎樣，在那兩兄弟回來之前，我都會背負這個沉重的負擔。這東西對我毫無用處，形同糞土，然而，我卻不得不一邊帶著百萬英鎊，一邊行乞度日。

就算我想把它白送給別人，那也是送不掉的，因爲不管是老實的農民或是心狠手辣的強盜，無論如何都不會收，連碰都不會碰一下。那兩兄弟可以高枕無憂了。即使我把鈔票扔掉，或是把它燒了，他們還是絲毫無損，因爲他們能掛失，這樣他們照樣分文不缺，而我卻不得不受一個月的罪，既無工資，又無好處——除非我幫人家贏得那場賭博（不管賭的是什麼），獲得那個許給我的職位。

我當然想得到那個職位，這種人賞下來的無論什麼職位都值得一幹。

我對那份美差浮想聯翩，我又有了生活的希望，毫無疑問，薪資絕不是個小數目。一個月之後，我就會走上幸福之路了，想到這兒，我不禁一陣激動。

這時候我正在街上溜達。一眼看到一個服裝店，一種衝動湧上我的心頭：甩掉這身破衣服，讓自己重新穿得得體。我買得起新衣服嗎？不行，除了那一百萬英鎊以外，我在這世上一無所有。所以我只好依依不捨地離開。

可是不一會兒我又轉回來了。那種誘惑無情地折磨著我。我處在矛盾中，我已經在那家服裝店門口來來回回走了五六次。最後我還是抵不住誘惑，走進了服裝店。

我問他們有沒有顧客試過的不合身的衣服，我問的那個人沒有搭理我，只是向另一個人指了指，然後我向他所指的那個人走過去，可他也是一聲不吭，只點點頭把我交代給另外一個人。

我朝第三個人走過去，他說：

「馬上就來。」

我一直等他把手頭的事辦完，然後才跟著他到了後面的一個房間，他取出一堆人家不肯要的衣服，給我挑出一套最寒酸的。我換上了這套衣服，可並不合身，而且毫無魅力可言，但它是新的，所以我很想把它買下來。我絲毫沒有挑剔，遲疑地說：

「請你們允許我過幾天再來付錢吧，現在我沒有帶零錢。」

那個傢伙擺出一副刻薄至極的嘴臉，說道：

「啊，是嗎？說真的，我想你也沒帶，我看像你這樣的闊人只會帶大票子吧。」

這句話激怒了我，於是我說：

「朋友，你可別單憑衣著判斷一個人的身分，這套衣服我買得起，我只是不想讓你爲難，怕你們換不開一張大鈔罷了。」

他稍稍收斂了一點，態度有所改善，但仍以高傲的口吻說：

「我可沒存心出口傷人，可是既然你這麼說，那我倒想告訴你，你認爲我們換不開你帶的什麼大鈔，這可是多管閒事。恰恰相反，我們一定找得開！」

我把那張鈔票遞給他，說道：

「啊，那好極了。我向你道歉。」

他笑著接了過去，這是那種無處不在的笑容，笑裡有皺，笑裡帶褶，一圈一圈兒的，就像往池裡扔了一塊磚頭。可是，只瞟了一眼鈔票，他的笑容就僵住了，臉色大變，就像維蘇威火山邊那些小塊平地上凝固得起起伏伏、像蟲子爬似的熔岩。我從來沒有看見過誰的笑容定格成如此這般的永恆狀態。

那個傢伙拿著鈔票愣在那兒，一動不動，老闆趕緊跑過來，想知道發生了什麼事，他很不耐煩地說道：

「喂，怎麼回事？有什麼問題嗎？有什麼不對嗎？」

我說：「什麼問題也沒有。我在等他找錢。」

「好吧，好吧。陶德，快把錢找給他，快把錢給他。」

陶德反唇相譏：「把錢找給他！說得輕鬆，先生，請你先看看這張鈔票吧。」

老闆看了一眼，吹了一聲輕快的口哨，然後一下子鑽進那一堆退貨的衣服裡亂翻起來，同時興奮地自言自語：

「把一套拿不出手的衣服賣給一位品味特別的百萬富翁！陶德簡直是個蠢貨——天生的蠢貨！老是這個樣子。把每一位來這兒的闊佬都給得罪了，就因爲他分不清百萬富翁和流浪漢。啊，終於找到了。請您把身上的衣服脫下來吧，先生，把它丟到火裡去吧。請您賞臉試試這件襯衫，還有這套衣服。正合適，太合適了——又簡潔，又講究，又典雅，完全是王公貴族的氣派。這是一位外國親王訂做的——您也許還認識他哩，先生，他就是尊敬的哈利法克斯親王殿下。因爲他母親病危，只好把這套衣服放在我們這兒，重新做了一套喪服——可是後來他母親並沒有死。不過沒關係，我們不能叫一切事情老照我們……我是說，老照他們……哈！褲子正合適，非常適合您，先生，真是太合適了！再試試這件背心，啊哈，也很合適！再穿上外套——上帝！您看！真是完美極了——天衣無縫！這是我這輩子縫得最好的衣服。」

我表示滿意。

「您說得很對，先生，您說得對，這套衣服還能先頂一陣兒，您等著瞧我們爲您量身訂做的衣服是什麼樣子吧。喂，陶德，把本子和筆拿來，快記下來。腿長三十二……」如此這般。還沒等我插一句嘴，他已經把我的尺寸量完了，正在吩咐做晚禮服、便裝、襯衫以及各色各樣的衣服。最後我終於有了插嘴的機會，說：

「可是，老闆，我不能訂做這些衣服，除非你能不定結帳的日子，或者你能找開這張鈔票也行。」

「不定日子？這不像話，先生，不像話，您得說永遠永遠——這才對哩，先生。陶德，趕緊把這些衣服做出來，一刻也別耽擱，然後送到這位先生的公館裡去，讓那些不要緊的顧客等著。把這位先生的住址記下來，過幾天……」

「我快搬家了，我什麼時候來再留新地址。」

「您說得很對，先生，您說得很對。您請稍等一會兒——我送您，先生。這邊請——再見，先生，再見。」

哈，往後的事你明白了吧？我順其自然，馬不停蹄地到各處去購買我所需要的一切東西，然後讓人家找錢。不到一星期，我就置辦齊了所需的各色安享尊榮的行頭，然後搬到漢諾威廣場一家價格不菲的旅館裡。

午餐和晚餐我都在旅館裡吃，可是早餐我還是會去照顧哈里斯小吃店的生意，就是我當初靠那張一百萬鎊鈔票吃了第一頓飯的地方。這樣子一來，我也給哈里斯招來了財運。消息已經傳遍了，大家都知道有一個口袋裡揣著百萬大鈔的外國怪人光顧過這個地方。

這就夠了，這原本不過是個窮得叮噹響、勉強糊口的小飯館，這下子有了名氣，每天都是顧客盈門。哈里斯對我感激不盡，總是不斷把錢借給我用，我也是來者不拒。因此我雖然一貧如洗，可是卻有錢花，過著有錢人和大人物才能過的舒服日子。我也知道總有一天我會被識破，可是我已經是騎虎難下，只能硬著頭皮繼續下去。

你看，這本來單純是件胡鬧的事，可是就在我意識到大禍即將來臨時，事情就朝著悲劇方向發展了。夜幕降臨後，恐懼降臨到了我的身上，不停地折磨我。讓我唉聲嘆氣，在床上翻來覆去，不能入睡。可是一到喜氣洋洋的白天，恐懼的陰影就消失得無影無蹤，於是我又揚揚得意起來，陶醉於每天的快樂生活，昏天黑地，如癡如醉。

說來也不足為奇，因為我已經成為這個世界名城的知名人物了，這使我十分驕傲，並且不只是驕傲，簡直是得意忘形。你隨意拿出一張報紙，無論是英格蘭的、蘇格蘭的，或是愛爾蘭的，總會發現裡面有一兩處提到一個「隨身攜帶一百萬鈔票的傢伙」及其最新的消息。

起初刊登我的地方，總是在「人事雜談」欄的最下面，後來關於我的報導就超越了各位爵士，後來蓋過二等爵男，由此類推，我的位置越升越高，名聲也越來越響，直到達到我所能達到的巔峰，然後一直保持這種狀態。

這時候，我已經居於皇室之下和眾公爵之上，除了全英大主教而外，我甚至比所有宗教界人物都要高出一頭。

可是你要知道，這還遠遠沒有結束，直到此時，還都只是小打小鬧而已。然後是令人無法相信的幸運——就像騎士授勳一樣——剎那間，默默無聞的我一下子有了金子般耀眼的聲望：《幽默與娛樂》[2]雜誌登了以我爲主題的漫畫！就這樣，我功成名就，站穩腳跟。

雖然依然有人拿我調侃，可是玩笑中卻含著幾分敬意，不那麼放肆、那麼粗俗了。可能還有人發笑，卻沒有人敢嘲笑我了。那樣的日子已經過去了。《幽默與娛樂》裡的我衣衫襤褸，碎片隨風飄蕩，正在和倫敦塔的衛兵討價還價。啊，你可以想像得到那是個什麼滋味：一個向來默默無聞的小夥子，忽然之間，他的隻言片語都會到處傳揚；無論走到哪兒，都能聽見人們相互轉告：「那個走路的，就是他！」吃早餐的時候，也會有一大堆人圍觀；一到歌劇院的包廂，就會有無數觀眾的目光聚集在我身上。啊，我一天到晚出盡了風頭——也可以說是獨領風騷吧。

2. 當時倫敦的一份幽默雜誌。

你知道嗎，我還保留著我那套破衣服，時常穿著它出去，爲的是回味一下從前那種樂趣。一旦有人膽敢侮辱我，我就拿出那張一百萬鎊的鈔票來，把奚落我的人鎮住。但是我的這種樂趣維持不下去了，雜誌已經把我的那副打扮弄得人盡皆知，只要我一穿上它出去，馬上就被別人認出來，而且總會有一群人尾隨著我。我剛想買東西，老闆還不等我掏出那張大鈔來嚇唬他，就會自動把整個鋪子裡的東西賒給我。

大約在我聲名遠揚的第十天，我去拜訪了美國公使，想爲祖國效一點犬馬之勞。他以高規格的禮儀接待了我，埋怨我遲遲未來拜訪，公使說那天晚上他打算舉行宴會，可是一位嘉賓因病缺席，所以如果我願意留下來參加宴會的話，他將十分高興。我應允之後，就和公使開始聊天。交談後，我才知道他和我父親從小就是同學，後來又同在耶魯大學讀書，一直到我父親去世，他們始終是很要好的朋友。所以他吩咐我，只要有空就常去他家裡坐坐，當然，對這個請求我是非常願意的。

事實上，豈止願意，簡直就是慶幸，一旦大禍臨頭，他也許還有辦法救我，讓我免受滅頂之災。我也不知道他能做些什麼，可是說不定他真能夠想出辦法來。事情已經到了這個地步，因此我不敢冒失地把自己的秘密向他和盤托出。如果在開始的時候就遇見他，我一定會馬上告訴他我的奇遇的。可是，現在我不敢說了，我已經深陷其中難以自拔，也就是說，深到不敢對剛結識的朋友說真話。

但是照我自己的看法，我還沒有到徹底完蛋的地步。因爲，你知道，我雖然借了許多錢，卻還是十分謹愼地不讓全部債務超過我的支付能力——我是說不超過我的薪資。

當然，我不知道我的薪資到底會有多少，可是有一點我有把握，那就是，如果這次的賭打贏了，我就可以任意選擇那位富豪給我的任何職務，只要我能勝任——我想我一定是能勝任的。對於這一點，我毫不懷疑。

至於他們打的賭呢，我才不操心呢，我的運氣一直不錯。說到薪資，我想年薪會有六百到一千鎊。一開始是六百鎊吧，以後一年一年地往上加，直到我的才能獲得肯定，薪資總能加到一千磅，目前我負的債還只相當於我第一年的薪金。儘管誰都想借錢給我，可是我用各種藉口謝絕了大多數人，所以我所欠的債務只有三百鎊現款，另外三百鎊是賒欠的生活費和賒購的東西。我相信只要我繼續小心節儉，我第二年的薪資就可以幫我度過這個月剩下的日子，而我也下定決心，絕不胡亂揮霍。只要熬過這一個月，等我的雇主旅行歸來，一切都會迎刃而解，那時，我就可以把兩年的薪金如期償還給我的債主們，也能立即開始工作了。

當天的宴會妙不可言，共有十四位來賓。紹勒迪希公爵和夫人以及他們的女兒安妮－格雷斯－伊蓮諾－賽來斯特－德・波亨夫人、紐格特伯爵和伯爵夫人、契普賽子爵、布拉瑟斯凱特爵士及其夫人，還有些沒有頭銜的來賓、公使和他們的夫人小姐，還有公使女兒的朋友，一個二十二歲的英國姑娘，名叫波蒂婭・郎姆。我一見到她就愛上了她，她也對我一見鍾情，我能用心感覺出來。

另外還有一個美國客人——在客廳裡的客人一面等候用餐，一面冷眼旁觀後到的客人，這時候僕人又通報一位來客：

「勞埃德・赫斯丁先生到。」

在寒暄過後，赫斯丁馬上發現了我。他一面熱情地伸出手，一面快步向我走來，手還沒握上，他突然停住，不好意思地說：

「對不起，先生，我還以爲咱們認識呢。」

「啊，你當然認識我啦，老朋友。」

「不。你莫非是——是——」

「腰纏萬貫的怪人嗎？就是我，一點不錯。你儘管叫我的外號，不必顧忌，我聽習慣了。」

「哈，哈，哈，這可真是不可思議。有幾次我看到你的名字和這個外號連在一起，可是我從來沒想到大家口中所說的那個亨利．亞當斯居然就是你。離現在還不到半年，你還在舊金山給布萊克．霍普金斯打工，每個月拿一點點薪資，爲了多賺加班費經常熬夜，幫著我整理查核高爾德和加利礦業公司的招股文件和統計表，真沒想到你居然到了倫敦，而且成了一個百萬富翁，你現在可是個鼎鼎大名的人物！嘿，這真是個『天方夜譚』的奇蹟。夥計，這太令人驚奇了，太神奇了！讓我好好想想，現在我腦子裡是一團亂麻。」

「可是現在，勞埃德，你的情況也不錯呀，我也沒弄明白到底是怎麼回事。」

「哎呀，這的確是不可思議，是吧？我們上次見面是三個月前一起去礦工飯店，那次我們……」

「不對，是去快活林。」

「對，確實是快活林，半夜兩點去的，是在熬了六個鐘頭把那些文件搞定後才到那兒去的，我記得我吃了一塊排骨，喝了杯咖啡。記得當時我勸你和我一同到倫敦來，還主動要替你去請假，還答應一切費用由我搞定，只要那筆生意成功了，再給你好處。可是你不聽我的，認為我不會成功，你說你不能耽誤，不能打亂你的工作計畫，否則回來的時候要花很多時間才能回到正軌。可如今你卻到這兒來了。這是多麼令人驚訝的事情！你究竟是怎麼來的，為什麼如此幸運呢？」

「啊，純屬偶然。說來話長——簡直可以寫一篇傳奇小說。我會原原本本告訴你，可是現在不行。」

「什麼時候行呢？」

「這個月底。」

「那還有半個多月哩。對一個好奇的人來說，這胃口吊得可太過分了。一星期後行嗎？」

「不行，至於原因你以後會知道。對了，你的生意做得怎麼樣呢？」

他臉上愉快的精神馬上煙消雲散，他嘆了一口氣，說道：

「你說得可真準，亨利，說得真準。我真後悔當時的決定，我不想提這件事。」

「你不講可不行，待會兒離開的時候，我們一起走，今天晚上你就住在我那兒，把事情都講給我聽吧。」

「啊，真的嗎？你沒開玩笑嗎？」他的眼睛裡閃著淚花。

「是呀，我想聽聽你的經歷，一個字也別落下。」

「太謝謝你了！經過如此多的人情世故之後，想不到還有人真心地關心我——上帝！我恨不得跪在地下給你道謝！」

他緊緊地握著我的手，精神也為之一振，然後興致勃勃地準備赴宴——不過宴席還沒有開始哩，又出毛病了。在荒唐可恨的英國體制下，這種問題總是發生——座次問題解決不了，就吃不成飯。

通常英國人赴會的時候，都會先吃了飯再去，因為他們知道風險何在。可是並沒有人告誡外來的客人，因此外來客就只有自討苦吃了。可是這一次誰也沒有上當，因為我們都有過參加宴會的經驗，除了赫斯丁之外，都是經驗豐富的老手，而他在接到邀請的時候聽公使說過，為了尊重英國人的習慣，他根本就沒有準備正餐。

照例每位客人都會挽著一位女士魚貫進入餐廳，可是問題就出在這兒。紹勒迪希公爵想出人頭地，要在宴席上坐首位，他說他的地位高過公使，因為公使只能代表一個國家，而不能代表一個王國。可是我堅持我的原則，不肯讓步。因為在雜談欄裡，我的地位高於除王室以外的所有公爵，因此我堅持要求坐在他的席位之上。

我們各顯神通爭執了一番，但問題始終無法解決，最後他不明智地想炫耀他的家世和祖先，我猜到了他的王牌是征服者威廉[3]，所以就拿亞當[4]來對付他，說我是亞當的嫡系後裔，我的姓就是證明，而他不過是旁支，這可以由他的姓和諾爾曼血統看出來。於是我們又魚貫走回客廳，在那兒站著吃起來——一碟沙丁魚，一份草莓，每個人根據自己的喜好自由選擇，就這樣站著吃。

3. 威廉一世，曾任法國諾曼地公爵和英國國王。
4. 《聖經》中記載的上帝所造的第一個人。

這兒的席次問題沒有那麼嚴重，兩個地位最高的貴客用擲硬幣來解決，贏了的人先吃草莓，輸了的人得那個硬幣。然後地位稍次的兩位又猜，然後又是以下兩位，以此類推。宴席過後，僕人準備好牌桌，大家準備一起玩克利比，[5]六個便士一局。英國人打牌從來不是爲了消遣。如果沒有金錢的輸贏——是輸是贏倒無所謂——他們決不玩。

我們度過了一段美妙的時光，最開心的當然是我們倆——郎姆小姐和我。我簡直被她迷得神魂顛倒，只要手裡的牌超過兩順，我就數不清了，分數到頂了也看不出來，總是亂出牌。這樣打下去本來是把把必輸，但幸虧郎姆小姐也和我一樣，完全是心不在焉，你明白吧，我們倆是半斤八兩，誰也沒有輸贏，也沒想這到底是怎麼回事。我們只知道彼此在一起時都很快活，其他一切我們都不在乎，也不願意被人打擾。

於是我鼓起勇氣向她表白——我當真對她說了——我說我愛上了她。她呢——哈，十分羞澀，滿臉通紅，可她卻說她很高興我說這句話。

啊，我何曾經歷過如此美妙的夜晚！我每次算分的時候，總是加上一句讚美之詞，她算分的時候，也會心照不宣地和我一樣數牌。我哪怕是說一聲「再加兩分」，也會添上一句：「妳長得多漂亮！」而此時她就會說：「十五點得兩分，再來十五點得四分，還有一個十五點得六分，再來一對得八分，所以一共十六分——你算算對不對？」——她用餘光偷偷地看我，你知道嗎，她那麼溫柔，那麼可愛。啊，真是太妙了！

5. 一種撲克牌遊戲，一般二至四人玩，每人發牌六張，將牌配成可以得分的一副，莊家按遊戲各方的出牌在特製的木板上計分。

不過我對她可是胸襟坦白，光明正大。我告訴她，我根本是個窮光蛋，大家都在議論的那張百萬英鎊鈔票其實並不是我的。這讓她非常好奇，於是我把全部經過從頭到尾地告訴了她，把她笑個半死。

我搞不清楚她到底在笑什麼，可是她就是一個勁兒地笑。每過半分鐘，當某些新的情節逗她發笑時，我就不得不住嘴，好讓她慢慢平靜下來。

啊，她簡直笑瘋了——真的，我從來沒有見過這樣笑法的。我是說，從來沒有見過一個痛苦的故事——一個人的煩惱、焦慮和擔心——竟會引起那樣的反應。我發現她可以在本該悲傷的時候居然能這麼高興，我對她的愛就越發不可收拾了。

你懂嗎，在當時那種情況下，我認爲也許不久我就需要這麼一位妻子哩。

我告訴她，我們還得等兩年，要等我用薪資償還了債務後才行。不過她倒不在乎這些，她只囑咐我應該謹慎地消費，千萬不要開支太多，別讓我第三年的薪資也被花掉。然後她開始擔心，擔心我將第一年的薪資估得過高。

這話言之有理，本來信心滿滿的我此時也不那麼有把握了。這時，我突發奇想，於是我就直說了：「波蒂婭，親愛的，到時候妳是否願意陪我一起去見兩位先生呢？」

她稍稍遲疑了一下，然後說道：

「願意，我願意，只要你認爲我去對你有所幫助。不過——你覺得這樣合適嗎？」

「嗯，我也不知道合適不合適——我也擔心這不大合適，可是妳要知道，如果妳能去，那將對我很重要，所以……」

「那麼我會去的，管它合適不合適呢，」她用一種可愛的巾幗豪傑的口吻說道，「啊，一想到我也能對你有幫助，真是高興極了！」

「何止是有幫助，親愛的！啊，這事全靠妳了。如果能有妳這麼漂亮、這麼可愛、這麼迷人的小姐陪我一道去，我就可以把薪資提得高高的，說不定讓兩個老頭傾家蕩產還心甘情願呢。」

哈！你沒看見她當時的樣子：紅彤彤的臉，以及那雙閃著幸福光芒的眼睛！

「你這就會捧人的討厭鬼！沒一句實話，不過我還是陪你去。也許可以給你一個教訓，別指望你怎麼看人家，人家就怎麼看你。」

我心中的疑雲一掃而空了嗎？我的信心是否恢復了呢？從這裡你就能知道：我已經暗自決定把第一年的薪資提高到一千二百鎊。不過我沒有告訴她，我想給她一個驚喜。

回家的路上，我一直陶醉在幸福中，赫斯丁說的話，我一個字也沒有聽進去。當他跟著我進了客廳，對應有盡有、豪華舒適的陳設讚不絕口時，我才清醒過來。

「讓我好好看看，飽飽眼福。天哪！這分明是皇宮——真正的皇宮！一個人所能想得到的，這裡都應有盡有，包括暖融融的炭火，還有豐盛的晚餐。亨利，這不光叫我知道你有多麼闊氣，也讓我無地自容——我這麼窮，這麼倒楣，這麼狼狽，走投無路，一敗塗地！」

真該死！這些話讓我渾身顫抖。他的話讓我如夢初醒，這才知道自己正站在一塊半英寸厚的地殼上，而地殼下就是一座火山口。原來我一直自欺欺人，也就是說，現在我才瞭解自己的狀況。可是現在——唉呀！債臺高築，一無所有，一個可愛的女孩的眷顧，是福是禍，都由我決定，但是我自己卻前途未卜，只有一份畫餅充饑的薪資，還不一定能拿到手！

啊，啊，啊！我徹底完了，沒有希望了！沒救了！

「亨利，只要將你每天的收入漫不經心地散一丁點兒，就可以……」

「啊，我每天的收入！來，喝下這杯熱威士忌，振作振作精神。咱們乾一杯！啊，對了——你一定餓了，坐下來，請……」

「我不覺得餓，我已經不知道什麼是餓了。這些天我一直吃不下，可是我願意陪你喝酒，一直喝到醉倒。來吧！」

「一人一杯，我一定奉陪！準備好了嗎？來吧！好，勞埃德，我一邊調酒，你一邊講講你的事吧。」

「我的故事？怎麼，還要再講一遍？」

「再講？這是什麼意思？」

「噢，我是說，你想從頭到尾再聽一遍嗎？」

「再聽一遍？這下可把我弄迷糊了，等一等，你別再喝這種酒了吧，你醉了。」

「什麼，亨利？你別嚇我。到這兒來的路上我不是把什麼都對你說了嗎？」

「有嗎？」

「當然。」

「真抱歉，我連一個字也沒聽進去。」

「亨利，這可真令我失望，別折騰我了，剛才在公使那裡你在幹什麼？」

這下子我才恍然大悟，於是我爽快地說了實話。

「我得到了世界上最可愛的小姐的芳心！」

於是他衝過來握住我的手，拼命地握了又握，把我的手都握痛了。我們到外面散步，一路上他都在講他的故事，這故事我一句也沒聽見，他也並沒責怪我。他本就是個有耐心的好人，現在他靜靜地坐下，又從頭到尾講了一遍。

長話短說，他的經歷大致是這樣的：他滿懷希望地來到英國，本以爲自己抓住了一個千載難逢的發財機會。他獲得了「攬售權」，也就是替古爾德和加利礦業公司計畫的「勘測者」們出售開採權，售價是一百萬元，超出一百萬的部分全部歸他。

他竭盡全力，凡是他所知道的路子，他都沒有放過，他嘗試了他所能想到的所有辦法，現在他的錢差不多已經花光，可是沒有一個資本家願意相信他的話，而他的「攬售權」在這個月底就要到期了。總而言之，他破產了。

說到這裡，他忽然跳起來，大聲喊道：

「亨利，你能幫我！你能幫助我，而且你是世界上唯一能幫助我的人。你肯幫忙嗎？肯嗎？」

「告訴我能幫你什麼，說吧，夥計。」

「給我一百萬和我回家的旅費，我把『攬售權』轉讓給你！別拒絕我，千萬要答應我！」

我有苦說不出。我幾次都差點兒脫口而出：「勞埃德，我自己也是個窮光蛋呀——真的是一無所有，而且還債臺高築！」

可是我突然靈機一動，計上心來，我咬緊牙關，極力讓自己冷靜下來，直到冷靜得像個資本家。然後以生意人的沉著態度說道：

「我一定會拉你一把，勞埃德——」

「有你這句話我等於已經得救了！上帝會永遠保佑你！有朝一日……」

「讓我把話說完吧，勞埃德。我決定幫你的忙，可不是按你的辦法做，因爲你吃了那麼多苦，還擔了那麼多風險，那樣辦對你來說不公平。我並不想買礦山，在倫敦這個商業中心我用不著那樣做也能賺錢，沒有必要去搞礦業，我一直都是這麼做的。不過我有一個辦法，我當然瞭解那個礦山，也知道那座礦山很有價值，這點我可以對天發誓。你盡可以用我的名義去兜售，我想在兩星期之內你就可以以三百萬現款賣掉它，賺的錢我們倆平分好了。」

你知道嗎，我差點用繩子把他捆起來，因爲狂喜不已的他在房間裡亂蹦亂跳，差點把傢俱踩成碎片，讓我們的一切都付之一炬了。

他非常快活地躺在那兒，說道：「我可以用你的名義！你的名義——那還了得！嘿，那些倫敦的闊佬一定會一窩蜂跑來搶購這份股權！我已經成功了，巨大的成功，我今生今世也忘不了你！」

還不到廿四小時，倫敦就沸騰了！我每天都沒有其他事可做，只坐在家裡，不斷地用同樣的話來應付那些客人：「不錯，是我對他說的，有人問就來找我。我瞭解這個人，也瞭解這個礦。他的人格無可挑剔，而那個礦也絕對是物超所值的。」

同時，每晚我都會去公使家裡陪波蒂婭。關於礦山的事，我對她隻字不提，故意想給她一個驚喜。我們只談薪資，除了薪資和愛情一切免談。時而談愛情，時而談薪資，有時候兩者兼談。

啊！公使夫人和小姐也為我們考慮得十分周到，她們千方百計地使我們不會受到打攪，只瞞著公使一人，讓他毫不疑心，真是煞費苦心——我非常感激她們為我們所做的一切！

到了月末，我在倫敦銀行的戶頭上已經有了一百萬，赫斯丁也有了同樣數目的存款。我穿上我最體面的衣服，乘車從波特蘭路那所房子門前經過，根據種種跡象判斷，那兩兄弟應該已經回來了，於是我就到公使家裡去接我最親愛的人，和她一道向那所房子走去，一路不停地談著薪資的事。

她既激動又著急，這使她顯得漂亮極了。我說：

「親愛的，憑妳漂亮的模樣，要是我要求薪資每年三千鎊，少要一分錢都是罪過。」

「亨利，亨利，你別把事情搞砸了！」

「妳不用擔心，把這模樣保持住，其他的就交給我吧，保證萬無一失。」

就這樣，一路上我不停地給她打氣。她卻一個勁地給我潑冷水，她說：

「啊，請你記住，我們要是要求得太多，那可能什麼都得不到，到那時我們怎麼辦呢？我們會走投無路，無依無靠的。」

還是那個僕人把我們引了進去，那兩位老先生果然都在家。他們看見有個美女跟著我，非常驚奇，我說：

「讓我來介紹一下，先生們，她是我未來的伴侶和賢內助。」

於是我把她介紹給他們，提到他們時，都是直呼其名。

他們並沒有對此感到驚訝，因爲他們知道我一定查過姓名錄。

他們讓我們坐下，對我極爲客氣，並且熱情地消除波蒂婭的局促感，讓她盡可能放鬆。然後我說：

「先生們，我現在準備向你們報告我一個月來的經歷。」

「我們很期待，」其中一位先生說，「這樣我哥哥亞貝爾和我的賭約就能見分曉了。你如果讓我贏了，就可以得到我許可權以內可以委任的任何職位。那張一百萬鎊的鈔票還在嗎？」

「在這兒，先生。」我把鈔票交給了他。

「我贏了！」他拍著亞貝爾的後背喊了起來，「現在你還有什麼可說的呢，哥哥？」

「我承認他的確是活下來了，我輸了兩萬鎊，太難以置信了。」

「另外我還有些事要說，」我說，「說來話長，請你們允許我改日再來，把我這整個月裡的經歷詳細地說一遍，我保證那是值得一聽的。現在請你們看看這個。」

「啊，什麼！二十萬鎊的存摺。這是你的嗎？」

「是我的。這是我在這個月合理使用您借給我的那筆小小的款子賺來的。至於這張大鈔，我只不過用它去買一些小東西，付帳時讓他們找零錢的時候用。」

「哈，這真是了不起！簡直是匪夷所思，小夥子！」

「這算不了什麼，我以後可以說明原委，別以爲我說的都是天方夜譚。」

此時輪到波蒂婭大吃一驚了。她的眼睛睜得大大的，說道：

「亨利，難道那些真是你的錢嗎？這些天你一直瞞著我？」

「親愛的，一點不錯，我是撒了謊。可是我知道妳會原諒我，對不對？」

她噘起嘴唇，說道：

「別再自以為是，你真是個淘氣鬼——敢這麼騙我！」

「哦，寶貝，一會兒就過去了。這不過是想給妳一個驚喜，妳明白吧。好，我們走吧。」

「等一會兒！還有那個職位呢。我答應過要給你一個職位的。」那位先生說。

「啊，我真是感激不盡，」我說，「不過，我現在不打算再要這個職位了。」

「在我的委任權之內，你可以挑一個頂好的職位。」

「非常感謝，我衷心感謝，可是再好的職位對我也沒有吸引力了。」

「亨利，我真替你難為情，別辜負了這位老先生的美意。我替你謝謝他好嗎？」

「親愛的，當然可以，只要妳能做得更出色，讓我看看妳的本領吧。」

只見她向那位先生走去，坐到他懷裡，伸出胳膊摟住他的脖子，親吻了他的嘴唇。然後那兩位老先生哈哈大笑起來，可是我卻不知所措，簡直可以說是呆若木雞。

波蒂婭說：「爸爸，他說在您的職權範圍內沒有他想要的職位，我真傷心，就像是……」

「我的寶貝，原來他是妳的父親呀！」

「是的，他是我的繼父，他是這個世界上最好的爸爸。那天在公使家裡，你不知道我的身分，當時你告訴我，我爸爸和亞貝爾伯伯的惡作劇讓你多麼煩惱，多麼擔心，現在你明白我為什麼會大笑了吧？」

這下子我自然實話實說，不再開玩笑了，於是我誠懇地說：

「哦，親愛的先生，我現在要收回剛才那句話。您確實有個待聘的職位，我想應聘。」

「你想要什麼職位？」

「女婿。」

「好，好，好！可是你要知道，你既然沒有幹過這個差事，顯然你也不具備滿足我們約定條件時所需的條件，所以……」

「讓我試一試吧——啊，千萬答應我，我求您了！只要讓我試三四十年就行，如果……」

「啊，好吧，就這麼辦。這也不是什麼大不了的要求，她以後就屬於你了。」

你說我們倆高不高興？翻遍整本大辭典也找不出一個詞來形容。一兩天之後，當倫敦的人們知道了我和那張一百萬鎊的鈔票一個月裡的奇遇記始末以後，大家是否會引為佳話呢？當然會的！

波蒂婭的父親把那張神奇、好客的鈔票送回英格蘭銀行兌現，銀行隨後註銷了那張鈔票，並當作禮物送給了他，他又把鈔票在婚禮上送給了我們。從此以後，我們就把這張鈔票裝裱起來，掛在我們家裡最神聖的地方，因為它給我送來了我的波蒂婭。如果沒有它，我就不可能留在倫敦，也不會來到公使家，更不會和她相遇。

所以我總說：「不錯，那分明是一張一百萬鎊的鈔票，不容置疑。可這東西自從出世以來就用了一次，就再沒花過，而這一次我只不過花了十分之一的價錢就把它弄到手了。」

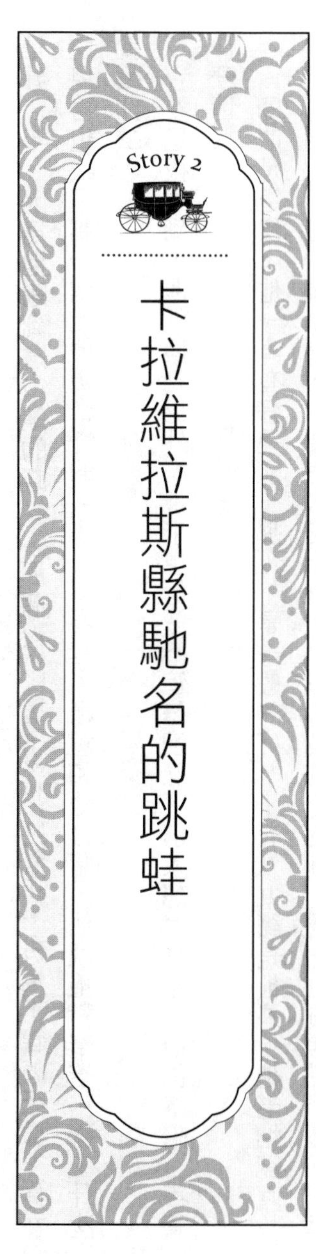

卡拉維拉斯縣馳名的跳蛙

一位朋友從東部來了信，讓我去拜訪和藹而多話的西蒙．威勒，向威勒打聽他的朋友里昂尼達斯．萬．斯邁雷的下落。這件受人之託的事究竟結果如何，我來做個交代。

事後我琢磨這個人恐怕是瞎編出來的，我朋友根本就不認識這麼一個人。我的朋友準是策劃著：只要向老威勒一打聽，他馬上就會聯想起那個無聊的吉姆．斯邁利來，之後他就會打開話匣子，把那些又臭又長、和我毫不相干的陳年舊事抖露出來，把我煩得要命。如果這是我的朋友存心這麼幹的，那他就做對了。

在破破爛爛的礦山屯子安吉爾裡，有一座歪歪斜斜的酒館，像個慵懶的乞丐。我見到西蒙．威勒的時候，他正靠著吧台旁邊的爐子舒服地打盹。他是一個胖子，禿腦門，一臉安詳，透著和氣與樸實。看到我進門，他站起來問了聲好。我告訴他，是我朋友託我來打聽一位兒時的一位密友，這個人的名字叫里昂尼達斯．萬．斯邁雷，聽說這位年輕的傳教士曾在安吉爾屯子裡住過。我又加了一句：如果威勒先生能把斯邁雷神父的消息告訴我，我將感激不盡。

我被西蒙．威勒逼到牆角，他用椅子封住了我的去路，然後向我講了一大通枯燥無味的事情。

他臉上不露一絲笑容，眉頭一皺不皺，從第一句開始，他用的就是四平八穩的腔調，沒有變過。他絕不是生性就愛嘮叨的人，因爲在他收不住的話頭裡透著認真和誠懇的感人情緒。按他的想法，別管這故事本身是不是荒唐可笑，他都把講故事當作一件重要的事來辦，而且對故事裡的主人公推崇備至，認爲他們都是智謀超群、有勇有謀的大人物。我聽憑他按照自己的思路講下去，一直沒有打斷他。

里昂尼達斯神父，嗯，里神父——嗯，這裡從前確實有過一個叫吉姆．斯邁雷的，那是在四九年冬天，也許是五〇年春天，不知道怎麼了，我已經記不太清楚了，總歸不是四九年就是五〇年，因爲他剛到這市鎮的時候，那個大渡槽還沒有修好呢。可是不管怎麼樣，你在這兒再也找不到一個比他更奇怪的人了。只要有人願意和他打賭，他就絕對奉陪，碰上什麼就賭什麼。

要是找不到，他就換到另外一邊來也行。不管怎麼樣，別人想怎麼賭，他都奉陪。不管什麼情況，只要能賭得起來，他就很高興了。

即使是這樣，他一直有好運氣，那可不是一般的好，十有八九總是他贏。他老惦記著找機會打賭；無論大事小事，只要有人提出來，不管你的注下在哪一邊，他都照賭不誤，這些我剛才都告訴過你啦。賽馬的話，收場的時候，如果他不是贏得滿滿當當，就是輸得一乾二淨；如果鬥狗，他賭；鬥貓，他也賭；鬥雞，他還是賭；嘿，就是有兩隻鳥停在籬笆上，他也要跟你賭哪一隻先飛起來。

要是舉行野外的佈道會，他每次必到，到了就拿華克爾牧師打賭。他打賭說，華克爾牧師是這一帶地方講道講得最好的。這是不用討論的，他天性就是一位好人。要是他看見一隻屎殼郎正在往前走，他就跟你賭牠幾天才能到一個什麼地方。只要你答應和他賭，哪怕要去遙遠的墨西哥，他也會跟著那隻屎殼郎，看看牠到底是不是去那兒了，路上得花幾天時間。

這兒的小夥子基本都見過斯邁雷，都可以給你講講這個人的故事。

嘿，他的故事絕對不會重複——不管什麼他都賭——那傢伙十分有意思。有一回，華克爾牧師的太太病得不輕，有好幾天的工夫，我們都認爲她沒救了。可一天早晨牧師來酒館了，斯邁雷站起來問他太太怎麼樣，他說，全憑主的大恩大德，她好多了。看這勢頭，有主保佑，她還可以恢復健康。還沒等他講完，斯邁雷就衝旁邊的人來了一句：「這樣吧，我押兩塊五，賭她絕不會好。」

斯邁雷有一匹母馬——小夥子們都管牠叫「一刻鐘老太太」。可是那不過是開玩笑，牠跑得肯定比這個快一點，而且他還經常靠這匹馬贏錢呢。雖然牠慢慢吞吞的，不是得氣喘，生瘟熱，就是有癆病，或者這一類亂七八糟的病，他們老是讓牠先跑兩三百碼，然後把牠追過去。快要到終點的時候，牠就抖起精神，拼出老命，拼命尥蹶子。四隻蹄子四處亂甩，有的甩到空中，有的甩偏了踢到籬笆上，弄得塵土飛揚，再加上咳嗽、打噴嚏和噴鼻息的聲音越來越響，場面鬧哄哄的——結果每次跑到裁判席前頭的時候，牠都比別的馬早一個頭，剛好可以讓人看得清楚。

他還有一隻小鬥狗，光看外表，你準以為牠一文不值，只會坐在那兒閒著，一副賊溜溜的樣子，光等著機會偷東西吃。可是，只要給他押上了賭注，轉眼牠就變了。牠的下巴頦向前伸著，就像火輪船的前甲板，下槽牙都露了出來，牙齒像火爐一樣放著光，似乎充滿異樣的感情。別的狗抓牠、欺負牠、咬牠，接二連三地爬到牠背上咬牠的耳朵，可是安德魯・傑克遜，這是那條狗的名字，安德魯老是覺得沒什麼大不了的，好像牠情願被欺負。那麼押另一邊的賭注一翻再翻，直到再沒錢往上押的時候，牠就一口咬住另一條狗的後腿，一直不鬆口，你明白嗎，只咬住不鬆嘴，哪怕等上一年也不要緊，直到那狗認輸。

斯邁雷老是靠這條狗贏錢，直到遇上一條沒後腿的狗，在牠身上碰了釘子，那隻狗的後腿被鋸片給鋸掉了。那一次，兩條狗鬥了很長時間，兩邊的錢都押完了，安德魯撲上去咬牠最愛咬的地方，立刻就發現自個兒上當了。怎麼說呢，牠當時好像是大吃了一驚，跟著就有點兒洩氣的樣子，再也沒有努力去贏下那一場比賽。

牠朝斯邁雷瞧了一眼，好像是說牠傷心透了，這都是斯邁雷的錯，不應該弄一隻沒有後腿的狗來讓牠咬，鬥狗本來就是靠咬後腿的嘛。

後來，牠一瘸一拐地走到旁邊，躺到地上就死了。

那是一條好狗，安德魯・傑克遜要是還活著，準能出名，因為牠有一套本事，又聰明——我敢擔保安德魯有真本事，牠什麼場面沒經過啊？一想起牠最後鬥的那一場，想到牠的下場，我心裡就難受。

唉，這個斯邁雷，還曾經養過捉耗子的狗、小公雞、公貓，全是這一類亂七八糟的東西，不論你和他賭什麼，他準和你做對手，跟你賭個沒完沒了。

有一天，他逮到了一隻蛤蟆，說是要帶回家好好馴一馴。足足三個月，他什麼事也不幹，只待在後院裡教那隻蛤蟆跳高。

你別不相信，他還真把蛤蟆給教會了。只要他從後頭推蛤蟆一下，那蛤蟆就會像翻煎餅一樣在空中打個轉——也就是翻一個筋斗；要是勁頭使對了，也許能翻兩個，然後穩穩當當地四爪著地，就像一隻貓那樣。

他還訓練那隻蛤蟆逮蒼蠅，通過勤學苦練，練得那蛤蟆不論蒼蠅飛出去多遠，只要牠能看得見，且在力所能及的範圍內，每回都能逮得著。斯邁雷說蛤蟆只要教一教就行，學什麼會什麼——這話我信。嘿，我就瞧見過他把丹尼爾．韋伯斯特放在那塊地板上，那蛤蟆叫丹尼爾．韋伯斯特，大喊一聲：「蒼蠅，丹尼爾，蒼蠅！」

在你來不及眨眼的時候，蛤蟆就噌地照直跳起來，把一隻停在那邊櫃檯上的蒼蠅吞下去了，然後像一灘泥一樣「撲嗒」一下落在地上，還拿後腿抓耳撓腮，神態自若，簡直就跟沒有那回事一樣，好像覺得自個兒也不比別的蛤蟆本事大。雖然牠很有能耐，你還真找不著比牠更謙虛、更爽快的蛤蟆了。

從平地上規規矩矩地往上跳，牠是你見過的所有蛤蟆中跳得最高的，從平地往上跳是牠的看家本領，你明白嗎？如果比這一項，斯邁雷就會拼命在他這一邊押賭注。蛤蟆是斯邁雷的寶貝；要說也是，即使是那些見多識廣的人也從來沒見過這麼棒的蛤蟆。

斯邁雷把這小傢伙放在一隻小籠子裡，時不時地帶著牠在大街上閒逛，設賭局。

有一天，一個外鄉的漢子——到屯子裡來，正碰上提著蛤蟆籠子的斯邁雷，就問：

「你那籠子裡頭裝的是什麼東西呀？」

斯邁雷愛理不理地說：「按常理牠該是隻鸚鵡，也許呢，該是隻金絲雀；可惜牠偏不是，牠是一隻蛤蟆。」

那漢子拿過籠子，把牠轉來轉去，細細地瞅了一會兒，說：「嗯——還真是個蛤蟆，牠有什麼用處呀？」

「噢，」斯邁雷滿不在乎地說：「牠有一個本事很了不起，牠比這卡縣地界裡的任何一隻蛤蟆蹦得都高。」

那漢子又拿過籠子，仔仔細細地看了好半天，才還給斯邁雷，從從容容地說：「是嗎？」他說，「我可看不出牠有什麼了不起，還不是和別的蛤蟆一樣嘛。」

「也許你沒瞧出來，」斯邁雷說，「對蛤蟆，你也許是個內行，也許是個外行；也許你有經驗，也或者什麼都不是；這麼說吧，或者只是個看熱鬧的。不管你怎麼看，我有我的看法，我賭四十塊錢，敢說這蛤蟆比卡縣隨便哪一隻蛤蟆都跳得高。」

那個人想了一會兒，有些爲難：「呃，在這兒我人生地不熟的，也沒帶著蛤蟆，要是我有一隻的話，肯定跟你賭。」

這時候斯邁雷就說：「好辦，那不要緊，只要你替我拿著這籠子一小會兒，我就去給你逮一隻來。」

就這樣，那漢子替他拿著籠子，把他的四十塊錢和斯邁雷的四十塊錢放在一起，坐在原地等著斯邁雷。

這漢子坐在那兒很久，心裡翻來覆去地想，後來他就把蛤蟆從籠子裡頭拿出來，把牠的嘴撬開，掏出一把小勺給蛤蟆灌了一肚子的火槍鐵沙子，直到蛤蟆的下巴頦都滿是鐵沙，這才把蛤蟆放到地上。

斯邁雷呢，他到泥塘的爛泥裡稀裡嘩啦地亂抓了一氣，還真逮住了一隻蛤蟆。他把蛤蟆帶回來，交給那個人說：

「好了，要是你準備好了的話，就把牠跟丹尼爾並排放著，把牠的前爪跟丹尼爾的放齊了，我來喊開始。」然後他喊：「一——二——三——蹦！」

他和那漢子都從後面輕輕地推那兩隻蛤蟆的背，那隻新抓來的蛤蟆蹦得很有勁頭，可是丹尼爾一直喘粗氣，聳肩膀，就這樣，像一個法國人似的，可是沒有用，牠就像生了根一樣，一動也不能動，連挪挪地方都辦不到。斯邁雷簡直莫名其妙，又覺得上火，當然啦，他怎麼也沒想通這到底是怎麼一回事。

那漢子拿起錢就走，臨出門時，他還拿大拇指在肩膀上頭指指丹尼爾，就像這樣，慢吞吞地說：「我也沒看出來這蛤蟆比別的蛤蟆有什麼了不起的。」

斯邁雷呢，他站在那兒抓耳撓腮，低著頭端詳了丹尼爾好一會兒，最後說：「這蛤蟆怎麼就這麼栽了，到底牠犯了什麼毛病？看起來牠肚子脹得厲害。」

他揪著丹尼爾脖子上的皮，把蛤蟆抓起來，說：「牠至少五磅重啊！」他就把牠倒起來提著，牠一下子吐出兩大把鐵沙來。這時候斯邁雷才反應過來，他氣得發瘋，放下蛤蟆就去追那漢子，可惜沒有追上。

（這時候，前院有人喊西蒙·威勒的名字，他就站起來看找他有什麼事。）他一邊往外走，一邊回頭對我說：「在這兒坐著，先生，等會兒，我馬上就回來。」

可是對不起，我想即使聽完那個有賭癖的流氓吉姆·斯邁雷的故事，也不可能打聽到里昂尼達斯·萬·斯邁雷神父的消息，於是我拔腿就走。

走到門口，威勒回來了，他拽著我又打開了話匣子：「哎，我跟你說，這個斯邁雷有一頭只有一隻眼睛的母黃牛，而且尾巴沒了，只剩一個尾巴撅子，就像一根香蕉，並且——」

可我沒有工夫，也沒有這個興致，還沒等他開始講那頭倒楣的牛的故事，我就告辭走了。

壞孩子的故事

從前有個名叫吉姆的壞孩子，不過，如果你稍加留意，就會發現，在你的主日學校課本裡，幾乎所有的壞孩子都叫詹姆斯，實在是奇怪，但事實確實如此，這一位就叫吉姆。

吉姆並沒有一位生病的母親——也就是他沒有一位篤信上帝、身患肺病的母親，她很樂於到墳墓裡躺下，長眠不醒，只可惜她對自己的孩子愛得要命，不免擔心她死後大家會對他冷酷無情。然而，主日學校課本裡的壞孩子大都叫詹姆斯，並且都有一位生病的母親。她們都會教自己的兒子學說「我要躺下睡覺」等，都會用溫柔淒涼的歌聲哄孩子入睡，與他們深情吻別，表示臨睡的祝福，然後跪在床邊默默流淚。可是，這個小傢伙情況不同。他名叫吉姆，但是他的母親卻安然無恙——既沒有肺病，也沒有別的毛病。她不但不虛弱，而且還相當健壯，她也不誠心誠意地信教。並且，她對吉姆也並不關心。她常說，即便吉姆把脖子摔斷，那也算不了多大的損失，她總是痛打吉姆的屁股來催他睡覺，而且從來不在他臨睡時與他吻別；相反，她要離開他的時候，還要賞他幾個耳光。

有一次，吉姆偷出廚房的鑰匙，悄悄地溜進廚房偷吃了果醬，隨後拿焦油再把果醬瓶子裝滿，好讓他母親看不出破綻。吉姆並沒有什麼難受的感覺，也不覺得彷彿有什麼聲音在他耳邊說：「不聽媽媽的話對嗎？這麼做難道不是罪過嗎？看看那些壞孩子偷吃了自己善良母親的果醬之後都有什麼報應？」吉姆更沒有獨自跪倒在地，信誓旦旦地保證今後不再幹壞事，然後輕鬆愉快地站起身來，誠懇地對母親告以實情，請求寬恕，而母親則是淚流滿面，滿懷欣慰感激之情向他祝福。

不，這是課本中其他壞孩子的情況，至於吉姆，則完全是另一回事，你說怪不怪！吉姆偷吃了果醬，還相當粗俗無禮地說真棒。他把焦油裝進果醬瓶，也說真棒，還哈哈大笑，得意地說那老太婆發現之後，「必定會氣得暴跳如雷，哼哼呀呀地說不出話來」。後來母親果然發現了，但他矢口否認，說他完全不知道這回事，結果挨了一頓鞭子，最終淚流滿面的人是他自己。

吉姆總是做一些稀奇古怪的事，與課本上的詹姆斯們迥然不同。

有一次，他爬到農場主阿科恩的蘋果樹上偷蘋果。可惜的是，樹枝並沒有折斷，他既沒有從樹上摔下來把胳膊摔斷，也沒有被農場主的那條大狗咬傷，更沒有因此臥床呻吟好幾個星期，閉門思過，從此變好。總之，絕沒有那回事。事實是，吉姆隨心所欲地偷夠了蘋果，安然無事地下來了。對那條大狗也早有準備，那條狗一撲過來，他就一磚頭對準牠迎頭痛擊。說也奇怪——這類事情在那些文雅的小書裡從來就沒有發生過，那些小書封面上都印著大理石花紋，裡面畫的都是一些身穿燕尾服和短腿馬褲、頭戴響鈴禮帽的男人，以及腋下夾著無裙環衣裳的女人。吉姆幹的這種事情，任何一部主日學校的課本都沒寫過。

有一次，吉姆偷了老師的鉛筆刀，但又害怕老師發現了會受到懲罰，於是便把小刀偷偷地塞進了喬治．威爾遜的帽子裡——喬治是可憐的寡婦威爾遜太太的兒子，他品行端正，是全村有名的好孩子。喬治對母親的教誨從不違拗，他一向誠實，正直而且勤敏好學，對主日學校尤爲恭敬崇信。可是，後來那把小刀竟從帽子裡掉下來，可憐的喬治垂下了頭，羞得無地自容，好像真的自認有罪。而那位痛心的老師認定小刀就是喬治偷的。

當老師舉起細軟的鞭子，準備抽打他發抖的雙肩時，那位假想中救苦救難的白髮地方治安官並沒有突然出現，更沒有神氣十足地說道：

「別冤枉這位品德高尚的孩子吧——邪惡的罪犯正站在那兒發抖呢！你們下課休息的時候，我正好從校門口路過。雖然沒人看到我，但我卻看到了偷東西的人！」

而喬治並沒有因爲治安官的話免於挨打，那位可敬的地方治安官也沒有給感動得流淚的師生們佈道，然後牽著喬治的手，說他這樣的孩子值得稱讚，並且領走喬治讓他跟自己同住，讓喬治打掃辦公室，生火，打雜，劈柴，學法律，幫他的太太料理家務，剩下的時間他可以盡情玩耍，用每月領取的四角錢的報酬自行其樂。

不是這樣的，書上會這樣寫，但吉姆遇到的卻不是這樣。根本就沒有什麼愛管閒事的法官跑來找麻煩，結果可想而知，模範孩子喬治挨了一頓鞭子，而幸災樂禍的吉姆卻高興得手舞足蹈，因爲，你知道，吉姆實在是恨透了那些所謂的模範孩子。吉姆說，他「不把他們這些賤骨頭放在眼裡」。這就是那個沒教養的壞孩子吉姆所說的粗話。

但是，吉姆所遭遇的最奇怪的事情是，他在一個禮拜天出去划船，並沒有被淹死。又一個禮拜天他去釣魚，雖然不幸地遇上了暴風雨，卻並沒有遭到雷擊。哎，您不妨翻開主日學校的全部圖書，從頭至尾，仔仔細細反覆閱讀，就算翻到下一個耶誕節，您也不會看到這類事情。啊，絕對不會。恰恰相反，您會發現，在主日學校的課本裡所有在禮拜天划船的壞孩子照例都要淹死，所有在禮拜天出去釣魚又遇上暴風雨的壞孩子都會遭雷擊。禮拜天載有壞孩子的船隻總是會翻底，安息日壞孩子去釣魚就一定會有暴風雨。為什麼吉姆總是能避開這些災難呢，我實在覺得是一件神秘的事情。

吉姆出去活動一定有鬼神護著——一定是這麼回事。任何事都傷害不著他。甚至有一次他逛動物園時，塞給大象一捆煙葉，而那大象卻沒有用牠的長鼻子敲碎他的腦殼。他翻遍了廚房，卻從來沒有把硝酸錯當成薄荷飲料喝進肚裡。在安息日，他偷了父親的槍出去打獵，也沒有被打掉三四個指頭。他一時氣急，一拳打在小妹的太陽穴上，可是她也並沒有因此而頭痛不止，熬過漫長的夏天就死了，臨死時還說些溫柔的話語，表示原諒他，令他破碎的心靈備感痛苦。不，她居然奇蹟般地復原了。最後，吉姆終於離家出走，浪跡天涯。

但是，當他回來的時候，並沒有發現自己舉目無親、境況淒涼，也沒見他親人長眠於安靜的教堂墓地，那座在他童年時期牆上爬滿青藤的房屋也沒有倒塌。啊，不，他回來的時候，喝得酩酊大醉，沒進家門就進了警察局。

吉姆成年之後結婚成家，後來又有了許多兒女。但是一天晚上，他突然拿起一把斧頭把他們通通砍死了。吉姆採用各種流氓手段，依靠欺詐坑騙的手段發了大財。現在他在村裡窮凶極惡，成了心毒手狠的壞蛋，然而卻受人敬重，當了州議員。

所以你看，主日學校的課本中可從來沒有哪一個壞詹姆斯，能像這位有鬼神護著、無法無天的吉姆這樣走運，這樣稱心如意的。

好孩子的故事

從前有個好孩子，名叫雅各．布利文。他總是對父母唯命是從，不管他們的話多麼荒謬，多麼不合情理。

他總是用功讀書，上主日學校從不遲到。他從不翹課，雖然照他清醒的理智判斷，這是對他最有利的事。而別的孩子誰也摸不清他的脾氣，都對他的行爲感到費解。

雅各向來不撒謊，無論他能得到多大便宜。他總是對別人說，撒謊是不對的，就是這個理由。雅各老實得簡直可笑，叫人看了忍俊不禁。

他的稀奇行爲真是空前絕後。即便在禮拜天，他也不玩打彈子遊戲，他不摸鳥巢，不拿烤熱的錢給街頭賣藝的人的猴子。總之，他彷彿對任何合理的娛樂活動都不感興趣。因此，別的孩子總想搞清箇中緣由，對他能有所瞭解。可是他們始終得不出滿意的結論。

我剛才說了他們只是形成一個模模糊糊的念頭，覺得他「有毛病」，因此，他們便擔負起對他的保護之責，絕不讓他受到任何傷害。

雅各讀過主日學校的全部課本，這些書給了他莫大的快樂，全部秘密就在這裡。他深信主日學校課本裡所說的那些好孩子的故事，他絕對相信。他希望有朝一日能夠遇上書中講的好孩子，可是現實中，他從來沒有見過一個這樣的人。大概在他出生之前他們都已死掉了吧。每當他讀到一個特別好的孩子，他就趕快翻到文章的結尾，看看這孩子最後的結局究竟如何，他想跑到數千里之外，仔細看看他。但結果總是令人意外，那好孩子在最後一章死了，中間還有一幅葬禮的插圖，他的親人和主日學校的同學圍在他的墓旁，他們都穿著短褲，頭戴大帽子，手拿大毛巾捂著臉哭，雅各的希望便這樣化爲泡影。那樣的好孩子他是永遠見不到了，因爲他們總是在最後一章死去了。

雅各懷有崇高的理想，渴望自己被寫進學校的課本裡去。他希望課本在介紹他的事蹟時，能夠附些圖片，描繪他不肯對媽媽說謊和媽媽爲此歡喜得流淚的情景；還描寫他站在門前的臺階上，把一個便士施捨給一位有六個孩子的窮叫花婆子，叫她拿去隨便花，但不要浪費，因爲浪費是一種罪惡；另外一些插圖描寫他寬宏大量地不肯告發一個壞孩子，那個壞孩子每天在放學之後，總是躲在拐角處等他，然後用板條抽打他的腦袋，趕他回家，他一面往前走，那壞孩子一面跟在後面「嘿！嘿！」地喊叫。這就是小雅各．布利文的理想。

他雖然希望自己被寫進主日學校的課本，但是想到好孩子的結局總是死去，心裡很不是滋味。因爲，他是願意活著的。要做一個學校課本中的好孩子，這是最不痛快的事情。他知道做一個好孩子是有損健康的。他也知道，像書中的好孩子那樣超凡脫俗的，好得出奇，那比害肺病還要可怕。他還知道，書中的好孩子們活得都不長，即便別人把他寫進書裡，他也永遠看不到，退一步講，即便該書在他死前問世，也不會暢銷，因爲書後缺少葬禮的插圖。

這些念頭使他很苦惱。再說，如果缺少他對社會上的人的臨終進言，那就顯不出這種書的特點來。即便如此，雅各最後還是下定了決心，根據具體情況而定——也就是說，好好活著，能活多久就活多久，在臨死前先把臨終遺言準備好。

可是，不知怎的，這個好孩子老是倒楣，他碰到的事情與書中好孩子所碰到的總是不一樣。書中的好孩子們總是過得很快活，而書中的壞孩子們老是摔斷雙腿。可是他的情況卻不同，做什麼事情都適得其反。他發現吉姆·布萊克在偷別人樹上的蘋果，便趕忙跑到樹底下把那個壞孩子偷鄰居樹上的蘋果、掉下來摔斷胳膊的故事念給他聽。說起來也奇怪，吉姆真的掉下來了，不過正好掉在他的身上，吉姆安然無恙，他的胳膊倒被碰斷了。雅各想不明白，因爲書中不會發生這種事啊！

有一次，幾個壞孩子把一個瞎子推進了泥坑，雅各趕緊跑過去把他扶起來。雅各以爲那個瞎子會道謝。可是那個瞎子不僅沒有謝謝他，反而用拐杖打他的腦袋，還說雅各是想把他扶起來再推到，所以才裝模作樣扶他起來的。這件事也和書中所說的全然不符。雅各翻遍了所有的書本，想弄明白這是怎麼回事。

雅各還想做一件事情，他想碰到一條挨餓受欺、無家可歸的瘸腿狗，把牠帶回家裡，好好照料牠，讓牠永遠感激他。後來他終於碰到了這樣的一條狗，心裡很高興。他把這條狗帶回家裡，餵養起來，可是，當他去親近牠的時候，那狗猛地撲到他身上，把他的衣服撕得稀爛，只剩下前面的幾塊布料。他那副狼狽相叫人看了大吃一驚。

雅各查閱各種權威性典籍，也沒找出原因所在。那條狗與書中說的狗是一樣的，但牠的舉動卻大相徑庭。這孩子做什麼都會很倒楣。同樣的事，書中的好孩子做了得益匪淺，他做了卻總是倒楣。

一次，在去主日學校的路上，他看見一些壞孩子要划一艘帆船出去玩耍，他簡直嚇得要死，因爲他從書中得知，凡在星期天出去划船的孩子都會被水淹死。他趕緊乘上木筏去警告他們，可是他一腳踩在了一根木頭上，失足落水。有一個人很快把他救上岸來，醫生抽出他腹中的積水，使他的肺部恢復了呼吸，不料，他竟因此患了感冒，病倒在床上躺了九星期。令人不可思議的是，船上的那幾個壞孩子痛快淋漓地玩了一整天，活蹦亂跳地回到家裡。雅各·布利文說，書裡沒有這種事情啊，他簡直被弄得莫名其妙。

雅各病癒之後，不免有點喪氣。不過，他還是決心繼續嘗試下去。他知道，他的經歷還不夠資格被寫進書裡，他還沒有達到好孩子規定的那個壽命，只要堅持下去，直到生命終止，最終還是能夠名存書籍的。即使別的全部落空，臨終遺言還是靠得住的。

於是雅各又去查了查書中的教訓，發現現在正是他投身海洋、去船上工作的時候。他拜訪了一位船長，並鄭重地向他提出了申請。當船長向他要推薦信時，他自豪地掏出一本宗教小冊子，用手指了指上面的一行字：「給雅各·布利文。愛他的老師贈。」然而，這位船長是個粗俗和俗氣的人，他說，「啊，去你媽的，這管什麼用！這並不能證明你會刷盤子、倒垃圾。我看他不行。」

這是雅各有生以來所碰到的最難以理解的事。他讀過的那些書從來都是這樣說的：老師寫在宗教小冊子上的讚美話語總是能打動船長的內心，並且還能開啓名利雙收之門。他當時還產生錯覺，懷疑自己是否聽錯了船長的意思。

雅各過的日子老是很倒楣，權威性典籍所描繪的那些事一次也沒碰上。

後來有一天，他到處尋找壞孩子，要對他們進行勸誡。他發現在一座老鑄鐵廠那裡發現了一群孩子，在那兒拿十四五隻狗尋開心。他們把這些狗拴在一根繩上，還準備把硝化甘油的空桶拴到牠們的尾巴上，給牠們打扮一番。雅各看了心裡非常難過。他坐到一隻硝化甘油的空桶上（義不容辭時，他是從不在乎油污的），用力抓住最前面的那條狗的頸圈，然後憤怒地轉過臉去，用斥責的目光怒視著那個淘氣的湯姆．瓊斯。但是，正在這個時候，市參議員麥克威爾怒氣衝天地走了過來。那幾個壞孩子一哄而散，全都跑掉了。

雅各．布利文神態坦然地站了起來，套用學校課本中演講詞的莊嚴詞語要說一番話。演講詞的開頭總以「啊，先生」之類開頭。可事實上，小孩子們不管是好的還是壞的，講話從不用「啊，先生」開頭，他卻還是硬著頭皮這麼說。那位市議員沒有耐性聽他的下文，揪住他的耳朵把他扭轉過來，照著他的屁股狠狠地打了一巴掌。一眨眼工夫，雅各的身子就飛出了房屋，飛向了太陽。那拴成一串的十四五隻狗像條風箏尾巴似的也跟在他的後面飛了出去。地上再也沒有留下那個舊鑄鐵廠和市參議員的蹤影。

小雅各．布利文歷盡艱辛，苦心準備的臨終遺言再也沒有發表的機會了，除非他把遺言講給鳥兒聽。他的屍體的主要部分落在鄰縣的一棵樹頂上，其餘的部分卻分散在四個城鎮，所以大家不得不給他在五處驗屍，看他是否真的死了，還要查明整個事情的經過。您大概從未見過一個孩子如此分屍的慘相吧。

這個力求進取的好孩子就這樣死了，但是，他的結局並沒有像課本中所說的那樣。除他之外，別的跟他一樣努力的孩子都獲得了成功。雅各的下場的確有些出人意料。這其中的原因恐怕永遠也弄不清了。

Story 5

火車上人吃人紀聞

前不久我到聖路易斯去觀光。在旅途中，從印第安那州特爾霍特市換了車之後，一位紳士在一個小站上了車，在我身邊坐下了。他溫厚慈祥，面目和善，年紀四五十歲。我們心情愉快、海闊天空地聊了大約一小時，我發現他極有見識，而且十分幽默。他一聽說我是從華盛頓來的，立即詢問起形形色色的政府官員和國會事務來。不久我就看出，跟我談話的這個人對首都政治圈的規則瞭若指掌，甚至參眾兩院議員在工作中的程序儀式、表現出的作風以及工作的習慣等都知道得一清二楚。

又過了一會兒，有兩個人在離我們不遠的地方停留了片刻，其中一個人對另一個人說：

「哈雷斯，如果你能替我辦這件事，老兄，我會永遠感謝你的。」

我新結識的朋友的眼睛裡突然閃出欣喜的亮光。我猜想，這兩句話大概勾起了他一段快樂的回憶。但是，他又露出一副思慮重重的面孔，簡直有些悶悶不樂了。他轉過身來對我說：「我給你說一個故事吧，向您透露一件我的隱私，自從那件事發生之後，我從來都不曾提起過。請耐心地聽下去，答應我，不要打斷我的話。」

我說沒問題，然後他講述了下述這件離奇驚險的遭遇。

他說的時候時而情感迸發，時而陰鬱低沉，但始終流露出誠懇的表情，顯得那麼一本正經，讓人不得不信。

「一八五三年十二月十九日，我搭乘了一列從聖路易斯出發開往芝加哥的夜車，車上一共只有二十四位乘客，沒有婦女，也沒有兒童。我們興致都很好，大家很快就混熟了。我原以爲那次旅行將會是愉快的，我們這群人誰也沒有預料到即將遭遇到的恐怖事件。

「夜裡十一點，天下起大雪來。火車離開韋爾特小鎭不久，我們逐漸進入那廣大遼闊、荒涼冷清的草原。千里荒原，杳無人煙，一直延展到朱比利居留地。狂風呼嘯著刮過空曠的荒地，沒有樹木或小丘的遮蔽，甚至沒有七零八落的岩石，所以風刮起來毫無阻擋，吹過一馬平川的荒野，前面紛紛揚揚的雪片像怒海上波濤激起的浪花那樣四處吹散。

「雪越積越厚，車速減慢。我們推測火車頭在雪中開路越來越困難了。果然，大量飛雪堆積得好像巨大的墳山，擋住了軌道，這時候發動機在雪堆中停止不動了。大夥再也沒有談話的興致。剛才那一陣的歡欣，現在已變成了深切的焦慮。此處五十英里開外都沒有人家，在這茫茫的積雪中，大家都想到可能會困在這裡，沮喪的情緒很快傳遍了車廂裡的每一個人。

「凌晨兩點，四周的一切活動都停止了，我從輾轉難眠中驚醒過來。此刻，我的腦海中閃過了一個恐怖的念頭——我們成了雪堆裡的囚徒了！『全體起來動手自救啊！』於是所有的人都跳起來回應，一起跑到夜幕下的荒野中。在伸手不見五指的黑暗裡，鋪天蓋地的大雪，勢不可當的風暴，大家從車廂跳進這樣一個世界，都意識到現在要爭分奪秒，否則就會有滅頂之災。鐵鍬，木板，雙手——一切的一切，凡是可以用來清除積雪的，一下子全都用上了。那是一幅離奇的景象：一小群人，一半在黑黝黝的陰影裡，一半在機頭反光燈的強光下，發了瘋似的跟那不斷堆積起來的積雪拼搏。

「才幹了一小時，我們發現我們的努力全都是徒勞的。我們剛掘去一堆雪，風暴又吹來十多堆，把軌道堵得死死的。更糟的是，我們發現，剛才火車頭在對敵人發動最後一次猛攻時，主動輪的縱向軸被折斷了！即使鐵路暢通無阻，我們也無法擺脫困境了。我們都累得筋疲力盡，不知道該幹些什麼，只好又回到了車廂。

「我們圍在火爐旁邊，嚴肅地討論眼下的處境。——最爲煩心和著急的是我們沒有糧食公共儲備。煤水車裡還儲存有足夠的柴火，我們不可能被凍死，這是我們唯一的安慰。討論到最後，大家都接受了列車員令人喪氣的結論：誰要是試圖在這樣的雪地裡步行五十英里，那準是死路一條。我們沒辦法和外界取得聯繫，即便有辦法，也不會有人來救我們。我們只好聽天由命，盡可能耐心地等待救援，要麼就等著餓死！我相信，就是最剛強的人聽了這話，心中也會頓生涼意。

「過了一會兒，大家變得沉默了，從時起時落的狂風怒號中偶爾傳來幾句低沉的話語。燈光暗淡了下來，坐在明滅不定的光影中，多數人都陷入沉思——忘掉眼前，如果可能的話；

睡覺，如果可以的話。

「永無盡頭的黑夜，我覺得那肯定是永無盡頭的。終於把磨磨蹭蹭的時光打發走了，東方破曉，現出灰冷的晨光。隨著天空的光亮，乘客們開始一個接一個活動起來了，像初升的太陽，他們也露出了一點兒生氣，然後，推一推扣在腦門上的垂邊帽，舒展舒展僵硬的四肢，透過窗子窺視那蕭瑟的景色，從心底散發出一陣陣的寒意。極目望去，一個生物的影子都沒有，一戶人家也沒有，萬籟俱寂，除了一片空蕩蕩、白茫茫的荒野，什麼都沒有。一個雪花飛舞的世界，捲起雪片迎風飄揚，遮蔽了蒼茫的天空。

「整整一天，我們只能呆頭呆腦地在車上走來走去，很少交談，只有憂愁掛在臉上。又是一個漫長而鬱悶的夜晚——還有饑餓。

「又是一個黎明——又是這樣的一天：寂靜，悲哀，饑腸轆轆，無望地等候那根本沒有希望的救援。一夜都睡不安寧，老是在夢裡大吃大喝——但醒來又受到饑餓的痛苦折磨。

「第四天來了又去——接著是第五天！五天可怕的囚禁生活啊！每一隻眼睛都射出饑餓的凶光，裡面流露出一種可怕的含義——那是每個人心中都在暗暗構思的一件事——一件還沒人敢用言語說出來的事情。

「第六天過去了——第七天的黎明到來時，它面對的是在死亡陰影中罕見的一群形銷骨立、憔悴枯槁、心如死灰的人。現在必須將它公之於眾了！——那件在每個人心中醞釀許久的事，終於還是要從每一張嘴裡跳出來了！人性遭遇的折磨已經超過了它所能承受的極限，它不得不屈服了。明尼蘇達州的理查·H·加斯頓站了起來，他身材高大，面色慘白，好像是一具死屍。大夥都知道他要說什麼，已經有所準備——每一種感情，每一種激動的神態都被悶死了——從近來變得猙獰的目光中，只露出一副冷靜的、沉思的嚴肅神情。

「『先生們，事情不能再耽擱了！時間已經非常緊迫！我們當中的某一位必須自我犧牲成爲食物，提供給其餘的人！我們必須做出決定了！』

「伊利諾州的約翰·丁·威廉斯先生站起來說：『先生們——我提名田納西州的詹姆斯·索耶牧師。』

「印第安那州的威廉·讓·亞當斯先生說：『我提名紐約州的丹尼爾·斯羅特先生。』

「查理斯·傑·蘭登先生說：『我提名聖路易斯市的山繆·恩·保羅先生。』

「斯羅特先生說：『諸位先生——對於我的提名，我敬謝不敏，我建議它由紐澤西州的小約翰·恩·范·諾斯特蘭德先生擔任。』

「加斯頓先生說：『如果沒有異議，我們就同意這位先生的請求吧。』

「由於范·諾斯特蘭德先生表示反對，斯羅特先生的推辭不予接受。索耶先生和保羅先生也互相推脫，以同樣的理由遭到拒絕。

「來自俄亥俄州的恩·羅·巴斯科姆先生說：『我提議提名到此結束，開始進行投票選舉。』

「索耶先生說：『各位，我對這些做法表示強烈的抗議。不管怎樣說，這些程序都是不合理的，非常不合理。我不得不建議：立即取消這一切，我提議選舉一名會議主席，幾名協助他工作的幹事，讓他們共同協助會議主席，這樣我們才能明智地處理好我們眼前的事務。』

「來自愛荷華州的貝爾先生說：『各位，我反對這一提議。現在已經不是墨守成規、拘泥禮儀的時候了。我們已經七天七夜沒吃東西了。我們不能在無聊的討論中浪費時間，這只會給我們帶來更多的苦難。我對現在的提名感到滿意——我相信，所有出席會議的先生，都和我一樣，都不能理解爲什麼不應該立即選出其中的一兩位來？我想提出一項方案……』

「加斯頓先生說：『這種做法會遭到反對的。根據規定，一天以後才能處理這事，這樣反而會造成您希望避免的那種延誤。從紐澤西州來的那位先生……』

「范・諾斯特蘭德先生說：『各位，我跟諸位素昧平生。我並沒奢求諸位授予我這份榮耀，我感到很爲難……』

「阿拉巴馬州的摩根先生插話說：『我提議投票表決是否辯論主要提案。』[1]

「他的提議獲得通過。當然，此後無須再進行討論。選舉工作人員的提議也獲得通過。於是，根據提議，加斯頓先生被選爲主席，布萊克先生被選爲秘書，霍爾庫姆先生、戴爾先生和鮑德溫先生當選爲提名委員會委員・R・M・霍蘭先生擔任膳食主管，負責輔助提名委員會做出選擇。

「然後宣布休會半小時，舉行了一連串小型的秘密會議。經過緊張而慎重的討論後，主席敲擊小木槌，會議重新召開，委員會向大會提出報告，推舉肯塔基州的喬治・弗格森先生、路易斯安那的盧西恩・赫爾曼先生和科羅拉多州的W・梅西克先生爲候選人。這項報

1. 之前索耶牧師提出的選舉議會主席的意見。

告被接受了。

「密蘇里州的羅傑斯先生說：『主席先生，既然報告已經提交議會，我提請對報告進行一些修改，由我們所有人都熟悉和尊敬的來自聖路易斯市的盧修斯．哈雷斯先生替代赫爾曼先生。希望諸位不會誤會，以為我有意貶責這位來自路易斯安那的紳士的高尚品格和崇高地位——絕無此意。我尊重他的程度比你們只會有過之而無不及。但是，我們不會對這樣一件事實視而不見，那就是，在我們滯留的一個星期裡，他的肉減少得比我們任何人都多，我們誰都不能忽視這一點。委員會在怠忽職守，沒有尊重我們賦予他們的神聖的權力。這可能是一時的疏忽，也可能是明知故犯，不管怎麼說都是犯了嚴重的錯誤，因為他們竟然要我們選舉這樣一位紳士，不管他的動機多麼純正，他身上確實沒有什麼營養……』

「主席說：『請密蘇里州的這位先生坐下。根據慣例，本主席不容許任何人對委員會的公正進行置疑，除非它通過正式程序，嚴格按照規定提出。大會對這位先生的提議有什麼意見？』

「維吉尼亞州的哈利特先生說：『我提議對報告做更進一步的修正，改由俄勒岡州的哈威．戴維斯先生替代梅西克先生。也許某位先生會強調這一點，說在曾經的拓荒生活裡那些艱苦困乏的條件已經使戴維斯先生皮粗肉糙，但是，諸位先生，現在是挑剔粗細的時候嗎？難道現在是吹毛求疵的時候嗎？難道現在是對一些微不足道的事斤斤計較的時候嗎？不，先生們，現在我們需要的是體積，是重量和體積，這就是我們目前的最高要求，而不是能力，不是天賦，更不是教育。我堅持我的提議。』

「神情激動的摩根先生說：『主席先生，我強烈地反對這項修正案。從俄勒岡州來的那位先生年紀大了，再說，塊頭固然不小，但根本沒什麼肉，都是一身骨頭。我現在請問從維吉尼亞州來的這位先生，我們是想喝稀湯呢，還是要吃些實實在在的東西？難道他是要欺騙我們，叫我們捕風捉影嗎？難道他是要找一個俄勒岡州的鬼魂來嘲弄我們所受的苦難嗎？我倒要請問：他能不能看看四周一張張焦灼的臉，認真看看我們憂傷的眼睛，仔細傾聽我們滿懷期盼的心聲，如果他還有良知的話，他還會把這樣一個餓得半死不活、骨瘦如柴的傢伙強加給我們嗎？我倒要請問：他是否能想到我們淒慘的處境，想到我們過去的悲哀，想到我們沒有光明的未來，同時還能這樣狠心地，硬要把這個殘骸、這具殭屍、這個連站都站不穩的騙子、這個飽受摧殘、乾癟無汁、從俄勒岡荒涼的海灘上來的流浪漢蒙混我們？休想！』

「經過一場激烈的辯論，第二項修正案經表決被否定。根據第一項修正案，應改由哈雷斯先生代替赫爾曼，於是又開始投票表決，五次投票都沒有結果。到第六次表決時，哈雷斯先生終於被選中了，除了他一人外，全體投了贊成票。於是有人提議，應當用鼓掌的形式為他的中選表示祝賀，這一動議由於他再次投票反對自己當選而遭到否決。

「拉德韋爾先生提議，現在應當開始考慮其餘幾位候選人，為準備明天的早餐進行一次選舉。提議獲得通過。第二次投票選舉出現了僵持的局面，半數人贊成某一位候選人，因為他年輕。而半數人主張選另一位候選人，因為他個頭大。主席投了決定性的一票，他贊成第二派看中的梅西克先生。這樣候選人弗格森爾先生宣告落選，這一決定在他的朋友當中激起了相當大的不滿情緒，有人要求重新進行一次投票選舉。但這時，主張休會的提議獲得通過，於是立即散會。

「弗格森爾派系一直都在喋喋不休地討論這個問題，晚飯的準備工作分散了他們的注意力。正當我們竊竊私語時，傳來了哈雷斯先生已經準備就緒的喜訊，於是這一件事就被完全拋在腦後了。

「我們撐起車座的靠背，搭起臨時的飯桌，滿懷感激之情地坐了下來，注視著有生以來最精美的晚餐。這是一頓在痛苦難熬的七天裡只有做美夢時才能看得到的晚餐。我們跟幾小時之前真是不可同日而語啊！記得幾天前面臨的是饑餓，是萬念俱灰，是憂心如焚，那種困境是無法擺脫的。而現在呢，感恩戴德，泰然自若，大喜過望。我知道，那是我坎坷的一生裡最爲歡欣的時光。窗外寒風呼嘯，刮得大雪在我們的牢籠周圍狂飛亂舞，但是我們再也不爲此愁苦了。

「我很喜歡哈雷斯，雖然他還可以被烹調得更可口一些，但是我可以毫無顧忌地說，已經沒有誰可以比哈雷斯更讓我胃口大開，更讓我稱心如意了。雖然香料放得太濃了些，不過梅西克也很好。但是，講到真正營養豐富、細皮嫩肉，還是哈雷斯更勝一籌。梅西克自有他的優點，這一點我並不想否認，也根本無意否認。可是要他當早飯，那他比一具木乃伊好不了多少，簡直一模一樣，瘦嗎？哦，上帝保佑！怎麼，老嗎？啊，他非常的老！老得讓你無法想像，你絕對沒法想像，這世上有他那樣的肉。」

「您打算給我講……」

「請不要打斷我的話。用完了早餐，另一個從底特律來的名叫沃克的人被我們選舉出來，來充作我們的晚餐。他很不錯，在給他妻子的信裡我很誠實地說過。怎麼誇他都不過分，我會永遠記住他。雖然他被煮得嫩了點兒，但是，他的品性非常好。接著，第二天早晨，來自阿拉巴馬州的摩根做了我們的早餐。他是我吃到的最可愛的人士之一——一位儀表堂堂、文雅博學、能流利地說好幾國語言的地道紳士，確實是一位十全十美的紳士，油水多得出奇。

「晚餐時，我們享用了那位俄勒岡的主教，他真是個徒有其表的傢伙，這一點無可置疑。上了歲數、瘦得皮包骨頭，讓人咬不動，誰也無法形容那種狀況。最後我說，先生們，請你們慢用吧，我寧可等下一個候選人。這時候伊利諾州的格里姆斯說：『先生們，我也願意等待。等你們選出一個有長處的人，那時我將樂於與諸位再次共同享用。』過了不久，已經可以明顯地感到，大夥兒對俄勒岡州的戴維斯普遍感到不滿，因此，爲了繼續保持我們享用過哈雷斯之後一直欣然流露出的那份發自內心的愉悅，我們進行了一次選舉，結果是喬治亞州的貝克中選。

「他真夠味兒！哎，哎……此後我們享用了杜利特，還有霍金斯，還有麥克羅伊（有人對麥克羅伊頗有微詞，因為他瘦小得不同一般），還有彭羅德，還有兩位史密斯，還有貝利（貝利裝了一條木腿，這對我們無疑是個損失，不過其他方面他都很好），還有一個印第安少年，還有一個街頭演奏手風琴的人，還有一位巴克明斯特的紳士——一個木頭似的流浪漢。不但跟他交朋友會使你感到乏味，就是把他當早餐也會叫你心裡不好受。我們很高興把他選中之後營救隊才來。」

「這樣說來，最後那該死的營救隊真的來了？」

「不錯，一個陽光燦爛的早晨，剛選舉完，營救隊就到了。那次選的是約翰・墨菲，我可以保證，再沒有比他更好的早餐了。可是後來約翰・墨菲卻坐上了那列來搭救我們的火車，和我們一起回到了故鄉。到後來他跟哈雷斯寡婦結了婚……」

「誰的遺孀？」

「是我們第一次選出的那一位，墨菲就跟她結了婚，現在很受人尊重，過著幸福愉快的生活。噢，它就像是一篇小說，先生——它就像是一部令人驚嘆的傳奇。我下車的地方到了，先生，我得向您道別了。您什麼時候方便，請過來和我一起小聚幾日吧，您來了我會非常高興。我很喜歡您，先生，我已經對您產生了好感。您就像哈雷斯那樣讓我喜歡，先生。再見啦，先生，祝您一路順風。」

他走了。有生以來我從來沒有感到過這樣的驚恐，這樣的痛苦，這樣的迷惑。我打心底裡高興他走了。儘管他溫文爾雅，聲音柔和，但是，每當他把那饑餓的目光投到我身上時，我便感到毛骨悚然。當他對我說我已經贏得了他凶險的好感，而且幾乎和已故的哈雷斯同樣被他看重時，我的心差點兒停止跳動！

我無法形容我當時的惶恐。對於他的話我深信不疑，他那樣嚴肅認真地敘述他的經歷，讓我不可能對任何細節產生疑問。但是，我已經被那些可怖的描繪攪得心亂如麻，曾一度難以相信他所說的話，我的思緒陷入了極度的混亂。

我看見列車員正瞅著我，我問：「那個人是誰呀？」

「他曾經是國會議員，一位很好的議員。不過，有一次他遭遇風雪被困在火車上，好像快要餓死了，他全身都凍僵了，因爲沒有吃的，被救助時他已經神志不清。之後在醫院裡住了兩三個月。現在他已經復原，只不過已經變成一個偏執狂，他一提起那些老話題，不把他談到的那一車人吃光就閉不上嘴。要不是剛才已經到站，非下車不可，他會把車上那群人吃得一個不剩。那些人的姓名他都記得滾瓜爛熟。等他把大家都統統吃光，只剩下他一個人時，他老是這樣說：『後來，爲準備早餐而進行日常選舉的時間到了，沒人反對，我當然中選，當然，也沒人提出異議，我便提出辭職。所以我還在這兒。』」

知道自己聽到的那些血腥的話語並不是什麼嗜血的食人族的真實經歷，只不過是一個瘋子並無惡意、異想天開的故事罷了，我長舒了一口氣，這種輕鬆感真是無法表達。

Story 6

一個大宗牛肉合同的故事

不管它對我的關係是多麼微不足道，我也不用爲它去和政府各部門的人員打交道。但是我仍想盡可能簡短地向全國人說明這件事的來龍去脈，因爲這件事曾引起公眾的關注，激起了很大的回響，以致兩大洲的報紙都用大量篇幅刊載了歪曲事實的報導和偏激誇大的評論。

首先我要聲明的是，在以下的簡述中，每一件事都可以用中央政府的檔案充分地予以證實——這件不幸的事是這樣發生的：

大約在一八六一年十月十日，紐澤西州西蒙縣鹿特丹區已故的約翰．威爾遜．麥肯齊與中央政府簽訂了一份合同，議定他向謝爾曼將軍[1]供應總數爲三十大桶的牛肉。

多麼好的一筆買賣！

1. 威廉．特庫姆塞．謝爾曼，十九世紀的一名美國陸軍司令官，一八六四年主持了著名的「長征」，沿途與印第安人激戰，抵達亞特蘭大後，又繼續「向大海進軍」，向南卡羅萊納等州前進。

根據合同，他帶著牛肉去找謝爾曼，但是，當他趕到華盛頓時，謝爾曼已經去了馬納薩斯。於是他又裝好了牛肉，追蹤到那裡，可是到達那裡時已經晚了，於是他又緊隨謝爾曼去納什維爾，然後從納什維爾去查塔努加，再從查塔努加到亞特蘭大——儘管這樣，他始終沒能追趕上他。他從亞特蘭大再一次整裝出發，追尋著謝爾曼的路線直趨海濱。

這一次他又晚到了幾天，但是他又聽說謝爾曼準備搭乘「貴格城」號去聖地旅行，他就搭乘了一艘開往貝魯特的輪船，打算超過前一艘輪船，從而順利交貨。不幸的是，當他帶著牛肉抵達耶路撒冷時，他獲悉謝爾曼並沒乘「貴格城」號出發，而是到大草原去打印第安人了。他只好回到美國，向洛磯山進發。

他在大草原上歷盡艱辛，走了六十八天，到離謝爾曼的大本營只有四英里時，他被印第安人用戰斧劈死，剝去頭皮，牛肉也被印第安人搶走了。他們搶走了幾乎所有的牛肉，只丟下其中的一桶。謝爾曼的軍隊截下了那一桶牛肉。所以，那位勇敢的航海者雖然身死，但還是部分履行了他的合同。

在一份以日記形式寫的遺囑中，他將那份合同留給了他的兒子巴塞羅姆．W。巴塞羅姆開列了下面這份帳單，隨後就死了：

致美利堅合眾國政府：

根據合同應付給紐澤西州已故的約翰．威爾遜．麥肯齊以下各項費用：

謝爾曼將軍訂購牛肉三十大桶

每桶售價一百美元　三千美元
旅費與運輸費　一萬四千美元
共計一萬七千美元
收款人：×××

他雖然去世，但在臨死前把合同留給了威廉·J·馬丁，馬丁設法收回帳款，可是這件事還沒辦妥，他也與世長辭了。他把合同留給了巴克·J·艾倫，艾倫也試圖收回那筆帳款，可是他沒能活到把錢弄到手就死了。他又把合同留給了安森·G·羅傑斯，羅傑斯企圖收回那筆帳款。他層層申請，已經接近第九審計官的辦公室，但是這時候對萬物一視同仁的死神沒經召喚就突然來到，把他也勾去了。

他將單據留給康乃迪克州一個叫文詹斯·霍普金斯的親戚，為了這筆帳款，霍普金斯只活了四個星期零兩天，但創造了最快的紀錄，因為他在此期間已經通過十一道審查，就要面見第十二個審計官了。

他在遺囑中，把那份合同贈給了一位名叫「會找樂子的詹森」的舅父。但是，他雖然會尋樂，也操不起那份心。他臨終時說：「請不要為我哭泣——我可是自願走的。」於是他真的走了，瞧這個可憐的人兒。

此後繼承那份合同的共有七個，但是他們一個個都死了，所以最後它落在了我手裡。它是由印第安那州一個名叫羅伯德（伯利恆·羅伯德）的親戚傳到我手裡的。這人長期以來一直對我懷恨在心。可是，到了彌留之際，他卻把我喚了去，寬恕了我過去的一切，垂著淚把那份合同交給了我。

以上就是我繼承這筆遺產幾經周折的一段歷史。現在我要將本人與此事有關的細節直接向全國人一一交代。我拿了這份牛肉合同和旅費運費單去見美利堅合眾國總統。

他說：「您好，先生，有什麼事我可以爲您效勞嗎？」

我說：「閣下[2]，大約在一八六一年十月十日，紐澤西州西蒙縣鹿特丹區已故的約翰・威爾遜・麥肯齊和中央政府訂立了一份合同，議定向謝爾曼將軍供應總數爲三十大桶的牛肉……」

剛聽到這裡他就讓我住嘴，叫我離開——態度是和藹的，但也是堅決的。

第二天，我去拜會國務卿。

他說：「有什麼事呀，先生？」

我說：「閣下，大約在一八六一年十月十日，紐澤西州西蒙縣鹿特丹區已故的約翰・威爾遜・麥肯齊和中央政府訂立了一份合同，議定向謝爾曼將軍供應總數爲三十大桶的牛肉……」

「好啦，先生，好啦！本部門不管你什麼牛肉合同。」

他把我請了出去。我把這件事通盤考慮了一下，第二天去拜訪海軍部部長，他說：「有話快說吧，先生，別叫我老等著。」

我說：「閣下，大約在一八六一年十月十日，紐澤西州西蒙縣鹿特丹區已故的約翰・威爾

2. 本文中官職和部門等均為開玩笑的稱呼。

遜・麥肯齊和中央政府訂立了一份合同，議定向謝爾曼將軍供應總數爲三十大桶的牛肉……」

可不是，我只來得及說到這兒，他和前面兩位一樣，也不管給謝爾曼將軍訂立的這份牛肉合同。我心裡開始嘀咕起來：瞧這政府可有點古怪啊，它有點兒像是要賴了這筆牛肉帳哩。

第二天，我又去見內政部部長。

我說：「閣下，大約在一八六一年十月十日……」

「行啦，先生。我以前已經聽說過您了。走吧，拿著您這份骯髒的牛肉合同離開這兒吧，我們內政部根本不管陸軍的糧餉。」

我離開了那兒。可是這一來我惱火了。我發誓，我要把他們糾纏得沒法安身，我要攪亂這個不講公道的政府的每一個部門，一直鬧到這件合同的事獲得解決爲止。只有兩個結果，要不就是我收齊了這筆帳款，要不就是我倒下了，像以前那些人辦交涉的時候倒下了爲止。此後我進攻郵政部部長，圍困農業部，給眾議院議長打了埋伏。他們都不管給陸軍訂立的牛肉合同，於是我向專利局進軍。

我說：「尊敬的閣下大人，大約在……」

「我的上帝啊！您最終還是把您那火都燒不爛的牛肉合同帶到這兒來了嗎？我們根本不管有關陸軍訂立的牛肉合同，親愛的先生。」

「哦，這完全沒關係——可是，總得有一個人站出來付那筆牛肉帳呀。再說，你們現在就得付，否則我就要沒收這個老專利局，包括它裡面所有的東西。」

「可是，親愛的先生……」

「不管怎麼樣，先生，我認為今天專利局必須對那批牛肉負責。一句話，有責任也罷，沒有責任也罷，今天專利局必須付清這筆帳。」

這裡就不必再談那些細節了。談判的結果是雙方動了武，專利局打了一場勝仗，但是我卻發現了一個對我有利的事。他們告訴我：財政部才是我應該去的地方，於是我到了那裡。我等了兩個半小時，後來他們讓我進去見第一財政大臣。

我說：「最高貴的、莊嚴的、尊敬的大人，大約在一八六一年十月十日，約翰・威爾遜・麥肯齊……」

「行啦，先生，您的事我已經聽說過了，您去見財政部第一審計官吧。」

我去見第一審計官。他打發我去見第二審計官。第二審計官又讓我去見第三審計官，第三審計官打發我去見醃牛肉組的第一查帳員。直到這一位才開始有點兒像是在認真地辦事。他查看了他的帳冊和所有未歸檔的文件，卻沒找到牛肉合同的底本。我又去找醃牛肉組的第二查帳員，他也查看了他的帳冊和未歸檔的文件，到最後還是毫無結果。

不過我看到了希望的曙光，我的勇氣也隨之提高了。在那一星期裡，我甚至找到了該組的第六查帳員；第二個星期，我走遍了債權部；第三個星期，我開始到錯帳部裡查詢。結束了在那裡進行的工作後，又在錯帳部裡獲得一個據點，我只花了三天工夫就消滅了它。

現在只剩下一個地方可以讓我去了。我去圍攻雜碎司司長。意思是說，我找到的是他的辦事員——因為他本人不在。有十六位年輕貌美的小姐在屋子裡記帳，還有七個年輕帥氣的男辦事員在指導她們。小姐們扭過頭來露出迷人的笑容，辦事員朝她們對笑，大夥喜氣洋洋，好像聽到了結婚的鐘聲敲響。兩三位正在看報的辦事員狠狠地盯了我兩下，又繼續看報，誰也不說什麼。

幸運的是，自從走進醃牛肉組的第一個辦公室那天起，直到走出錯帳部的最後一個辦公室為止，我已經積累了很多經驗，我已經習慣了四級助理普通辦事員的這種敏捷的反應。這時候我已經練就了一套功夫：從走進辦公室時起，一直等到一位辦事員開始跟我說話為止，我都能一直金雞獨立般站著，最多只改換一兩次姿勢。

於是，我一直站在那裡，一直站到我改換了四個姿勢後，我終於忍不住對一位正在看報的辦事員說：「大名鼎鼎的渾蛋，土耳其皇帝在哪兒？」

「您這是什麼意思，先生？您指的是誰？如果您說的是局長，那麼他出去了。」

「他今天會去後宮嗎？」

年輕人直勾勾地瞧了我一會兒，然後繼續看他的報。不過我熟悉那些辦事員的一套，我知道，只要他能在紐約另一批郵件遞到之前看完報紙，我的事就有把握了。現在他只剩下兩張報紙了。

過了一會兒，他看完了那兩張報紙，接著打了個哈欠，問我有什麼事。

「赫赫有名的尊貴的傻瓜，大約在……」

「原來您就是那個為牛肉合同打交道的人呀，把您的單據給我吧。」

他接過了那些單據，好半晌一直翻他那些雜碎。最後，他發現了那份已經失落多年的牛肉合同記錄——我還以爲他是發現了西北航道[3]，以爲他是發現了一塊我們許多祖先還沒駛近它跟前就被撞得粉身碎骨的礁石。當時我深受感動。但是我很高興——因爲我總算保全了性命，不會像先人們一樣在生命的最後時刻還爲它忙碌著。

我激動地說：「把它給我吧。這一來政府總要解決這個問題了。」

他揮手叫我後退，說還有一步手續得先辦好。

「合同上的這個約翰．威爾遜．麥肯齊呢？」他問。

「死了。」

「他是什麼時候死的？」

「他根本不是自己死的——他是被殺害的。」

「怎麼殺害的？」

「被戰斧砍死的。」

「誰用戰斧砍死他的？」

「哦，當然是印第安人囉。您總不會猜想是一位教會學校的校長吧？」

「那當然不會。是一個印第安人嗎？」

「正是。」

「那印第安人叫什麼？」

3. 經過加拿大北部的一條連接大西洋和太平洋的航道。

「他叫什麼？我可不知道他叫什麼。」

「必須知道他叫什麼，是誰看見他被戰斧砍死的？」

「我不知道。」

「這麼說，當時您不在場？」

「您只要瞧瞧我的頭髮就可以知道了，當時我不可能在場。」

「那麼您又是怎麼知道麥肯齊已經死了？」

「他肯定是那時候死了，我有充分的理由相信，他打那時候起就不在了。真的，我知道他已經死了。」

「我們必須要有證明。那您找到那個印第安人了嗎？」

「當然沒有。」

「我說，您必須找到他，您找到那把戰斧了嗎？」

「我從來沒想過這些事情。」

「您必須找到那把戰斧，您也必須交出那個印第安人和那把戰斧。如果麥肯齊的死能由這一切提供證明的話，那麼您就可以到一個特別委任的委員會那兒去對證，讓他們審核您所要求的賠償。按照這樣的速度處理您的帳單，看來您的子女或許還有希望活到那一天，可以領到那筆錢去享受一下。但是，前提是那個人的死必須得到證明。好吧，我不妨告訴您，政府絕不會償付已故麥肯齊的那些運費和旅費的。如果您能讓國會通過一項救濟法案，爲此撥出一筆款項，也許政府可能償付謝爾曼的士兵截下來的那一桶牛肉的貨款。不過，政府不會賠償印第安人吃掉的那二十九桶牛肉。」

「這樣說來，政府只能償還我一百美元，甚至連這筆錢也不是一定可靠的呀！麥肯齊帶著那些牛肉，跑遍了歐洲、亞洲和美洲，他經受了那麼多的折磨和苦難，把牛肉搬運過那麼多的地方，甚至爲那三十桶牛肉付出了自己的生命，並且有那麼多試圖收回帳款的無辜者做出了犧牲，最後就這麼了事啊？年輕人，爲什麼醃牛肉組的第一查帳員不早告訴我呢？」

「對您提出的要求是否屬實，他一無所知呀！」

「那爲什麼第二查帳員不早告訴我呢？爲什麼第三查帳員不早告訴我？爲什麼所有各組各部門的人都不早告訴我？」

「他們都不知道呀，我們這兒是按規章手續辦事的，您一步步地履行了那些手續，就會探聽到您所要知道的事情。這是最好的辦法，也是唯一的辦法，這樣辦事非常正規，雖然很緩慢，但是穩妥可靠。」

「是呀，是必死無疑，對於我們家族中的大多數人來說就是這樣。我開始感覺到，主也要召我去了。年輕人，我從你溫柔的眼光裡可以看出，你愛上了前面那個豔麗的人兒，你在脈脈含情地看著她那藍晶晶的眼睛，耳朵後面插著幾枝鋼筆。你想要娶她，可是你又沒錢。喏，把手伸出來——這是那份牛肉合同，你拿去吧，娶了她去快活快活吧！願上帝保佑你們倆，我的孩子！」

有關大宗牛肉合同案的消息引起社會議論紛紛一事，我所知道的都在上面交代了。我留下合同給他的那個辦事員現在也死了。有關合同此後的下落，以及任何與它有關的人和事我都不知道了。我只知道：如果一個人的壽命特別長而且又有充沛的精力，那麼他不妨到華盛頓的扯皮辦事處裡去追查這件事，在那裡花費了很大的氣力，經過無數的轉折和拖延，最後他會發現實際上他要找的東西在第一天就可以找到。當然，如果扯皮辦事處也能像一家大的私人商業機構一樣，把工作安排得那麼靈活的話。

記於一八七〇年

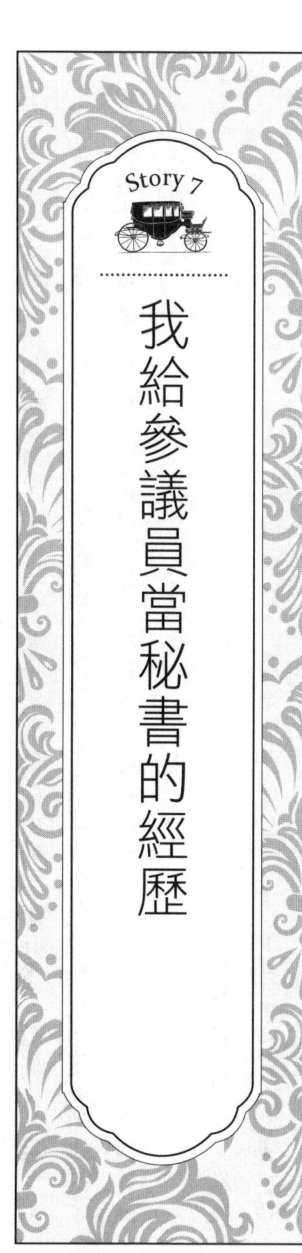

我給參議員當秘書的經歷

現在我已經不是參議員老爺的私人秘書了。這個職位我穩穩當當地擔任了兩個月，而且幹得興致勃勃，但是後來我幹的好事就回過頭來了——這就是說，我的傑作從別處轉回來，原形畢露了。

我估量著最好辭職。事情的經過是這樣的：

有一天還在清晨的時候，我的東家讓我去，於是我在給他最近所做的一次關於財政的精彩演說中添了一些莫名其妙的話進去之後，馬上就去見他。他臉上有著可怕的表情。他的領帶沒有打好，頭髮也是亂蓬蓬的，他的神情表現出烏雲密佈、雷霆將發的徵兆。他手裡緊緊地捏著一把信件，我知道那是可怕的太平洋鐵路的郵件到了。他說：

「我還以爲你是值得信任的哩。」

我說：「是的，先生。」

他說：「我把內華達州的一些選民寫來的一封信交給你，信中他們要求在包爾溫牧場設立一所郵局，我叫你給他們寫封回信，要儘量寫得巧妙一點，給他們舉出一些理由，使他們相信那地方還不必設立郵局。」

我覺得安心一些了：「啊，要是你的意思不過是這樣的話，先生，那我已經遵命照辦了。」

「是呀，你的確照辦了。我把你的回信念給你聽聽，讓你去慚愧慚愧吧：

斯密士、瓊斯及其他諸位先生：

你們要求在包爾溫牧場設一個郵局，究竟有什麼用呢？這對你們是毫無益處啊。就算是有信寄到你們那裡，你們也看不懂，是不是？還有一點，如果有寄錢的信要經過你們那兒再寄到別的地方去的話，那就很難安全通過了，想必你們能明白我的意思吧。結果就不免給我們大家都找些麻煩。算了吧，打消在你們那辦郵局的想法吧。

我非常關心你們的利益，覺得這只是一個裝飾門面的荒唐計畫。你們只是缺乏一所很好的監獄，明白嗎——一所修得漂亮而結實的監獄和一所免費學校。這兩項建設才是對你們有長遠利益的。這足以使你們感到真正的滿意和快樂，我可以馬上在國會提出這個議案。

參議員詹姆斯·××敬啟

馬克·吐溫代筆　十一月二十四日，於華盛頓

「你就是這樣答覆那封信的。那些人說我要是再到那地方去的話，他們就要把我吊死，我也相信他們一定會這麼幹。」

「唉，先生，當初我可不知道這會闖什麼禍，我不過是想說服他們罷了。」

「啊！真是，你的確把他們說服了，我絲毫也不懷疑。你看，這兒還有另外一封你的寶貝信。我把內華達的幾位先生寄來的一份請願書交給你，在請願書中，他們請求我盡力設法讓國會通過議案批准內華達州的美以美主教派教會爲法定團體。我叫你回信告訴他們，制定這種法案應該屬於州議會的職權範圍，並且還要設法使他們明白，目前在他們的那個新州裡，宗教界人士的力量還很薄弱，所以正式成立教會的時機是否成熟，還需要愼重考慮。你的回信是怎麼寫的呢？」

約翰・哈里法克斯牧師及其他諸位先生：

你們應該去找州議會解決你們的那個投機事業。關於宗教的問題，是沒有資格放在國會議會桌子上進行討論的，他們會對此不聞不問的。但是你們也不要忙著去找州議會，因為你們在那新設的州裡打算做的這件事情是不適當的——事實上，這簡直非常荒謬。你們那裡信教的人實力太過薄弱，無論在智慧方面、道德方面、虔誠方面都不夠——一切都差得太遠了。你們最好放棄這個計畫——這是行不通的。

你們辦這種團體，並不能發行債券[1]——即使可以發行，那也會使你們經常為難。別的教派會攻擊這樁事情，他們會「壓低行市」、「賣空頭」，使你們的債券垮臺。他們會像對付你們那裡的銀礦那樣，採取同樣的手段對付你們，他們會想方設法使大家相信那是「盲目的投機事業」。你們的計畫只會把這項神聖的事業弄得聲名狼藉，這種事情你們是不應該做的，你們應該感到慚愧。

這就是我對你們的意見。

你們的請願書末尾是這樣說的：「我們一定永遠祈禱。[2]」我也認為你們要這樣做才對——你們必須這麼辦。

參議員詹姆斯．××敬啟

馬克．吐溫代筆　十一月二十四日，於華盛頓

「這封聰明的信把我的選民當中的宗教界人士對我的好感完全斷送了，可是好像還怕我的政治生命毀得不夠徹底似的，不知道有一種什麼倒楣的念頭，又使我把舊金山市參議會裡那些威嚴的長老遞來的申請書交給你，讓你試試你的文采——這個申請書是要求國會制定法律，規定把舊金山市海濱地區的航運稅撥給他們那個市來收。

1. 作者故意用了一些有雙關意思的字進行混淆，產生喜劇效果，如 incoporate 一詞，可以解釋為「舉辦團體」，也可以解釋為「組建公司」；speculation 一詞，既可以解釋為「籌劃設想」，也可以解釋為「投機倒把」。

2. 原文中使用的 pray 一詞，既可解釋為祈禱，也可以解釋為呈情。

「我告訴你，這個問題要是提到國會裡去討論是很危險的。我叫你給那些市參議員寫封含糊其辭的回信——一封不著邊際的信——在信裡，你要極力避免對航運稅問題的認真考慮和討論。如果你現在還有一點知覺的話——如果還知道什麼是羞恥的話——那麼我把這封你遵照我的吩咐寫的這封回信念給你聽聽，是應該可以使你感到慚愧的。」

可敬的市參議會諸位先生：

大家敬愛的國父喬治．華盛頓早已逝世。他那長久的、光輝燦爛的一生已經永遠結束，令人不勝哀悼。在我們這帶地方他是很受敬仰的，可惜他死得太早，使所有的人都感到悲哀。他是一七九九年十二月十四日去世的。這一天他安靜地離開了承載著他一生的榮譽和偉大成就的場所，他是全世界最受人尊敬的英雄，也是全世界被死神接去的最親愛的人。而在這種時候，你們卻提出航運稅的問題！——他遭的是什麼運啊！

名譽算什麼！名譽不過是偶然之事而已。艾薩克．牛頓爵士發現一顆蘋果從樹上掉了下來，這其實不過是一個微不足道的發現，而且也是在他之前千百萬人早已發現了的事情——但是他的父母是很有勢力的，於是他們就把那件小小的事情拼命吹噓，把它說得多麼多麼的了不起，結果全世界的人就老老實實地相信這種吹牛的話，於是幾乎就在一瞬間，那個人就成名了。好好地體會一下這種見解吧。

詩歌，美妙的詩歌啊，世人從你那得到的好處有多大，叫誰來評定呀！

「瑪麗有一隻小羔羊，牠有一身雪白的毛——

無論瑪麗走到什麼地方，牠總是跟她在一起。」

「傑克和吉爾往山上走，

去提一桶水下來；

傑克跌了一跤滾下山，摔破了頭，

吉爾也跟著他滾下來。」

這兩首詩寫得都很樸實，用字也很高雅，而且詩中沒有猥褻的傾向，所以我認為都是很寶貴的作品。它們適合被各色各樣的人去領會，適合各種生活範圍的人——合於田野，合於育嬰室，合於商人的行會。尤其是參議會的議員們不能不欣賞這兩首詩。

可敬的老頑固先生們！請常通信吧。友誼的書信往來能夠保持我們純潔的友誼。請再來信吧——如果你們這封申請書裡還特別提到了別的什麼問題，務請再加說明，無須有所顧忌。我們絕不會嫌你們嘮叨。

參議員詹姆斯．××敬啟

馬克．吐溫代筆　十一月二十七日，於華盛頓

「這封信真是糟糕透頂，簡直是要我的命！你這個神經病！」

「唉，先生，這封信要是有什麼不妥當的地方，我實在是感到非常抱歉——可是——可是我

覺得這倒是避開了航運稅的問題沒有談呀。」

「避開個屁！啊！——好吧，不管它吧。現在既然已經遭殃了，就乾脆讓它來個徹底吧。乾脆讓它來個徹底——用你這篇最後的傑作來收場吧。我馬上就要念給你聽。我簡直要完蛋了。我把這封從亨保德來的那封信交給你的時候，本來就有點擔心，他們要求把印第安山谷到莎士比亞山峽和中間各站的郵路像摩門老路一樣做部分的修正。我已經告訴過你，這是個很傷腦筋的問題，我提醒過你，要靈活應付——回信要說得含糊一點，要讓他們感到莫名其妙。可是你用你這該死的白癡腦袋寫了這麼一封糟糕的回信。我看你要是還沒有完全喪失羞恥心的話，在我念的時候應該把耳朵堵起來才行：

柏金士、華格納及其他諸位先生：

關於印第安山谷到莎士比亞峽谷路線的問題，是很傷腦筋的。但是如果以適當的靈活手腕和含糊的態度來處理，我相信我們一定能夠想出一些辦法。因為這條路線在離開拉森草原的地方，去年冬天就在那附近有人剝掉了兩個勺尼族酋長「破落冤家」和「雲的對手」的頭皮，有些人喜歡這條路線，但是另外有些人因為其他的原因，認為還是別的路線較好。

走摩門老路就要在凌晨三點由摩斯比鎮出發，經過覺邦平地到布勒喬之後，再往下就到了壺把鎮，大路從它右邊經過，自然就把它丟在右邊，然後又經過道生鎮的左邊，再往前走就到了湯瑪浩克鎮，這麼走就可以使附近的旅客省點錢，也方便一點，還可以滿足其他一些人所想得到的一切合意的目的，因此也就是對最大多數人有最大的好處，所以我才有了信心，希望問題是可以解決的。但是如果你們希望對這個問題有進一步的瞭解，只要郵務部能將有關情況提供給我，我隨時都準備答覆你們，並樂於效勞。

參議員詹姆斯·××敬啟

馬克·吐溫代筆　十一月三十日，於華盛頓

「你來看看——你覺得這封信寫得怎麼樣？」

「唉，我不知道，先生。這——唉，在我看來——這封信還是很含糊其辭的。」

「含糊——滾出去吧！我簡直完蛋了。那些亨保德的野蠻人為了我叫他們大傷腦筋去看這麼一封不近人情的回信，他們絕不會饒了我的，我失去了美以美教會對我的尊敬，得罪了市參議會那些人——」

「唉，這些我都無話可說，我給他們的這兩封回信也許確實寫得有些不大得體，可是我對付包爾溫牧場那些人，實在是應對得很聰明呀，將軍！」

「滾出去！滾出去！永遠不要再回來了。」

我認為他這句話是一種隱隱約約的表示，他讓我無須再給他幫忙了，所以我辭職了。以後我決計不再給參議員當私人秘書。這種人實在太難伺候了。他們什麼也不懂。你費盡了心思，他們也不知好歹。

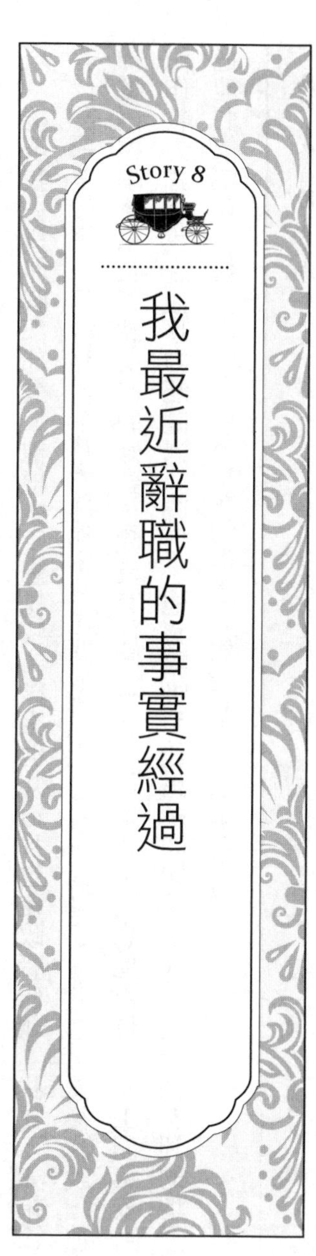

我最近辭職的事實經過

我辭職不幹了。可是政府的工作好像還在照常進行，但不管怎麼說，它的車輪上都少了我這根軸條。我原來是參議院委員會的秘書，現在已經辭去了這份差使。我看得出來，政府其他人員的心思也很清楚：他們就是不讓我參與商議國家大事，所以，我只能離開，因爲我沒法子只當官差而不丟面子。

我在政府任職六天，如果我把這六天當中所遭遇的所有令人氣憤的事情一件件、一樁樁，詳詳細細地說出來，那我可以寫出一本書來。他們指定我爲委員會的秘書，卻不許我同抄寫員打撞球。不打球雖說冷清一些，倒還可以容忍，只要內閣其他成員給我合乎我身分的待遇。可是，他們沒有一個對我客氣過。每當我發現某個部門的領導推行錯誤的路線時，我就會放下手裡的工作，跑去糾正他，我把這種事當成我的職責。可他們從來沒有謝過我一回。我懷著世界上最良好的願望去見海軍部部長，對他說：

「先生，我認為法拉庫特[1]海軍上將在歐洲也沒幹什麼，閒閒散散的，像是在郊遊野餐一樣。這個嘛，也許很不錯，不過我不這麼看。他要是沒有仗可打，還是讓他回國吧。一個人帶領整支艦隊去旅遊，並沒有什麼好處，太浪費了。請您注意，我並不反對海軍軍官旅遊——合情合理的旅遊——厲行節約的旅遊是可以的。可現在，他們還不如到密西西比河去放木排——」

你該聽聽他當時發了多大的脾氣！你還以為我犯了什麼罪似的。但我並不在乎。我說我這個辦法不花錢，既富於共和國的簡樸精神，又萬無一失。我說，你想安安靜靜地旅行，乘木排比乘什麼都強。這時候，海軍部部長問我是幹什麼的，我說我在政府供職，他問我是負責什麼的。我心想在同一個政府裡工作的人居然提出這樣的問題，真叫人莫名其妙。但我沒有說出口來，只告訴他，我是參議院委員會的秘書。你猜他發多大的脾氣！他命令我馬上滾出去，以後只許管我分內的事情。我頭一個衝動就是想撤他的職。不過，這不是他一個人的問題，還涉及其他人，而我又不會有什麼好處，所以才沒有撤他。

接著我去找作戰部部長。他根本不想見我，後來他知道我也在政府任職。我呢，如果沒有什麼要緊的事，我想我才不會去理他。我先問他借個火（他當時正抽著菸），然後我說，他維護假釋李將軍[2]及其戰友們的條款，我沒有什麼意見，但是我不同意他對付平原上印第安人的作戰方式。我說他兵力配置過於分散。他應該吸引住更多的印第安人，選一個有利的地形把他們集中在一起，使雙方都有足夠的供應，然後給它來個大屠殺。

1. 戴維・格拉斯哥・法拉庫特，一八六六年任美國海軍上將。
2. 羅伯特・愛德華・李，美國將軍，於南北戰爭中任南部聯軍總司令。

我說，對於印第安人來說，大屠殺才能使他們心服口服。如果他認為大屠殺太殘忍，我說第二個絕招是使用肥皂和教育。肥皂和教育的效果不如大屠殺迅速，但是從長遠考慮，更能置他們於死地。因為殺掉一半，還剩一半，印第安人還能復原，可是如果你讓他們上學，叫他們洗澡，那麼他們遲早要完蛋。這個辦法會慢慢傷害他們的體格，打擊他生命基礎的要害。我說：「先生，是時候了，必須進行殘酷的鎮壓。對破壞平原的印第安人，用肥皂和拼音本加以嚴懲，讓他們去死吧！」

作戰部部長問我是不是內閣成員，我說我是內閣成員。他又問我擔任什麼職務，我說我是參議院委員會的秘書。於是他下令以藐視法庭罪將我逮捕，限制了我一天的自由。

從那以後，我真想不再吭聲，隨政府去吧，它愛怎麼著就怎麼著。可是使命在召喚我，我不得不聽從它的召喚。

我訪問了財政部部長。他問我：「您要點什麼？」

這個問題我倒是沒有防備。我說：「甜酒。」

他說：「你有什麼事情到這裡來？先生，開門見山吧，別拐彎抹角。」

他突然轉移話題，我感到很是遺憾，這種做法令我反感。不過，在目前的情況下，我不能計較這件事，畢竟談正事要緊。我接著懇切地告誡他，他做的報告過於冗長。我說這麼長的報告是浪費時間，完全沒有必要，而且結構也彆扭。其中沒有描寫，沒有浪漫，沒有感情，沒有主角，沒有情節，沒有插圖——甚至連一幅木刻都沒有，明擺著沒有人會讀這種報告。

我奉勸他不要因爲寫這樣的報告而毀壞了自己的名聲。如果他想在文學方面搞出點名堂來，那麼寫的時候一定得多加些花樣。枯燥的細節絕對不能往上寫。我說日曆片之所以如此[3]受大眾歡迎，就是因爲它上面有詩句，有謎語。他的財政報告要是加入一些謎語，銷路一定更好，比他寫進報告裡去的國內稅收項目有趣多了。

我談這些問題的時候態度十分誠懇，可是財政部部長卻大發雷霆。他居然罵我是一頭蠢驢。他咒罵了我一通，還說如果我再敢來干涉他的工作，他就把我從窗戶裡扔出去。我說，既然我得不到與我官差身分相稱的待遇，我就脫帽告辭。我就這樣走了。這種人就像那些新出來的作家。他們的處女作快發表了，就自以爲比誰都強，你甭想對他們提什麼建議。

我在政府任職期間，每次履行職責的時候，總是到處碰壁。然而我做的事和我計畫做的事，用意都是爲國家好。我受了委屈，萬分痛苦，也許這會逼得我得出不公正的、有害的結論，但在我看來，國務卿、作戰部部長、財政部部長和我的其他同事準是一開始就想把我擠出政府。

我在政府供職期間只參加過一次內閣會議。那一次就夠我受的了。白宮看門的那位公僕好像不情願爲我放行，後來我問他其他內閣成員都到了沒有，他說都到了，我這才走了進去。他們都在場，但是沒有一個人請我坐下。他們都瞪著我，好像我是外星人似的。

總統說：「先生，您是什麼人？」

3. 歐美舊時曆書，為現代雜誌的前身，上面刊載有月令、遊戲文字等。

我把我的名片遞給他，他念道：「參議院委員會秘書馬克・吐溫」。接著他把我從頭到腳打量了一番，好像從來沒有聽說過我這個人。

財政部部長說：「就是這頭蠢驢，要我在報告裡加入詩句、謎語，把財政報告寫成日曆片。」

作戰部部長說：「就是這個瘋子，他昨天跑來給我出主意，叫我用教育的辦法把一部分印第安人弄死，其餘的印第安人統統殺光。」

海軍部部長說：「我認識這個年輕人，就是他，這個星期再三干擾我的工作。他擔心法拉庫特上將率領的整支艦隊是在旅遊，用他的話說，是旅遊。他發神經病，居然建議海軍乘木排旅遊，荒唐透頂，我無法重複他說過的話。」

我說：「先生們，我看你們都在竭盡全力給我抹黑，而且我也能看得出你們都不想讓我參與商議國家大事。而至於今天這個會，我什麼通知都沒有接到。也是因爲一個偶然的機會，我才知道要開內閣會議。這些事我就不說了，我想知道的是：現在開的是不是內閣會議？」

總統說是內閣會議。

「那好，」我說，「咱們馬上討論正事，時間寶貴，不能浪費，不要互相抨擊，這不像樣子。」

這時候，國務卿開腔了，他用親切的口氣對我說：「年輕人，我想你弄錯了。國會各個委員會的秘書都不是內閣成員，就如同國會議會廳看門的不是內閣成員一樣，你聽來好像覺得奇怪，因此，儘管在審議國事的過程中，我們都很希望能聽到你超群的見解，但是根據法律規定，我們不能這樣做。審議國家大事，你不能參加，萬一有不測的事發生，這也是正常的，你會感到難受，但你已經用自己的言行竭力制止過，這對你來說也是一個安慰。我祝福你。再會了。」

他這些話溫暖貼心，我不安的內心得到了些許安慰，於是我就離開了會場。

但是，國家的公僕不知安寧爲何物。我剛剛回到國會大廈的那間小辦公室裡，拿出議員的派頭把兩隻腳蹺到桌子上，委員會的一位議員就氣衝衝地闖了進來，對我說：「你這一整天都到哪兒去了？」

我說，如果此事與他有關，那麼我去參加內閣會議了。

「內閣會議？我倒想知道，你去參加內閣會議幹什麼？」

我告訴他我是去出主意了，爲了讓他相信，我還說此事從各方面都同他有關。他當時暴跳如雷，最後說什麼他找了我三天，要我抄寫一份有關炸彈殼、雞蛋殼、蚌殼還有其他亂七八糟的貝殼的文件，可誰也找不到我！

這太過分了，他這根稻草[4]一加上去，就把我這個抄寫員的駱駝背給壓折了。我說：「先生，你以爲我辛辛苦苦地工作就是爲了每天拿到六美元嗎？你要真是這麼認爲，那麼我建議參議院委員會另請高明。我可不是什麼黨派組織的奴隸！你那些降低我身分的差事，給我收回去吧。不自由，毋寧死！」

4. 歐美有句諺語「壓在駱駝背上的最後一根稻草」，指的是將人徹底壓垮的最後一點負擔。

從那一刻起，我就不再擔任政府工作了。我在那個部門裡受盡白眼以及冷嘲熱諷，最後那個我本想討好的委員會主席訓了我一頓。我受盡委屈，被迫遠離那既冒風險、又吸引人的偉大工作，在危急的時刻只好拋棄了我那正在流血的祖國。

但是，我爲國家盡過力，我遞上報銷單：

參議院委員會文書博士

向美利堅合眾國報銷：

作戰部諮詢　五十美元

海軍部諮詢　五十美元

財政部諮詢　五十美元

內閣諮詢免費

往返耶路撒冷旅費[5]，途經埃及、阿爾及爾、直布羅陀與卡迪斯，行程一萬四千英里，每英里按二十美分計，共兩千八百美元。

參議院委員會文書薪資，每天六美元，共六天三十六美元，總計兩千九百八十六美元。

5.只要擔任地區代表，就算抵達目的地以後不返回，也應該索取按往返里程計算的旅費。我實在不明白，為什麼政府居然拒絕補償我按里程計算的旅費津貼。作者原注。

除了三十六元文書薪資這個小數目之外，報銷單上各項竟沒有一項照付。財政部部長逼得我山窮水盡，拿起筆來把我其他各項支出統統劃掉，並在邊上批了「不准」兩字。居然賴帳！這國家沒有希望了。

我的官場生涯眼看就要結束了。讓那些願意上鉤的秘書留下去幹吧。

據我所知，各部門許多秘書根本不知道什麼時候開內閣會議。他們對於戰爭、財政、商業有什麼高見，國家領袖從來也不去詢問，好像他們不是政府的工作人員，而實際上他們天天在辦公室工作！但是他們知道他們的工作對國家來說多麼重要，他們會在一舉一動中不自覺地流露出來，你瞧他們在飯店裡點菜時候的那副神氣，但他們是在工作啊。

我認識一位秘書，他把從報紙上剪下來的各式各樣的小紙片貼到剪貼簿裡去——甚至有時候一天要貼八張、十張之多。他貼得不怎麼樣，可是他盡了最大努力去貼。這活兒是最累人的。它掏空你的才智，可是他一年只賺一千八百美元。那位年輕人有很好的頭腦，要是願意幹別的行當，他可以攢起好幾千美元。可是，他沒有——他的心向著祖國，只要祖國還剩下一本剪貼簿，他都心甘情願去做。

我認識幾位秘書，他們不知道怎麼寫，可是他們傾其所有無私地奉獻給了祖國，累死累活，受盡委屈，就爲這兩千五百美元的年薪。他們寫的東西，有時候別人還不得不重寫，可是你已經爲國家盡了力，國家還能埋怨你嗎？

有些秘書，找不到秘書的活兒，就等啊，等啊，等什麼時候哪個地方有了個空缺，耐心地等待一個爲祖國效勞的機會。而在他們等的時候，他們卻只有兩千美元一年的工資。這可真慘——太慘了，太慘了！

如果國會議員有一位朋友很有才能卻沒有工作，無法施展他那偉大的抱負，那位議員就會把他交給祖國，安排他在一個部門當秘書。那個人就得當一輩子奴隸。為了從不替他考慮、從不同情他的國家利益而同文件去開仗——一年的薪俸只不過兩三千美元。我要是把幾個部門所有秘書的情況統統列舉出來，說明他們幹的是什麼活兒，拿的又是多少錢，那麼，你會發現秘書還差一半，就他們幹的活來說，工資也還差一半呢。

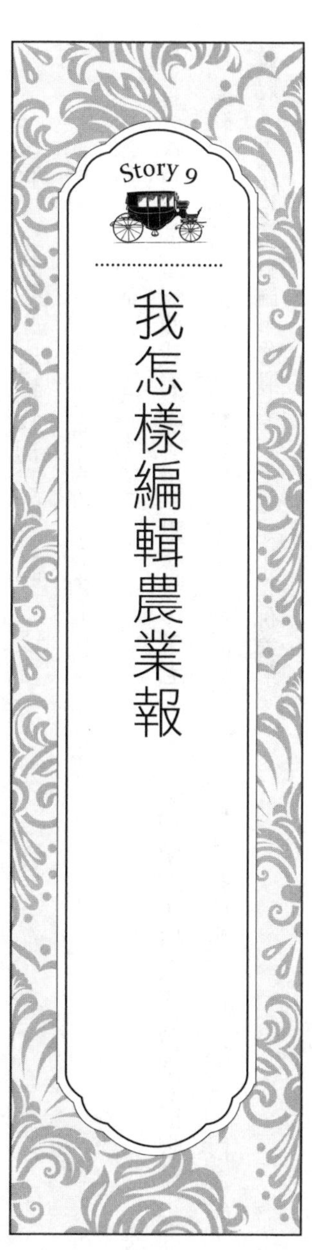

Story 9

我怎樣編輯農業報

我把一個農業報的臨時編輯工作承擔了下來。正如一個慣居陸地的人駕駛一隻船那樣，並不是毫無顧慮的。但是我當時處境艱難，薪水成了我追求的目標。這個報紙的常任編輯要出外休假，我就接受了他所提出的條件，代理了他的職務。

又有了工作，我心裡覺得非常舒服，我以孜孜不倦的興致，整整幹了一個星期。後來稿件開始印刷準備出售，我又懷著迫切的心情等待了一天，急於想看看我寫的文章是否能引起什麼注意。

將近傍晚，我離開編輯室的時候，樓梯底下的一群大人和孩子以一致的動作向旁邊閃避，給我讓出路來，我隱約聽見他們當中有一兩個人說：「這就是他！」這樁事情自然使我很高興。第二天早上，我又發現類似的一群人在樓梯底下，另外還有些人，東一對西一個，到處在街上站著，很感興趣地盯著我。當我走近他們的時候，那一群人就紛紛分開向後退，我還聽見一個人說：「你看看他那雙眼睛！」我假裝沒有看出我所引起的注意，可是內心卻很得意，還準備寫信給我的姑母敘述這種情況。

我爬上那道短短的樓梯，走近門口時，聽見一陣興高采烈的聲音和響亮的哈哈大笑。我把門打開，一眼瞟見兩個鄉下樣子的年輕人。他們看見我的時候，臉色發白，顯出害怕的樣子，接著他們兩人砰的一下子從窗戶裡跳了出去。我感到有些詫異。

大約過了半個鐘頭，一位留著長鬍子的老先生走了進來，他面容很文雅，但神情頗爲嚴肅。打完招呼後，我請他坐下，他就坐了下來。他似乎有點心事。他把帽子摘下來，放在地板上，然後從帽子裡面取出一條紅綢手巾和一份我們的報紙。

他把報紙放在膝蓋上，一面用手巾擦著眼鏡，一面說道：「你就是新來的編輯嗎？」

我說是的。

「你從前編輯過農業報嗎？」

「沒有，」我說，「這是我初次的嘗試。」

「大概是這麼回事，你對農業有過什麼實際經驗嗎？」

「沒有，可以說是完全沒有。」

「我有一種直覺使我看出了這一點，」這位老先生把眼鏡戴上，以嚴峻的神氣從眼鏡上面望著我說，同時他把那份報紙折了一下，方便閱讀，「我想把使我產生這種直覺的一段念給你聽聽。就是這篇社論。你聽著，看這是不是你寫的。」

> 蘿蔔不要用手摘，以免損害。最好是叫一個小孩子爬上去，把樹搖一搖。

「喏，你覺得怎麼樣？——我看這些當真是你寫的吧？」

「覺得怎麼樣？哦，我覺得這很好呀。我覺得這很有道理。我相信就只是在這個城市附近，每年都會因爲在半熟的時候去摘蘿蔔而糟蹋了無數萬擔，假如大家叫小孩子爬上去搖蘿蔔樹的話——」

「搖你的祖奶奶！蘿蔔不是長在樹上的呀！」

「啊，不是那麼長的，對不對？那當然，誰說蘿蔔長在樹上了？我那是打個比喻，完全是比喻的說法。稍有常識的人就會明白，我的意思是叫小孩子上去搖蘿蔔的藤[1]呀。」

於是這位老人站起來，把那份報紙撕得粉碎，還拿腳踩了一陣。他用手杖打破了幾件東西，並且說我還沒有一隻牛知道得多，然後他就走出去，砰的一聲把門帶上了。總而言之，他的舉動使我覺得他大概有所不滿，但我又不知道究竟出了什麼岔子，所以我對他也就無能爲力了。

隨後不久，又來了一個個子很高的死屍似的傢伙，頭上有幾綹細長的頭髮垂到肩膀上，他那滿是坑坑窪窪的臉上長滿了密密麻麻的短髭子，大概有一星期沒有刮過。他一下子衝進門裡，站著不動，手指按在嘴唇上，頭和身子都彎下去，做出靜聽的姿勢。但我並沒有聽見

1. 應該是指俗稱蘿蔔的羽狀葉。

什麼聲音。可他還在認真地聽，直到確定沒有什麼動靜後，他才把門鎖上，小心翼翼地踮著腳尖向我走過來，他走到勉強可以和我交談的地方就站住，以濃厚的興趣把我的面孔仔細觀察了一會之後，從懷中掏出一份折起來的我們的報紙，說道：

「這是你寫的吧？請你念給我聽——快點！幫我解脫痛苦吧，我難受得很。」

我照著念了下面的文章。當那些詞句從我嘴裡吐出來的時候，我看得出來果然對他產生了解救的效果，看得出他那緊張的肌肉鬆弛了下來，臉上的焦躁神情也消失了，安詳和舒適的表情悄悄地掠過他的眉宇，就像慈祥的月光照在淒涼的景物上面一般：

> 瓜努是一種很有經濟價值的鳥，因此飼養時必須多加小心。由產地輸入的最佳時期不宜在六月以前或九月以後。冬天應該把牠養在溫暖的地方，好讓牠把小鳥孵出來。
>
> 我們今年收穫穀物的日期顯然會很晚。因此農民最好在七月裡開始把麥秸插上，同時將蕎麥餅種下，而不宜推遲到八月間才種。
>
> 再談談南瓜吧。這種漿果是紐西蘭人最喜歡吃的，他們覺得用它做果子醬比用醋栗子好，同時也認為拿它餵牛比覆盆子好，因為它比較容易飽肚子，而且牛也愛吃。除了葫蘆和一兩種瓠瓜的變種之外，南瓜是柑橘科中唯一能在北方繁殖的蔬菜。但是把它和灌木一同種在前院裡的那種老辦法現在越來越不時興了，因為一般人都認為靠南瓜樹那幾片葉子遮陰是一樁未見成效的事情。

現在暖和的天氣快到了，公鵝已經開始產卵——

這位興奮的聆聽者連忙向我跑過來，和我握手，說：

「好了，好了——已經夠了。現在我可以證明我並沒有毛病，因爲你念的和我念的一模一樣，一字一句都正好相符。可是，先生，當今天早上我第一次讀這篇文章的時候，我心裡就想：雖然我那些朋友把我監視得很嚴，我可從來不相信自己瘋了！可是這下子我相信我確實是瘋了。於是我大吼一聲（那聲音幾英里以外都可以聽得見），接著我還想衝出去殺人。你明白吧，因爲我知道遲早我都會到這個地步，還不如趁早開始。我把你那篇文章當中的一段又念了一遍，爲的是證明自己確實是瘋了，然後我自己動手把我的房子放火燒了。我把好幾個人打成了殘廢，而且還把一個傢伙弄到樹上，這樣等我想要修理他的時候，隨時都可以把他弄下來，讓他不至於跑掉。可是我經過這兒的時候，覺得還是最好進來請教一下，把事情徹底弄清楚爲好。現在確實是弄清楚了，被我弄到樹上的那個小夥子運氣真是好。要不然我回去的時候肯定會把他殺死。再見吧，先生，再見。你爲我心裡卸去了一副重擔，我的理智居然抵制住了你的一篇農業文章對我的影響，現在我知道無論什麼事情都不能再使我的心理反常了。再見，先生。」

這個人爲了讓他自己開心就把別人打成了殘廢，還放火燒了房子，雖然是他自己幹的，但也使我有點於心不安，因爲我不免感到自己間接地與這些舉動有些關係。可是這種念頭很快就被攆走，因爲正式的編輯突然進來了！（我心裡想道，好可惜啊，假如你按照原計劃，去埃及旅遊的話，那我還可以有機會大幹一番。可是你偏偏不到那兒去，現在就回來了。我本來就擔心著你會這樣哩。）

編輯先生顯得很懊惱、惶惑和沮喪。

他把那個老暴徒和兩個年輕農民所搗毀的東西巡視了一番，然後說道：

「這真是一樁倒楣的事情——非常倒楣的事情，膠水瓶子打破了，還有六塊玻璃，還有一隻痰盂和兩隻蠟燭台，可是最糟糕的還不是這個，報紙的名譽受到了損失——恐怕是永久都無法彌補的損失。當然，這個報紙從來沒有像現在這樣受歡迎過，也從來沒有賣出這麼多份過，從來沒有出過這麼大的風頭。但難道我們希望靠瘋狂的行爲而出名，希望靠神經病來發展業務嗎？

「朋友，我給你說老實話，現在外面的街道上站滿了人，還有許多人騎在柵欄上，大家都在等著要瞧你一眼，因爲他們都認爲你是個瘋子。他們看了你寫的那些文章之後，當然也就不免有那種想法。你的那些大作真是我們新聞界的恥辱。天哪，你怎麼會異想天開地認爲自己可以編這種報紙呢？你似乎連農業上的一點最起碼的常識都沒有嘛。你提到犁溝和犁耙，[2]就把它們當成了同一種東西，你還說什麼牛換羽毛的季節；還主張飼養臭貓，因爲牠既好玩又善於捉耗子！你說什麼給蛤蜊奏樂就可以使它規規矩矩地待著不動，真是廢話——十足的廢話。什麼也不會驚動蛤蜊呀，蛤蜊經常都是規規矩矩地待著不動的，它對音樂根本就沒

2. 英語中犁溝為furrow，犁耙為harrow，讀音相近。

有絲毫興趣。

「啊，天哪，朋友！即使你把專門學糊塗當作一生的專業，那你畢業的時候也不可能得到比現在得到更高的榮譽了。我從來沒聽過這樣的事情，你說什麼七葉果作爲商品越來越受歡迎，這簡直是有意要毀掉這份報紙。我叫你放棄這個職務，馬上滾蛋，你這個廢物。我也不要再休假了——休了假也不痛快。叫你在這兒代替我的職務，我根本就無法安心休假。我得時時刻刻提心吊膽，不知道你還會提出一些別的什麼主張。我一想到你在『園藝』這一欄裡討論養蠔場的問題，就禁不住冒火。現在我叫你滾。天大的事情也不能讓我再去休一天假了。啊！你爲什麼不早點告訴我，你對農業一竅不通呢？」

「我告訴你，你這玉米稈，你這白菜幫子，你這捲心菜。我這輩子還是第一次聽到你這種無情無義的話哩。我告訴你吧，我幹編輯這一行已經十四年了，這還是頭一次聽說當個編輯還需要有什麼知識才行。你這個蘿蔔頭！請問你，是誰給那些二流的報紙寫劇評的？哼，還不都是一些出了師的鞋匠和藥劑師的學徒？他們對於演戲的知識並不見得比我對農業的知識強呀。是誰在寫書評呢？都是些從來沒有看過這本書的人。是誰寫那些關於財政的長篇大論？就是那些恰好對財政一無所知的評論家。是誰在評論對印第安人的戰爭呢？就是那些連臨陣的吼叫和林中的狗叫都辨別不清楚的、從來沒拿著印第安人的戰斧飛奔猛衝的人，也就是那些沒有從家人的身上拔過箭，從來沒有燒過營火的大人先生。是誰寫文章呼籲戒酒、大聲疾呼地警告縱酒之害的呢？就是那些直到進了墳墓的時候嘴裡才會不帶酒氣的人。是誰在編農業刊物呢？就是你嗎——你這山藥蛋子？一般而論，都是些寫詩碰了壁、寫黃色小說又不成功、寫噱頭劇本也不行、編輯本地新聞也失敗了的人，他們最後只好退守農業這一行，借此暫時免進遊民收容所。

「你居然來教訓我，大言不慚地談起辦報的問題來了！先生，對這一行我可是從頭到尾都精通了的，老實告訴你，一個人越是一無所知，他就越有名氣，薪資也拿得越多。天知道，我如果不是受過教育，而是愚昧無知，不是這樣小心翼翼，而是輕舉妄動，那我可能在這個冷酷自私的世界早就出名了。我告辭了，先生。既然你這樣對待我，我是十分情願走的。但是我已經完成了我的任務。在你所容許的範圍之內，我已經履行了合同。我說過我能夠使你的報紙迎合各階層的胃口——這一點我做到了。我說過我能夠使你的報紙銷量增加到兩萬份，如果我能再編兩個星期的話，那原是不成問題的。我其實可以給你找到這份農業報紙最好的讀者——其中一個農民也沒有，無論哪一個，要了他的命也不會明白西瓜樹和桃子藤的區別。我們的這次決裂，吃虧的是你，而不是我，你這大黃梗[3]！再見吧。」

於是我就離開了。

3. 大黃梗可以入藥，此處為罵人話。

競選州長

幾個月以前，我被提名為獨立黨的紐約州州長候選人，與斯坦華特·L·伍德特先生和約翰·T·霍夫曼先生競選。我總覺得我有一個顯著的優點勝過這兩位先生，那就是聲望還好。從報上很容易看出：如果說這兩位先生也曾經知道愛護名聲的好處，那也是過去的事了。近年來，他們顯然對各式各樣可恥的罪行都習以為常。

當時，我雖然醉心於自己的長處暗自慶幸，但是一想到自己的名字將和這些人的名字混在一起到處傳播，總有一股不安的混濁暗流在我愉快心情的深處「翻騰」。我心裡越來越不安。最後我給奶奶寫了一封信，把這件事告訴了她。她很快給我回了信，而且信寫得很嚴峻，她說：

你生平沒有做過一樁虧心事——一樁也沒有。你看看報紙吧——看一看就會明白，伍德特和霍夫曼這兩位先生是一種什麼人，看你願不願意把自己降低到他們那樣的水準跟他們一起競選。

我正是這個想法！那天晚上我一夜沒合眼。可是事已至此，我竟無法撒手了。我已經完全捲入了漩渦，不得不繼續這場鬥爭。

早餐時，我無精打采地看著報紙，突然我看到了一段消息，說實話，我從來沒有如此吃驚過。

僞證罪——馬克．吐溫先生現在既然已經在眾人面前出來競選州長，那麼他是否可以講講此事的經過？說明一下他怎麼會於一八六三年在印度的瓦卡瓦克被三十四名證人證明犯有僞證罪，那次做僞證罪是企圖侵佔一小塊香蕉種植地。那是當地一位窮寡婦和她的一群孤兒喪失親人之後，在淒慘的境遇中賴以活命的唯一資源。吐溫先生不論對自己，還是對其要求投票選舉他的偉大人民，都有責任澄清此事的真相。他願意這樣做嗎？

我不勝詫異，簡直氣炸了！竟有這樣一種如此殘酷無情的指控。我從來沒有到過印度！我從來沒有聽說過瓦卡瓦克！我也不知道什麼是香蕉種植地，就像我不知道什麼是袋鼠一樣！我不知道該怎麼辦才好。我簡直要氣瘋了，卻又毫無辦法。

那一天我沒有解釋也沒有發表聲明，就讓日子白白地溜走了。

第二天早晨，這家報紙沒說別的，只有這麼一句話：

耐人尋味——大家都會注意到：馬克・吐溫先生對印度的偽證案一直發人深省地保持緘默，似有隱衷。

（備忘——在這場競選運動中，這家報紙此後凡提到我必稱「無恥的偽證犯吐溫」。）

其次是《新聞報》，登了這麼一段：

急需查清——是否請新州長候選人向急於要投他票的同胞們解釋一下這件小事？那就是吐溫先生在蒙大拿州露營時，與他住在同一帳篷的夥伴經常丟失小東西，後來這些東西通通在吐溫先生身上或「箱子」（他捲藏雜物的報紙）裡發現了。大家為他著想，不得不對他進行友好的告誡，在他身上塗滿柏油，插上羽毛，叫他坐在橫桿上[1]，把他攆出去，並勸告他讓出鋪位，從此別再回來。他願意解釋這件事嗎？

難道還有比這種控告用心更加險惡的嗎？我這輩子根本就沒有到過蒙大拿州啊。

（從此以後，這家報紙管我叫「蒙大拿的小偷吐溫」。）

於是我漸漸對報紙有了戒心，一拿起報紙總有點提心吊膽，就像是你想睡覺，可是一拿

1. 舊時將被認為有罪的人渾身塗滿柏油，插上羽毛，讓他跨坐在橫桿上，抬出去遊街或示眾，都是羞辱性的刑罰。

起床毯，總是不放心，生怕毯子下面有條蛇似的。

有一天，我看到這麼一段消息：

謊言已被揭穿！——根據五方位區的邁可・歐弗蘭納根先生、華脫街的吉特・伯恩斯先生和約翰・亞倫先生三位的宣誓證書，現已證明馬克・吐溫先生曾惡毒地聲稱我們德高望重的領袖約翰・T・霍夫曼的祖父曾經因為攔路搶劫被處絞刑一說，純屬卑劣無端之謊言，毫無事實根據。他譭謗亡人、以讕言玷污其英名，用這種下流手段來達到政治上的成功，這實在叫正人君子看了寒心。

每當我們想到這些卑劣的謊言必然會使死者無辜的親友蒙受極大的悲痛時，我們就恨不得鼓動起受了污蔑和侮辱的公眾，立即對誹謗者施以非法的報復。但是，我們不能這樣做，還是讓他去承受良心的譴責吧。

（不過，公眾如果氣得義憤填膺，盲目行動起來，對誹謗者進行人身傷害的話，顯然陪審團是不可能對肇事者定罪的，法庭也不可能對他們加以懲處的。）

最後這句巧妙的話起了很大作用，當天晚上就有一群「受了污蔑和侮辱的公眾」從前門衝進來，嚇得我趕緊從床上爬起來，打後門溜走。

他們義憤填膺，來勢洶洶，一進門就把我的傢俱和門窗全部搗毀，走的時候把能拿得動的財物統統帶走。然而，我可以手按《聖經》起誓：我從來沒有誹謗過霍夫曼州長的祖父。不僅如此，直到那一天爲止，我從來沒有聽人說起過他，也從來沒有提到過他。

（順便提一下，刊登上述新聞的那家報紙此後總是稱我為「盜屍犯吐溫」。）

報紙上引起我注意的另一篇文章，是這樣寫的：

好一個體面的候選人——馬克．吐溫先生，原定於昨晚在獨立黨民眾大會上做一次詆毀別人的演說，卻沒有按時到會。他的醫生打來一個電報，說他被一輛狂奔的馬車撞倒，腿部兩處負傷，臥床不起，痛苦難言等，以及一大堆諸如此類的廢話。

獨立黨的黨員們硬著頭皮想把這一拙劣的托詞信以為真，假裝不知道被他們提名為候選人的這個放蕩不羈的傢伙未曾到會的真正原因。昨天晚上，分明有人看見一個人喝得酩酊大醉，歪歪斜斜地走進吐溫先生下榻的旅館。獨立黨人責無旁貸地需要證明那個醉鬼並非馬克．吐溫本人。這下我們終於抓住他們的把柄了。這一事件不容躲躲閃閃，避而不答。

人民用雷鳴般的呼聲要求詢問：「那個人是誰？」

把我的名字與這個丟臉的嫌疑人聯繫在一起，一時令人難以置信，絕對難以置信。我已經整整三年沒有喝過啤酒、葡萄酒或者其他任何一種酒了。

（這家報紙第二天大膽地授予了我「酒瘋子吐溫先生」的稱號，而且我明白它會堅持不渝地永遠這樣稱呼下去，但是，我當時看了竟然無動於衷，這足見當時的這種環境對我產生了多大的影響。）

這時候匿名信逐漸成爲我所收到的郵件中的重要部分。一般是這樣寫的：

被你從你寓所門口一腳踢開的那個要飯的老婆子，現在怎麼樣了？

好管閒事者

你幹的一些事，除我之外無人知曉，你最好識相一點，掏出幾塊錢來孝敬老子，要不然會有人對你不客氣，在報紙上跟你過不去。

隨你猜敬啟

大致就是這類內容。

讀者如果想聽，我可以不斷引用下去，直到使讀者噁心爲止。

不久，共和黨的主要報紙「宣判」我犯了巨額賄賂的罪行，民主黨的權威報紙把一樁極爲嚴重的訛詐案件「栽」在我的頭上。

（這樣我又多了兩個頭銜：「骯髒的賄賂犯吐溫」和「噁心的訛詐犯吐溫」。）

這時候輿論譁然，紛紛要我答覆所有這些可怕的指控。我們黨的主筆和領袖們都說，如果我還保持沉默的話，我的政治生命就要完蛋了。好像要使他們的控訴更爲迫切似的，就在第二天，有一家報紙登了這麼一段話：

注意這個人！獨立黨這位候選人還在保持緘默。因為他不敢答覆。對他的控告條條都有充分證據，並且那種足以說明問題的沉默一而再、再而三地證實了他的罪狀，現在他永遠都翻不了案了。

獨立黨的黨員們，看看你們這位候選人！看看這位聲名狼藉的偽證犯！這位蒙大拿的小偷！這位盜屍犯！好好看一看你們這位酗酒狂的化身！你們這位骯髒的賄賂犯！你們這位可惡的訛詐專家！睜開眼睛盯住他，把他仔細打量一番——這個傢伙犯下了多麼可怕的罪行。得了這麼一串倒楣的稱號，而且一條也不敢予以否認，你們是否可以把你們的選票投給他！

我沒有辦法擺脫這種攻擊，所以在深感羞辱之餘，準備著手「答覆」那一大堆毫無根據的指控和卑鄙下流的謊言。但是我始終沒有完成這個任務，因爲就在第二天，有一家報紙登出一個新的聳人聽聞的消息，再度惡意中傷，他們嚴厲地控告我因爲一家瘋人院妨礙住宅的視線，我就將這座瘋人院燒掉，把裡面的病人統統燒死了。這使我陷入了恐慌的境地。

接著又是一個控告，說我爲奪取我叔父的財產而不惜把他毒死，並且要求立即挖開墳墓驗屍。這使我幾乎陷入了精神錯亂的境地。

這些還不夠，又給我加了一個罪名，說我在負責育嬰堂事務時雇用掉了牙的、年老昏庸的親戚給育嬰堂做飯。我開始動搖了——動搖了。

最後，黨派鬥爭的積怨對我的無恥迫害自然而然達到了高潮：有人教唆九個剛剛學會走路的小孩，包括各種不同的膚色，帶著各種窮形怪相，衝到一次民眾大會的講臺上來，抱住我的雙腿，管我叫爸爸！

我放棄了競選。我偃旗息鼓，我甘拜下風。我不夠紐約州州長競選所需要的條件，所以，我遞上退出競選的聲明，而且滿懷懊惱地在信末簽上我的名字：

你忠實的朋友，從前是個正派人，現在卻成了無恥的偽證犯、蒙大拿小偷、盜屍犯、酗酒狂、骯髒的賄賂犯和噁心的訛詐犯——馬克．吐溫。

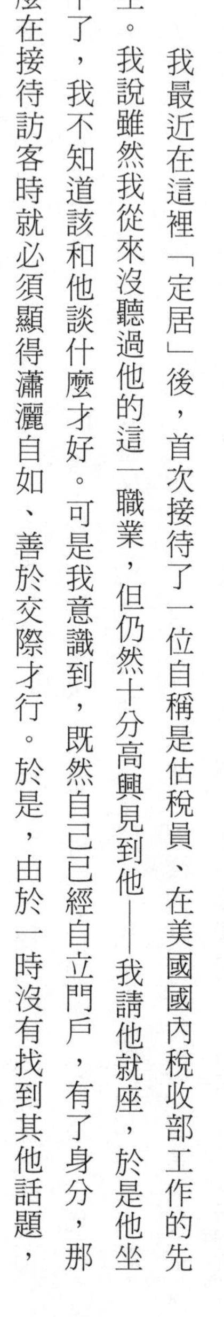

我最近在這裡「定居」後，首次接待了一位自稱是估稅員、在美國國內稅收部工作的先生。我說雖然我從來沒聽過他的這一職業，但仍然十分高興見到他——我請他就座，於是他坐下了，我不知道該和他談什麼才好。可是我意識到，既然自己已經自立門戶，有了身分，那麼在接待訪客時就必須顯得瀟灑自如、善於交際才行。於是，由於一時沒有找到其他話題，我就問他是否在我們附近營業。

他回答是的。我不願顯得一無所知，但是我希望他會提到他具體出售什麼樣的貨物。

我試探著問：「生意怎麼樣？」

他說：「還過得去。」

我接著說，我們會上他那兒去的。如果也同樣地喜歡他那家店，我們會成爲他的主顧的。

他說，他相信我們肯定會很喜歡那個地方，以後會專門去那兒的，還說只要誰跟他打過一次交道，就會和他長期合作，不會再找他的同行。

這話聽來有些自鳴得意。然而，除了每個人身上都有的那種自然流露的粗俗外，這人看上去還是很老實的。

我也不知道究竟是怎麼一回事，總之我們倆在交談中逐漸變得融洽，談得很投契，此後一切就那樣很愜意地自然而然地發展下去了。

我們不停地談論（至少在我這一方面是如此），不時地發出一陣歡笑（至少在他那一方面是如此）。然而我始終保持著冷靜——這是我天生的警惕性，就像工程師所說的那樣「開足了馬力」。不管他怎樣含含糊糊地回答，我已經下定決心要徹底打聽清楚他所幹的行業——我決定引導他談論自己的職業，但同時又不要讓他懷疑我的用意何在。我準備施展極其巧妙的詭計，務必要引他上鉤。我要把自己所做的事情全部告訴他，那樣他就會被我推心置腹的談話所誘惑，自然而然會對我親熱，甚至會在懷疑到我的意圖之前不經意間就把他的行業全部告訴我。我心裡想，夥計，你不知道你是在跟一個多麼狡猾的老狐狸打交道啊。我說：

「瞧，您猜不到，這一個冬天和上一個春天我單憑演講賺了多少。」

「猜不到……我真的猜不到。讓我再想一想——讓我再想一想，也許，大約是兩千元吧。不會的，先生，不可能，我知道你賺不到那麼多錢。也許是一千七百元吧？」

「哈哈！我就知道您猜不到嘛，上一個春天和這一個冬天，我演講的收入是一萬四千七百五十元。您覺得這個數目怎麼樣嗎？」

「哎呀，這是個驚人的數目呀……絕對驚人的數目。我得把它記下來。您是說，這還不是您全部的收入嗎？」

「全部的收入？咳，當然不是，此外還有四個月以來我從《吶喊日報》獲得的稿費收入——大約是——大約是——嗯，大約是八千元吧，您覺得這個數目怎麼樣？」

「哎呀！怎麼樣？老實說，我真希望也能過上這樣富裕的生活。八千元！我要把它記下來。哎呀，我的先生！……除此以外，您意思是不是說，你還有別的收入？」

「哈！哈！哈！哎呀，你可以說是『只沾了個邊』，此外還有我的書呢，《傻子出國記》……每本售價從三元五角起到五元，根據不同的裝訂而定。你聽我說吧，你不用害怕。單是過去的四個半月裡，不包括以前的銷量在內，單是那四個半月裡，那部書就賣了九萬五千本。九萬五千本哪！您倒想想。平均就算它四塊錢一本吧。總價差不多四十萬元，我的朋友。按照合同，我應該拿到一半。」

「受苦受難的摩西[1]！讓我把這個也記下來。一萬四千七百五十……八千……二十萬，總共，我算一算……哎呀，真想不到，總價大約是二十一萬三千元哪！真的有這麼多嗎？」

「那還會錯？如果有錯的話，那只能是少算了，如果我記得不錯的話，我這一年的收入是二十一萬四千元，現金！」

這時候那位先生站起身來告辭。我心裡很不痛快，因爲我聽了這個陌生人大聲驚嘆的話，便得意忘形，把錢數誇大了不少，結果卻白說了一陣。可是，他並沒有立即就走，臨走

1.《聖經》中記載先知摩西帶領以色列人逃出埃及，一路經受各種考驗，此處用作感嘆語。

時他遞給我一隻大信封，說那裡是他的廣告。我可以在那裡面找到有關他業務的一切細節。他說他很歡迎我去光顧——說如果他有了我這樣收入豐厚的人做主顧，實在感到驕傲。他說他以前常常以爲市裡也有好幾位大財主，可是，等到他們去跟他做生意時，才發現他們所有的那點錢只能勉強維持生活而已。還說，他確實耐著沉悶等待了這麼多年，才能遇到我這樣一位闊佬，而且能和我交談，並與我握手，情不自禁想要擁抱我——他說如果我能讓他擁抱一下的話，那他將感到十分榮幸。

這使我非常高興，所以我也就不再拒絕，讓這位心地純潔的陌生人伸出雙臂摟住我，還在我後頸窩裡灑了幾滴令人快慰的眼淚。然後，他離開了。

他剛走，我就打開了那個信封。我把它仔細研究了四分鐘。緊接著我就喚過廚子來，說：

「快扶著我，我要暈過去了！讓瑪麗去翻那烤餅吧。」

停了一會兒，我終於清醒過來，派人到路拐角的小酒店裡去雇來了一位行家，爲期一星期，要他整夜守護著我，同時咒罵那個陌生人，白天我罵累的時候，就由他接替。

哼，他是多麼可惡的一個壞蛋！他的那份「廣告」，其實是一份混帳的報稅表格——上面是一大堆沒頭沒腦的問題，問的都是我的私事，字體很小卻足足占了四大張紙——那些問題，我不得不承認，實在提得非常巧妙，哪怕是那些最爲世故老練的人也無法理解他們究竟用意何在——其實，那些問題都是煞費苦心想出來的，其目的是使一個人報稅時非但沒法弄虛作假，反而會將自己的實際收入多報三倍。我試圖尋覓一個可鑽的空子，可是似乎一個漏洞都沒有。第一個問題將我的全部經濟情況暴露無遺，有如一把傘蓋住了一隻小螞蟻：

過去一年裡，你在任何地方所從事的生意、業務或職業中，總共有多少收益？

這問題下面附了另外十三道同樣刁鑽的小題，其中最客氣的一條還要求我說明：過去我是否幹過偷盜，或者攔路搶人，或者縱火打劫，或者從事其他不可告人的勾當，借此營私漁利，購置產業，獲得過第一個問題右方所列的收入以外的錢財。

這分明是那個陌生人故意要誘我上當。這是非常非常明顯的事。於是我跑出去，聘請了另一位專家。由於陌生人利用了我的虛榮心，所以我才會把自己的收入申報為二十一萬四千元。按照法律規定，這筆收入中只有一千元是可以免繳所得稅的——這是我唯一可以放心的一點，但這一點錢有如大海中的涓滴而已。若按規定的百分之五的稅率，我上繳給政府的所得稅竟高達一萬零六百五十元！

（我在這裡可以聲明一下，後來我並沒有繳納這筆稅款。）

我認識一個非常富有的朋友，他的住宅簡直是一座皇宮，吃的是奢侈的山珍海味，開支十分之大，然而，他卻是一個沒有分文收入的人，這種情形，我常在報稅單上看到。於是，在迫於無奈的情況下，我只能向他求教。

他接過了我那些琳琅滿目、數目驚人的收入憑證，戴上眼鏡，提起筆，接著，一眨眼工夫——我馬上變成了一個窮光蛋！這是最乾脆不過的事了。他只是巧妙地偽造了一份「免徵表」的清單，就毫不費力地大功告成了。他將我應繳給「州政府、聯邦政府和市政府的稅」登記為若干，將我「由於輪船失事和火災等受到的損失」登記為若干。包括我在「租賃房屋時所受的損失」，在「出售牲畜時所受的損失」，「支付住宅及其周圍土地的租金」，「支付修理費、裝修費和到期的利息」，「以前在美國陸軍、海軍與稅務機關任職時，曾經在薪資項下繳過的所得稅」，以及其他。他對所有以上每種情況，都會列舉一個項目，然後登記了爲數驚人的「免徵額」。他計算完了之後，再把那張清單交給我，我打開一看，這一年裡，我在盈利方面的收入已經瞬間變爲一千二百五十元四角。

「你瞧，」他說，「按照法律規定，一千元是免稅的，你只需要去宣誓證明這份清單屬實，再繳納這二百五十元的所得稅就可以了。」

（他說這席話的時候，他的小兒子威利從他背心口袋裡偷了一張兩元美鈔，拿著錢一溜煙跑了。我敢打賭，如果那位陌生客人明天來找這個小傢伙，他也會謊報他這筆收入。）

「您是不是，」我說，「您本人是不是也這樣填報『免徵額』呀，先生？」

「這個當然！多虧了『免徵項目』下那十一條救命的附加條款，否則我就成乞丐了，就要討錢去供養橫徵暴斂、敲詐勒索、獨斷獨行的專制政府啦。」

在本市幾位實力最雄厚的人士當中，甚至在那幾位品德高尙、商業信譽卓著的人士當中，也數這位先生的地位最高，所以我甘拜下風。我到稅務局辦事處，在上次來訪客人的譴責的眼光下站起身來，不斷地撒謊，不斷地蒙混，不斷地耍無賴，直到後來我的靈魂深深陷入了僞證罪，我的自尊心從此消失得一乾二淨。

但是那有什麼關係呢？這正是美國成千上萬最富有、最得意，而且最體面、最受人尊重、最受人巴結的人每年都在玩弄的把戲。所以，對這些我毫不在乎，也並不感到羞愧。今後我只要少開口亂說，不輕易玩火，免得養成某些可怕的習慣，墮落到不可救藥的地步。

田納西的新聞界

一位記者把孟菲斯《高山報》的總編輯稱爲過激派，孟菲斯給予他這樣溫和的抨擊：「當他還在寫頭一句話的時候，寫到中間，加著標點符號時，他就知道他是在捏造一個謊言，這個謊言充滿著無恥的作風、子虛烏有的句子。」——《交易報》

醫生告訴我，南方的氣候可以增進我的健康，因此我來到南方的田納西，擔任了《朝華與約翰生縣呼聲報》的編輯職務。我去上班的時候，發現主筆先生斜靠在一把三條腿的椅子上，雙腳放在一張松木桌上。房間裡還有另外一張松木桌子和一把殘廢的椅子，兩個桌子上都幾乎鋪滿了報紙和剪報，還有一份一份的原稿，顯得有些凌亂。角落裡有一隻裝滿沙子的木箱[1]，裡面有許多雪茄菸頭和「香菸屁股」。還有一隻火爐，火爐上有一扇可以上下開

1. 當時人們為了讓信或稿子上的墨跡快乾，會在其上撒黃沙再拂拭乾淨，類似吸墨水紙。

關的塔門。

主筆先生穿著一件後面很長的黑布上裝和白麻布褲子。他的靴子很小，用黑靴油擦得很亮。他穿了一件有皺褶的襯衫，戴著一隻很大的圖章戒指，一條舊式的硬領，一條兩端下垂的方格子圍巾。服裝的年代大約是一八四八年。他正在吸著一枝雪茄，用心推敲著每一個字，他的頭髮已經被他抓得亂蓬蓬了。他皺眉瞪眼，樣子非常可怕。我估計他正在拼湊一篇特別傷腦筋的社論。他叫我把那些交換的報紙稍微看一下，並寫一篇《田納西各報要聞摘錄》，把那些報紙裡面所有有趣的材料通通簡縮在這篇文章裡。

於是我寫了下面這麼一篇：

田納西各報要聞摘錄

《地震》半週刊的編者們關於巴里哈克鐵道的報導顯然是弄錯了。公司不是要放棄巴扎維爾，而是認為這個地方是沿線最重要的網站之一，因此絕不會有輕視它的意思。《地震》的編輯們當然是樂於予以更正的。

希金絲維爾《響雷與自由呼聲》的高明主筆約翰·布洛松先生昨天光臨本城，並住在范·布倫旅舍。

我們發現泥泉《晨聲報》的同行認為范·維特的當選還不是確定的事實，這是一種錯誤的看法。但是他在沒有看到我們的糾正之前，一定會認識到他的錯誤。他顯然是受了尚未完全的選票揭曉數字的影響而做了這個錯誤的推斷。

有一個可喜的消息：布雷特維爾城目前正在設法與紐約的幾位工程師達成合約，用尼古爾遜鋪道材料翻修那些幾乎無法通行的街道。《每日呼聲》極力鼓吹此事，並且似乎對最後的成功似有把握。

我把我的稿子交給主筆先生，隨他採用、修改，或是撕毀。他看了一眼，臉上就露出不高興的神情。他再往下一頁一頁地看，臉色變得很可怕。顯而易見，一定是出了什麼毛病。他隨即就一下子跳了起來，嚷道：

「哎呀！你以爲我提起那些畜生會用這種口氣嗎？你認爲客戶們會看得下去這種糟糕的文章嗎？把筆給我吧！」

我從來沒有見過哪枝筆像這樣惡毒地連勾帶畫地一直往下亂塗，像這樣無情地把別人的動詞和形容詞亂畫亂改。他正在修改文章的時候，有人從敞開的窗戶外面向他放了一槍，把我的一隻耳朵震得和另一隻不對稱了。

「啊，」他說，「那就是史密斯那個渾蛋，他是《精神火山報》的——昨天就該來了。」於是他很俐落地從腰帶裡抽出左輪手槍來放了一槍。史密斯被打中了大腿，倒在地上。

他正要放第二槍，可是因爲被主筆先生打中了，自己那一槍就落了空，只打中了一個局外人，那就是我。還好，只打掉了一隻手指。

於是主筆先生又繼續進行他無情的塗改和增刪。他剛剛改完，就有人從火爐的煙筒裡扔了一個手榴彈進來，一聲爆炸，把火爐炸得粉碎。幸好只有一塊亂飛的碎片敲掉了我的一對牙齒，此外並無其他損害。

「那個火爐完全毀了。」主筆說。

我說我也相信是這樣。

「唉，沒關係，這種天氣已經用不到它了，我知道這是誰幹的事情，我會找到他的。你看，這篇文章應該這麼寫才對。」

我把稿子接過來。這篇文章已經被刪改得體無完膚了，假如它有個母親的話，她也會不認識自己的孩子。現在它成了下面這樣：

田納西各報要聞摘錄

《地震》半週刊那些撒謊專家顯然又打算對巴里哈克鐵道的消息造一次謠。這條鐵道是十九世紀最輝煌的計畫，而他們卻要散佈那些卑鄙無聊的謊言來欺騙高尚和寬容的讀者們。巴扎維爾將被丟到一邊的說法，根本就是那些騙子自己可惡的腦子裡編造出來的——或者還不如說是他們認為是腦子的那種骯髒地方產生出來的。他們實在應該挨一頓皮鞭子才行。他們如果想要避免人家打痛他們的賤皮賤肉的話，那就最好把這個謊言收回去。

希金絲維爾《響雷與自由呼聲》的那個笨蛋布洛松又到這裡來了，他厚著臉皮賴在范·布倫旅舍不走。

我們發現泥泉《晨聲報》那個昏頭昏腦的惡棍又照他撒謊的慣癖放出了謠

言，說范．維特沒有當選。新聞事業的天賦的使命是傳播真實的消息，剷除錯誤，教育、改進和提高公眾道德以及風俗習慣的趨向，並使所有的人更高雅、更高尚、更慈善，在各方面都更好、更純潔、更快樂，而這個黑心腸的流氓卻一味降低他那偉大任務的身分，專門散佈欺詐、譭謗、謾罵和下流的話。

布雷特維爾城要用尼古爾遜鋪道的材料修馬路——其實它更需要一所監獄和一所貧民救濟院。一個雞毛蒜皮的市鎮，只有兩個小酒店、一個鐵匠鋪和那狗皮膏藥式[2]的報紙《每日呼聲》，居然想起修馬路來，真是異想天開！《每日呼聲》的編者卜克納這個下賤的小人正在亂吼一陣，以他那慣用的低能的話極力鼓吹這樁事情，還自以為他說得很有道理。

「你看，要這樣寫才行，既富於刺激性，又中肯。軟弱無力的文章讓我看了心裡怪不舒服的。」

大約在這個時候，有人從窗戶外面拋了一塊磚頭進來，劈裡啪啦打得很響，震得我背上發麻。於是我移到火線以外——我開始感覺到自己對人家有了妨礙。

主筆說：「那大概是上校吧，我等他兩天了，他馬上就會上來。」

他猜得不錯。上校一會兒就到了門口，手裡拿著一支左輪槍。

他對主筆說：「老兄，您可以讓我和編這份骯髒報紙的膽小鬼打個交道嗎？」

2.原文為Mustard-Plaster，是一種用喬子末製成的藥膏，能讓敷上藥膏的地方發紅，對抗刺激性。

「可以。請坐吧，老兄。當心那把椅子，它缺一條腿。我想您可以讓我和那個無賴的撒謊專家布雷特斯開特．德康賽打個交道吧？」

「可以，老兄。我也有一筆小小的帳要和您算一算。您要是有空的話，我們就開始吧。」

「我在寫一篇文章，談談『美國道德和智慧發展中令人鼓舞的進步』這個問題，正想趕完，可是這倒不要緊，咱們開始吧。」

兩支手槍同時砰砰地打響了。主筆被打掉了一撮頭髮，上校的子彈則將它的旅程終止在我的大腿上，上校的左肩稍微削掉了一點。他們又開槍了，這次他們都沒有射中目標，可是我卻遭了殃，胳臂上中了一槍。等放第三槍的時候，兩位先生都僅僅受了一點輕傷，而我被打碎了一塊顴骨。於是我說，我還是出去散步爲好。因爲這是他們私人的事情，我再參與在裡面不免有點傷腦筋。但是那兩位先生都請求我繼續坐在那裡，並且極力說我對他們並無妨礙。

然後他們一面再裝上子彈，一面談選舉和收成的問題，而我只能著手捆傷口。他們馬上又開槍了，相互打得很起勁，每一槍都沒有落空。不過我應該說明的是，六槍中的五槍都打在了我的身上。另外那一槍打中了上校的要害。他很幽默地說，現在他應該告辭了，因爲他還要進城去辦事情。於是他探聽了殯儀館的所在，隨即就走了。

主筆轉過身來向我說：「我約了人吃飯，得準備一下。請你幫幫忙，給我看看校樣，招待招待客人吧。」

我一聽說讓我招待客人，就不免有些畏怯，可是剛才那一陣槍聲還在我耳朵裡響，我簡直嚇得魂不附體，因此也就想不出什麼話來回答。

他繼續說：「瓊斯三點會到這兒來——賞他一頓鞭子吧。吉尼斯配也許還會來得早一點——把他從窗戶裡摔出去。福格森爾大約四點會來——打死他吧。我想今天就只有這些事了。要是你還有多餘的時間，你可以寫一篇挖苦警察的文章，把那督察長臭罵一頓。牛皮鞭子在桌子底下，武器在抽屜裡，還有子彈在那個犄角裡，另外棉花和繃帶放在那上面的檔案架裡。要是出了事，你就到樓下去找外科醫生藍賽吧，他在我們報上登廣告——我們給他抵帳就是了。」

他走了之後，我渾身發抖。後來那三個鐘頭結束的時候，我已經經歷了幾場驚心動魄的危險，以至於安寧的心境和愉快的情緒通通無影無蹤了。

吉尼斯配是光顧過的，他反而把我摔到窗戶外面了。瓊斯又準時來到，我正預備賞他一頓皮鞭子的時候，他倒給代勞了。還有一位不在清單之列的陌生人和我幹了一場，結果我被他剝掉了頭皮。另外還有一位名叫湯普生的客人，將我一身的衣服撕得一塌糊塗，全成了碎布片兒。後來我被逼到一個角落裡，被一大群暴怒的編輯、賭鬼、政客和橫行無忌的惡棍圍困著，他們一直大聲叫囂和謾罵，在我頭上揮舞著武器，空中閃耀著鋼鐵的閃光。我就在這種情況中寫著辭去報館職務的信。

正在這時候，主筆回來了，和他同來的還有一群亂七八糟的、興高采烈的、熱心幫忙的朋友。於是又發生了一場鬥毆和殘殺，那種騷亂的情況，簡直非筆墨所能形容。人們被槍擊、刀刺、砍斷肢體，被炸得血肉橫飛，人被摔到窗戶外面去。一陣短促的暴風般的陰沉的咒罵，夾雜著混亂和狂熱的臨陣舞蹈[3]，朦朧地發出閃光，隨後就鴉雀無聲了。五分鐘之內就

3. 有一些部落會在出戰之前或戰勝後跳集體舞蹈。

平靜了下來，只剩下血淋淋的主筆和我坐在那裡。察看著四周的地板上到處鋪滿了這一場廝殺所留下的一場糊塗的戰績。

他說：「你慢慢習慣了，就會喜歡這個地方。」

我說：「我不得不請您原諒。我想我也許再過些時候寫出的稿子才能合您的意。我只要經過一番練習，學會了這兒的筆調，我相信我是能勝任的。可是說老實話，那種措辭的勁頭實在有些欠妥，寫出的文章難免會引起風波、被人打攪。這您自己也明白，文章寫得有力量，當然能夠鼓舞大家的精神，這是不成問題的。可我究竟不願意像您這個報紙這樣，引起人家這麼注意。像今天這樣，老是有人打攪，我就不能安心寫文章。

「這個職務我十分喜歡，可是我不願意留在這兒招待您的那些客人。我所得的經驗是新奇的，確實不錯，而且還可以算是別有一番風味，但是今天的事情還是有點不大公道。有一位先生從窗戶外面向您開槍，結果倒把我打傷了；一顆炸彈從火爐煙囪裡丟進來，本來是給您送禮的，結果讓爐子的門順著我的喉嚨管溜了下去；一個朋友進來和您彼此問候，結果把我打得滿身槍眼，弄得我的皮都包不住身子了；您出去吃飯的時候，瓊斯拿皮鞭子揍了我一頓，吉尼斯配把我摔到窗戶外面去，湯普生把我的衣服全都撕掉了，還有一個完全陌生的人把我的頭皮剝掉了，他幹得自由自在，就像個老朋友似的；還不到五分鐘的工夫，這一帶地方所有的壞蛋都塗著鬼臉來了[4]，他們都拿著戰斧把我嚇得魂魄出竅。

4. 有一些美洲印第安部落出戰前會在身上塗抹顏料或畫上臉譜。

「總的來說，像今天所經歷的這麼一場熱鬧，我可是一輩子都沒有遇到過。對不起，我喜歡您，我也喜歡您對客人解釋問題那種不動聲色的作風，可是您要知道，我簡直不習慣這些。南方人的心太容易被感情所支配，而且南方人款待客人太豪爽了。今天我寫的那幾段話，寫得毫無生氣，經您大筆一揮，把田納西新聞筆調的那股強烈勁勢灌注到裡面，又會不可避免地惹出一窩馬蜂來。那一群亂七八糟的編輯又要到這兒來——他們還會餓著肚子來，要殺一個人當早餐吃哩。我不得不向您告辭了。叫我來參加這場熱鬧，我只好敬謝不敏。我到南方來，爲的是休養身體，現在我要回去了，還是爲了同一目的，而且是說走就走，絕不留戀。田納西新聞界的作風太使我興奮了。」

我說完這些話之後，我們彼此便歉然地分手了，我就搬到了醫院去，在病房裡住了下來。

——照我所聽到的逐字逐句敘述的。

那是夏天的晚上，黃昏時候。我們坐在小山頂上的一戶農家門口的走廊裡，蕾秋大嬸很恭敬地坐在我們那一排下面的臺階上——因爲她是我們的女僕，而且是一個黑人。她的身材高大而壯實。雖然已經六十歲了，可她的眼睛並不模糊，還是炯炯有神，力氣也沒有衰退。她是個快快樂樂、精力充沛的人，笑起來一點也不費勁，就和鳥兒叫那麼自然。這會兒又像平常天黑以後一樣，她又處於炮火中了。這就是說，大家毫不留情地拿她開玩笑，她也不生氣，反而以此爲樂。

她經常發出陣陣爽朗的笑聲，然後雙手蒙著臉，笑得不可開交，全身顫動，簡直喘不過氣來了，就在這種時候，我心裡忽然起了一個念頭，於是我問道：

「蕾秋大嬸，你活了六十多年，怎麼好像從來沒什麼苦惱呢？」

她停止了抖動，沉默了一會，沒有作聲，然後回頭望著我說：

「克先生，您當真這麼說嗎？」

她的聲音裡沒有一絲笑意。

這使我大吃一驚，同時也使我的態度和談話莊重了一些。我說：

「噢，我以爲……我的意思是，我覺得……你簡直不可能有過什麼苦惱呀。我從來沒聽見你嘆過氣，也從來沒見你眼睛裡缺少笑意。」

她差不多完全轉過臉來了，顯出十足的一本正經的神氣：

「我是不是有過苦惱？克先生，我來跟您說，叫您自己來判斷吧。我出生在奴隸堆裡，我知道當奴隸的滋味，因爲我自己就當過奴隸。先生，我的老頭——就是我們當家的——他對我很恩愛，脾氣也好，就跟您對您的太太那麼好。結婚後我們生了七個孩子——我們很愛他們，和您愛您的孩子完全一樣。他們皮膚也是黑的，可是不管孩子們長得有多麼黑，他們的媽媽照樣愛他們，不會拋棄他們，隨你拿全世界什麼東西跟她換，她也不幹。

「先生，我生長在弗吉尼那[1]個老地方，不過我媽是在馬里蘭長大的。哎呀，她可是個厲害的人物，好傢伙！誰要是惹了她，她就會和你大吵大鬧！她發起脾氣來，就老是愛說一句話。她把身子站得挺直，兩手攥著拳頭插在腰上，說：『我要你們知道，老娘可不是生在平常人家，不能讓你們這些雜種開玩笑！我是老藍母雞的小雞，不含糊！』您知道嗎，藍小雞就是

1.今美國維吉尼亞州。

馬里蘭生的人給他們自己的稱呼，他們對這個名字很得意呢。

「哈哈，她每次都是那麼說。我一輩子也忘不了，因爲她常說這句話。有一天我的小亨利摔了一跤，把手腕摔壞了，頭也碰破了，剛剛碰著腦門子頂上，見旁邊的黑鬼們沒有馬上跑過去安慰他，她就開罵了。他們剛一回嘴，她馬上就站起來說：『喂！我要叫你們這些黑鬼知道，老娘可不是生在平常人家，不能讓你們這些雜種開玩笑！我是老藍母雞的小雞，不含糊！』沒人敢回嘴。她把廚房收拾完了，自己給孩子處理傷口。以後我被人家惹火了，也說這句話。唉，可惜後來我的老東家說自己破產了，只好把莊上的黑奴通通賣掉。我一聽說他要把我們通通送到里奇蒙去拍賣，啊，上帝！我就知道那是怎麼回事！」

蕾秋大嬸激動得站了起來，現在她高高地站立在我們面前，星光襯托出她的黑影。

「我們被他們套上鏈子，放在二十來英尺的一個看臺上，就像這個臺階這麼高，下面很多人圍著臺子站著，一堆一堆的人，有的人走上來，渾身打量我們，擰我們的胳膊，叫我們站起來又走又跳的，然後說『這個太老了』或者『這個腿瘸了』，再不就是『這個沒什麼用』。後來有人買了我的老頭，拉著鐵鍊把他帶走了，又有人買了我的孩子，把他們也帶走了。我哭了起來，那個人瞪著我說，『不准哭！』伸手就給我一巴掌。後來都賣完了，只剩下我的小亨利，我拼命把他抱在懷裡，抱得緊緊的，我站起來對他們吼道：『你們不能把他帶走，』我說：『誰敢動他，我就要誰的命！』這時候我的小亨利悄悄對我說：『別擔心，我會逃跑，跑掉後我就去做工，把您贖出來。』啊，上帝保佑我的孩子，他總是這麼孝順！可是他們拉著他——他們拉著他，就是那些人幹的。我拼命揪住他們的衣服，撕破了好些地方，還用我的鏈子打他們的腦袋。可是他們還是把他拉走了，他們也揍了我一頓，可是我不在乎。

「就這樣，老頭走了，還有我所有的孩子，七個孩子都走了。其中六個直到今天我都沒再看到一眼。算到上個復活節，那已經是二十二年以前的事了。把我買到手的那個人是新百倫的，他把我帶到了他的家鄉。唉，一年年的就這麼過去了，後來打起了仗，我的東家是南方軍隊裡的一個上校，我是給他家燒飯的。所以北方的隊伍佔領那個小鎮之後，東家全都跑掉了，而把我和別的黑人丟在那幢大得要命的房子裡。後來北方隊伍的大軍官就搬進來住，他們問我願不願意給他們燒飯。我說：『天哪，那還有什麼說的，我就是幹這行的。』

「他們可不是芝麻大的小官，您知道，那都是些有權有勢的軍官，他們高興叫那些士兵怎麼樣，那些士兵就得怎麼樣，真神氣！那個將軍叫我當廚房的頭兒，他說：『別害怕，誰要是來給你搗亂，你就直接讓他滾蛋。』他說，『現在你是和朋友們在一起了。』

「有時候，我心裡想，要是我的小亨利找到機會開了小差，那他一定就會上北方去了。所以有一天趁那些大官兒休息，我就跑到大客廳裡，我就給他們問了個好，就像這樣，和他們談起了我的亨利。他們靜靜地聽著我的心事，沒有歧視，就好像我也是白人一樣。我說：『先生們，我就是來問問，因爲他要是跑掉了，肯定會去北方，到了你們各位長官的地方。你們也許看見過他，那請你們告訴我，好讓我把他找回來。他很小，左手腕子上和腦門子頂上都有個疤。』這下子他們就顯得很難過，將軍說：『他們把他帶走有多久了？』我說：『十三年了。』將軍就說：『他現在可不會再像那麼小，他已經是個大人了！』

「我從來沒想到過這個！我心裡老想著他還是那麼個小不點兒，從來沒想過他會長大，長成個大人。我突然明白了，那些長官誰也沒碰見過他，所以他們沒法幫我的忙。幸運的是，雖然我不知道，但是我的亨利果然是跑到北方去了，去了好些年，還變成了一個剃頭匠，自己幹活。後來打起仗來了，他就說：『我剃頭剃夠了，我要去找我媽，除非她死了。』所以他賣掉了他的行頭，跑到招兵的地方去，給一個上校當聽差的。他跟著部隊到處打仗，一路打聽他老媽媽的下落。這段時間裡，他伺候了一位又一位軍官，一直把整個南方都找遍了，可是你看，我一點兒也不知道這些，我怎麼會知道呢？

「直到有一天晚上，我們開了個士兵跳舞會，新百倫那兒當兵的常常開跳舞會尋開心，他們就在我的廚房裡開，不知開過了多少次，因爲那屋子很大。您聽著，他們這麼幹，我可不高興，因爲我那地方是伺候軍官的，一有那些普通的士兵在廚房裡亂蹦亂跳，就叫我著急。不過我也不管他們，等他們跳完了就收拾收拾，每次都是這樣。有時候他們惹我生氣了，我就叫他們給我打掃廚房，我跟您說吧，真不含糊。呵呵！

「噢，有一天晚上——一個星期五的晚上——一下子來了一整排的人，是從守衛這所房子的黑人衛隊裡調來的——您知道，這所房子是司令部——這下子我可勁頭來了！高興瘋了嗎？我簡直是愉快極了！我從這兒轉到那兒，又從那兒轉到這兒。我簡直覺得渾身發癢，只想跟著他們跳起來。他們都在轉來轉去地跳舞。

「哎呀，他們玩得可真痛快！我也跟著越來越高興。過了不一會兒，有一個穿得很時髦的黑小夥子摟著一個黃皮丫頭從屋子那邊跳著跳著過來了。他們倆跳得直是轉，真叫人看了像喝醉了酒那股勁兒。轉到我身邊的時候，他們一會兒翹起這隻腿，一會兒又翹起那隻腿，還衝著我那大紅頭巾直笑，跟我打趣，我就冒火了說：『滾你媽的蛋吧！——雜種！』那年輕人的臉色猛地一下子有些變了，可是過了一會兒，後來他又笑了起來，跟原先一樣。噢，就在這時候，來了幾個樂隊裡奏樂的黑人，他們總是擺著那些臭架子。

「那天晚上他們剛擺好架子，我就跟他們搗蛋！他們笑了，這叫我更加生氣。別的黑人也大笑起來，這下子我可實在忍不住，我可真生氣了！我的眼睛裡簡直冒出火來了！我就站得挺直，就像這樣——跟我現在這樣，差點兒碰著天花板，我攥著拳頭插在腰上，我說：

『喂！我要叫你們這些黑鬼知道，老娘可不是生在平常人家，不能讓你們這些雜種開玩笑！我是老藍母雞的小雞，不含糊！』

「這時候，我就看見那個年輕人站住了，他瞪著眼睛，一動也不動，呆呆地望著天花板，好像想起了什麼事，又好像有什麼事忘掉了。嗐，我就往他們黑鬼那邊衝過去——就這樣，像一個將軍似的——他們就在我前面逃跑，滾到門外去了。這個年輕人出去的時候，我聽見他跟另外一個黑人說：『吉姆，你先走吧，請你告訴上尉，我大概明天早上八點才能回來。我心裡有點事。』他說：『恐怕今天晚上睡不著了。你先走，別管我了。』

「這時候大概是夜裡一點。等到第二天差不多七點的時候，我起來給軍官們做早飯，我在火爐前面彎著腰——就像這樣，把您的腳就算是火爐吧——用右手把火爐的門打開了——就是這樣，把它這麼關上，就像我推您的腳一樣——我剛剛在手裡端著一盤熱麵包，正要抬起頭來的時候，我看見一個黑臉蛋伸到我的臉下面，一雙眼睛往上盯住我的眼睛，就像我現在這樣從底下望著您的臉一樣。我就在那兒站著，一點也沒動彈！

「我死勁地仔細看，手拿著盤子直發抖，猛地一下子我明白了！我扔了盤子，抓住他的左手，把他的袖子往上推——就是這樣，就像我推您的袖子一樣，我馬上又抬頭望著他的腦門，把他的頭髮往上推，就像這樣，哈，我說：『孩子！你要不是我的亨利，你手腕上的痕跡，腦門上那個疤是從哪來的呀？謝天謝地，我又見到我的孩子了！』

「啊，沒什麼，克先生——我真是從來沒什麼苦惱，可也沒什麼歡喜事！」

麥克威廉士夫婦對膜性喉炎的經驗

——一位有趣的紐約紳士麥克威廉士先生在旅途中告訴作者的故事。

啊，我跑題了，給你說了半天膜性喉炎這種可怕的不治之症在城裡到處傳染，把所有的母親嚇得要命的情形，現在再回到本題來談吧。我叫我太太當心我的女兒小皮奈羅比。我說：「親愛的，我是你的話，我就不讓那孩子嚼那根松枝。」

「親愛的，這有什麼壞處嗎？」她說，可是同時她卻準備把那根松枝拿開。你知道的，結了婚的女人，哪怕是聽到非常有道理的意見，也非要和你強辯不可。

我回答說：「寶貝，誰都知道，松樹是最沒有營養的木頭，小孩子最好不要吃。」

我老婆正要伸著手去拿那根松枝，聽了我這話偏偏把手縮了回來，放到膝蓋上。

她顯然憤怒地抬起頭來說：

「老伴，你怎麼這麼糊塗。你明知不是那麼回事。醫生們都說松木裡的松脂精對背痛和腎臟都有好處呀。」

「啊，原來是我弄錯了。我不知道這孩子的腎臟和背脊骨出了毛病，我們的家庭醫師主張用……」

「誰說我們孩子的背脊骨和腎臟出了毛病？」

「親愛的，你的話裡有這個意思呀。」

「胡說！我根本沒有這個意思。」

「啊，親愛的，兩分鐘前你才說的，你說……」

「你管我說什麼！你別管我是怎麼說的。孩子嚼松枝根本沒有妨礙，只要她高興嚼，那就讓她嚼唄。哼！偏讓她嚼，怎麼樣？」

「行，別說了，親愛的。我現在明白你這番道理的說服力了，我現在就去買兩三捆最好的松枝來。只要我活著，可不能叫我的孩子缺少……」

「啊，拜託你快去上班吧，讓我安靜一會兒。我隨便說句什麼話，你都非要抬槓不可，老在那兒吵呀吵的，你簡直就不知道你說的是什麼，你老是這樣。」

「好吧，就算你說得對，可是你最後那句話不大合邏輯，你說……」

但是還沒有等我說完，她一轉身就走了，把孩子也帶了去。等到吃晚飯的時候，她臉色發白地對我說：「啊，莫蒂默，又是一個！小喬吉・戈登也染上了。」

「膜性喉炎嗎？」

「是啊。」

「他還有希望嗎？」

「絕對沒救了。天哪，我們怎麼得了呀！」

過了一會兒，一個保姆領著我們的皮奈羅比來和我們道晚安，並且讓她按照慣例伏在母親懷裡做禱告。正說到「現在我就去躺下來睡覺」時，她輕輕地咳嗽了一聲！我的老婆把身子往後一靠，好像突然得了死症的人那樣。不過她馬上就站起來，手忙腳亂地做著一些由恐怖引起的事情。

她吩咐保姆把孩子的小床從育兒室搬到我們的臥房裡，而且她親自跑去監督保姆執行這道命令。當然她是把我帶去的。我們很快就把一切安排好了。還在我老婆的梳妝室裡給保姆搭了一張臨時鋪。可是這下子她又說現在我們離另外那個孩子太遠了，萬一他在夜裡也有什麼發病的跡象怎麼辦呢？說著說著她的臉色又發白了。

我們只好又把小孩的床和保姆的床搬回到育兒室裡去，在靠近的房間裡給我們自己搭了一張床。

可是我太太馬上又說，萬一小娃娃又染上皮奈羅比的病怎麼辦？這個想法又使她心裡多了一種新的恐慌，於是我們大家一齊動手，又把孩子的小床從育兒室裡再搬出來。

老婆嫌不夠迅速，不能叫她滿意，雖然她還親自幫忙，但在她那急得要命的動作中，那小床幾乎被扯得粉碎。

我們搬到了樓下，可是那兒沒有地方安頓保姆，而我太太又說保姆的經驗對孩子是有非常大的幫助的。於是我們又往回搬，連捆帶包的，再搬到我們自己的臥室裡。儘管疲憊不堪，我們還是感到很高興，就像飽受風吹雨打的鳥兒回到了牠們的巢那樣。

我太太又飛快地跑到育兒室裡，看看那兒的情形怎樣。她一會兒就回來了，心裡又有了一種新的恐懼。她說：「今天孩子怎麼睡得這麼沉呢？」

我說：「噢，親愛的，我們的孩子睡覺向來都是像個雕像一樣。」

「我知道，我知道。可是今天他睡覺的樣子確實有點特別。好像是……好像……他好像是呼吸得太正常了。啊，這可有些可怕。」

「可是，親愛的，他向來呼吸的很正常啊。」

「啊，我知道，可是今天的情形卻有些可怕。她的保姆太年輕了，經驗不夠。叫瑪麗亞去和她在一起才行，出了什麼事她正好隨時幫忙。」

「這個主意倒不錯，可是誰幫你的忙呢？」

「我有什麼事可以叫你幫忙？像現在這種時候，我才不會叫別人幹什麼，我全都自己來。」

我說我去睡覺，讓她一個人守著孩子熬一整夜，未免過意不去。不過最終她還是說服我了。於是年老的瑪麗亞走了，回到育兒室裡她的老地方去了。

皮奈羅比睡著之後又咳嗽了兩次。

「啊，醫生爲什麼還不來！莫蒂默，這屋子太熱了。這屋子一定是太熱了，把火爐的風門關上吧，快點！」

我把它關上了，同時看了看寒暑表，心裡只是納悶，不知七十度對於一個有病的孩子來說怎麼會太暖了。

這時候馬車夫從城裡回來了，他帶來的消息是我們的醫生也病了，躺在床上起不來。我太太用陰沉的眼色望著我，用低沉的聲調說：

「這真是天意。難道是命中註定了？他從來沒有病過。從來沒有。莫蒂默，我們的生活過得很不得法，我告訴過你很多次，現在你看到結果了吧，我們的孩子不可能好了，你要是能夠原諒你自己，那就算你有福氣，這輩子我都不會原諒自己了。」

我說我不明白我們過的生活竟然是那麼胡鬧，我說這話並不是故意和她過不去，而是她的措辭確實有失考慮。

「莫蒂默！你想要娃娃也遭到報應嗎？」

於是她哭起來了，可是忽然又喊道：

「醫生一定捎了點藥來吧！」

我說：「當然。在這兒呢。我就等著機會跟你說呢。」

「好吧，快拿來給我！你不知道現在每一分鐘對於孩子來說都是無比寶貴的嗎？但是既然這個病沒法兒治，那又拿藥來幹什麼？」

我說只要孩子還活著，我們就有希望。

「希望？莫蒂默，你簡直不知道你在說什麼夢話，真不比一個沒出娘胎的孩子強。你要是——唉，活見鬼，藥瓶上寫著每小時服一茶匙！每小時服一次！好像我們還有一整年的時間來挽救這孩子似的！莫蒂默，請你趕快！給小傢伙一湯匙，千萬要快！」

「唉，親愛的，一湯匙恐怕會……」

「別把我急瘋了吧！……唉，唉，唉，親愛的，我的好人，我知道這藥很苦，可是對奈莉有好處——能治我們的寶貝孩子的病，她吃了就會好的。好了，好了，好了，把她的小腦袋放到我的懷裡，快去睡覺，過一會兒……啊，我知道她活不到明天早上了！莫蒂默，每隔半小時餵她吃一湯匙，那就……啊，這孩子還需要吃點莨菪，對了，她還應該吃附子。拿來吧，莫蒂默。你讓我愛怎麼辦就怎麼辦吧，你對這些東西一點都也不懂。」

好不容易弄完這些，我們才上床去睡覺，孩子的小床靠著我老婆的枕頭放著。這一陣亂糟糟的事情把我弄得筋疲力盡，不到兩分鐘，我就迷迷糊糊進入半睡的狀態。

可是我太太又把我叫醒了：

「親愛的，火爐的風門打開了嗎？」

「沒有。」

「我早就料到了，馬上把它打開，這屋子裡太冷了。」

我把它打開，馬上又睡著了。可是我又被叫醒過來：

「親愛的，你把小床搬到靠你那邊點行不行？那兒離風門近一點，暖和一些。」

我只好把它搬了過來，可是不小心碰了一下地毯，把孩子驚醒了。我又迷迷糊糊睡著了，我老婆把受罪的孩子哄住。可是只過了一會兒，我又在雲裡霧裡的非常困倦之中隱隱約約地聽到這麼一句話：

「莫蒂默，我們要是有點兒鵝脂油才好呢，你按下鈴好嗎？」

我半睡半醒地爬起來，一下子踩到了一隻貓，牠哇的一聲提出抗議。我想教訓牠一下，於是猛踢了一腳，可是一把椅子替牠受了委屈。

「喂，莫蒂默，你爲什麼擰開煤氣燈，這樣會把孩子弄醒的。」

「因爲我要看看我的腳傷得怎麼樣，卡洛琳。」

「唉，那你也看看那把椅子吧，我相信它肯定被你踢壞了。可憐的貓兒，要是你……」

「我可完全不打算替貓設想。要是瑪麗亞留在這兒，由她來做這些事情，那根本就不會出這種岔子，這些事她幹才在行，本不該輪到我頭上。」

「唉，莫蒂默，我覺得你說這種話未免太難爲情。在這種倒楣的時候，我叫你做幾樁小事，你居然還覺得不應該，那真是不像話？你看看我們的孩子……」

「好了，好了，隨便你叫我幹什麼我都幹。可是他們都睡覺了，我不能按鈴把他們吵醒。鵝脂油在哪兒？」

「在育兒室的壁爐架上，你上那兒去跟瑪麗亞說一聲……」

我把鵝脂油拿來，躺下睡著了。可是我又一次被叫醒：

「莫蒂默，實在不願意再打攪你，可是屋子裡還是太冷，我不能給孩子敷這東西。你把壁爐點著吧？什麼都準備好了，只要點一根火柴就行了。」

我精疲力竭地爬起來把壁爐點著，然後坐下來，心裡很不痛快。

「莫蒂默，別坐在那兒，著了涼可是要命的，快上床來吧。」

我正往床邊走，她又說：

「等一會兒，你再給孩子吃點藥吧。」

我照辦了。孩子吃了這種藥精神多少有些旺盛，所以我老婆就趁著她醒的時候脫光了她的衣服，給她渾身塗上鵝油。我剛睡著不久了，可是又不得不起來。

「莫蒂默，我覺得有風。我清清楚楚地覺得的確是有風。這種病一著風，那可是最糟糕不過。請你把小床搬到壁爐前面吧。」

我遵命去辦，結果又碰到了地毯，我就乾脆把它丟到了火裡。我太太連忙從床上爬起來，把地毯從火裡救了出來，還和我拌了幾句嘴。我再次獲得了一段極短時間的睡眠，然後又奉命起來，找來了一副亞麻子敷藥。這副敷藥敷在孩子的胸前，在那兒擔任治療的職務。

木頭生的火是不經久的。每過二十分鐘我就要起來添木柴，這就使我太太有了機會，把餵藥的時間縮短到十分鐘，對此她感到非常滿意。有時候我還需要把亞麻子敷藥重新弄一下，再弄些芥子泥之類的藥膏在孩子身上還沒有塗藥的空地方給她敷上。唉，天快亮的時候，該死的木柴又用完了，我老婆叫我下樓到地窖裡再取一些上來。我說：

「親愛的，這是件很吃力的事情，況且孩子已經加了衣服，足夠暖和了。你看我們是不是可以再給她加上一層敷藥，再……」

我的話沒有說完就被打斷了。我費了不少時間，費了老大的勁把木柴從下面搬上來，然後又上床躺下，打起鼾來，這是只有一個氣力用盡和精神疲乏到極點的人才有的現象。

天剛剛大亮的時候，我覺得有人在我肩膀上捏了一下，這使我突然神志清醒了。我老婆瞪著眼睛望著我直喘氣。等她能開口說話的時候，她說道：

「一切都完蛋了！完蛋了！孩子在出汗！怎麼辦呀？」

「哎呀，你簡直把我嚇壞了！我怎麼知道怎麼辦！她是不是太熱了？我們把她身上的藥膏刮掉，再把她放到通風的地方——」

「啊，你這個白癡！一分鐘也不能再耽誤了！快去請醫生來。你親自去。告訴他非來不可，不管死活。」

那可憐的病人被我從床上拽下來，拉到了我們家。他診斷了一下，說她不會死。我高興得無法形容，可是我老婆簡直氣瘋了，好像是醫生的話侮辱了她的智商。然後醫生說孩子的咳嗽只不過是嗓子有點兒癢或是什麼不舒服引起的。我老婆聽了這話，有了想攆他出去的衝動。但是醫生說只有孩子咳得兇一點，才能把那毛病咳出來。所以醫生給孩子吃了一點什麼藥，結果她大咳特咳了一陣，一會兒之後，從她嘴裡咳出了一小塊木屑樣的東西。

「這孩子並沒有害膜性喉炎，」他說，「她就是拿一小塊松木板之類的東西在嘴裡嚼，弄了點碎片在嗓子裡了，這不會對她有什麼妨礙的。」

「是呀，」我說，「我很相信你的話。根據我太太的理論，碎片裡面所含的松脂精對於孩子們很有好處哩。讓我太太給你說明一下吧。」

這次她沒有作聲。她帶著輕蔑的神氣轉過身去，離開了孩子的房間。從此以後，我們的生活中有了一段我們永遠都不敢提起的插曲。於是我們的日子就在深沉和相安無事的平靜氣氛中一天天很順利地過去了。

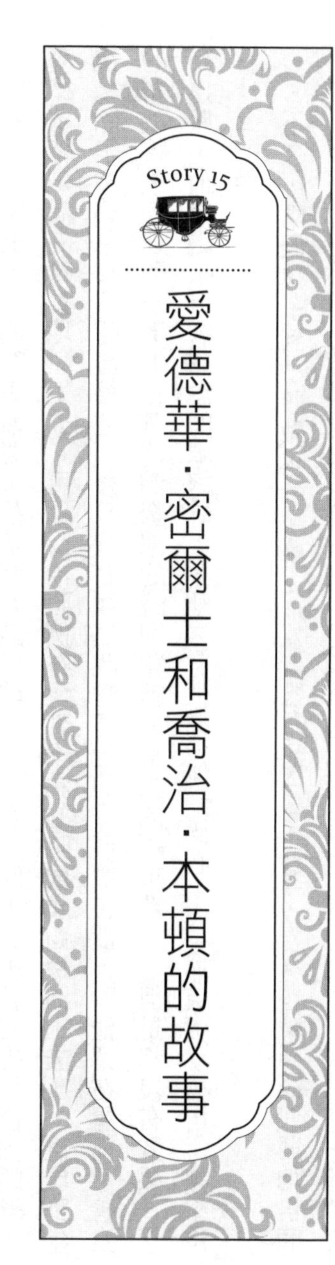

愛德華·密爾士和喬治·本頓的故事

這兩個人本來關係很疏遠，他們大約是隔著七房的表兄弟或者諸如此類的親戚。他們還在襁褓中就成了孤兒，被布朗特夫婦收養。夫婦倆沒有兒女，因此這兩個娃娃成了他們的寶貝。布朗特夫婦常常說：「只要你們純潔、誠實、冷靜、勤勉、多替別人著想，一生的成功就有把握。」在這兩個孩子明白它的意義之前，他們已經聽過了好幾千次了，他們還不會做禱告時，就已經能默誦這句話。因為育嬰室的門頂上用油漆寫了這句話，所以他們首先學會的就是這些字。這句話註定了要成為愛德華·密爾士一生堅定不移的信條。

有時候布朗特夫婦也會把詞句稍微改變一下，說：「只要你們純潔、誠實、冷靜、勤勉、體諒別人，那就絕不會缺少朋友。」

愛德華對他身邊所有人都是一種安慰。他想吃糖而沒人給他的時候，他會聽大人講的道理，沒有糖也就心滿意足。不過本頓想吃糖的話，就會哭個不停，非等到要到了糖，否則就決不甘休。

密爾士很愛護他的玩具，可本頓總是過不了多久就把玩具弄壞了，然後吵吵鬧鬧，鬧個沒完，把大夥弄得頭疼，大人為了息事寧人，只好哄著小愛德華把自己的玩具讓給喬治。

等這兩個孩子稍稍長大一點時，喬治就在這一方面成了家裡一個很重的負擔。他從不愛惜他的衣服，所以他常常有新衣服穿，打扮得漂漂亮亮的，而愛德華卻沒有這份福氣。

時光飛逝，兩個孩子一轉眼長大了。愛德華越來越給人安慰，而喬治卻越來越叫人擔心。每當愛德華有所要求，只要一告訴他「我看你還是不去為好」，那他絕不會去——即使是游泳、溜冰、野餐、摘漿果、看馬戲等這些孩子們喜歡的事情。可是喬治卻不會這麼聽話，你說什麼都不行，對他的欲望必須遷就，不然他就會硬幹起來，所以當然就是沒有哪個孩子比他得到更多的機會去游泳、溜冰、摘漿果，或是幹其他的事情，誰也沒有他玩得痛快。

夏季的晚上，布朗特夫婦要求孩子們九點以前必須回家。回來之後就安排他們去睡覺。愛德華總是老老實實地睡下去，可是喬治照例在快到十點的時候爬窗戶溜出去，一直玩到半夜。除了拿蘋果和石彈籠絡他，幾乎沒有辦法改變喬治的這個壞習慣，叫他留在屋裡。善良的布朗特夫婦枉費心機地花費他們全部的時間和精力來試圖約束喬治，但是都沒有效果。想到這些，他們總是含著感激的眼淚說，還好愛德華無須他們操心，因為他規矩、懂事，幾乎沒有什麼缺點。

不久，兩個孩子到了該做事的年齡，他們都被送去學手藝了。愛德華高高興興地自願去了，而喬治卻要不斷地哄勸和收買才去。愛德華因為勤勉而忠實地工作，不再是布朗特夫婦的負擔，所有人都稱讚他，包括他的老闆。可是沒多久喬治就偷偷跑掉了，布朗特先生又花錢又費神才把他找到，把他帶了回來。可是不久他又跑了，這次又花了一些錢，費了一些神。第三次他又逃掉了，同時還偷了幾件店裡的小東西。這給布朗特先生惹了大麻煩，叫他花了不少錢，而且他還費了很大的勁說服老闆，請他原諒這年輕人的偷竊行爲。

愛德華一直穩重地幹了下去，後來他終於和他的師父合夥開了個店鋪經營那個生意。喬治卻沒有起色，他總是讓那兩位年老的恩人慈愛的心中充滿煩惱，總是讓他們提心吊膽，不得不千方百計地防止他走上歧途。在愛德華還是個小孩子的時候，他便熱心參加主日學校、辯論會、教會募捐等活動，還加入了戒煙團體、反對瀆神的團體等。成人之後，他是教堂和戒酒會裡一個沉默寡言而又踏實可靠的幫手，熱衷於一切以扶助別人爲目的的運動。這並沒有使人傳爲美談，也不曾引起大家的注意，因爲所有人都以爲那是他的「天生癖性」。

兩位老人終於死了。遺囑裡表達了他們爲擁有愛德華而感到自豪，同時把他們一生僅有的財產留給了喬治，因爲他「需要它們」。而愛德華卻「因爲得天獨厚」，並不需要這些照顧。不過財產留給喬治是有條件的：他必須用這筆錢把愛德華的合夥人的股份買過來，否則這筆財產就只能捐給一個叫作囚犯之友社的慈善機構。兩位老人還留下了一封遺書，要求愛德華代替他們關照喬治，並且像他們在世時那樣幫助他、保護他。

愛德華很孝順地順從了，於是喬治成了他的合作夥伴。他可不是一個得力的合夥人，他早已染上了喝酒的習慣，很快變成了一個醉鬼。這從他的皮膚和眼睛裡就能看到這個令人遺憾的事實。愛德華愛上了一個可愛的、好心腸的女孩，並且追求了一段日子。他們十分相愛，而且……

可是就在這時候，喬治也開始追求她。後來有一天，她哭哭啼啼地跑去告訴愛德華，說她有了一個崇高而神聖的義務，而且她絕不能讓自己的私欲妨礙這種義務，那就是她必須嫁給「可憐的喬治」，並且「用她的一生幫助他改過自新」。這是足以使她心碎的，她明知如此，然而義務終究是義務。於是她和喬治結了婚，愛德華的心都碎了，她也是一樣。不過愛德華慢慢恢復了過來，娶了另一個很不錯的女孩。

兩家都有了孩子。瑪麗總是盡心盡力地幫助她的丈夫改邪歸正，不過這是個比金字塔還浩大的工程。喬治繼續好酒貪杯，而且他漸漸對她和孩子們虐待起來。有許多好心的人都來幫助喬治，事實上他們已經很努力了，可惜他卻若無其事地把別人的苦心當成自己應得的照應和人家應盡的義務，而並不矯正他的行爲。

不久他又多了一個惡習——偷偷地去賭博。他負了很多債，用商號的信用做擔保到處借錢，而且做得非常隱蔽。他一直幹了很久，瞞得很好。直到一天早上，執法官跑來沒收了這個鋪子，於是這表兄弟倆就一貧如洗了。

生活開始艱難了起來，愛德華只好把家搬到一個頂樓上，日夜在街上亂跑找工作，雖然他很努力地尋求，可是實在找不到機會。而且更慘的是，他發現自己的面孔很快就不受歡迎了。他發現人家對他的關懷和讚揚很快減退和消失了，他心裡又是驚奇又是難過。但是生活還要繼續，所以他只能忍氣吞聲，拼命地繼續鑽門路。最後他找到了往梯子上搬磚頭的工作，這已經讓他感激上帝了，不過至此之後，大家都把他當成陌生人，也沒有人再關心他。

他沒有力量給他所屬的各種道德團體繳納會費，眼看著自己遭到取消會員資格的恥辱，他也只能忍受那鑽心的創痛。

在愛德華迅速地被大家遺忘和漠視的同時，喬治卻迅速地得到重視和關懷。有一天早晨，他躺在陰溝裡被人發現，衣衫襤褸，醉得人事不省，一位婦女戒酒救濟會的會員把他撈了出來，並且細心地照應他，給他募了一筆捐款，幫助他戒了一星期的酒，爲他找到了一份職業。報紙報導了這一經過。

這樣一來，使得大家對這個可憐的人大爲關心，許多人來找他，給他扶持和鼓勵，幫助他戒除惡習。整整兩個月他滴酒不沾，這段時間裡，他成了好心人的寶貝。不過他還是倒下了[1]，倒在一個陰溝裡，於是大家都爲他難受和嘆息。可是慷慨善良的姐妹們又拯救了他，她們把他洗得乾乾淨淨，給他東西吃，傾聽他講述那悔恨交加、淒婉動人的過去，再次爲他找了一份職業。

報紙沒有錯過這個消息，全城的人都爲了這位飽受酒精困擾而力求解脫的可憐的犯戒者再度走上正路而流下歡欣的淚水。大家舉行了一個大規模的戒酒救濟會，在經過了幾篇讓人激動的演講之後，主席無比動人地說道：「現在我們就請戒酒的朋友們上臺來簽保證書，這將是一個讓人激動的場景，在座的諸位很少有人能夠看了不掉眼淚的。」

在一陣意味深長的沉寂之後，戒酒救濟會的一隊繫著紅腰帶的婦女伴隨喬治·本頓走上

1. 原文中使用的 Fell 一詞，即可解釋為倒下，又可解釋為墮落。

講臺，當場在保證書上簽了名。空中響起了雷鳴般的掌聲，人人都高興得掉淚了。

散會之後，這位剛戒酒的人物得到大家的祝賀。第二天他的薪資就提高了，他成了全城的話題，也成了大家心目中的英雄，報上又報導了這一事件。

每隔三個月，喬治・本頓照例犯戒一次，可是每次都有人忠心耿耿地把他挽救過來，對他下一番功夫，而且給他謀個很好的職位。後來他以一個戒了酒的醉漢的身分到全國各地進行演講。他獲得很多的觀眾，起了很大很大的作用。

在家鄉他有很高的人望，而且在他不喝酒的時候很有信用，因此他居然能夠盜用一位重要公民的名義從銀行裡提出一筆鉅款。大家費了很大的努力，才使他免於承擔這次犯罪的後果，但只成功了一部分。他被拘留了兩年。在刑滿一年時，那些樂善好施的人通過不懈的努力終於使他帶著免罪證從監獄裡出來了。這時候囚犯之友社敞開大門迎接了他，還給他找好了差事，薪資頗為優厚。另外一些樂善好施的人也來了，對他進行了忠告，並給他鼓勵和幫助。愛德華・密爾士曾經在窮得走投無路的時候，厚著臉皮到囚犯之友社去請他們介紹工作，可是人家一問：「你當過囚犯嗎？」馬上就把他打發了。

當喬治在遊戲人生的時候，愛德華・密爾士一直在不聲不響地與逆境鬥爭。雖然他還是很窮，但他是一家銀行裡的一個受人尊重和信任的出納員，薪資收入很牢靠，勉強可以糊口。喬治・本頓和他沒有來往，也從來沒有向別人打聽過愛德華的消息。後來喬治離開了這個城市，很長時間都沒有回來，於是就有關於他在幹壞事的傳言，只是沒有確鑿的證據。

一個冬天的晚上，有幾個蒙面的強盜闖入了愛德華工作的銀行，恰好只有愛德華・密爾士一人在工作。強盜叫他說出開暗鎖的方法，好讓他們能夠打開保險櫃取錢。但是他不肯說，他們就威脅他，要他的命。他說因爲東家信任他，所以他不能背叛這種信任。他可以死，但絕不能放棄自己的職責，他一日活著，他就一日要忠於他的主人。他至死都沒有說出保險櫃暗鎖的開法，結果被殘忍的強盜們打死了。

偵探追緝了罪犯，爲首的竟然是喬治．本頓。死者的孤兒寡婦獲得了社會廣泛的同情，全國的報紙一致要求全國所有的銀行湊集一筆可觀的捐款，接濟失去了經濟來源的死者家屬，借此表達對這位被害的出納員的忠誠和英勇的敬意。結果竟然募得了一大堆硬幣，總數居然有五百元之多！全國的銀行平均每家捐了一分錢的八分之三，甚至出納員自己工作的那家銀行極力設法證明（可是遭到了可恥的失敗）這位無比忠誠的工作人員帳目不清，竟然說他是用大頭棒敲擊腦袋自殺，從而逃避查帳和處罰——這就是愛德華用生命保護的銀行表示感謝的方式。

喬治．本頓被抓住，受到審判。於是人人似乎都忘記了死者的孤兒寡婦，只爲那可憐的喬治擔心。大家千方百計地營救他，只要是金錢和勢力所能做的都做了，可是完全無效，他被判了死刑。州長立刻被請求減刑或免刑的人群包圍了。遞交請願書的有淚眼汪汪的少女，有悲傷的老太太，有讓人哀憐的寡婦代表團，有一群群令人感動的孤兒。但是，州長這一回始終不肯讓步。

喬治．本頓在獄中信奉了基督，這個喜訊立即傳遍各處，從此以後，他的牢房裡擠滿了小姐和婦女，還有許多豔麗的鮮花。從早到晚老有人禱告、唱聖歌、爲他祈禱、講道、哭泣，從不中斷，只有換人的時候才偶爾會有五分鐘暫時的間歇。

這套把戲一直持續到犯人走上絞架的時候。喬治．本頓戴著黑帽子，在當地最慈祥、最善良的一群痛哭的觀眾面前得意揚揚地回了老家。

在之後的很長時間，他的墳上天天都有鮮花，墓石上刻著這樣一句碑文：「畢生奮鬥，終獲成功。」墓碑上面還刻了一隻指向蒼天的手。

那位勇敢的出納員的碑文是這樣寫的：「只要你純潔、誠實、冷靜、勤勉、體諒別人，你就永遠也不會……」

不知是誰叫那碑文就這樣止住，可是反正有人吩咐過要這麼辦。

據說那位出納員的家屬現在處境非常困窘。可是沒有關係，有些識好歹的人不願意叫他那種勇敢和忠心的行爲湮沒無聞，他們募集了四萬兩千元來建一座紀念他的教堂。

麥克威廉士太太和閃電

是的，先生——麥克威廉士先生繼續說，因爲這並不是他談話的起點——對閃電的恐懼心理是一個人所能遭到的最惱人的毛病之一。這種恐懼大多數發生在女人身上，當然，小狗偶爾也會有這種毛病，有時候男人也有。這是個讓人惱怒的毛病，因爲它把一個人的勇氣完全嚇跑了，再沒有抵抗的能力，這真是個不可理喻的毛病，你根本不可能讓一個人去掉這個毛病。一個碰到魔鬼或是老鼠都不會害怕的女人，在閃電面前她就沉不住氣，嚇得魂不附體了。她所遭受的恐懼真叫人可憐。

噢，我剛才說過，我驚醒過來，耳朵裡只聽見那一陣令人窒息的、不知從哪兒發出來的「莫蒂默！莫蒂默」的哭喊聲。我稍稍定了定神，馬上起床在黑暗中摸索著走過去，隨後說道：「伊凡吉琳，是你在叫我嗎？怎麼回事？你在哪兒？」

「鞋櫃[1]裡哪。外面大風大雨的，你居然躺在那兒，睡得那麼香，你知不知道害羞呀？」

「唉，一個人睡著了，哪裡知道什麼害羞？這真是不近情理，一個人睡著的時候，他是不會害羞的，伊凡吉琳。」

「你連試都不試一下，莫蒂默，你自己明白，你從來都不肯試一試。」

我聽到了那沉悶的哭聲。

這個聲音把我到嘴邊的刻薄話一下子打斷了，只好換了句話。

「對不起，親愛的，我很抱歉。我不是有意那麼做的。回來吧，我們接著……」

「莫蒂默！」

「天哪！怎麼回事，親愛的？」

「難道你還在那床上嗎？」

「噢，當然啦。」

「馬上下來吧。我看你要對你的生命稍加注意點才行，爲了我，爲了孩子們，哪怕你不爲你自己著想。」

「可是，親愛的……」

「別跟我說話，莫蒂默。你也知道，在這麼大的雷雨天，沒有哪個地方會比床上更危險——所有的書上都這麼說。可是你偏要躺在那兒，存心要把你的命丟掉。你到底想些什麼，

1. 用來存放鞋帽和其他家用器具的小房間。

難道是爲了搬出你那套道理來和我吵、吵、吵？」

「可是，天哪，伊凡吉琳，我已經下床了。我……」

（這句話忽然被一道閃電打斷了，隨後就是我太太刺耳的小聲尖叫和一聲可怕的響雷。）

「哎呀！你看這就是報應。啊，莫蒂默，你怎麼嘴裡不乾不淨的，居然在這種時候咒罵起來？」

「我沒有。而且那也不是什麼咒罵惹來的。無論如何，哪怕我一聲不響，它還是照樣會來。你也清楚啊，伊凡吉琳，至少你應該知道，當空氣中充滿了電的時候，那就會……」

「啊，是呀，你接著說你那套歪理，說，說呀！你明明知道房頂上沒有裝避雷針，你可憐的老婆、孩子都完全在聽天由命，可是你卻這麼滿不在乎，真不知你是怎麼想的。你在幹什麼？在這種時候擦火柴？你瘋透了嗎？」

「豈有此理，這有什麼關係嗎？這地方黑得就像邪教教徒的肚子裡面一樣，而且……」

「快把它吹滅了！馬上吹滅它！你是不是打定了主意要把我們統統犧牲掉？你明知道什麼東西都不能像火光那樣能招雷電。（嘶！——嘩啦！砰——砰——砰——砰！）啊，你聽！現在你知道你闖禍了吧！」

「不，我不明白我闖了什麼禍了。據我所知，火柴可以吸引閃電，但是它絕不可能產生電光，我願意和你打賭。而且這次就算吸引了也毫無影響。即使那一陣雷是衝著我這根火柴來的，那它的瞄準本領也不高明。這一百萬次裡也許一次都打不中。如果在多利蒙，呵呵，這樣瞄準的本領……」

「不要臉的莫蒂默！現在死神就站在我們面前，可是在這種嚴重的時候，你居然還敢說出這樣的話。要是你不打算……莫蒂默！」

「怎麼了？」

「你今晚上做過禱告了嗎？」

「我……我……本打算禱告，可是我後來想要算出十二乘十三是多少，所以就……」

（嘶！——砰——砰——砰——嘩啦啦——轟隆！）

「啊，我們完蛋了，無可挽救了！在這種時候，你怎麼忘了這麼神聖的事情呢？」

「可是之前還不是『這種時候』呀。那會兒天上一點兒雲都沒有。我怎麼會知道這麼一點兒大意就會惹得上帝這麼大發雷霆呢？而且你明明知道我很少有這種疏忽，偏要這麼大驚小怪的，真是一點道理也沒有。自從四年前我招來那次地震之後，我一直都沒有忘記禱告。」

「莫蒂默！你怎麼這麼說！你忘了那次黃熱病了嗎？」

「親愛的，你老是把那次黃熱病怪到我身上，我覺得那是完全不近情理的。即使你要打個電報到孟菲斯那麼遠的地方去，也得轉站才行，我在禱告上面這一點小小的疏忽怎麼會影響那麼遠呢？我承認我惹來了地震，因為那是發生在附近一帶的事情。可是不能把每一樁壞事都賴在我頭上……」

（嘶！——砰——砰！砰——嘩啦啦！）

「啊，哎呀，哎呀，哎呀！我肯定剛才這一下打中什麼東西了。我們活不到明天天亮了。我們死了以後，你應該記住你說的那些不乾不淨的話，要是這對你有好處的話，莫蒂默！」

「啊！又是怎麼回事？」

「你的聲音好像是……莫蒂默，你當真是站在了敞開的壁爐那兒麼？」

「我正在犯這個罪。」

「趕快離開那兒！你好像是打定了主意要把我們通通毀掉。你難道不知道敞開的煙囪是傳電最厲害的地方嗎？現在你又跑到哪兒去了？」

「我站在窗戶這兒。」

「啊，你積積德吧！你發神經病了嗎？趕快離開那兒，馬上走！連抱在懷裡的小娃娃都知道雷雨天的時候站在窗戶前是非常危險的。哎，我知道我絕不能活到天亮了！莫蒂默！」

「唉。」

「是什麼東西在那兒沙沙地響？」

「是我。」

「你在幹什麼？」

「在找我的褲腰哪。」

「快！快把那東西丟掉！我知道你會故意在這種時候把這種衣服穿上，所有的大學者都說毛料會吸引雷電的，你又不是不知道。啊，天哪，天哪，現在一個人遭受天災還不夠，你還要想方設法增加這種危險！啊，別唱了！你在想些什麼？」

「那有什麼關係呢？」

「莫蒂默，我要是跟你說過，那就跟你說過一百遍了：唱歌會引起空氣的震動，而空氣的震動妨礙電流的流動，結果就……你把那扇門打開究竟是幹什麼？」

「哎呀，你這婆娘，那有什麼關係？」

「什麼關係？性命攸關。稍微有點常識的人都知道讓風吹進來就等於把雷電引進來。門還沒關上一半呢，快關緊吧，趕快，否則我們全都完蛋了。啊，在這種時候和一個瘋子關在一個屋子裡真是倒楣透了。莫蒂默，你又在幹什麼？」

「沒幹什麼。這屋子裡實在悶熱得難受。我開下水龍頭，洗洗臉和手。」

「你簡直是一點兒腦筋都沒有了！雷電打到別的東西上的機率是一，那它打到水上的機率就是五十。求你把它擰上吧。啊，天哪，我知道絕對沒有什麼辦法可以挽救我們。我好像覺得……莫蒂默，那是什麼？」

「這是一張照片。把它碰下來了。」

「你是緊靠著牆了！我從來沒聽說過有你這麼粗心的！你難道不知道牆是傳電傳得最快的嗎？快離開那兒！你還想罵人了？啊，你怎麼可以壞到這樣不可救藥呢？你一家人都被危險包圍著呀！莫蒂默，你是不是照我給你說的，訂了一副鴨絨床墊？」

「沒有，忘了。」

「忘了！說不定這會要了你的命。如果我們有鴨絨床墊的話，就可以把它鋪在屋子中間，躺在上面，那就高枕無憂了。進來吧，趕快進來，免得你再有機會幹出胡鬧的事情。」

我試了試，可是小櫃子關上門就容不下我們兩個，除非我們情願悶死。我喘了一陣，然後掙扎著出來了。我老婆大聲喊道：

「莫蒂默，一定要找個辦法讓你保持安全。你把壁爐架上放著的那本德文書拿給我，還有一支蠟燭。可是你別點著它，給我一根火柴，我在這裡面點。那本書裡好像有些辦法。」

我找著了書，代價是犧牲了一隻花瓶和幾件容易打碎的東西。我太太就點著蠟燭把自己關起來了。我獲得了片刻的安寧。然後她又開始了：

「莫蒂默，那是什麼聲音？」

「沒什麼，是隻貓。」

「貓！啊，天啊！快抓住牠，把牠關在臉盆櫃[2]裡面。一定要快，親愛的，貓渾身可都是電。經過這一夜可怕的危險，我的頭髮一定都得嚇白了。」

我又聽見了那悶住的低沉哭聲，要不爲了這個，我絕不會在黑暗中動手動腳地亂闖一氣。我只能去執行這項任務，爬過椅子，碰到各種障礙物，都是硬的，而且大多數邊上都是很鋒利的。我終於抓住了小貓咪，把牠關在臉盆櫃裡。結果碰壞了許多傢俱，小腿也碰腫了，估計損失有四百多元。然後鞋櫃裡傳出這麼幾句悶聲的話：

「這上面說最安全的辦法是站在屋子裡的一把椅子上，莫蒂默。椅子腿必須用絕緣體包住才行。這樣吧，你必須把椅子腿都放在大玻璃杯裡。(嘶！——砰——嘩啦啦！——轟隆！)啊，又來了！趕快吧，莫蒂默，別叫它打中了。」

我設法找到了大玻璃杯。我拿到手的是最後四個，其餘的通通打破了。我把椅子的腿墊

2.上面放有面盆，旁置水罐的小櫃。

好，再請求下一步的指示。

「莫蒂默，這上面說，『Während eines Gewitters entferne man Metalle, wie z. B., Ringe, Uhren, Schlüssel, etc., von sich und halte sich auch nicht an solchen Stellen auf, wo viele Metalle bei einander liegen, oder mit andem Körpen verbunden sind, wie an Herden, Oefen, Eisengittern u.dgl.[3]』這是什麼意思，莫蒂默？這是說你應該弄些金屬在身邊呢，還是應該與金屬隔離呢？」

「啊，我也不大明白。這句話好像有點含糊。德文書裡所說的方法好像也有些含糊。不過我想那句話是屬於語格的，有些地方爲了對稱，摻進了一點兒屬格和對格，所以我猜這是說你必須弄些金屬在身邊。」

「對呀，一定是這個意思。這麼講才有道理，你知道避雷針就是金屬做的，快把消防隊的鋼盔戴上，莫蒂默，那差不多全是金屬的。」

我找到了鋼盔，並把它戴上。在炎熱的夜裡，屋子又關得很嚴，那實在是一個很笨重、很不舒服的東西。連穿著的睡衣都似乎超過了我的實際需要。

「莫蒂默，你的腰部也應該保護一下，把你在民兵隊用的馬刀帶在身上，好嗎？」

我遵命照辦了。

「還有，莫蒂默，你應該想個辦法保護你的腳，把馬札子帶上吧。」

---

3. 德文：雷雨時，不可以把金屬物，如指環、鐘錶、鑰匙等隨身攜帶，也不可以將它們隨意放置；比如，很多金屬物堆放在一處，或將它們連接在其他物體上，無論是灶、火爐、鐵格或其他同類物體。

我一聲不響，儘量地忍住氣照辦了。

「莫蒂默，書上說，『Das Gewitter läuten ist sehr gefährlich, weil die Glocke selbst, sowie der durch das Läuten veranlasste Luftzug und die Höhe des Thurmes den Blitz anziehen könnten.』[4]莫蒂默，這是不是說在有雷雨天的時候敲教堂的鐘，就不會有危險呢？」

「對了，似乎就是這個意思，而且這句話裡用的是單數、主格、過去分詞，我猜就是這個意思。是呀，你看這句話說教堂的鐘樓太高，又沒有Luftzug[5]，所以遇到暴風雨的時候要是不敲鐘，那就sehr gef ã hrlich[6]。並且還有，你看，這句話的措辭就……」

「別管它那麼多，莫蒂默！別用寶貴的時間來說廢話了。快把那吃飯打的鈴拿來，就放在門道裡。趕快，莫蒂默，親愛的，這樣我們就安全了。啊，親愛的，我的確相信我們終於可以得救了。」

我們那所避暑的小別墅在一座高山的頂上，向下看可以俯視整個山谷。在我們附近有幾個農莊——最近的相隔只有三四百碼的距離。

我站在椅子上，使勁把那只鈴搖得噹噹地響，七八分鐘之後，我們的百葉窗突然從外面被人拉開了，有人把一盞晃眼的牛眼燈[7]在窗口伸進來，隨即有人粗聲問道：「這兒究竟出什

---

4. 德文：雷電交加時非常危險，因為鐘會因空氣流動而發出震鳴，在圖爾姆山（德國北部高山）的高度上，可能會吸引雷電。
5. 德文：不通風，此處先生在此詞前使用否定，是錯誤的。
6. 德文：十分危險。
7. 當時夜間在外巡邏時常用的上面鑲嵌凸透鏡的提燈。

麼事了？」

窗口擠滿了人頭，那些頭上盡是眼睛，睜得大大地盯著我的睡衣和我那副雄赳赳的裝備。

我扔掉手裡的鈴，慌慌張張地從椅子上跳下來，說道：

「並沒出什麼事，朋友們，不過是因爲外面的雷雨有點擔心罷了。我正在躲避閃電哩。」

「雷雨？閃電？哈，麥克威廉士先生，你發神經病了嗎？今晚上天氣多好，滿天星斗。根本就沒有風雨呀。」

我往外面望了一下，驚訝得說不出一句話來。隨後我說：「我不懂這是怎麼回事。我們明明從窗簾和百葉窗縫裡看見一道道閃電的光，也聽見了雷響。」

那些人一個個笑得倒在了地上——其中有兩個人笑死了。活著的人當中有一個說道：

「可惜你沒想到打開窗戶往對面那座高山頂上望一望，你們聽見的是炮聲，看見的是放炮的火光。你知道嗎，半夜裡的電報傳來一個消息，加菲爾德[8]被提名爲總統候選人了——原來是這麼回事！」

「呵呵，吐溫先生，開頭我就在說，」麥克威廉士先生說道，「預防雷電的辦法有很多，好的也不少，所以在我看來，世界上最不可思議的事情就是居然還會有人能夠讓雷打著。」

他一面說著，一面拿起他的小皮包和雨傘走了，因爲火車已經開到了他所住的鎮上。

8. 美國第二十屆總統，一八八一年上任，四個月後被便刺殺。

法國人大決鬥

不管一些愛說俏皮話的人怎樣百般地輕視和嘲笑現代法國人的決鬥，反正它仍舊是目前社會最令人恐懼的一種風尚。因爲它總是在戶外進行，所以參加決鬥的人幾乎都著過涼。保羅．德卡薩尼亞克先生，那位習性難改、最愛決鬥的法國人，就是由於常常受到風寒，以致最後成了纏綿床席的病夫。連巴黎最有聲望的醫師都認爲，如果再繼續決鬥十五年或者二十年，他最終必然有性命之憂，除非他能夠養成一種習慣，在不受濕氣和穿堂風侵襲的舒適的房子裡廝殺。

這一事例肯定可以平息那些人的怪談，他們曾一口咬定，說法國人的決鬥有益於健康，因爲它給人們提供了戶外活動的機會。再說，這一事例也肯定可以駁倒另一些人的謬論，他們說什麼只有參加決鬥的法國人以及社會主義者所仇恨的君主是可以不死的。

可是，現在要談到我的本題上了。當我聽到岡貝特先生和富爾圖先生最近在法國議會中爆發了一場激烈的爭吵之後，就知道肯定會有麻煩事隨之而來。我之所以會料到這一點，是因為我和岡貝特先生相交多年，很熟悉他這個不顧一切、頑強執拗的脾氣。儘管他的身材長得那麼高大，我知道，復仇的狂熱會深深滲入他全身所有的地方。

不用他來找我，我已經主動跑去看他。果然不出所料，這位勇士正深深地沉浸在那種法國人特有的寧靜之中。我所說的「法國人特有的寧靜」，是因為法國人的寧靜和英國人的寧靜有所不同。他正在那些砸爛了的傢俱當中來回疾走，時不時地把一個偶然碰到的碎塊從屋子這一頭猛踢到另一頭。他不停地咬牙切齒，發出一大串難聽的咒罵，每隔一會兒就停住腳步，將另一把揪下來的頭髮放在已經堆了一桌的毛髮上面。

他伸出雙臂，摟住我的脖子，把我貼在他胸口前，在我兩頰上激動地吻著，緊緊地擁抱了我四五回，然後把我安放在那張他本人平時坐的安樂椅裡。我精神剛恢復過來，他立即和我談到正經事情。

我說，我猜他一定是要我做他的助手吧，他說：「那是當然的。」我說，要我做助手，就必須讓我用一個法國人的姓名，那樣，萬一鬧出人命事故，我可以不至於在本國受到指責。

聽到這裡，他身體抖了一下，大概認為這句話暗示決鬥在美國是不受人尊重的吧。但是，他還是同意了我的要求。這說明為什麼此後所有的報紙都報導：岡貝特先生的助手顯然是一個法國人。

首先，我們為決鬥的人訂立遺囑。我堅持我的觀點，一定要先辦妥這件事。我說，我從來沒聽說過一個頭腦清醒的人會在決鬥之前不先立好他的遺囑。而他說：他從來沒聽說，一個頭腦清醒的人會在決鬥之前幹這些事情。

當他把遺囑寫好之後，就著手編一套「最後的話」。他很想知道，作爲一個垂死者發出的呼聲，以下這些話會對我產生什麼影響：

「我的死，是爲了上帝，爲了祖國，爲了言論自由，爲了文明進步，爲了全人類四海之內皆兄弟的信條！」

我反對這些話，我說在臨死前講完這一套會拖延太長的時間。對於一個身患絕症的患者來說，這的確是一篇絕妙的演說詞，但是它不適合決鬥場上那種迫切的要求。我們討論了許多條臨死前的豪言壯語，雙方爲此爭執不休，但最後還是我占了上風，迫使他將這條噩耗縮減爲這樣一句話，他把它抄在備忘錄裡，準備臨時背出來：

我的死是爲了法蘭西的長存。

我說，這句話好像跟這次決鬥缺乏聯繫，但是他說，聯繫在最後的話裡並不重要，重要的是你需要鼓舞和刺激。

第二件事是選擇武器。決鬥的人說，他覺得身上有些不舒服，準備把這件事情以及安排決鬥的其他細節都託付給我。於是我寫了這個通知，把它帶去給富爾圖先生的朋友。

先生：

岡貝特先生接受富爾圖先生的挑戰，並授權將大小事宜由我全權代理，我向貴方建議：決鬥的地點擬選普萊西—波爾空場；時間訂為明晨拂曉；武器將用斧頭。

閣下，我是十分尊敬您的

馬克．吐溫

富爾圖先生的朋友讀了通知，打了一個哆嗦。接著，他轉過身來，用嚴肅的口氣對我說：

「先生，您可曾考慮過，像這樣一場決鬥，必然會導致什麼後果嗎？」

「那麼，您倒說說看，究竟會導致什麼後果？」

「會流血呀！」

「那是肯定的。」我說，「瞧，如果可以承蒙指教的話，貴方又準備流什麼？」

這一下把他問倒了。他知道自己一時失言，於是支支吾吾地用其他話來解釋。他說那是一句玩笑話。接著他又說，他和他的委託人都很欣賞使用斧頭這個建議，認為它比其他武器更適合，可惜法國的法律已經禁止使用這種武器，所以我必須修改我的建議。

我一面在屋子裡來回踱步，一面心裡盤算著這件事情，最後我想到，如果雙方相距十五步，用格林機槍射擊，這樣也許一切可以在決鬥場上見分曉。於是我把這主意提了出來。

但是這項提議也沒被採納，它還是受到了法律的阻礙。我建議使用來福槍，此後，是雙管獵槍，最後，是柯爾特海軍左輪手槍，但是這些都被拒絕了。我思索了一會兒，接著就含嘲帶諷地建議雙方在相距四分之三英里的地方互扔碎磚頭。我一向最恨白費力氣，向一個沒有幽默感的人說幽默話，所以當這位先生竟然一本正經地把最後這條建議帶回去給他的委託人時，我感到心裡難受極了。

不一會兒，他回來了，說他的委託人非常喜歡採用雙方相隔四分之三英里扔碎磚頭的辦法，但是，考慮到這樣做可能會給那些在當中走過的閒人帶來危險，他不得不謝絕了這個提議。於是我說：

「啊，這我就沒辦法了。要不，可以請您想一種武器嗎？說不定您早已想到了吧？」

他臉上閃出了光，馬上回答說：

「哦，當然，先生。」

於是他開始在口袋裡掏，掏了一個又一個，他有很多口袋，同時嘴裡一直在嘀咕：「啊，瞧我把它們藏哪兒啦？」

他終於找到了。在坎肩口袋裡摸出了一對小玩意兒，我把它們拿到明亮的地方，判斷出那是手槍。它們是單管的，銀質的，十分小巧可愛。我沒法表達自己的感情了。我一句話不說，只是把其中的一支掛在我的錶鏈上，然後把另一支遞還給他。

這時候，我的夥伴拆開了一張折疊著的郵票，從包在裡面的幾粒彈藥中撿了一粒給我。我問，他的意思是不是說我們的委託人相互只能開一槍。他嚴肅地說，按照法國法律規定，不可以開得比這更多了，於是我請他繼續指教，雙方應當相距多遠。

由於受不了這過度緊張的氣氛，我的頭腦已變得越來越遲鈍和糊塗了，他將距離定爲六十五碼，我差點兒失去了耐性，我說：

「相距六十五碼，使用這樣的傢伙？即使距離五十碼，使用水槍也要比這更容易死人呀。想一想，我的朋友，咱們這次共事，是爲了要人家早死，不是要他們多活呀。」

然而，任憑我百般抗議，據理力爭，結果只能將距離縮短爲三十五碼。而且，即使採取這一個折中的辦法，他還是勉強才遷就的，最後他嘆了口氣說：「這場屠殺從此與我無關，讓罪責都落在您肩上吧。」

再沒其他辦法可想了，我只得回到我的獅心王[1]那兒，向他彙報這次我有失身分的經過。當我走進去的時候，岡貝特先生正把他頭上最後一綹毛髮放到祭壇上，他向我跳過來，激動地說：

「您已經把那件玩命的事安排好了，從您眼神裡我看出來了。」

「我給你安排好了。」

他的臉變得有些蒼白，他靠著桌邊站穩。因爲他太激動了，所以他急促地、沉重地喘息了一會兒，冷靜下來後，他沙啞著嗓子壓低了聲音說：

「那麼，武器呢？快說呀！使用什麼武器？」

「使用這個！」我拿出了那個鑲銀的小巧玩意兒。他只朝它瞟了一眼，就笨重地暈倒在地。

等到蘇醒過來時，他傷心地說：

「以前我是那樣強作鎮靜，以致現在影響了我的神經。但是，從此以後我再也不會懦弱

1. 英王查理一世，獅心王是他的綽號，後用來泛指勇士。

了！我要正視我的命運，做一個男子漢，做一個真正的法國人。」

他爬起來，做出了一個凡人根本無法望其項背，塑像極少能夠比它更美的雄壯的姿勢。接著他就扯著一條低沉的粗嗓子說：

「瞧呀，我又鎮定自若了，我已經準備就緒，告訴我距離。」

「三十五碼。」

不用說，這一次我可沒法扶他起來了，但是我把他就地翻了一個身，然後把水潑在他背上。他很快蘇醒過來，說：

「三十五碼遠，而且沒有一個可以扶著的東西？可是，這又何必多問呢？既然那傢伙存心謀殺，他又怎麼會顧得上操心那些雞毛蒜皮的事呢？可是，有一件事您必須注意，我這一倒下，全世界的人都將看到法國騎士是怎樣慷慨就義的。」

沉默了半晌，他問：

「我個子高大，你們沒談到作爲一種補償，那個人的家族也應該和他站在一起嗎[2]？可是，這也沒關係，我可不能自貶身分，在這方面提出要求。如果他風格不夠高，自己不提這件事的話，那麼就讓他占點兒便宜吧。這種便宜，高貴的人是不屑於占的。」

當時他已陷入了一種迷惘的沉思，這個狀態持續了好幾分鐘，隨後他打破了沉默，說：

「時間，決鬥約定在什麼時間？」

2. 個子高大的人目標較大，易被擊中。

「明天破曉的時候。」

他好像大吃一驚，搶著說：

「瘋了！我從沒聽說過這麼瘋狂的事，沒有人會這麼早出門的。」

「正是因爲這個，我才選定了那個時刻。您的意思是說，要有一批觀眾嗎？」

「現在可不是拌嘴的時候。我感到非常驚訝，爲什麼富爾圖先生竟然會同意採用這樣標新立異的辦法？您立刻去通知對方，把時間推得更遲一些。」

我連忙跑下樓梯，打開大門，差點兒撞在富爾圖先生的助手懷裡。他說：「回您的話，我的委託人極力反對你們選定的時間，請您同意把時間改成早上九點半。」

「凡是我們力能循規盡禮之處，先生，我們都願意接受。我們同意您建議更改的時間。」

「請您接受敝方委託人的謝意。」然後他轉過身去，對一個站在他背後的人說，「努瓦爾特先生，您聽見了吧，時間改成九點半了。」

努瓦爾特先生當即鞠躬表示謝意，然後離開了那地方。我的同夥接著說：

「如果您認爲合適的話，貴方和敝方的首席外科醫生可以按照慣例，同乘一輛馬車去決鬥場。」

「我認爲這完全合適。感謝您提到外科醫生，因爲，說不定我真會把他們忘了。那麼，我們請幾位呢？我想，兩三位總夠了吧？」

「按照慣例，人數是每方各請兩位，我這裡指的是『首席』外科醫生，但是，考慮到我們委託人的尊貴地位，爲了體面，最好我們每方再從醫學界最有聲望的人士當中指定幾位顧問外科醫生，這些醫生可以自備馬車去。另外，您雇好靈車了嗎？」

「我這個木頭人，我壓根兒就沒想到它！我這就去安排。您肯定覺得我這人太沒見識了吧。可是，請您千萬別計較，因爲我對這麼高尙的決鬥毫無經驗。雖然我也曾在太平洋沿岸地區爲決鬥的事打過不少交道，可是直到現在才知道，那些都是粗魯的活計。還靈車哩。呸！我們都是讓那些被上帝選中的人四仰八叉地橫倒在那兒，隨便找個人用繩子把他捆起來，然後找輛車就運走了。您還有其他什麼意見嗎？」

「沒有了，只是處理喪事的幾位主管要像通常那樣一起乘馬車去，至於那些助手以及雇來送殯的人，他們要像通常那樣步行。明兒早晨八點我來跟您碰頭，到時候咱們再安排行列的順序，現在恕我先向您告辭了。」

我回到我的委託人那裡，他說：「您來得正好，決鬥是幾點鐘開始？」

「九點半。」

「好極了，您已經把這條消息送給報社了吧？」

「老兄！咱們是多年的知交，如果您竟然轉到了這個念頭，認爲我會卑鄙地出賣——」

「喲，喲！這是什麼話，我的好朋友，我得罪您了嗎？啊，請寬恕我吧。可不是，我這次給您增添太多的麻煩了，所以，您還是去辦其他的手續，就把這件事從您的日程表上取消了吧。殺人不眨眼的富爾圖肯定會處理這件事的，要不，還是由我自己——嗯，爲了穩當起見，我遞個條子給我在報社工作的朋友努瓦爾特先生——」

「哦，對了，這件事可以不必叫您費心了，對方的助手已經通知努瓦爾特先生了。」

「哼！這件事我早該料到了。富爾圖就是這樣一個人，他老是愛出風頭。」

早晨九點半，浩浩蕩蕩的隊伍按下列順序向普萊西－波爾的決鬥場移動：走在最前面的是我們的馬車，上面只有我和岡貝特先生；接著是富爾圖先生和他助手的馬車；再後面一輛馬車載有兩位不信上帝的詩人演說家，他們胸前的口袋裡露出了那張悼念詞；再後面一輛馬車上載的是幾位首席外科醫生，以及幾箱他們的醫療器械；再後面是八輛自備馬車，載的是幾位外科顧問；再後面是一輛出租馬車，上面坐有一位驗屍官；再後面是兩輛靈車；再後面還有一輛馬車，上面坐著幾位治喪的管事；再後面是一隊步行的助理人員以及雇來送殯的人；在這些人的後面，在霧中向前挪動的是長長一列隨同大殯出發的小販、員警以及普通居民。那是一隊很有氣派的隊伍，如果那天的霧比較淡的話，這次隊伍的出動必將蔚爲大觀。

沒有一個人說話。我幾次向我的委託人搭訕，但是，我看得出他都沒有注意到，因爲他老是在翻那本筆記簿，一面茫然無助地嘟囔：「我的死是爲了法蘭西的長存。」

抵達決鬥場後，我和那位同行助手量了量距離是不是夠三十五碼，然後抽籤挑選位置。其實這道手續只不過是點綴性的儀式，因爲，遇到這樣的天氣，無論挑選哪個地方其實都是一樣的。這些初步的手續完成以後，我走到我的委託人跟前，問他是不是已經準備好了。他把身體儘量伸展，高聲說：「準備好啦！上子彈吧。」

於是，我們當著幾位事先指定的證人的面裝上了子彈。我們認爲，由於天氣原因，進行這件細緻的工作最好是打著電筒照亮。接著，我們開始安排雙方的位置。

可在這時，員警注意到人群已經聚集在場子左右兩方，因此請求將決鬥的時間推遲一些，好讓他們有時間把這些可憐的閒人安排到安全的地方。

這項要求被我們接受了。

警察命令兩旁的人群都站在決鬥者後方去，然後我們再一次準備就緒。這時空中更是濃霧瀰漫，我和那位助手一致同意我們都站在委託人背後，在發出殺人信號之前吆喝一聲，好讓兩位鬥士能確知對方究竟在什麼地方。

我回到了我的委託人身邊，不覺心裡淒慘起來，因爲他的勇氣已經所剩無幾。我給他壯膽，我說：「說真的，先生，情況並不像看起來那麼糟。想想吧：使用的武器是這樣的，射擊的次數又受到了限制，而且隔開的地方還那麼寬廣，霧濃得叫人沒法看透，再說，一位決鬥者是獨眼龍，另一位是斜眼兼近視，照我看呀，這場決鬥不一定會出人命，你們雙方都很可能安然脫險。所以，振作起來，別這麼垂頭喪氣的。」

這席話收到了良好的效果，我的委託人立即伸出手說：「我已經恢復正常，把傢伙給我吧。」

我把那小巧得可憐的武器放在他巨大厚實的掌心裡。他盯了它一眼，打了個哆嗦。接著，他仍舊哭喪著臉盯著它，一邊結結巴巴地對我說：

「咳，我怕的不是死，我怕的是變成殘廢呀。」

我又一次給他打氣，結果很成功。他緊接著說：「就讓悲劇上演吧。要支持我，別在這莊嚴的時刻丟下了我不管呀，我的朋友。」

我用人格向他保證。接著，我就幫著他把手槍指向我斷定那是他的敵人所站的地方，並且囑咐他留心聽好對方助手的喊聲，此後根據聲音確定方位。

接著，我用身體抵住岡貝特先生的背，發出促使對方注意的喊聲：「好——啦！」這喊聲得到從迷霧中遙遠地方傳來的回應，於是我立即大叫：

「一——二——三——開槍！」

我耳朵裡聽到「撲哧！撲哧」兩聲輕響，就在那一剎那，我被一座肉山壓倒在地。我雖然傷勢很重，但仍舊能聽出從上面傳來輕微的人語聲，說的是：

「我的死是爲了……爲了……他媽的，我的死到底爲了什麼呀？……哦，想起來了，法蘭西！我的死是爲了法蘭西的長存！」

一群手裡拿著探針的外科醫生從四面蜂擁而來，用顯微鏡觀察岡貝特先生全身的各個部位，令人高興的是，並沒有找到任何創傷的痕跡。

緊接著就發生了一件確實令人歡欣鼓舞的事情：

兩位鬥士撲過去摟住對方的脖子，一時自豪與快樂的淚水有如泉湧，另一位助手擁抱著我，外科醫生、演說家、辦理喪事的人員、警察以及所有的人都互相擁抱，所有的人都彼此祝賀，所有的人都振臂高呼，整個空中充滿了讚美的頌詞和無法用語言表達的歡樂。

這時候我感覺到，與其做一位頭戴王冠、手持朝笏的君主，還不如做一位參加決鬥的法國英雄。

這一陣騷動平息稍許之後，外科醫生們舉行會診，經過反覆辯論，最終斷定，只要細心照護和調養，他們完全有理由相信我負傷後仍舊可以活下去。我的內傷十分嚴重，因爲一根折斷的肋骨戳進了我的左肺，我身上的不少內臟都被擠到了遠離它們原來所屬部位的這一邊或者那一邊，不知道今後它們是否能夠學會在那些偏僻陌生的地點發揮它們原有的功能。然後，他們幫我把左臂的兩個地方接了骨，把我右大腿脫臼的地方拉回原位，把我的鼻子重新墊高了。

我成了大夥關注的對象，甚至成爲備受讚揚的人物。許多誠懇和熱心的人士都向我做自我介紹，說他們爲能認識我而感到自豪，因爲我是四十年來唯一一位在法國人的決鬥中負了傷的人。

我被安放在隊伍最前面的那輛救護車裡。被心滿意足、興高采烈的人群護送到巴黎，成爲那段時期最顯赫的人物，然後我被安置在醫院裡。

他們將一枚榮譽十字勳章頒給我，雖然，不曾身受這一榮耀的人倒是爲數不多的。

以上如實地記錄了當代最值得紀念的一次私人衝突。

我對任何人都無可抱怨。我是自作自受，好在我能承擔一切後果。

這不是在誇口，我相信自己可以說：我不怕站在任何一位現代法國決鬥者的前面，可是，話又說回來了，只要頭腦仍舊保持清醒，我永遠也不肯再站在一位決鬥者的後面了。

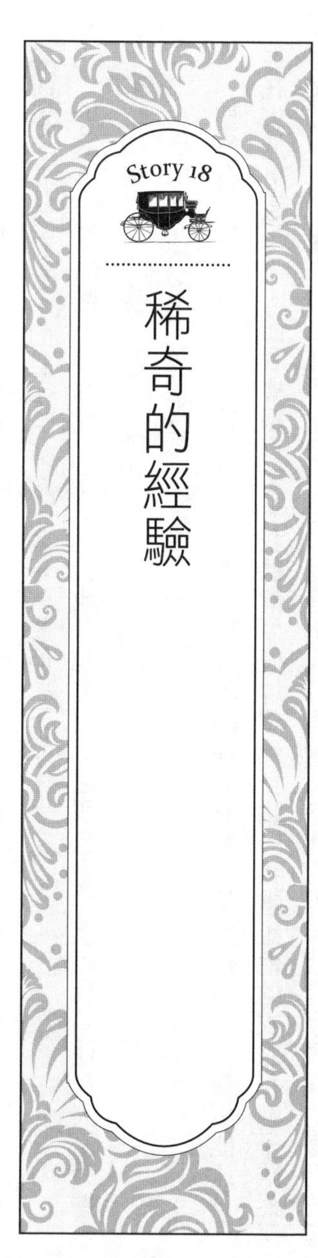

稀奇的經驗

這就是少校給我說的那個故事，我現在儘量照我所能回憶的敘述出來：

一八六二年冬天，我在康乃狄克州新倫敦的特倫布林要塞當司令官。那兒的生活也許不如「前線」那麼活躍，不過那有獨特的樂趣，其實還是夠活躍的——我們的腦筋並不因爲沒有什麼事情來使它緊張而閒得發呆。比如說，那時候北方的整個空氣裡都充滿了一個神秘的謠言，謠傳叛軍的間諜神出鬼沒，準備炸毀北方的要塞，燒毀我們的旅館，把有傳染病的衣服運送到我們的城市裡，以及諸如此類的事情。這個你都記得吧。這一切都足以使我們保持警惕，打破駐防生活一向的沉悶。

除此而外，我們在那兒還有個新兵招募站，這等於說我們簡直不能浪費絲毫時間去打瞌睡、或是夢想、或是遊手好閒。咳，儘管我們監視得很嚴，每天招來的新兵還是有百分之五十從我們手裡漏掉，當天晚上就開了小差。

入伍的津貼非常多，所以一個新兵可以拿出兩三百塊錢賄賂看守的士兵，讓他逃跑，結果他所得的津貼還可以剩下不少，對於一個窮人來說可以算是一筆不小的財產。就像我剛才說的，我們的生活並不沉悶。

有一天我獨自一人在營房裡寫東西，有一個十四五歲、臉色蒼白、穿得很破爛的孩子走進來。他規規矩矩地鞠了一躬，說道：

「我想這兒是招新兵的吧？」

「是的。」

「您可以把我收下吧，長官？」

「哎呀，不行，你太年輕啦，孩子，而且個子也太小。」

他臉上現出一種失望的表情，很快就變得更厲害，成爲一種喪氣的表情。他慢慢地轉過身去，好像是要走似的。他遲疑了一下，然後又轉過身來向著我，用一種使我深深感動的聲調說道：「我沒有家，而且舉目無親。我希望您能收下我！」

可這事情是絕對不可能的，我很溫和地向他說明了這個意思。然後我叫他在火爐旁邊坐下來暖和暖和，並且還補上了兩句：

「我馬上就給你一點東西吃。你餓了吧？」

他沒有回答，也不用回答，他那雙柔和的大眼睛裡的感激神情比任何語言都更能達意。他在火爐旁邊坐下，而我繼續寫字。我偶爾偷偷地望他一眼。我看出他的衣服和鞋子雖然又髒又破，但是樣式和品質都很好。這一點是耐人尋味的。除此之外，我還發現他的聲音輕柔而悅耳；他的眼睛深沉而憂鬱；他的態度和談吐都很文雅；這個可憐的小夥子顯然是遭遇了不幸。於是我對他很感興趣。

可是我漸漸又專心於我的工作去了，完全忘記了那個孩子。我不知道這樣過了多久，後來我偶然抬頭望了一下。那孩子的背向著我，可是他的臉也稍微斜過來一點，所以我可以看得見他的側面——無聲的眼淚正在順著臉流下來。

「哎呀，真糟糕！」我心裡想，「我忘記了這個可憐蟲還餓著肚子哪。」於是我為了剛才的舉動向他表示歉意，就對他說：「跟我來吧，小夥子，你和我一塊兒吃飯吧，今天就我一個人。」

他又含著感激的神情向我望了一眼，臉上露出一道快樂的光輝。

到了餐桌前，他扶著椅背站著，一直等我坐定了，他才坐下來。我拿起刀叉，唉，我只好拿著不動，因為這孩子低下了頭，默默地為這頓飯祈禱。無數關於老家和童年的聖潔的回憶湧上我的心頭，我不禁嘆息地想起我已經與宗教飄離了很遠，它對受了創傷的心靈的醫療作用，以及它的安慰、解脫和鼓舞的作用都與我無緣了。

在我們吃飯的過程中，我看出了年輕的威克魯，全名是羅伯特．威克魯，懂得如何使用餐巾。還有——唉，總而言之，我看出他是個很有教養的孩子，詳細情形不再細說了。他還有一種純樸的坦白態度，這也使我很滿意。我們談的主要是關於他自己的事情，我毫無困難地問清楚了他的來歷。

當他談到他生長在路易斯安那的時候，我顯然對他更表同情，因為在那地方我住過一段時間。我對密西西比河沿岸一帶都很熟悉，而且喜歡那個地方，離開那個地方也不是太久，所以我對它的興趣還沒有開始淡下來，他嘴裡說出來的一些名字都讓我聽了感到痛快。

正因爲覺得痛快，所以我就故意把話題往那方面引，使他多說出一些這類名字。巴頓魯日、普拉魁明、端納桑維爾、六十里點、邦尼開爾、大碼頭、卡羅敦、輪船碼頭、汽划子碼頭、紐奧爾良、周畢都拉街、斜堤、好孩子街、聖查理士旅館、第皐利圓場、貝殼路、龐查特倫湖。

最讓我愉快的是再聽到「李將軍號」、「那折茲號」、「日全食號」、「魁德門將軍號」、「鄧肯·堪納號」，以及一些從前熟悉的汽船的名字。幾乎就好像回到了那個地方那麼痛快，這些名字使它們所代表的事物像動畫一樣很生動地活現在我的心頭。簡單地說，小威克魯的來歷是這樣的：

戰爭爆發的時候，他和他生病的姑母還有父親住在巴頓魯日附近一個富庶的大農場裡，這個農場屬於他們這一家已經五十年了。父親是聯邦統一派，雖然他受了各式各樣的迫害，但還是始終堅持他的政治主張。

後來終於有一天晚上，一群蒙面的歹徒燒毀了他的大房子，這一家人不得不逃命。他們被人到處追蹤，嘗盡了貧窮、饑餓和苦難的滋味。體弱的姑母有一天終於得到了解脫，風吹雨打的流浪生活把她折磨死了。她像一個流浪漢似的死在露天的田野裡，雨飄在她身上，雷在她頭上轟隆轟隆地響。

不久，他的父親被一個武裝的隊伍俘虜了。雖然他的兒子在旁邊苦苦哀求，但是他父親還是在他面前被人勒死了。（這時候，小夥子眼睛裡閃出悲慘的光芒，他自言自語地說道：「我要是當不成兵也不要緊，我總會想到辦法的，我一定會的。」）那些人宣布他的父親已經死了之後，馬上警告他，廿四小時之內他要是不離開那個地方，他就要遭殃。當天晚上他就悄悄地跑到河邊，隱藏在一個大農場的碼頭裡。後來，「鄧肯．堪納號」停泊在那兒，他就泅水過去，藏到它後面的一隻小艇上。天還沒亮時，船就開到了一個大碼頭，他就偷偷地上了岸。

那地方離紐奧爾良有三里遠，他徒步走到了紐奧爾良，到了好孩子街他的一個叔父家裡，這下子他的苦難暫時結束了。

但他的叔父也是個聯邦統一派，不久之後，他就打定主意離開南方。於是他就和威克魯搭上一隻去紐約的帆船，悄悄地離開了那個地方，不久就到了紐約，他們在亞斯多旅舍住了下來。

對於年輕的威克魯來說這是一段痛快的生活，他常去百老匯逛來逛去，看到了不少北方特有的稀奇景物。

可是後來又發生了變化——但不是好轉。他的叔父起初還很高興，後來卻開始發愁和喪氣，而且他的脾氣變得很怪，動不動就生氣。他老是說錢只有花出去，而沒有辦法再賺進來，「剩下的錢一個人都養不活，兩個人就更不消說啦」。

後來有一天早上，叔叔沒有吃早飯，失蹤了。這孩子去帳房一查，才知道叔叔頭一天晚上就付清了帳離開了。旅館裡的職員猜測他是去波士頓了，可是沒有把握。

這孩子獨自一人，無依無靠。他簡直不知道該怎麼辦，想來想去，還是決定追上去找他的叔父。他跑到輪船碼頭，才知道他口袋裡剩下的那一點錢不夠他到波士頓去的路費，不過到新倫敦去是綽綽有餘的。他就買了到那兒去的船票，希望靠上帝的保佑，讓他能度過剩餘的一段路程。

現在他已經在新倫敦的街上遊蕩了三天三夜，靠人家的施捨來維生，隨便找個地方睡睡覺。可是後來他終於灰心了，沒有了前進的勇氣和希望。他一心一意只想當兵，如果他當兵不合格，那他當個鼓手行不行呢？呵，做什麼他都情願拼命地幹，使人滿意，並且還會感激不盡！

小威克魯的來歷就是這樣，除了一些細節以外，都和他對我說的一樣，我說：

「孩子，你現在已經到朋友當中了啦，你再也不用為生活發愁啦。」一下子他的眼睛可發出閃光來了！我把約翰・瑞本上士叫進來，他是哈特阜人。現在還住在哈特阜，他也許認識他。我對他說：「瑞本，安排這個孩子和軍樂隊的弟兄們住在一起吧，我打算收下他來做個鼓手，我托你照顧他，千萬別叫他受委屈。」

這樣，要塞司令官和小鼓手之間的交涉到這時候算是告一段落了。但是這個可憐的、無依無靠的小傢伙仍舊在我心頭縈繞著。我隨時注意他，希望看見他快樂起來，變得興高采烈。可是沒有用，日子一天天過去了，他始終沒有改變。他和誰都不發生關係，總是心不在焉的，老是在想他自己的事，臉色也是憂鬱的。

有一天早上，瑞本請求我和他單獨談話。他說：

「我希望您不會見怪，司令官，可是現在的情況是這樣，軍樂隊的弟兄們簡直急得要命，非得有人站出來說話了。」

「咦，怎麼回事？」

「是威克魯那孩子，司令官。軍樂隊的弟兄們被他煩透啦，您想像不到到了什麼地步。」

「好吧，你說下去，他幹了什麼？」

「一直在禱告哩，司令官。」

「禱告?!」

「是呀，司令官，這孩子老在禱告，攪得軍樂隊的弟兄們一刻也不得安寧。清早起床第一件事，他就是幹這個，中午也是幹這個，夜裡，唉，一整夜他就像是被魔鬼纏住了似的，把大家鬧得寢食不安！睡覺嗎？天哪，他們根本睡不著，用一句俗話說，他那苦心祈禱的風車轉開了，只要起了頭就沒完。他先是給樂隊隊長禱告，跟著就找到號手頭兒，又給他禱告，再往後就是低音鼓手，他甚至帶著他也禱告起來啦。一個一個地，整個樂隊都會輪到，每一個都被認真地禱告一番，而且他那種認真的樣子會使你覺得他自認爲在人間活不了多久，想著他升了天的時候如果沒帶一個樂隊同去，就不會快活，所以他在給他自己挑選樂隊，好讓他們在天上叫他信得過，能奏得出配上那兒的場面的國歌。

「唉，司令官，向他丟靴子都沒有用，因爲屋子是黑的，並且他又不是光明正大地幹，老是跪在大鼓後面，所以大家一齊把靴子像暴雨般地丟過去也沒有關係，他毫不在乎，照樣顫悠悠地禱告，就好像那是人家給他喝彩似的。他們大聲嚷起來：『啊，住嘴！』『讓我們歇一歇吧！』『槍斃這小子！』『啊，滾出去！』以及諸如此類的話。可是那有什麼用？簡直就打攪不了他。他乾脆就不理你。」

停了一會兒，瑞本又說，「他是個乖巧的小傻子，清早起來就會把那滿地的靴子搬回去，一雙一雙地挑出來，把每人的靴子放到原處。這些靴子丟過去打他的次數已經太多了，所以全隊的靴子他通通認識，他閉上眼睛也能把它們一雙雙挑出來。」

又停了一會兒，我忍住沒有打斷他。

「最叫人受不了的是他禱告完的時候——他要是居然有個完的話——他就調一調嗓子唱起歌來。唉，您知道他說話的聲音多麼好聽，他那種聲音簡直可以引得一隻鐵鑄的狗從門口臺階上跑下來舐他的手。可是請您相信我，司令官，那比他唱歌的聲調可還差得遠！比起這個孩子的歌聲來，笛子的聲音都顯得刺耳。啊，他在黑暗中像流水般輕柔地唱，低低的聲音是那麼柔和悅耳，簡直讓你覺得自己就像在天上一樣。」

「那又怎麼會『叫人受不了』呢？」

「呵，問題就在這兒，司令官，您聽他唱吧。」

「就像我這樣：貧窮、倒楣、眼睛又看不見——您聽了他唱這個，只要聽一次，看您是不是渾身發酥，眼睛裡迸出淚水來！不管他唱什麼，都會鑽進你的心窩裡，深深地擊中你的要害，每回都讓人神魂顛倒。您只要聽聽他唱：

罪惡的、悲傷的人，你的心中充滿恐懼，
不要等到明天，你今天就要歸順天主；

不要辜負那種慈愛，

因為那種慈愛來自天主——

這些歌詞，真叫人聽了覺得自己是天下心眼最壞、最不知好歹的人。每當他唱起那些關於他家鄉的、關於母親的、關於童年、關於從前的回憶、關於煙消雲散了的事情以及死去的老朋友的歌來，就會把你這一生所有難忘的、一去不復返的往事都引到你面前來。那才真是唱得漂亮，唱得神妙，叫人愛聽。可是司令官，天哪，那才真叫人傷心透了！一聽這歌，軍樂隊，唉，大家都哭起來，這些傢伙個個都哭出聲來，而且毫不掩飾。那些原先丟靴子過去打那孩子的人一下子又從床鋪上跳下來，在黑暗中跑過去擁抱他！是呀，他們就是這樣，拼命地親吻他，弄得他渾身都是唾沫，並且還用親愛的名字叫他，求他饒恕他們。趕上這種時候，要是有一團人想去傷害這個小把戲一根頭髮，他們也會和這一團人拼命，哪怕是整整的一個軍團！」

又停了一會兒。

「就是這些話嗎？」我說。

「是的，司令官。」

「哎呀，原來如此，那有什麼可埋怨的！他們想要怎麼辦呀?!」

「怎麼辦！唉，天哪，他們想要請您叫他不要再唱了，司令官。」

「這是怎麼說的！你剛才還說他的歌唱得很美妙哪。」

「問題就在這兒。唱得太美妙啦。一般人簡直受不了。他唱的歌太讓人感動，簡直能把你的心都挖出來，它會把你的感情擊碎，使你心裡不舒服，覺得自己有罪，除了到地獄受永世之苦之外，什麼地方也不配去，叫人老是懺悔個沒完，什麼都顯得不對勁，覺得人生一點安慰也沒有。還有那個哭勁，您瞧，第二天早上他們都不好意思看彼此的眼睛。」

「咳，這倒是個新鮮事，告狀也告得古怪。那麼他們真的不想讓他再唱了嗎？」

「是呀，司令官，就是這個意思。他們也不想過分要求，要是能把他的禱告禁止了，或是叫他不要禱告個沒完沒了，那就太感謝了。但最主要的還是唱歌的問題，只要能讓他不再唱歌，他們覺得禱告還是可以勉強受得了，雖然老讓他那麼用禱告來折磨，也實在難受。」

我告訴上士，這件事情我會考慮的。

那天晚上，我悄悄跑到軍樂隊的營房去。上士所報告的情況並沒有誇大其詞。我聽見在黑暗中虔誠的禱告聲音，我聽見那些被鬧得心煩的人的咒罵聲，我聽見許多靴子一陣扔過去在空中飛翔時發出的颼颼聲，以及打到大鼓周圍乒乒乓乓的聲音。這種情形使我有所感觸，但是同時也覺得有趣。

過了一會兒，經過一陣意味深長的靜默之後，就聽見了那歌聲。天哪，那麼淒涼的聲音，那麼迷人的力量！天下再沒有什麼聲音比它更悅耳、更優美、更溫柔、更聖潔、更動人。我在那兒待的工夫不長，開始體驗到與一個要塞司令官不大相稱的感情。

第二天我就下達命令，禁止禱告和唱歌。隨後的三四天之中，新兵騙了入伍津貼開小差的事件層出不窮，既熱鬧又惱人，以致我暫時忘了那小鼓手。可是有一天早上瑞本上士來了，他說：

「那個新來的小夥子舉動非常奇怪哩，司令官。」

「怎麼個奇怪法？」

「咳，司令官，他一天到晚老在寫字。」

「寫字？他寫些什麼，是信嗎？」

「我不知道，司令官。可是他一下了班，就老是在炮臺各處鑽來鑽去，東張西望，老是一個人。我敢打賭，炮臺上的各個角落他都去過。而且他老是過不了一會兒就拿出鉛筆和紙，亂畫些什麼下來。」

這使我有了一種不祥的預感。我想要挖苦他這種疑神疑鬼的想法，可是當時只要形跡稍有可疑的事情，都不能怪人家多疑，所以也就不便挖苦。當時在我們北方，很多地方都發生了一些事故，提醒我們隨時都要提防，對任何事都要懷疑才行。於是我聯想到這個孩子來自南方這個耐人尋味的事實，而且是最靠南的地方——路易斯安那時，在當時的情況之下，這個念頭是叫人放心不下的。可是當我給瑞本下達處理這樁事情的命令時，心裡卻感覺到一陣陣的隱痛，我覺得自己像是一個做父親的在那兒搗鬼，故意要叫自己的孩子受到羞辱和損害似的。

我吩咐瑞本不要聲張，靜待時機，儘量想辦法把那孩子寫的東西給我找一些來，不要讓他知道。我還特別指示他千萬不要輕舉妄動，以免打草驚蛇。而且我還命令他照常允許那孩子原先的行動自由，不過當他進城的時候，就派人在遠處盯住他。

以後兩天之中，瑞本向我報告了好幾次，但是毫無結果。這孩子總是在寫，可是每逢瑞本走到他身邊時，他就滿不在乎地把他寫的東西塞到口袋裡。他曾去過城裡一個沒有人的舊馬棚兩次，待一兩分鐘就出來了。我們對這類事情可不能大意——看樣子是有點兒蹊蹺。我心裡不得不承認我有些不安了。

我跑到我私人的住處，把副司令找來。他是個很有智慧和判斷力的軍官，是吉姆士·華特生·韋布將軍的兒子。他知道後很是驚訝，也很著急。我們談了很久，最後的結論是應該進行秘密搜查。我決定親自執行這個行動。因此我叫人第二天早上兩點把我叫醒，只過了一會兒，我就到了軍樂隊的宿舍裡，我撲在地下，在那些打鼾的弟兄當中緊貼著地板爬過去。我終於爬到了那酣睡的流浪兒床前，誰也沒有驚醒，我把他的衣服和背袋拿到手，又偷偷地爬了回來。我回到自己屋裡的時候，韋布在那兒等著，急於知道結果如何。我們立刻動手搜查。衣服使我們大失所望。我們在口袋裡找到幾張空白的紙和一枝鉛筆，還有一把大折刀和孩子們藏起來當寶貝的亂七八糟的沒用的東西，除此之外什麼也沒有了。

我們又滿懷希望地去搜查背袋，那裡面又是什麼也沒有找到，反而碰了個釘子！一本小《聖經》扉頁上寫著這麼幾個字：「先生，請看在他母親的面上，對我這孩子照應點吧。」

我和韋布對視了一下，同時低下了頭。我們都不作聲。我又把這本書恭恭敬敬地放回原處。韋布馬上站起來，一句話也不說就走了。過了一會兒，我提起精神去完成這樁很不是滋味的工作，我把偷來的東西送回原處，還是用原來的姿勢在地下爬過去，這似乎是對我所幹的那件事特別相稱的姿勢。完事之後，老實說，我感到無比高興。

第二天中午瑞本又照常來報告，我截住他的話說道：

「這椿可笑的事情就到此爲止吧。我們把一個可憐的小傢伙當成了個妖怪來對付，其實他就像一本讚美詩一樣，對我們是毫無妨礙的。」

上士顯得很驚訝，他說：

「唉，這可是您的命令呀，司令官，我還弄到了一點他寫的東西哩。」

「那裡面說些什麼？你怎麼弄到的？」

「我從門上的鑰匙洞裡看見他在寫字。在我估摸著他大概寫完了的時候，就小聲地咳嗽了一下，我馬上看見他把寫的東西揉成一團，丟到了火裡，然後東張西望地看有沒有人來。然後他就安靜下來，顯出非常愉快和滿不在乎的樣子。於是我就走了進去，高高興興地和他鬧了一陣，再打發他去做別的事情。他也沒有驚慌，馬上就走了。爐裡是煤火，才生起來的。恰好他那個紙團丟到一大塊煤後面去了，掉在看不見的地方，我就把它弄了出來。就是這個，連烤都沒有烤糊哩，您瞧。」

我望了一眼這張紙條，看了一兩句。然後我就叫上士出去，並且吩咐他把韋布找來。那紙上寫的全文是這樣的：

特倫布林要塞，八號

上校，關於我上次開的單子裡末尾那三尊大炮的口徑，我弄錯了，其實那是放十八磅炮彈的，其餘的武器都和我所寫的相符。炮臺的情況還是像前次報告的那樣，不過原先準備派到前線去作戰的兩連輕步兵暫時還要駐在這裡。現在還不知道要停留多久，但很快就可以弄明白。就目前情況看來，我們最好暫時不要採取行動，等到……

寫到這裡就中斷了，這就是瑞本咳嗽了一聲，使那孩子沒有再往下寫的地方。這種冷血的卑鄙行為被揭露出來之後，給我心頭一陣沉痛的打擊，以致使我對這孩子的感情以及我對他的好意和對他那孤苦遭遇所發的慈悲心腸都馬上煙消雲散了。

可是這且不去管它。現在出了問題了——而且還是需要馬上充分注意的嚴重問題。韋布和我把這樁事情翻來覆去地考慮，並徹底研究了一番。韋布說：

「他沒有寫完就被打斷了，很可惜！他們的某種行動將要推遲，等到什麼時候呢？那個行動又指的是什麼呢？可能是他要提到的，這個假裝信奉上帝的小壞蛋！」

「是呀，」我說，「我們錯過了一次機會，還有信裡面的『我們』又是誰呢？是炮臺裡面的同黨，還是外面的呢？」

那個「我們」很有文章，叫人擔心。可是老在這上面猜想是不值得的，所以我們就繼續考慮更具體的辦法。第一步，我們決定加雙崗，盡最大的力量提防敵人的偷襲。其次，我們想到把威克魯抓來，讓他吐出一切秘密。不過這一招似乎不大聰明，只有等其他的辦法都沒有效果的時候才行。我們必須把他寫的東西再弄到一些，所以我們就開始想辦法達到這個目的。

後來我們想到：威克魯從來沒有去過郵局，也許那個空馬棚就是他的郵局吧。我們把我的親信書記找來，一個名叫斯特恩的德國人，好像個天生的偵探似的。我把這樁事情原原本本地告訴他，叫他設法破案。

還不到一個鐘頭，我們又得到消息，說是威克魯又在寫；再過了一會兒，就聽說他告假進城了。他動身之前，他們故意耽誤了他一陣，同時斯特恩趕緊跑去藏在那個馬棚裡。一會兒他就看見威克魯輕鬆自在地走了進去，東張西望了一會兒，然後把一樣東西藏在角落裡的一堆垃圾底下，又從從容容地出去了。斯特恩趕緊把那封信拿到手，給我們帶了回來。上面既沒有收信人的姓名地址，也沒有發信人的簽名，信裡面除了先前我們看到過的那些話，接著就說：

> 我們認為最好暫時不要採取行動，等那兩連人走了再說。我是說我們內部這四個人有這個意見，還沒有和其他的人通消息，怕的是引人注意。我們六個人，跑了兩個。他們入伍不久，剛混進炮臺就被派到前線去了。現在必須派兩個人來接替他們。走了的那兩個是三十里點的兄弟。我有一個非常重要的消息要告訴你，可是絕不能靠這種通信方式，我要試用另一種辦法。

「這個小渾蛋！」韋布說：「誰想得到他是個間諜呢？暫時不去管他。我們把已經得到的這些細節照目前的情形湊合起來研究研究，看看這樁事情已經發展到什麼地步了。第一，『我們』當中已經有一個間諜是我們知道的；第二，『我們』當中還有三個是我們不知道的；第三，這些間諜都是通過到聯邦部隊來入伍這個簡單而省事的辦法混進我們這兒來的，顯然是有兩個上了當，被我們運到前線去了；第四，『外面』還有間諜的幫手，數目多少還不清楚；第五，威克魯還有非常重要的事情，他不敢用『現在這種方式』報告消息，要『試用另一種辦法』。目前看來大致就是這樣。我們是不是要把威克魯抓起來，叫他招供呢？還是去抓到馬棚裡取信的人，叫他供出來？或者我們就暫時還不作聲，再多調查一些事實呢？」

我們決定採取最後那種辦法。我們估計這時候還沒有實行緊急措施的必要，因爲那些叛亂分子顯然是打算等那兩個輕步兵連走的時候再下手。我們給了施特恩充分的權力，使他好辦事，叫他儘量想辦法把威克魯的「另外一種」通信方法調查出來。我們打算玩一次大膽的賭博，因此我們主張繼續使間諜們毫無顧忌地活動，能敷衍多久就敷衍多久。所以我們命令斯特恩馬上再到那個馬棚那兒去，要是沒有什麼人妨礙的話，就把威克魯的信仍舊藏到原地方，放在那兒等叛徒們去取。

那天一直到天黑，都沒有什麼動靜。夜裡很冷，天色漆黑，正下著雨，風也刮得很凶，可是那一夜我還是從溫暖的床上起來了好幾次，親自出去巡邏，爲的是要查明確實沒有出什麼事故，而且每個崗哨都在認真提防。我發現他們都在振作精神警戒著，顯然是有一些神秘的謠言悄悄地在四處傳播，一加雙崗就更使那些謠言顯得確有其事了。當天快亮的時候，我碰見韋布頂著寒風一直往前走，一問才知道原來他也巡邏了好幾次，總要知道一切安然無事才放心。

第二天的事情使情況發展得快了一些。威克魯又寫了一封信。斯特恩比他先到那個馬棚裡，看著他藏了那封信，威克魯剛一走開，他就去把那封信拿到手，然後溜出來，遠遠盯住那個小間諜，他背後還跟著一個便衣偵探。因為我們覺得應該讓他隨時可以得到法律的幫助，以備緊急的需要。

威克魯跑到火車站去，在那兒等紐約開來的車，當客人由車上擁下來的時候，他就仔細盯住那一群人的臉。一會兒有一個年老的紳士，戴著綠色的護目鏡，拄著手杖，一瘸一瘸地走了下來，在威克魯附近站住，急切地開始張望。威克魯馬上就飛跑過去，塞了一個信封在他手裡，然後溜走，在人叢中消失了。

斯特恩立刻把那封信搶了過來，隨即他在那個偵探身邊匆忙走過的時候對他說：「跟住那個老先生，別讓他跑丟了。」然後斯特恩隨著人群連忙跑出來，一直跑回要塞。

我們關上門坐下來，吩咐外面的守衛不讓別人來打攪。

我們先把馬棚裡拿來的那封信打開來看。內容如下：

神聖同盟：

照常在那尊大炮裡拿到了大老闆的命令，那是昨晚上丟在那兒的。這次命令取消了以前從次一級機關所得的指示。已在炮內照例留下了暗號，表示命令已經到了收件人手裡——

韋布插嘴說：「這孩子現在不是受到了嚴密的監視嗎？」

我說是的，自從上次拿到他那封信之後，他一直就在嚴密的監視之下。

「那麼他怎麼能夠放什麼東西到炮筒裡去，或是從那裡面取出東西來，居然沒有被人發覺呢？」

「唉，」我說，「我看這種情形有點不大對勁。」

「我也覺得不對呀，」韋布說，「這簡直就表示連哨兵裡面都有同謀犯，要不是他們暗中縱容他，否則這種事情根本做不到。」

我把瑞本叫來，吩咐他到炮臺認真檢查一下，看能找出什麼線索來。然後我們又往下念那封信：

新的命令是果斷的，它要〇〇〇〇明天早上三點××××。將有兩百人分成若干股由各地乘火車或採取其他途徑來此，按時到達指定地點。今天由我分發信號，成功很有把握，但是我們一定是走漏了風聲，因為這裡已加派雙崗，而且正副司令昨夜曾多次巡邏。寅寅今天由南方來此，將用另一種方式接受秘密命令。你們六個人必須在早晨兩點準時到達一六六號。乙乙會在那裡等你們，給你們詳細指示。口令和上次相同，但要倒過來，頭一個字改到末尾，末一個字改到前面。記住辛辛辛辛。不要忘了。千萬要大膽，還不等太陽再出來，你們就要成為英雄了。你們的名聲將流芳千古，你們將在歷史上添上不朽的一頁。阿門。

「好傢伙，」韋布說，「看這情形，我們可實在不好對付呀！」

我說沒有問題，形勢是越來越嚴重了。我說：

「他們準備採取一次猛烈的冒險行動，這是很明顯的。今天晚上是他們預定的時間——這也是很明顯的。這個冒險行動的性質，或者說它的方式，就隱藏在那一大堆『○』或『×』下面。據我估計，他們的目的是要偷襲和奪取要塞。現在我們必須採取斷然行動。我想我們繼續用秘密手段對付威克魯是一點用處也沒有了。我們必須知道，而且越快越好，『一六六號』究竟在哪兒，這樣才能在早上兩點鐘把那一夥兒人一網打盡。不消說，要想知道這個秘密，最快的辦法就是逼這個小鬼說出來。不過首先我必須把事實報告軍政部，請求全權處理，然後我們才可以採取重要行動。」

急電譯成了密碼，準備拍發。在我看過並表示認可之後，就發出去了。

我們隨即結束了對剛才那封信的討論，然後把從那位瘸腿先生那兒搶過來的那封信打開。可是那裡面除了裝著兩張完全空白的信紙之外，什麼也沒有！這對我們當時迫切的心情簡直是潑了一盆冷水。我們一時大失所望，心裡就像那信紙一樣空虛，簡直不知道該怎麼辦才好。

可是一會兒工夫以後，我們立刻想到了「隱藏墨水」。我們把信紙拿到火邊上去烤，等著看那上面的字跡經過火烤的結果顯出來。可是除了幾條模糊的筆劃之外，什麼也沒有，而我們對那幾條筆劃又看不出一點道理。於是我們把軍醫找來，叫他用他所知道的各種方法進行試驗，一定要有個結果出來。等到字跡顯出來之後，立刻把信的內容報告給我。

這個阻礙可真是叫人煩得要命，我們爲這陣耽誤而感到生氣，因爲我們一直希望能從那封信裡得到關於這個陰謀的一些最重要的秘密。

這時候瑞本上士回來了，他從口袋裡掏出一根大約一英尺來長的痲繩，上面打著三個結，他把它遞給我看。

「我從江邊的一座大炮裡取出來的，」他說，「我把所有的炮上的炮栓都取下來仔細看過了，結果每一個炮都查遍了，只找到這麼一截痲繩。」

原來這截繩子就是威克魯的「暗號」，表示「大老闆」的命令並沒有送錯地方。我命令立即把過去廿四小時內在那座炮臺附近值過班的哨兵通通單獨禁閉起來，沒有我的同意，不許他們互相交談。

這時候軍政部部長來了個電報。電文如下：

暫時取消人身保障法。全城宣布戒嚴。必要時逮捕嫌疑犯。採取果斷而迅速的行動。隨時將消息報告本部。

這下子我們可以下手了。我派人去把那位瘸腿的老先生逮捕起來，悄悄地關押到要塞，我把他看管起來，不許別人和他談話，也不許別人和他談話。起初他還吵鬧了一陣，可是不久就不作聲了。

隨後又來了個消息，說是有人看見威克魯拿了什麼東西交給我們的兩個新兵。他剛一轉身，這兩個人馬上就被抓去禁閉起來了。每人身上搜出一個小紙片，上面用鉛筆寫著這些字：

大鷹三飛

記住××××

一六六

遵照軍政部部長的指示，我給部裡打了個密電，報告情況的進展，還把上面這個紙片描繪了一下。現在我們似乎是處於很有把握的地位，完全可以拉下威克魯的假面具了，所以我就派人把他叫來。同時我也派人去取回那封用隱藏墨水寫的信，軍醫還帶來一張字條，說明他試過的幾種方法都沒有結果，不過還有一些方法，等我再叫他試驗的時候，還可以試一試。

威克魯很快就進來了。他顯得有些疲乏和焦急，可是他很鎮定從容，即使他感覺到出了什麼問題，也沒有在臉色和態度上露出來。我讓他在那兒站了一兩分鐘，然後直接說：

「小夥子，你為什麼老去那個舊馬棚呢？」

他用天真的態度毫不慌張地回答：

「呵，我也不知道怎麼回事，司令官。沒有什麼特別的原因，我就喜歡清靜，想到那兒去玩。」

「你到那兒去玩，是嗎？」

「是呀，司令官。」他還是像開始那樣天真無邪地回答。

「你在那兒只是玩嗎？」

「是呀，司令官。」他抬起頭來望著我，那雙溫柔的大眼睛裡含著孩子氣的驚訝神情說道。

「真的嗎？」

「是的，司令官，真的。」

過了一會兒，我說：

「威克魯，你爲什麼總喜歡寫字呢？」

「我？我並沒有常寫什麼呀，司令官。」

「你沒有常寫？」

「沒有，司令官。啊，您要是說的亂畫呢，我倒是亂畫了一些，不過那是畫著玩的。」

「你畫了拿去幹什麼了？」

「沒有幹什麼，司令官，畫完就丟了。」

「沒有送給什麼人嗎？」

「沒有，司令官。」

我突然把他寫給「上校」的那封信伸到他的面前。他稍微有點吃驚，可是馬上又鎭定下來，他臉上微微地紅了一陣。

「那麼，你爲什麼要把這個送出去呢？」

「我絕、絕沒有什麼壞心眼，司令官。」

「絕沒有壞心眼?!你把要塞的軍備情況洩露了出去，還說沒有壞心眼嗎？」

他低下頭去不作聲。

「喂，老實說吧，別再撒謊了。這封信是給誰的？」

這時候他顯出有些痛苦，不過很快就平靜下來，用非常懇切的聲調回答說：

「我把事實告訴您吧，司令官，全部的事實。這封信根本就沒有打算寫給誰，我不過是寫著玩，現在我知道錯了，而且是件傻事，可是我只犯過一次，司令官，我以人格擔保。」

「呵，這倒叫我很高興，寫這種信是很危險的。真的只寫過這一封？」

「是的，司令官，千真萬確。」

他大膽得驚人，他說這句謊話的時候，那種誠懇的神氣誰也比不過。我停了一會兒，把我的怒氣平息下去，然後說：

「威克魯，你仔細想一想吧，我想調查兩三件小事情，你看是不是可以幫個忙？」

「我一定盡力幫忙，司令官。」

「那麼我先問你，『大老闆』是誰呢？」

「我不知道，司令官。」

這下他很驚慌地望了我們一眼，可也不過如此而已。他馬上安靜了下來，沉著地回答說：

「你不知道？」

「我不知道。」

他極力想把他的眼睛望著我，可是他實在太緊張了；他的下巴慢慢地向著胸部低下去，他啞口無言了；他站在那兒神經緊張地摸弄著一個鈕釦，他的卑鄙行為雖然可惡，那樣子可也叫人憐憫。隨後我又提出一個問題，打破了沉默：

「『神聖同盟』是些什麼人呢？」

他渾身發抖，他把雙手盲目地微微動了一下，這在我看來，好像是一個絕望的小傢伙求人憐憫的表示。可是他沒有作聲。他繼續把頭向地下垂著，站在那兒。我們瞪著眼睛望著他，等著他說話的時候，看見大顆的眼淚順著他的臉蛋滾下來。可是他始終不說話。

過了一會兒，我說：

「你非回答我不行，小孩，你一定要說老實話。『神聖同盟』是哪些人？」

他仍舊只是一聲不響地哭。我隨即就說：

「回答我這個問題！」我的語氣有些嚴厲。

他極力要控制自己的聲音；然後求饒地抬頭望著，摻雜著哭聲勉強說道：

「啊，請您可憐我吧，司令官！我不能回答這個問題，因爲我不知道。」

「什麼？」

「真的，司令官，我說的是實話，我直到現在，從來沒有聽說過什麼『神聖同盟』。我以人格擔保，司令官，這是實話。」

「真是怪事！我看你這第二封信；呵，你看見這幾個字了嗎？『神聖同盟』。現在你還有什麼話可說？」

他抬起頭來瞪著眼睛望著我的臉，顯出一副受了委屈的神氣，好像他遭了很大的冤枉似的，然後激動地說：

「這是有人狠心地給我開玩笑，司令官；我老是極力要好好做人，從來沒有傷害過誰，他們怎麼能這樣陷害我呢？有人假造了我的筆跡；這都不是我寫的；我從來沒有見過這封信！」

「啊，你這個可惡透了的小騙子！你看，這又是怎麼回事呢？」我把那封隱藏墨水寫的信從口袋裡掏出來，伸到他眼前。

他的臉發白了！簡直像個死人的臉那麼白。他站也站不穩，微微搖晃起來，伸手扶著牆才把身子撐住。過了一會兒，他低聲問道：

「您已經……看過這封信了嗎？」他的聲音簡直低得聽不見。

一定是還沒有等我嘴裡來得及說出「看過了」這麼個回答，我們臉上就把真情流露出來了，因爲我清清楚楚地看見那孩子的眼睛裡又恢復了勇氣，我等著他說話，可是他一聲不響。所以後來我就說：

「喂，你對這封信裡洩露的秘密又怎麼解釋呢？」

他非常鎭定地回答說：

「沒有什麼解釋，我只想說明一聲，那是完全沒有害處的；對誰也沒有什麼妨礙。」

這下子我可有點窘住了，因爲我無法反駁他的話。我不知道該怎麼辦才好。可是我忽然又有了一個主意，這才給我解了圍，我說：

「你對『大老闆』和『神聖同盟』當真什麼都不知道嗎？你說是人家假造的這封信，當真不是你寫的嗎？」

「是的，司令官，這是真的。」

我慢慢抽出那根打了結的麻繩來，一聲不響地把它舉起。他若無其事地瞪著眼睛看著它，然後詫異地看著我。我實在忍耐不住了。不過我還是把我的火氣壓下去，用自然的語調說：

「威克魯，你看見這個了嗎？」

「看見了，司令官。」

「這是什麼？」

「好像是一根繩子。」

「怎麼，好——像——是？這本來就是一根繩子呀。你還認得嗎？」

「不認得，司令官。」他回答的語氣從容到極點。

他那種冷靜的態度真是令人驚嘆！於是我停了幾秒鐘，爲的是讓我的沉默可以加深我所要說的話給人的印象。然後我站起來，把一隻手按在他肩膀上，嚴肅地說：

「這是對你沒有好處的，可憐的孩子，絕對沒有好處。你給『大老闆』的這個暗號，這根帶結的繩子，是在江邊一座大炮裡找到的——」

「大炮『裡面』找到的！啊，不對、不對、不對！別說是在大炮裡吧，其實是在炮栓的一條縫裡！——一定是在縫裡！」

他隨即就跪下來，兩手交叉著十指，抬起頭，他臉色灰白、嚇得要命的樣子，叫人看了很可憐。

「不，是在大炮裡。」

「啊，那一定是出了毛病！上帝，我完蛋啦！」

他一下子跳起來，左右亂闖，想要躲開來抓他的手，極力想從這地方逃掉。當然逃跑是不可能的。於是他又撲通一聲跪在地下，拼命地哭，還抱住我的腿，他這樣抓住我，苦苦哀求道：「啊，您可憐可憐我吧！啊，您大發慈悲吧！千萬別把我的事情說出去呀，他們連一分鐘都不會饒了我的！請您保護我，救救我吧。我會把一切都說出來的！」

我們花了一些工夫才使他平靜下來，減少他的恐懼，使他稍微清醒一些。然後我開始盤問他，他眼睛看著地下，很恭敬地回答，伸手揩去他那流個不停的眼淚。

「那麼你是心甘情願地做一個叛徒嘍？」

「是的，司令官。」

「你還是個間諜？」

「是的，司令官。」

「一直在按照外面的指示活動嗎？」

「是的，司令官。」

「是自願的嗎？」

「是的，司令官。」

「幹得很高興吧，也許是？」

「是呀，司令官，抵賴也沒有好處。南方是我的家鄉，我的心是南方的，整個心都在它那一方。」

「那麼你所說的遇難的經過和你家人被殺害的那些事都是爲了混進要塞，特意捏造出來騙人的吧？」

「他們——是他們叫我那麼說的，司令官。」

「那麼你就準備出賣那些可憐你和收容你的人，要把他們都毀了嗎？你知不知道這麼做有多卑鄙？你這個走入迷途的可憐蟲！」

他只用哭泣來回答。

「好吧，這個暫且不去管它，我們還是談正經事。『上校』是誰？他躲在什麼地方？」

他開始大哭起來，想要哀求不說這個問題。他說他要是說出來，就會被打死。我威脅著說，你要是不說出實情，我就要把你關到黑牢裡監禁起來；同時我答應他，只要他把秘密都說出來，我就保護他，不讓他受到任何傷害。

他緊緊地閉住嘴，一句話也不肯說，做出一副很頑強的樣子，使我簡直拿他沒有辦法。於是我就帶著他走，可是他只往黑牢裡望了一眼就改變了主意。他突然又大哭起來，並且苦苦哀求，聲明他願意說出一切實情。

於是我又把他帶回來，他就說出了「上校」的名字，並且很詳細地把他描述了一番。他說到城裡最大的旅館裡可以找到他，穿著普通老百姓的衣服。我又威脅了他一陣，他才把「大老闆」的名字說出來，並且說明他的相貌等。他說在紐約證券街十五號可以找到「大老闆」，化名是蓋羅德。我把蓋羅德的姓名和相貌打電報告訴了紐約警察局局長，讓他逮捕這個人，把他看管起來，等我派人去提解。

「那麼，」我說，「你『外面』還有幾個同黨，好像在新倫敦。你把他們的姓名和具體情況說一說吧。」

他又說出了三個男人和兩個女人，並且說明了他們的情況——都住在大旅館裡。我悄悄地派人出去，把他們和那位「上校」抓來，關在要塞裡。

「現在我想知道你在要塞裡面的三個同黨都是誰。」

我想到他又會說謊話來騙我，於是我把從那兩個被捕的哨兵身上搜到的神秘紙片拿出來給他看，這對他起到了很好的效果。我說我們已經抓到了兩個，他非說出另外那一個不可。這把他嚇得要命，他大聲叫道：

「啊，請您別逼我了，他當場就會要了我的命！」

我說那是可笑的想法，我會派人在他身邊保護他，並且在他們集合的時候是不會讓他們帶武器的。我命令所有的新兵都集合起來，然後這可憐的壞蛋渾身發抖地走了出來，他順著那一隊人走過去，極力顯出若無其事的樣子。後來他對其中一個人只說了一個字，於是他還沒有走出五步，那個人就被捕了。

威克魯又和我們在一起的時候，我就命令把那三個人帶進來。我叫其中的一個站到前面來，說道：「威克魯，你可要注意，要完全說實話，絲毫不能有差錯。這個人是誰，你知道他一些什麼事情？」

他已經到了「騎虎難下」的地步了，所以就不顧一切後果，把眼睛瞪在那個人臉上，毫不遲疑地說了一大套——他說的是下面這些話：

「他的真名叫作喬治・布利斯多。他是紐奧爾良人，兩年前在沿海的郵船『神殿號』上當二副。他是個狠角色，曾經因爲犯殺人罪坐過兩次牢：一次是爲了拿一根絞盤用棍子打死一個叫海德的水手，一次是打死了一個甲板苦力，因爲他不肯拋鉛錘，其實那本不該是甲板苦力做的事。他是個間諜，是上校派到這兒來進行間諜活動的。五八年『聖尼古拉號』在孟菲斯附近爆炸時，他在船上當三副。當死傷的乘客被裝在一隻空木船上往岸上運的時候，他搶乘客身上的財物，結果差點兒讓人家用私刑弄死。」

還有一些諸如此類的話——他把這個人的來歷說得很詳細。他說完之後，我問那個人：

「你對他這些話還有什麼說的？」

「司令官，您可別怪我在您面前說話不恭敬，他這簡直是在胡說八道，我從來沒有聽過誰撒這種無恥的謊！」

我命令把他帶回去再關起來，又把其餘兩個先後叫到前面來。結果都是一樣。那孩子說出了每個人的詳細來歷，對措辭和事實絲毫也沒有遲疑。可我盤問這兩個傢伙的結果是，每個人都憤怒地說那完全是謊話。他們什麼口供也沒有。於是我把他們再送回去關起來，又把其餘的犯人一個個叫出來對質。威克魯把他們的一切都說出來了——他們是南方哪些城市的人，和他們參加這個陰謀的原原本本。

但是他們都否認他所說的事實，而且沒有一個有什麼口供。那些男人大發脾氣，女人哭哭啼啼。據他們自己說，他們都是從西部來的清清白白的人，並且愛聯邦勝過愛世界上一切東西。我把這些人再關起來，心裡很煩悶，隨後我就再來盤問威克魯。

「一六六號在哪兒？『乙乙』是誰？」

可是他下了決心以這裡為界限。無論說好話哄他或是威脅他，都不起作用。時間過得飛快，非採取嚴厲手段不可。所以我就拴住他的大拇指，把他踮起腳尖吊起來。他越來越痛，就尖聲慘叫，那聲音簡直叫我受不了，但是我還是堅持不放鬆，終於過了一會兒他就喊叫起來：

「啊，放我下來吧，我說！」

「不行，你說了我才放你下來。」

現在每一秒鐘的時間對他都是痛苦，所以他招了出來：

「大鷹旅舍，一六六號！」他說的是江邊的一個三流客棧，是一般賣力氣的普通人和碼頭工人還有那些更不體面的人常去的地方。

於是我把他放了下來，然後又讓他說出這次陰謀的目的。

「今晚要奪取要塞。」他一面頑強地說，一面低聲哭著。

「我是不是已經把這次陰謀的首領都抓到了？」

「沒有，除了你抓到的以外，還有很多要到一六六號去開會的人。」

「你那『記住辛辛辛辛』是什麼意思？」

沒有回答。

「進入一六六號的口令是什麼？」

沒有回答。

「那一堆一堆的字和記號是什麼意思——『××××』和『○○○○』？快說！要不然還叫你嘗嘗那個滋味。」

「我決不回答！我寧可死。現在你愛怎麼辦就怎麼辦吧。」

「把你說的話好好想想吧，威克魯。你拿定主意了嗎？」

他堅決地回答，聲音毫不發顫：

「拿定主意了。我非常愛我那遭難的南方，痛恨這北方的太陽所照耀的一切，所以我寧可死，也不會洩露那些消息。」

我又拴住他的大拇指把他吊起來。這可憐的小傢伙痛得要命，他那尖叫的聲音聽著叫人心碎，可是我們卻再也沒有逼出他什麼口供來，不管你問他什麼話，他總是這樣回答：「我可以死，而且我決定死，可是我決不會洩露任何情況。」

哎，我們只好就那麼算了。我們相信他一定是寧可死也不會招供的，所以我們就把他放下來，把他關起來嚴加看管。

然後我們又忙了幾個鐘頭，一方面給軍政部打電報，一方面準備突擊一六六號。

那漆黑和寒冷的夜晚是令人提心吊膽的。由於要塞的情報已經被洩露了一些，整個要塞都在提防意外。哨兵增加到了三崗，無論誰都不能隨意進出，一走動，哨兵就會把步槍對準他的頭，叫他站住。不過韋布和我卻不像原先那麼擔心了，因爲有許多主犯已經落網，他們的陰謀就必然會受到沉重的打擊。

我決定及時趕到一六六號去抓住「乙乙」，堵上他的嘴，然後等著其餘的人來到，好把他們一網打盡。大約在早上一點一刻，我就悄悄離開要塞，後面帶著六個精壯的正規兵，還有威克魯那孩子，他的手被反綁在背後。我告訴他，我們要到一六六號去，如果發現他這次又說了謊話，騙我們上當，那他就非得領我們到正確的地方去不可，否則有他好受的。

我們悄悄地走近那個客棧，進行隱蔽的偵察。小小的酒吧間裡點著一支蠟燭，其餘的房間都是黑的。我試著打開前門，門並沒有上鎖，所以我們就輕輕地走進去，仍舊把門關上。然後我們把鞋脫掉，我帶頭把大家領到酒吧間裡。德國店主坐在椅子上睡著了，我輕輕地把他推醒，叫他脫掉靴子，走在我們前面，同時警告他不許出聲。他一聲不響地順從了，可是顯然嚇得要命。我命令他帶路到一六六號去。

我們爬上了兩三層樓梯，腳步像貓那麼輕。然後我們走到一道很長的過道盡頭的時候，就來到了一個房間門口。從那個門上裝著玻璃的小窗戶裡，我們隱約看到裡面有一支發出暗淡的亮光的蠟燭。店主在暗中摸索著找到了我，悄悄地說那就是一六六號。我試了試那扇門——門從裡面鎖上了。我輕聲給一個個子最大的士兵下了一個命令，然後我們就用寬大的肩膀頂住門，猛推一把，把門上的鉸鏈衝開了。

我隱隱約約地看見床上有一個人影——看見他連忙向著蠟燭把頭伸過去。蠟燭一滅，我們立刻就陷在一片漆黑當中了。我猛撲過去，一下子跳到了床上，用膝頭使勁按住床上那個人。被我抓住的人拼命地掙扎，可是我的左手卡住了他的嗓子，這給我的膝頭很大的幫助，總算把他制服了；然後我馬上把手槍掏出來，拉開扳機，用那冰冷的槍筒抵住他的腮幫子，表示警告。

「現在誰給劃根火柴吧！」我說，「我把他抓牢啦。」

有人照辦了。火柴的光亮起來，我望著我抓住的人，哎呀，上帝，原來是個年輕的女人！

我放開她，連忙走下床來，心裡覺得很不好意思。大家都瞪大了眼睛望著身邊的人發呆。這樁意外的事太突如其來了，叫人莫名其妙，因此大家都非常慌張，不知該怎麼辦才好。那個年輕的女人開始哭起來，用被子蒙住了臉。店主恭敬地說：

「她是我的女兒，她大概是幹了什麼不規矩的事吧？」

「你的女兒？她是你的女兒？」

「啊，是呀，她是我的女兒，她今晚才從辛辛那提回家來的，有點兒不舒服。」

「他媽的，那孩子又撒謊啦。這不是他說的那個一六六號，她不是『乙乙』。威克魯，你必須給我們找到那個真正的一六六號，要不然……喂！那孩子跑哪兒去了？」

他跑掉了，這是毫無疑問的！他不但跑了，我們還連一點線索也找不到。這可是個傷腦筋的問題。我暗罵自己太傻，竟然沒讓一個士兵看住他，可是現在再為這個懊惱也沒有用了。到了這個地步，我究竟應該怎麼辦呢？——這是最緊迫的問題。

不過說到源頭，那個姑娘說不定就是「乙乙」，雖然我並不相信這個，可是把疑惑當成定論卻是不妥當的。所以我就叫我那幾個士兵留在一六六號對面的一個空房間裡，吩咐他們只要有人靠近那個年輕女人的房間，就一律把他們抓起來，同時還吩咐他們把店主扣押在一起，對他嚴加看管，且待以後的命令。然後我就趕回要塞，去看看那兒是否還平安無事。

還好，要塞平安無事。而且自始至終都沒有出問題。我通宵守著，沒有睡覺，以防意外，可是整夜毫無動靜。直到後來看見天又亮了，我居然還能夠給部裡發電報，報告星條國旗仍舊在特倫布林要塞上空飄揚，心裡真是說不出的高興。

我解除了心頭沉重的壓力，不過我依然沒有放鬆警惕，也沒有停止努力。因為當時的局勢太嚴重了，不允許有任何的疏忽。我把那些犯人一個個叫來，不斷地嚴厲拷問他們，總想叫他們招供，可是毫無結果。他們一個個只有咬牙切齒，直扯頭髮，卻什麼也沒有招出來。

到了中午的時候，我們終於得到了那個失蹤的孩子的消息。有人報告說在早上六點，大約在八里以外，看見他在路上拖著沉重的腳步往西走。我馬上派一名騎兵中尉和一名士兵追捕他。他們在距離要塞二十里以外的地方看見他了。他已經翻過了一道籬笆，正要穿過一片滿是爛泥的田野，向村莊邊上一座舊式的大房子走過去。他們騎著馬穿過一片小樹林迂迴過去，由相對的方向包抄那所房子。然後下了馬，迅速溜到廚房裡。

那兒一個人也沒有。他們又溜進靠近的一間屋子裡，那兒也沒有人。由那間屋裡通向前面起居室的門是開著的。他們正想要由這扇門裡走過去，忽然聽見一個很低沉的聲音，原來那是有人在禱告，於是他們恭恭敬敬地站住了，中尉把頭伸進去，看見一個老頭和一個老太婆在那間起居室的一個角落裡跪著，正在禱告的是那老頭。

剛剛禱告完畢的時候，威克魯打開前門走進來了。那兩個老人一起向他撲過去，緊緊地摟著他，叫他差點透不過氣來。他們大聲嚷道——

「我們的孩子！我們的寶貝！多謝上帝，讓我們跑掉的孩子又回來啦！讓我們死了的孩子又復活啦！」

喂，先生，你猜是怎麼回事！原來那個小鬼就是在那個農莊上長大的，原來他一輩子也沒有離開過這個地方五里地遠，後來才在兩週前閒逛到我那裡去，編了那一個傷心的故事把我騙了！這是千真萬確的事情。那個老頭是他的父親——是個有學問的退休了的老牧師，而那個老太婆是他的母親。

現在讓我來對這個孩子和他的舉動略加說明吧。原來他是看廉價小說和那些專登情節離奇故事的刊物看得入迷了——所以莫名其妙的神秘事件和天花亂墜的俠義行爲正合他的胃口。後來他又看到報紙上報導叛軍的間諜潛伏到我們這邊來活動的情況，以及他們那可怕的企圖和兩三次轟動一時的成功，結果他就對這個事情想入非非了。

他曾經有幾個月和一個很健談和富於幻想的北方青年混在一起，那個青年在紐奧爾良和密西西比上游二三百里的各地之間航行的幾隻郵船上當過兩年事務員——因此當他談起那一帶地方的地名和其他情形時顯得很熟悉。我在戰前曾經在那一帶地方住過兩三個月，所以我對那兒的情形所知有限，因此很容易就被那孩子哄住了，要是一個土生土長的路易斯安那人，也許不等他說到十五分鐘就會發現他露出馬腳了。

你知道他爲什麼說情願死也不肯解釋他那幾個陰謀的暗號嗎？那是因爲他根本就無法解釋！——那些記號根本就沒有任何意義，完全是他從想像中憑空揑造出來的，事前事後都沒有思考過，所以突然問起他來，他就想不出什麼來解釋這個暗號。比如，他對那封「隱藏墨水寫的信」裡隱藏著什麼秘密也說不出來，最充分的理由就是那裡面根本沒有隱藏任何秘密，那封信不過是空白的紙張罷了。

他根本沒有往大炮裡面放什麼東西，而且從來沒有想過這麼做，因爲那些信都是他寫給一些想像中的人物的，他每次藏一封信到那個馬棚裡的時候，總是把前一天放在那兒的一封拿走。所以他對那根帶結的小繩子並不知道，因爲我拿給他看的時候，他也是第一次看到。

可是當我一讓他說明來歷時，他馬上就照他那異想天開的派頭，承認那是他放的，而且收到了一些很奇妙的戲劇性效果。

他捏造了一個「蓋羅德」先生，還有什麼證券街十五號，當時已經根本不存在了——三個月以前就拆掉了。他還捏造了那位「上校」。我所逮捕的和他對質過的那些無辜受累的人，被他滿口胡謅地說了一大堆來歷，其實也都是他捏造的，就連「乙乙」也是他捏造的，一六六號也可以說是他捏造的，因爲在我們到大鷹旅社去之前，他還不知道那兒有這麼個房間。

凡是需要捏造某一個人或是某一件東西的時候，他隨時都捏造得出來。當我要他說出「外面的」間諜的時候，他馬上就把他在旅館裡見過的一些陌生人描述一番，其實就連他們的名字也不過是他偶爾聽到的。

呵，在那驚心動魄的幾天裡，他一直處在一個豐富多彩、神秘的、浪漫的境界裡過日子，我覺得這個境界對他來說是真實的，而且他想必是一直從心坎裡欣賞著它的滋味。

可是他給我們找了不少的麻煩，而且使我們受了很多的恥辱。你看，因爲他，我們抓了一二十個人，把他們關在要塞裡，還在他們門口安了哨兵。被捕的人有許多都是軍人，我對他們是無須道歉的。可是其餘的人都是全國各地的第一流公民，無論你說多少賠罪的話也不能使他們消氣。他們會大發脾氣，給我們鬧個沒完！

那兩位女士呢——一個是俄亥俄一位議員的太太，另一個是西部一位主教的妹妹——咳，她們極盡其能地對我說了許多侮辱和挖苦的話，並且和她們所流的那些冒火的眼淚一樣，已然成了一份紀念品，大概可以使我很久都記得住她們，而且我一定是會記得的。那位戴護目鏡的瘸腿老先生是費城的一個大學校長，他是來參加他侄子的喪禮的。當然他原先從來沒有見過威克魯。咳，他不但錯過了喪禮，還被我們當作叛軍間諜關了起來，而且威克魯在我的營房裡無情地把他說成是一個從加爾維斯敦來的名聲最臭的一個流氓巢的僞造犯、黑人販子、偷馬賊、放火犯，對於這種侮辱，這位倒楣的老先生似乎是根本不能原諒的。還有軍政部呀！可是，真倒楣，這一段我就不去談它了吧！

附注——

我把這篇故事的稿子拿給少校看，他說：「你對軍隊裡的事情不大熟悉，這使你出現了一些小小的錯誤。不過連這些錯誤的地方也還是寫得有聲有色——隨它去吧。雖然軍隊裡的人看了會笑，可別人看不出毛病來。你把這個故事的主要事實都說對了，敘述得和實際發生的情況差不多。」——馬克．吐溫。

Story 19

被偷的白象[1]

一

下面這個稀奇的故事是我在火車上偶然認識的一個人講給我聽的。他是一位年過七十的老人，他那和善而斯文的容貌以及真摯誠實的態度，使他嘴裡說出來的每一件事情都給人無可置疑的真實的印象。以下是他講的故事：

你知道暹羅[2]的皇家白象在那個國家裡是多麼受人尊敬的吧，牠是國王御用的大象，只有國王才能飼養牠，實際上牠的地位甚至比國王還要高出幾分，因爲牠不僅受人尊敬，而且還

1. 這個短篇並未收錄在《海外浪遊記》中，因為作者當時擔心其中一些情節會過於誇大，還有一些則不符合事實。但在作者未及證實這些擔心其實都是多餘的之前，《海外浪遊記》便已經印刷出版了，故未能收錄。——作者原注。
2. 今泰國，一九三九年之前叫暹羅。

受人崇拜。

五年前，大不列顛和暹羅兩國之間的國界發生了糾紛，但不久就證明了錯誤在暹羅方面。因此，一切賠償手續迅速完成了，英國代表說他很滿意，過去的嫌隙也應該忘記才行。這使暹羅國王大為安心，但或許是為了表示感激，或許是為了消除英國方面可能還存在的一點殘餘的不滿情緒，他表示願意給英國女王送一件禮物——照東方人的想法，這是與敵方和解的唯一妥當的辦法。這件禮物不但應該是高貴的，而且必須是超乎一切的高貴才行。那麼，還有什麼禮物能比一隻白象更合適呢？

當時我在印度擔任著一種特殊的文官職位，因此被認為最適合擔任為女皇陛下獻上這份高貴禮物的榮幸任務。暹羅政府特地給我備了一隻船，還配備了侍從、隨員和專門伺候白象的人。

經過長時間的航行，我們到了紐約港，於是我把受皇家重託的禮物安頓在澤西城，讓牠住在很講究的地方。為了恢復這頭白象的健康，我們不得不在這裡停留一段時間，然後再繼續航行。

過了兩星期，一切安然無事，然後災禍來臨了——白象被偷了！

有人在深夜把我叫醒，告訴我這個可怕的不幸消息。我當時幾乎因恐懼和焦急而發狂，我真不知如何是好。然後我漸漸平靜下來，恢復了理智。

不久，我就想出了辦法——因為事實上，一個有頭腦的人所能採取的只有唯一一個辦法。那時候雖然已經是深夜，但我還是趕去了紐約，找到一位警察引我到了偵緝總隊。

幸運的是，我到的正是時候，因為偵緝隊的頭目——有名的督察長布倫特，正在準備動身回家。他是個中等身材、體格結實的人，當他深思的時候，習慣皺起眉頭，凝神用手指頭敲打額頭，這些都會馬上給你一個印象，使你深信自己站在一個不平凡的人物面前。一看到他那樣子，我就有了信心，有了希望。

我向他講述了我的來意。聽完後，他絲毫也不驚慌。看樣子，這對他那鐵一般的鎮定並沒有引起多大的反應，就好像我告訴他有人偷了我的狗一樣。他揮手叫我坐下，沉著地說道：「請讓我想一會兒吧。」

他一邊這麼說著，一邊在他的辦公桌前面坐下，用手托著頭做沉思狀。幾個書記員在辦公室的另一邊工作，在往後的六七分鐘裡，我所聽到的聲音就只有他們的筆在紙上畫出的響聲。

同時督察長坐在那兒，凝神沉思。最後他抬起頭來，他的面孔上那種堅定的輪廓表現出一種胸有成竹的神氣，這使我相信他的腦子裡已經想出了主意，計畫也已經擬定了。他說——聲音低沉而且給人深刻的印象：

「這不是個普通案件，一切步驟都要小心周到，每一步都要站穩腳跟，然後再放膽走下一步。一定要保守秘密才行——完全地、絕對地保密，無論對什麼人都不要談起這件事，連對報館記者也不要提。這些人由我來對付吧，我會謹慎，故意地讓他們得到一點符合我目的的消息。」

他按了按鈴，一個年輕人走進來。

「亞拉里克，叫記者們暫時不要走。」

說完後，小夥子出去了。

「現在我們再繼續來談正經事吧，要清清楚楚地談。幹我這一行，要是沒有嚴格和周密的方法，什麼事也辦不好。」

他拿起筆和紙來：「那麼——那隻象姓什麼？」

「哈森．本．阿里．本．塞林．阿布達拉．穆罕默德．摩伊賽．阿漢莫爾．吉姆賽覺吉布荷伊．都里普．蘇丹．愛布．布德普爾。」

「好吧，叫什麼名字？」

「江波。」

「好吧，出生在哪裡呢？」

「暹羅城。」

「父母還在嗎？」

「不，死了。」

「除了牠而外，牠們還有別的孩子嗎？」

「沒有——牠是獨子。」

「好吧。在這一項底下，有這幾點就夠了。現在請你描述一下那隻象的樣子，千萬不要遺漏任何細節，無論多麼不重要的——這就是說，照你的看法不重要的，對我們這一行的人來說，根本就沒有什麼不重要的細節，這種事情根本就不存在。」

於是我一邊描寫，他一邊記錄。當我說完的時候，他說：

「好吧，我複述一遍，你聽著，要是我有弄錯的地方，請你更正。」

他照下面這樣念：

「身高十九英尺；身長從額頂到尾根二十六英尺；鼻長十六英尺；尾長六英尺；全長，包括鼻子和尾巴，四十八英尺；牙長九英尺半；耳朵大小與這些尺寸相稱；腳印像一隻桶放在雪裡留下的痕跡；象的顏色，灰白；每隻耳朵上都有一個裝飾珠寶的洞，像盤子那麼大；特別喜歡給旁觀的人噴水，並且愛拿鼻子捉弄人，不但是那些和牠相識的人，連完全陌生的人也是一樣；牠的右後腿有點跛，左腋下因從前生過瘡，有一個小疤；被偷時，背上有一個包括十五個座位的乘廂[3]，披著一張普通地毯大小的金絲緞鞍毯。」

他寫得完全正確。督察長按了按鈴，把這份說明書交給亞拉里克，吩咐他說：

「馬上把這張東西印五萬份，寄到全州各地的偵緝隊和當鋪去。」

亞拉里克出去了。

「哈——說了半天，總算還不錯。另外，我還得要一張這頭大象的相片才行。」

我給了他一張。他很認真地把它仔細看了一陣，說道：

「只好將就吧，反正找不到更好的。可是牠把鼻子捲起來，塞在嘴裡，這有點不太湊巧，一定會使人發生誤會，因爲牠平常當然不會把鼻子捲成這個樣子。」

3. 戰象背上所載的塔樓，內有座位供人乘坐。

他又按了按鈴。

「亞拉里克，把這張相片拿去印五萬份，明天早上先辦這件事，和那張說明書一同寄出。」

亞拉里克出去執行他的命令了。督察長說：

「這個一定要懸賞才行。那麼，數目怎麼樣？」

「你看多少合適呢？」

「第一步，我認爲——呃，先來個兩萬五千元吧。這件事情很複雜、很不好辦，不知有多少逃避的路子和隱藏的機會哩，這些小偷到處都有朋友和夥伴——」

「哎呀，您知道那些人是誰嗎？」

那張善於把想法和情緒隱藏在心裡的謹慎的面孔使我猜不出一點影子，他說得那樣若無其事，回答也是一樣：

「這個你不用管，我可能知道，也可能不知道，我們通常都是根據罪犯下手的方法和他所要弄到手的東西的大小，去找到一點巧妙的線索，從而推測他是誰。我們現在要對付的不是一個扒手，也不是一個普通小偷，這點你可要清楚。這回被偷的東西不是一個新手隨便『扒』[4]了去的。剛才我說過，辦這個案子是要跑許多地方的，小偷們一路往別處跑，同時還要掩蓋他們的行蹤，因此查起來會很費勁，所以照這些情形看來，兩萬五千元也許還太少一

4. 原文為「lifted」，這個詞既可以解釋為「扒竊」，也可以解釋為「舉起」。

點，不過我想開始先給這個數目還是可以的。」

於是我們就商定了這個數目，作爲初步的懸賞。然後這位先生說道：

「在偵探史裡，有些案子說明某些犯人是根據他們胃口方面的特點而破案的。那麼，這隻象究竟吃什麼東西、吃多少分量呢？」

凡是可以作爲線索的事情，這位先生沒有不注意的。

「啊，說到牠吃的東西嘛——牠不管什麼都吃，人也吃，《聖經》也吃——人和《聖經》之間的東西，不管什麼牠都吃。」

「好——真是太好了，可是太籠統了，必須說得仔細些——幹我們這一行，最講究的就是仔細。這樣吧，先說人。每一頓——要不然你願意說每一天也行——牠要吃幾個人呢，要是新鮮的話？」

「不管新鮮不新鮮，每一頓牠都要吃五個普通的人。」

「好極了，五個人，我把這個記下來。牠最愛吃哪些國家的人呢？」

「牠對國籍不在乎，牠特別愛吃熟人，可是對陌生人也並沒有成見。」

「好極了。那麼再說《聖經》吧，牠每一頓要吃幾部《聖經》呢？」

「牠可以吃下整整一版。」

「這樣說得不夠清楚，你是指普通的八開本，還是家庭用的插圖本呢？」

「我想牠對是否有插圖是不在乎的，也就是說，我覺得牠並不會把插圖比簡單的文本看得更寶貴。」

「不，你沒聽懂我的意思，我說的是本子的大小，普通八開本的《聖經》大概是兩磅半重，可是帶插圖的四開大本[5]有十磅到十二磅重，牠每頓能吃幾本多萊[6]版的《聖經》呢？」

「你要是認識這隻象的話，就不會問這些了，人家有多少牠就吃多少。」

「好吧，那麼按照錢數來算吧，這點我們總得弄清楚才行。多萊版每本要一百元，俄國皮子包書角的。」

「牠大概要五萬元的量才夠吃──就算是五百本的一版吧。」

「對，這樣比較明確一點，我把這個記下來。好吧，牠愛吃人和《聖經》，這些都說得很不錯，另外牠還吃什麼呢？我要知道詳細情形。」

「牠會拋下《聖經》去吃磚頭，牠會拋下磚頭去吃瓶子，牠會拋下瓶子去吃衣服，牠會拋下衣服去吃小貓，牠會拋下小貓去吃牡蠣，牠會拋下牡蠣去吃火腿，牠會拋下火腿去吃糖，牠會拋下糖去吃餡餅，牠會拋下餡餅去吃洋芋，牠會拋下洋芋去吃糠皮，牠會拋下糠皮去吃乾草，牠會拋下乾草去吃燕麥，牠會拋下燕麥去吃大米，因爲牠主要是用這個餵大的。除了歐洲的奶油之外，無論什麼東西牠都沒有不吃的，就連奶油，要是嘗出了味道，牠也會吃的。」

「好極了。平常每頓的食量是……大概要……」

---

5. 家庭用《聖經》開本較大，因為其中會留下空白頁供記錄家庭中成員的生喪婚娶等大事。
6. 保羅・古斯塔夫・多萊（一八三三─一八八三）繪製插圖的《聖經》版本，多萊為法國插圖畫家，擅長版畫。

「噢，從四分之一噸到半噸之間，隨便多少都行。」

「牠愛喝……」

「只要是液體的東西都可以，牛奶、水、威士忌、糖漿、蓖麻油、樟腦油、石炭酸——這樣說下去是沒有用處的，無論想到什麼液體的東西你都記下就是了，只要是液體的東西，它什麼都喝，除了歐洲的咖啡。」

「好極了。牠每次喝多少呢？」

「你就寫五至十五桶吧——牠口渴的程度要視當時情形而定，別的方面，牠的胃口沒有變化。」

「這些事非常重要，這對於找到牠應該可以提供很好的線索。」

他按了按鈴。

「亞拉里克，把柏恩斯隊長找來吧。」

柏恩斯來了。布倫特督察長把案情對他一五一十地詳細講述了一遍，然後用爽朗而果斷的口吻說（由他的聲調可以知道他的辦法已經計畫得很清楚，而且也可以知道他是習慣於下命令的）：「柏恩斯隊長，派瓊斯、大衛、海爾賽、培茲、哈啓特他們幾個去追尋這隻象吧。」

「是，督察長。」

「派莫西、達金、穆飛、羅傑士、達伯、希金斯和巴托羅繆他們去追查小偷。」

「是，督察長。」

「在那隻象被偷出去的地方安排一個強有力的衛隊——三十個精選的弟兄組成的衛隊，還要三十個換班的——叫他們在那兒日夜嚴加防守，沒有我的書面手令，誰也不許走進去——除了記者。」

「是，督察長。」

「派些便衣偵探到火車、輪船和碼頭倉庫那些地方去，還有由澤西城往外面去的大路上，命令他們搜查所有形跡可疑的人。」

「是，督察長。」

「把那隻象的照片和附帶的說明書交給這些人，吩咐他們搜查所有的火車和往外開的渡船和其他的船。」

「是，督察長。」

「象要是找到了，就把牠捉住，發電報把消息通知我。」

「是，督察長。」

「要是找到什麼線索，要馬上通知我——不管是這畜生的腳印，還是諸如此類的蹤跡。」

「是，督察長。」

「發一道命令，叫港口員警注意巡邏河邊一帶。」

「是，督察長。」

「迅速派便衣偵探到所有的鐵路上去，往北直到加拿大，往西直到俄亥俄，往南直到華盛頓。」

「是，督察長。」

「派一批專家到所有的電報局去，收聽所有的電報，向電報局要求把所有的密碼電報都譯給他們看。」

「是，督察長。」

「這些事情必須要高度保密——注意，要秘密得絕對不走漏消息才行。」

「是，督察長。」

「按照往常的時刻準時向我報告。」

「是，督察長。」

「去吧！」

「是，督察長。」

他走了。

布倫特督察長沉思了一會兒，沒有作聲，同時他眼睛裡的那股子火氣漸漸冷靜下來，終於消失了。然後他向我轉過身來，用平靜的聲音說道：

「我不喜歡吹牛，那不是我的習慣。可是——我們一定能找到那頭象。」

我熱情地和他握手，向他道謝，心裡也確實很感激他。

我越看這位先生就越喜歡他，也越對他這行職業當中那些神秘而不可思議的事情感到羨慕和驚訝。然後我們在這天晚上暫時分手了，我回寓所的時候，比到他的辦公室來的時候心裡快活多了。

二

第二天早上，一切都登在報上了，寫得非常詳細。甚至還增加了新的內容——包括偵探甲、偵探乙和偵探丙的「推測」，估計這次的盜竊案是怎麼幹的，盜竊犯是誰，以及他們帶著贓物到什麼地方去了。

一共有十一種推測，把一切可能的估計都包括了，單只這一個事實就表示偵探們是些怎樣別出心裁的思想家。沒有哪兩種推測是相同的，甚至連大致相似的都沒有。唯一相同的只有一個顯著的情節，關於這一點，十一個人的見解是絕對一致的，那就是，雖然我的房子後面被人拆開了牆，而唯一的門又仍舊是鎖著的，但那隻象卻並不是由那個口子牽出去的，而是有另外一條出路（一條還沒有發現的出口）。

大家一致認爲盜竊犯是故意拆開一個豁口，迷惑偵探們。像我或是任何其他外行，恐怕絕不會想得出這個，可是這根本騙不了偵探們。所以我所認爲唯一沒有什麼奧妙的一樁事情，實際上卻正是我弄得最迷糊的一樁事情。十一種見解都指出了盜竊嫌疑犯，可是沒有兩個人說的盜竊犯是相同的，嫌犯共計三十七人。報紙上的各種記載末尾都說的是所有意見中最重要的一種——布倫特督察長的意見。這種報導有一部分是像下面這樣說的：

督察長知道兩個主犯是誰，即「好漢」德飛和「紅毛」麥克發登。在這次盜竊事件發生前十天，他就感覺到會有人打算幹這樁事，並且還暗中跟蹤這兩個有名的壞蛋。可是不幸在案件發生的那天晚上，這兩人忽然去向不明，還沒有來得及找到他們的下落，那傢伙已經不見了——那就是說，那隻象。

德飛和麥克發登是幹這一行中最無法無天的匪徒，督察長有理由相信在去年冬天一個嚴寒的夜裡從偵緝總隊把火爐偷出去的就是他們——結果還沒有到第二天早上，督察長和在場的每個偵探都歸醫生照料了，有些人凍壞了腳，有些人凍壞了手指頭、耳朵和其他部分。

當我看到這段的頭一半的時候，更加驚嘆於這位奇人了不起的智慧。他不但能以犀利的眼光看透眼前的一切，就連未來的事情也瞞不住他。我不久就到了他的辦公室，並且向他說，我認爲他早該把那兩個人逮捕起來，預先防止這樁麻煩事和一切損失才對。可是他的回答很簡單，而且無可辯駁：

「預防罪行發生不在我們的責任範圍以內，我們的任務是懲治罪行。在罪行發生之前，我們當然不能先行懲治。」

我說我們第一步的秘密被報紙破壞了，不但我們的一切事實，連我們所有的計畫和目的通通都被洩露了，甚至所有嫌犯的名字也被宣布出來了。這些人現在當然就會化裝起來，或是藏著不露面。

「隨他們去吧。叫他們看看我的本事，我要是下了決心要抓他們的時候，我就會抓住他們，把他們從秘密的地方捉到，就像命運之神的手那麼準確。至於報紙呢，我們非和他們通氣不可。名譽、聲望，這些經常被大家談到的東西——就是當偵探的人的命根子。他必須發表他所知道的事實，否則人家還以爲他根本什麼都不知道。他也必須發表他的推測，因爲無論什麼事情也比不上一個偵探的推測那麼神奇、那麼驚人，而且這也足以使人對他肅然起敬。我們還必須發表我們的計畫，因爲報紙刊物非要這個不可，我們要是不給它們，就會得罪它們。我們必須經常讓大家知道我們在幹些什麼，否則他們就會以為我們一直無事可做。我們與其讓報紙上說些刻薄話，或許更糟一些，說些諷刺話，還不如讓它說：『布倫特督察長的聰明和非凡的推測是這麼一般』，那要痛快得多了。」

「我知道您的話是很有道理的。可是我看到今天早上報紙上發表了您的談話，裡面有一段提到您對某一個小小的問題不肯吐露您的意見。」

「是呀，我們常來這一手，這是很有作用的，而且我對那個問題根本還沒有把握呢。」

我交了一筆數目相當大的錢給督察長作爲臨時開支，然後坐下來等待消息。現在我們隨時都準備著電報的陸續發來。我再次看了一遍報紙，又看了看那份說明的傳單，結果發現那兩萬五千元的懸賞似乎是只給偵探們的。我說我認爲這筆獎金應該給任何捉到那隻象的人。督察長卻說：

「將來找到象的總是偵探們，所以獎金總會歸應得的人。要是別人找到這隻大象，那也無非是靠著注意偵探們的舉動，利用從他們那兒偷來的線索和蹤跡才辦得到，所以歸根到底，獎金也還是應該給偵探們才對。獎金的真正作用是要鼓勵那些貢獻他們的時間和獨特智慧來辦案的人，而不是要把好處送給那些幸運兒，他們不過是碰巧找到一件懸賞的東西而已，而並不是靠他們的智慧和辛苦來獲得這些獎金的。」

不用說，這當然是很有道理的。正在此時，角落上的電報機開始嗒嗒地響起來了，結果收到下面這份急電：

已發現線索，在附近農場上發現大象蹤跡，足跡甚深。向東追蹤兩英里，沒有結果，料象已西去，擬向該方向追蹤。

紐約州，花站，上午七點半，偵探達萊

「達萊是我們隊裡最得力的偵探之一，」督察長說，「我們不久就可以再接到他的消息。」

第二封電報又來了：

剛到此地。玻璃工廠夜間被闖入，吞去瓶子八百隻，所吞係空瓶，象必渴，附近唯一水源處在五英里外，必向該地前進。

紐澤西，巴克鎮，上午七點四十分，偵探貝克

「這也表示很有希望。」督察長說，「我給你說過，這傢伙的胃口可以作爲很好的線索吧。」

第三封電報的內容是：

附近一乾草堆夜間失蹤，料被象吞下。已有線索，再追查。

長島，台洛維爾，上午八點十五分，偵探赫巴德

「你看牠這麼東奔西跑的！」督察長說，「我早就知道這事情很麻煩，可是我們終歸還是

能夠抓到牠的。」

向西跟蹤三英里，足跡大而深，不整齊，遇一農民，後知並非象腳印，是冬寒地凍時挖出的樹坑，請指示機宜。

紐約州，花站，上午九點，偵探達萊

「啊哈！居然有小偷的同黨！這事情越來越熱鬧了。」督察長說。他口授了下面這份電報給達萊：

逮捕此人，逼供同夥，繼續跟蹤——必要時直抵太平洋岸。

督察長布倫特

另外一封電報是：

煤氣公司營業部夜間被闖入，吃掉三個月未付款煤氣帳單，已獲線索，繼續前進。

賓夕法尼亞州，康尼點，上午八點四十五分，偵探穆飛

「天哪！」督察長說，「牠連帳單也吃嗎？」

「牠大概不知道——當然吃囉，可是這不能填飽牠的肚子，至少沒有別的東西一起吃下去是不行的。」

這時候又來了一封令人興奮的電報：

剛抵此。全村驚惶萬狀，象於今晨五時過此村，有說象已西去，有說東行，有說北行，有說南行——但眾人均稱彼等未及細察。象擊斃一馬，已割取小塊供線索，馬係象鼻擊斃，由打擊方式推斷，似自左方襲擊。由此馬臥姿判斷，料象已沿柏克萊鐵路北去。先行四小時半，擬立即跟蹤追捕。

紐約州，愛昂維爾，上午九點半，偵探郝威士

我不禁發出了歡呼。督察長還是像一尊雕像似的不動聲色，他鎮靜地按了按鈴。

「亞拉里克，請柏恩斯隊長到這兒來。」

柏恩斯過來了。

「有多少人可以馬上派去出勤？」

「九十六個，督察長。」

「立刻派他們往北去。命令他們集中在柏克萊鐵路沿線愛昂維爾以北一帶。」

「是，督察長。」

「叫他們極端秘密地行動。另外，如果還有其他人下班，叫他們馬上準備出勤。」

「是，督察長。」

「去吧。」

「是，督察長。」

馬上又來了另外一封電報：

初抵此。八點十五分象過此地，全鎮人已逃空，僅剩一員警，象顯然未向員警襲擊，而欲擊燈柱，但擊中二者，已自員警屍體割肉一塊供線索。

紐約州，賽治康諾爾，十點半，偵探斯達謨

「看來象已經逃向西邊去了，」督察長說，「可是牠是逃不掉的，因爲我派出的人已經在那一帶布下天羅地網了。」

然後又一封電報說：

初抵此。全村人已逃空，僅剩老弱病殘。三刻鐘前象由此經過，正值反禁酒群眾大會開會，象由窗中伸入其鼻，自蓄水池吸水將大會沖散，有人遭水灌入——旋即死去，數人溺斃。偵探克洛斯與奧少夫納西曾過此鎮，但向南行——故與象相左，周圍數英里地區均大為驚恐——居民均由家中逃出，逃往各處，均遇此象，喪命者較多。

格洛華村，十一點十五分，偵探布朗特

我簡直要流淚，因爲這場災難太使我難受了。可是督察長卻說：

「你看，我們正在一步步把牠包圍起來。牠察覺出我們的到來，又往東逃了。」

可是還有很多讓我們傷腦筋的消息在後面。電報又帶來這個消息：

初抵此。半小時前象行經此地，引起極度驚恐與興奮。象在各街橫行——兩水管工路過，一人喪命，一人逃脫，眾皆悲慟。

荷根波，十二點十九分，偵探歐弗拉赫第

「這下子牠可是讓我的弟兄們包圍住了，」督察長說，「怎麼也逃不掉了。」

分佈到紐澤西和賓夕法尼亞各地的偵探們又拍來了一連串的電報，他們都在追蹤各種線索，其中包括被蹂躪的糧倉、工廠和主日學校的圖書館，大家都懷著很大的希望——實際上這些希望簡直成了確有把握的事。

督察長說：

「我很想和他們通消息，告訴他們往北去，可是這辦不到。偵探只到電報局去發電報向我報告，馬上他又走了，你簡直不知在哪兒能找得到他。」

接著又來了這個電報：

巴南[7]願以每年四千元的代價，以獲得使用此象張貼流動廣告之特權，由目前至偵探尋獲此象時為止，擬在象身貼馬戲團招貼畫，盼即覆。

康乃狄克州，橋港，十二點十五分，偵探波格斯

「這太荒謬了！」我吃驚地說。

「當然是囉，」督察長說，「巴南先生自以爲非常精明，可是他顯然還看不透我——我可看透了他。」

於是他給這個急電口授回電：

謝絕巴南所提條件。需七千元，否則作罷。

督察長布倫特

「看吧。要不了多久就會有回電。巴南先生不在家，他在電報局，他在交涉生意的時候有這個習慣。不消三分鐘……」

7. 菲尼亞斯・泰勒・巴南（一八一〇—一八九一），美國著名娛樂主持人和馬戲團老板，一八四一年在紐約建立了一個專門展示騙人的畸形人和怪物的博物館，還曾到歐洲巡迴展覽。

同意。巴南

督察長的話被電報機嗒嗒嗒的聲音打斷了。我對這個非常離奇的插曲還沒來得及發表意見，下面這個急電就把我本已煩躁的心情弄得更加鬱悶：

象由南方抵此，十一點五十分過此向森林前進。途中驅散出殯人群，送葬者二人遇難，居民放小炮擊象後逃散。偵探柏克與我於十分鐘後由北方趕到，但因誤認若干地下土坑為象蹤，以致延誤甚久。但終獲象蹤，追至森林，然後伏地爬行，繼續監視象蹤，尾隨至叢林中。柏克先行，不料象已停步休息，柏克因低頭察看象蹤，尚未發覺象在眼前，頭已觸其後腿。柏克立刻起立，手握象尾歡呼「獎金應歸……」但出言未畢，象鼻一擊已使此勇士粉身碎骨而死。我向後逃，象轉身窮追，直至林邊，速度驚人，我本非喪命不可，幸因上帝保佑，送葬人群所餘數人又與象遭遇，使其轉移目標。現聞送葬者無一人生還。但此種損失不足惜，因死者眾多，將舉行另一葬禮。象已再次失蹤。

紐約州，玻利維亞，十二點五十分，偵探慕爾隆尼

分派到紐澤西、賓夕法尼亞、德拉瓦和維吉尼亞等地的那些苦幹和有信心的偵探，都在

跟著有希望的新線索繼續追查，除了從他們那裡獲得的消息以外，我們始終沒有得到其他任何有用的消息，直到下午兩點過後，才接到這封電報：

象曾到此地，周身貼馬戲團廣告，驅散一自救會，將改過自新者斃傷甚多。居民將象囚於欄中，派人守衛。偵探布郎與我到此，即持照片與說明書入欄對此象進行鑒定。各種特徵一概相符，僅有一項不得見——腋下瘡疤。布郎為查明起見，匍匐至象體下細察，結果立即喪命——頭部被擊碎，但碎腦中一無所有。眾皆奔逃，象亦匿去，橫衝直撞，傷亡多人。象雖逃去，但因炮傷，沿途均留顯著之血跡，定能再度尋獲，現象已穿越茂林向南逃去。

巴克斯特中心，兩點十五分，偵探布朗特

這是最後一封電報。晚上起了非常濃的大霧，以致三英尺外的東西都看不見。濃霧整夜都沒有散，渡船不得不停開，甚至連公共汽車都不能行駛。

三

第二天早晨，報紙上還是像從前一樣，登滿了偵探們的各種推測。那些關於偵探們的慘劇也通通登出來了，另外還登了許多其他消息，都是報館從各地電報通訊員方面得來的。篇幅占了一欄又一欄，一直占到一版三分之一的地位，還加上一些顯眼的標題，使我看了更加煩躁。這些標題的語調大都是這樣：

白象尚未捕獲！仍在繼續前進，到處闖禍！各村莊居民驚駭欲狂！逃避一空！

白色恐怖在牠前面傳播，死亡與糜爛跟蹤而來！

偵探尾隨其後，糧倉被毀，工廠被劫一空，收成被吃光，公眾集會被驅散，釀成慘劇無法形容！

偵緝隊中三十四位最出色的偵探的推測！督察長布倫特的推測！

「啊哈！」督察長布倫特露出興奮的神色，說道：「這可真是了不起！這是任何偵探機關從來沒有碰到過的好運氣。這個案件的名聲會傳到天涯海角，永垂不朽，我的名聲也會跟著傳出去的。」

但是我卻沒有什麼可高興的，我覺得所有那些血案似乎都是我幹的，那頭象只不過是不負責任的代理人而已。受害的人數增加得多麼快呀！在一個地方，牠「干涉了一次選舉，弄死了五個投重票的違法選民」。在這個舉動之後，牠又殺害了兩個不幸的人，他們名叫奧當諾林和邁克弗蘭尼干，「他們前一天才來到全世界被壓迫者的家鄉來避難，正要第一次行使美國公民投票選舉的光榮權利，卻不幸遭到這個暹羅煞星的毒手而喪命了」。

在另一處，牠「發現了一個瘋狂的興風作浪的傳教士，他正在準備對跳舞、戲劇和其他不應該抨擊的事物所要進行的英勇的攻擊時，卻被牠一腳踩死了」。

另外，牠「殺害了一個避雷針經紀人」，遇難的人數越來越多，血腥氣越來越重，慘不忍睹的事件越來越嚴重。喪命的總共六十人，受傷的二百四十人，一切記載都證明了偵探們的活動和熱心，而且結尾都說「有三十萬老百姓和四個偵探看見過這個可怕的畜生，而這四個偵探之中有兩個被牠弄死了」。

電報機又嗒嗒嗒地響起來，我簡直聽了就害怕。隨即消息就一條條傳過來，可是這些消息的內容卻使我感到失望。不久明白了，象已不知去向，濃霧使牠得以找到一個很好的藏身之所，沒有被人發覺。

從一些極荒謬的遙遠地方打來的電報說，在某時某刻有人在霧裡瞥見過一個隱隱約約的龐然大物，那「無疑是象」。這個隱隱約約的龐然大物曾出現在新港、紐澤西、賓夕法尼亞、紐約州內地、布魯克林，甚至紐約市區，處處都曾有人瞥見過！但是處處都是這個隱隱約約的龐然大物很快就消失不見了，沒有留下絲毫痕跡。強大的偵緝隊分派到廣大地區的許多偵探，每人都按時來電報告，個個都有線索，而且都在追蹤，拼命往前追蹤。

但是那一天過去了，並無其他結果。

第二天又是一樣。

再往後一天還是一樣。

報紙上的消息逐漸千篇一律，其中的各種事實都毫無價值，各種線索都沒有結果，各種推測幾乎都是搜盡枯腸想出來故意使人驚訝、興奮和眼花繚亂的。

我遵照督察長的建議，把獎金加了一倍。

又過了沉悶的四天。然後那些可憐的、幹得很起勁的偵探遭到了一次嚴重的打擊——報館記者們謝絕發表他們的推測，只是很冷淡地說：「讓我們歇一歇吧。」

白象失蹤兩星期之後，我遵照督察長的意見，把獎金增加到七萬五千元。這個數目很大，但是我覺得我寧可犧牲我的全部私人財產，也不能失掉政府對我的信任。

現在偵探們倒了楣，報紙轉過筆鋒來攻擊他們，對他們加以最令人難堪的諷刺。這啓發一些賣藝的歌手想出了好主意，他們把自己打扮成偵探，在舞臺上用可笑至極的方法追尋那頭象。漫畫家們畫出那些偵探拿著小望遠鏡在全國各地一處處認真地察看，而象卻在他們背後從他們的口袋裡偷蘋果吃；他們還把偵探們戴的徽章——偵探小說封底上用金色印著的那枚徽章畫成各式各樣的可笑的漫畫，你一定是看到過的——那是一隻睜得很大的眼睛，配上「我們永遠不睡」這幾個字。

偵探們到酒店去喝酒的時候，那故意尋他們開心的老闆就會問一句早已過時的話，說道：「您喝杯醒眼酒好嗎？[8]」空氣中瀰漫著濃厚的諷刺氣氛。

但是有一個人在這種氣氛中始終保持鎮定，處之泰然，不動聲色，那就是堅定不移的督察長。他那無畏的眼神永不妥協，他那沉著的信心永不動搖。他總是說：

「讓他們嘲笑去吧，看誰笑到最後。」

8. 早晨醒來後空腹喝的酒。

我對這位先生的敬仰變成了一種崇拜，我經常在他身邊，他的辦公室對我來說已經成爲一個不愉快的地方，而現在這種感覺一天比一天強烈。可是他既然受得了，我當然也要撐下去——至少是能撐多久就撐多久，所以我經常到他這裡來，並且停留很久——我好像是唯一能夠忍受得了的外人，大家都想知道我怎麼會熬得下去。有時候，我也會不自覺地開小差，可是一到這種時候，我就看看那張沉著且顯然是滿不在乎的臉，於是又堅持下去了。

白象失蹤以後，大約過了三星期，有一天早上，我正想要說我不得不息鼓收兵的時候，那位大偵探卻提出一個絕妙的辦法來，這下子可阻止了我放棄的念頭。

這個辦法就是和盜竊犯們妥協。我雖然和這世界上許多最有機智的天才有過廣泛的接觸，可是這位先生的主意如此之多，實在是我生平從來沒有見過的。他說他相信出十萬元可以和對方妥協，把那頭象找回來，我說我覺得可以勉強湊齊這個數目，可是那些可憐的偵探非常忠心地努力幹了一場，他們怎麼辦呢？他說：

「按照妥協的辦法，他們照例得一半。」

這就打消了我唯一反對的理由，然後督察長寫了兩封信，內容如下：

親愛的夫人，只要你的丈夫立即和我約談一次，就可以得到一筆鉅款（而且保證完全不受法律干涉）。

督察長布倫特

他派他的親信把這兩封信分別送給「好漢」德飛「不知是真是假的妻子」以及「紅毛」麥克發登的「不知真假的妻子」。

一小時之後，來了這麼兩封無禮的回信：

你這老糊塗蛋：

「好漢」麥克德飛已經死了兩年了。

布利格・馬漢尼

瞎子督察長：

「紅毛」麥克發登早就被絞死了，他已經死了一年半了。除了當偵探的，隨便哪個笨蛋都知道這樁事情。

瑪麗・奧胡里甘

「我早就猜想到是這樣了，」督察長說，「現在被證實了，足以證明我的直覺是千真萬確的。」

一個辦法行不通，他又想出另外一個主意來了。他很快寫了一個廣告送到早報上去登，我抄了一份：

子——亥戌丑卯酉。二四二辰。未丑寅卯——辰亥三二八。戌酉丑卯。寅亥申寅——二巳！寅丑酉。密。

他說只要小偷還活著，見了這個廣告就會到向來約會的地點去。他還說這個老地方是偵探和罪犯之間談判的地方，這次的談判定在第二天晚上十二點舉行。

在談判時刻到來之前，我們什麼事情也不能做，所以我趕快離開了那個辦公室，而且心裡實在因爲得到這個喘息的機會而有謝天謝地的感覺。

第二天晚上十一點，我將帶來的十萬元現鈔交到督察長手裡，沒一會兒他就告辭了，眼睛裡流露出那份勇往直前、一直沒有消失的信心。

難熬的一個鐘頭終於過去了，我聽見他那輕快的腳步聲，於是我急忙站起來，搖搖晃晃地跑過去迎接他。他那雙明亮的眼睛裡閃著得意的光芒！他說：

「我們談妥了！那些開玩笑的傢伙明天就要改變論調了！跟我來！」

他拿著一支點著的蠟燭大步走進一個絕大的圓頂地窖，那兒是六十個偵探睡覺的地方，這時候還有二十來個在打牌消遣，我緊跟在他後面，他飛快地往最遠的陰暗的地窖的另一頭走去。我正悶得要命，簡直要暈倒的時候，看見他一下子被絆倒了，倒在一個大傢伙伸開的四肢上。我聽見他一面倒下去，一面歡呼道：

「我們這份神聖的職業果然是名不虛傳。你的象在這兒哪！」

我被人抬到上面那辦公室裡，他們用石炭酸使我清醒過來。整個偵緝隊都擁進來了，隨後便開始了一場熱鬧非凡的歡天喜地的慶祝，我從來沒有見過那種場面。他們把記者們都邀請過來，打開一簍一簍的香檳酒來痛飲慶祝，大家握手、道賀，簡直沒完沒了，勁頭十足。

當時的英雄人物當然是督察長，他高興極了，因爲這成果是靠他的耐心、品德和勇敢換來的，所以我看了也很高興。雖然我站在那兒，已經成了一個無家可歸的窮光蛋，我受託的那個無價之寶也死了，我爲國家服務的職位也完蛋了，一切都是因爲我向來似乎有個致命的老毛病，對於別人交予的重大託付老是粗心大意地去執行。

一雙雙傳神的眼睛對督察長表示深深的敬佩，還有許多偵探悄悄地說：「您瞧瞧人家——實在是這一行的狀元——他所需要的只是一點線索，他就只需要這個，不管什麼東西藏起來了，他沒有找不著的。」

大家瓜分那五萬元獎金的時候，真是興高采烈。分完之後，督察長一面把他那一份塞進腰包，一面發表了一篇簡短的談話，他在這篇談話裡說道：

「高高興興地享受這筆獎金吧，夥計們，因爲這是你們賺來的，並且還不只這些，你們還給偵探這份職業贏得了不朽的名聲。」

這時又來了一封電報，內容是：

三星期來，初遇一電報局。隨象蹤騎馬穿過森林，抵此地時已奔波一千英里，腳印日見其重，日見其大，且日益顯明。望勿急躁——至多再一星期，定能將象尋密西根，孟祿，上午十點，偵探達萊獲。萬無一失。[9]

督察長叫大家向達萊山呼喝彩，爲「偵緝隊裡這位能手」歡呼，然後吩咐手下給他打電報去，叫他回來領取他那一份獎金。

被偷的白象這場驚人的風波就這樣結束了。第二天報紙上又是滿篇好聽的恭維話，只有一個無聊的例外，這份報紙說：「偵探真是偉大！像一隻失蹤的象這麼個渺小的東西，他找起來可能有點慢——儘管白天他整天尋找，夜裡就跟象的屍體睡在一起，一直拖了三星期，可是他終歸還是會把牠找著——只要把象錯放在那裡的人給他說明地點就行了！」

（我永遠失去了可憐的哈森，炮彈給牠造成了致命傷，牠在霧裡悄悄地走到那個倒楣的地方，在敵人的包圍之中，隨時都有被抓捕的危險，牠又累又餓，很快瘦下來，最後死神才給了牠安息。）

最後的協議花掉我十萬元。偵探的費用又花掉四萬兩千元，我再也沒有向政府申請另一個職位，我成了個傾家蕩產的人，成了個落魄的流浪漢——可是我始終覺得那位先生是世界上空前的大偵探，我對他的敬仰至今還是沒有減退，而且一輩子都不會改變。

9.原文為This is dead sure.是一句雙關語，既可以解釋為萬無一失、萬分確定，也可以解釋為「這肯定是死了的」。

Story 20 加利福尼亞人的故事

三十五年前，我曾到斯達尼斯勞斯河尋找金礦。我整天拿著鶴嘴鋤，帶著淘盤，背著號角，到處跋涉。我走遍了各處，淘洗了不少金沙，總想找到一個大的礦藏發筆大財，卻總是一無所獲。

這是一個風景秀麗的地方，樹木蔥蘢，氣候溫和，景色宜人。很多年前，這兒人煙稠密，而現在，絕大部分人早已消失殆盡了，富有魅力的極樂園成了一個荒涼冷僻的地方。淘金者把地層表面給挖了個遍，然後離開了這裡。

有一處一度是個繁華熱鬧的小城市，有過幾家銀行、幾家報社和幾支消防隊，甚至還有過一位市長和眾多的市政參議員。可是現在，除了廣袤無垠的綠色草皮之外，一無所有，甚至看不見人類生命曾在這裡出現過的最微小的跡象。這片荒原一直延伸到塔特爾鎮。在那一帶附近的鄉間，沿著那些佈滿塵土的道路，常常可以看到一些極爲漂亮的小村舍，外表整潔舒適，像蛛網一樣密密麻麻的藤蔓，像雪一樣濃厚茂密的玫瑰遮掩了小屋的門窗。

這些荒廢的住宅，是很多年前那些遭到失敗、灰心喪氣的家庭遺棄的，因爲這些房屋既賣不出去也送不出去。走上半小時的路程，偶爾會發現一些用圓木搭建起來的孤獨的小木屋，這是在最早的淘金時代由第一批淘金人修建的，他們是建造小村舍的那些人的前輩。

有些時候，你會發現這些小木屋仍然有人居住。那麼，你就可以斷定這居住者就是當初建造這個小木屋的拓荒人。你還能斷定他之所以住在那兒的原因——雖然他曾有機會回到家鄉，回到州裡去過好日子，但是他不願回去，而寧願捨棄財產，因爲他感到羞恥，於是決定與所有的親人朋友斷絕往來，好像他已經死去似的。

那時候，加利福尼亞附近散居著許許多多這樣的活死人——這些可憐的人，自尊心受到嚴重打擊，四十歲就白髮斑斑，未老先衰，隱藏在他們內心深處的只有悔恨和渴望——悔恨自己虛度的年華，渴望遠離塵囂，徹底與世隔絕。

這是一片孤寂荒蕪的土地！除了使人昏昏欲睡的昆蟲的嗡嗡聲，遼闊的草地和樹林寂靜安寧，悄無聲息。這裡杳無人煙，獸類絕跡，沒什麼能使你打起精神，使你感受到生活的樂趣。因此，有一天過了正午不久，當我終於發現一個人的時候，我油然而生出一種感激之情，精神也爲之振奮。

這是一個大概四十五歲的男人，他正站在一間覆蓋著玫瑰花的小巧舒適的村舍旁。這是那種我已提到過的村舍，不過，這一間小屋可沒有被遺棄的樣子。它的外觀說明有人住在裡面，而且它還受到主人的寵愛、關心和照料。屋子的前院也同樣受到如此厚待，這是一個花園，繁茂的鮮花正盛開著，五彩繽紛，絢麗多姿。當然，我受到了主人的邀請，並受到主人的熱情款待——這是鄉下的慣例。

走進這樣一個房間真使人身心愉快。好幾星期以來，我日日夜夜和礦工們的小木屋打交道，熟悉了屋裡的一切——骯髒的地板、被子凌亂的床鋪、碎盤破杯、鹹豬肉、蠶豆和濃咖啡，屋內別無裝飾，只有一些從東部帶插圖的出版物中撕下來的描繪戰爭的圖片釘在木頭牆上。那是一種艱苦的、淒涼的生活，沒有歡樂，每個人都只考慮自己的利益。而這裡，卻是一個溫暖舒適的棲息之地，它能讓人疲倦的雙眼得到休息，能使人的某種天性得以更新。

在長時間的「禁食」以後，當藝術品呈現在眼前，即使這些藝術品可能是如此低劣，如此樸素，這種天性一直處於無意識的饑餓之中，而現在找到了營養滋補品。我無法相信一塊殘缺的地毯能使我的身心得到如此愉快的享受，如此心滿意足。或者說，我沒有想到，房間裡的一切會給我的靈魂這樣的慰藉：那糊牆的紙，那些帶框的版畫，鋪在沙發上的扶手和靠背上的色彩鮮豔的小墊布以及檯燈座下的襯墊，幾把溫莎時代的細骨靠椅，還有陳列著海貝、書籍和瓷花瓶的晶光透亮的古董架，以及那種隨意擱置物品的細巧方法和風格，它們是女人的手治理的痕跡。你見了不會經意，而一旦拿走，你立刻就會懷念不已。我內心的喜悅溢於言表，那男人見了非常高興，因為這快樂是這樣顯而易見，以致他就像我們已經談到過這個話題似的答道：「都是她整理的，」他溫柔地說，「都是她的功勞——全都是。」

他向屋子瞥了一眼，眼裡充滿了深情的崇拜。畫框上方懸掛著一種柔軟的日本織物，女人們看似隨意，實為精心地用它來裝飾。那男人注意到它不太整齊，於是小心翼翼地把它重新整理好，然後退後幾步觀察整理的效果，這樣反覆了好幾次，直到他完全滿意。

最後他用手掌輕輕地拍打了它兩下，說：「她總是這樣整理的。你說不出它正好差點兒什麼，可是它的確是差點兒什麼，直到你把它弄好——弄好以後也只有你自己知道，但是也僅此而已，你找不出它的規律。我覺得，這就好比母親給孩子梳完頭後溫柔地拍拍一樣。我經常看她擺弄這些玩意兒，所以我也能完全照著她的樣子做了，儘管我不知其中的規律。可是她知道，她知道擺弄它們的理由和方法；我卻不知道理由，我只知道方法。」

他把我帶進一間臥室讓我洗手。這樣的臥室我是好久不曾見過了：白色的床罩，白色的枕頭，鋪了地毯的地板，裱了糊牆紙的牆壁，牆上有好些畫，還有一個梳粧檯，上面放著鏡子、針插和輕巧精緻的化妝用品。牆角放著一個臉盆架，上面放一個真瓷的缽子和一個帶嘴的有柄大水罐，瓷盤裡放著肥皂，在一個擱物架上放了不止一打的毛巾——對於一個很久不用這種毛巾的人來說，它們真是太乾淨太潔白了，沒有點朦朧的褻瀆神靈的意識還不敢用呢。

我的臉又一次說出了心裡的話，於是他心滿意足地答道：

「都是她整理的，都是她親手整理的——全都是，這兒沒一樣東西不是她親手摸過的。好啦，你會想到的——我不必說那麼多啦。」

這時候，我一面擦著手，一面仔細地掃視屋裡的物品，就像到了新地方的人都愛做的那樣，這兒的一切都讓人賞心悅目。接著，你知道，我以一種無法解釋的方式意識到那男人很希望我能在這屋裡的某個地方發現什麼。我的感覺非常準確，我看出他正試著用眼角偷偷地暗示來幫我的忙，我也急於使他滿意，於是就很賣勁地按恰當的途徑尋找起來。

我失敗了好幾次，因爲我是眼角往外看，而他並沒有什麼反應。最後我終於明白了我應該直視前方的那個東西——因爲他的喜悅像一股無形的浪潮向我襲來。他發出一陣幸福的笑聲，搓著兩手，叫道：

「就是它！你終於發現了。我就知道你會找到的。那是她的相片。」

前面牆上有一個黑色胡桃木的小托架，我走到跟前，在那兒發現了我先前還不曾注意到的一個相框，相片是用早期的照相術拍的。相片上的女人表情溫柔甜蜜，在我看來，似乎是我所見過的最爲美麗的女人。那男人將我流露在臉上的讚嘆看在眼裡，滿意極了。

「她過了十九歲的生日，」他說著把相片放回原處，「我們就是在她生日那天結的婚。現在你已經看到她的照片了——哦，只有等一等你才能見到她！」

「她現在在哪呢？什麼時候回家？」

「哦，她現在不在家，她看望親戚去了，他們住在離這兒四五十英里遠的地方。算上今天，她已經走了兩星期了。」

「你估計她什麼時候回來？」

「今天是星期三，她星期六晚上回來，可能在九點左右。」

我感到一陣強烈的失望。

「很遺憾，因爲那時候我已經走了。」我惋惜地說。

「走了？不，你爲什麼要走呢？請別走吧，否則她會非常失望的。」

她會失望——那美麗的女人！如果是她親口對我說這番話，那我就是最最幸福的人了。我感覺到一種深沉的強烈的渴望想見到她，這渴望帶著那樣的祈求，是那樣的執著，使得我害怕起來。我告誡自己說：「我要立刻離開這裡，爲了我的靈魂得到安寧。」

「你知道，她喜歡有人來和我們待在一起——那些見多識廣、言談風趣的人——就像你這樣的人。她會感到高興的，因爲她知道——啊，她幾乎沒有不知道的，而且也很健談，嗯，就像一隻小鳥——她還讀很多書，噢，你會吃驚的。請不要走吧，不會耽擱你很久，如果你走了，她會非常失望的。」

我聽著這些話，深陷在內心的思索和矛盾之中，完全沒有留意他的舉動，以至於他離開了我也不知道。很快他回來了，手裡拿著那個相框，把它拿到我面前說：

「喏，這會兒你當著她的面告訴她，你本來是可以留下來見她的，可是你不願意。」

第二次看見她的照片，使我本來堅定不移的決心徹底瓦解了，我願意留下來冒冒險。

那天晚上我們安安靜靜地抽著煙斗聊天，一直聊到深夜。我們聊了各種話題，不過主要都和她有關。很久以來，我確實沒有過這麼愉快這麼悠閒的時光了。

星期四來了，又輕鬆自在地溜走了。黃昏時分，一個大個子礦工從三英里外來到這兒，他是那種頭髮灰白、無依無靠的拓荒者。他用沉著、莊重的口氣同我們熱情地打過招呼，然後說：

「我只是順便來問問小夫人的情況，她什麼時候回來？她有信來嗎？」

「哦，是的，有一封信，你願意聽聽嗎，湯姆森？」

「呃，如果你不介意的話，我很想聽聽的，亨利！」

亨利從皮夾子裡把信拿出來，說如果我們不反對的話，一些私人話語就不讀了，然後他讀了起來。他讀了來信的大部分——這是一件她親手完成的嫵媚優雅的作品，充滿著愛戀、安詳的感情。在信的附言中，還滿懷深情地問候和祝福湯姆森、喬、查理以及其他的好友和鄰居。

當亨利讀完時，他瞥了一眼湯姆森，叫道：

「啊哈，你又是這樣！把你的手放下來，讓我看看你的眼睛，每當我讀她的信時你總是這樣，我要寫信告訴她。」

「啊，不，你千萬別這樣，亨利。我年紀大了，你知道，任何一點小小的失望都會使我流淚。我以爲她已經回來了，可現在你只收到一封信。」

「咦，你這是怎麼啦？我以爲大家都知道她要到星期六才回來的呀。」

「星期六！哈，想起來啦，我的確是知道的，我懷疑我的腦子是不是有點毛病？我當然知道啦。我們爲什麼不爲她做好一切準備呢？好了，老夥計！我現在得走了，不過她回來時我會再來的。」

星期五傍晚，又來了一個頭髮灰白的老淘金人，他住的小木屋離這兒差不多一英里。他說小夥子們想在星期六晚上過來熱鬧熱鬧，痛痛快快地玩一玩，如果亨利認爲她在旅行之後不至於疲倦得支持不住的話。

「疲倦？她會感到疲倦？哼，聽誰說的！喬，你知道，只要你們高興，不管你們當中的誰，她願意一連六星期不睡覺的！」

當喬聽說有封信時，就請求亨利讀給他聽。信裡對他親切的問候使這個老夥伴再也無法控制自己的感情。但是他說，他老得不中用啦，儘管她只是提到他的名字，那也使他受不了。

「上帝，我們多麼想念她呀！」

星期六下午，我發現自己不停地看錶。這點被亨利注意到了，他帶著驚訝的神情說道：

「你認爲她不會很快就回來，是嗎？」

我像被人發現了內心秘密似的感到有些尷尬。不過我笑著說，我等人的時候就是這個習慣。但是他似乎不太滿意，從那一刻起，他開始有點心神不安。他四次拉著我沿著大路走到一處，從那兒我們可以看到很遠的地方，他總是站在那兒，手搭涼棚，向遠方眺望著。好幾次他都這麼說：

「我有些擔心了，真的擔心。我知道她在九點以後才會到的，可是好像老是有什麼使我感覺她出了什麼事兒。你說不會出什麼事的，是吧？」

他就這樣反反覆覆地念叨了好幾遍。我開始爲他的幼稚可笑感到害臊。終於，在他又一次乞求似的問我時，我失去了耐性。我跟他講話時態度很粗魯，這一舉動似乎讓他完全萎縮了，也把他嚇唬住了。

這以後他看起來受了傷害，態度是這樣的謙卑，以致我痛恨自己幹了這件殘酷的不必要的事情。因此，當夜幕開始降臨時，另一個老淘金人查理到來，我非常高興。他緊挨著亨利聽他讀信，同他商量歡迎她的準備工作。查理不停地說出熱情親切的話語，盡力驅散他朋友的不祥和恐懼之感。

「她出過什麼事嗎？亨利，那簡直是胡說八道。什麼事也不會發生在她身上的。你就放寬心吧。信上是怎麼說來著？說她很好不是嗎？說她九點到家，不是嗎？你見過她說話不算話嗎？唔，你從來沒見過。好啦，那就別再煩惱啦。她會回來的，那是肯定的，就像你的存在一樣確定無疑。來吧，讓我們來佈置屋子吧——沒有多少時間啦。」

湯姆森和喬很快也來了。於是大家就動手用鮮花把屋子裝飾起來。

快到九點時，三個礦工拿出帶來的樂器，說待會兒用它們演奏，因爲小夥子們和姑娘們很快就要到了，他們都非常想跳一跳傳統而美妙的「布雷克道恩」舞。一把小提琴，一把班卓琴，還有一支單簧管——這些就是樂器。他們一起奏起了三重奏，演奏一些輕快的舞曲，還一面用大靴子踏著節拍。

時間快到九點了。亨利站在門口，眼睛直盯著大路，內心的焦慮與痛苦折磨得他有些站立不穩。夥伴們幾次讓他舉起杯來爲他妻子的健康和平安乾杯。這時湯姆森高聲喊道：

「請大家舉杯！再喝一杯，她就到家啦！」

喬用托盤端來了酒，分給大家，最後剩下兩杯，我拿起其中一杯，但喬壓低了嗓子說道：「別拿這一杯！拿那一杯。」

我照他說的做了。亨利接過了剩下的那杯。他剛喝完這杯酒，九點的鐘聲響起來了。他聽著鐘敲完，臉色變得越來越蒼白，說道：

「夥伴們，我很害怕，幫幫我——我要躺下！」

他們扶他到沙發上，躺下去不一會兒他就進入了夢鄉。過了一會兒，像人在睡夢中說話一樣，他說：「我聽見馬蹄聲了，是他們回來了嗎？」

一個老淘金人湊在他耳邊說：「那是吉米．帕里什，他說他們在路上耽擱了，不過他們已經上路了，正往這裡趕呢。她的馬瘸了，再過半小時她就到家了。」

「啊，謝天謝地，她沒出什麼事！」

話還沒說完他就幾乎睡著了。這些人馬上俐落地幫他脫了衣服，把他抱到我洗手的那間臥室的床上，給他蓋好了被子。他們關上門，走了回來，然後他們好像就這樣準備動身離開了。我說：「先生們，別走呀，她不認識我呀，對她來說我是個陌生人。」

兩位老人面面相覷，然後喬說：

「她？可憐的人兒，她死了十九年啦！」

「死了？」

「或許比這還慘呢。她結婚半年後回家探望她的親人。在回來的路上，就在星期六的晚上，在離這兒五英里的地方被印第安人抓去了，後來，再也沒有人見過她。」

「結果他就精神失常了嗎？」

「從那時起他就一直沒再清醒過，不過他只是每年到這個時候才會更糟。在她要回來的前三天，我們就開始到這兒來，鼓勵他振作起來，問問他是否接到她的來信；星期六我們都到這兒來，用鮮花裝點屋子，爲舞會做好一切準備，十九年來，我們年年都這樣做。第一年的星期六來了二十七個人，還不算女孩們，現在只有我們三人了，女孩們都走了。我們在他酒裡放了安眠藥讓他睡覺，要不然他會發瘋的，這樣他又會乖乖地等著來年——夢想著她和他在一起，直到這最後的三四天，他又開始尋找她，拿出那封可憐的舊信，我們就來請求他讀給我們聽。上帝啊，她是一個可愛的人啊！」

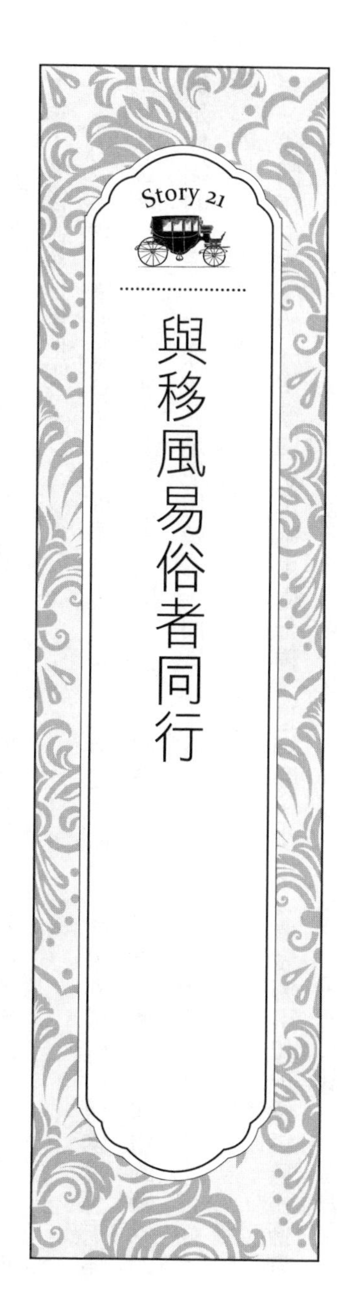

去年春天，我打算去芝加哥參觀博覽會[1]，雖然結果沒有成功，但在那次旅程中我並不是毫無收穫——可以說，這次的旅行給了我一些補償。在紐約，我經過介紹認識了一位正規軍隊的少校，他說他也要去看博覽會，於是我們約好一起上路。因爲我有其他事情必須先去波士頓，他說這並不礙事，願意一起去，多花上一些時間也沒有關係。

他這人儀表漂亮，體格魁梧得像一位鬥士，但舉止優雅，談話娓娓動聽。他平易近人，但又顯得很沉著，即使這樣，他也並不是全無幽默感。他對四周的事都深感興趣，然而他那寧靜的神態卻始終不受外界的影響，任何事物都不能干擾到他，任何人都不能激怒他。

但是，過了還不到一天時間，我發現，儘管他外表是如此的冷靜，但在他內心深處什麼

1. 一八九二年在芝加哥舉辦的萬國博覽會。

地方卻蘊藏著一股熱情——熱衷於破除那些在瑣細行爲中表現出的種種陋習。他要維護公民的權利——這是他的癖好。他的理念是，共和國的每個公民都必須把自己看作一個非官方的警察，不計任何報酬，經常監督並維護著守法與執法情況。他認爲，要維護和保障公眾的權利，唯一有效的途徑就是要求每個公民都盡自己的一份力量，去防止或懲罰他本人看到的各種違法亂紀行爲。

這本是一個很好的設想，但是我認爲如果一個人經常這樣做會捲入麻煩。我覺得，一個人這樣做，無異於試圖開除一個犯了過錯的小公務員，而結果往往會招來別人的嘲笑。但是他說事實並非如此，說我的想法是錯誤的。他說那樣做從來也不會使任何人被開除，而且你也絕不可以讓任何人被開除，因爲你那樣做本身就是一次失敗。相反的，我們必須改造那個人——要把他改造過來，要使他變成一個稱職有用的人。

「是不是我們必須先去告發那犯了過失的人，再請求他的上級不要辭退他，只要訓斥他一頓，然後仍然任用他嗎？」

「不，我不是那個意思，你根本就不需要去告發他，因爲，如果那樣做，他就會有丟掉工作的危險。你可以做得像是要去告發他——這也只是到了其他任何方法都不起作用的時候，那是極端的例子。那樣做就是使用威懾，而威懾本身是有害的；而有效的方法是運用權術，喏，如果一個人富有機智——如果一個人肯運用權術——」

我們在電報局的一個窗口足足站了兩分鐘，這期間，少校一直試圖引起一個年輕報務員的注意，可是那幾個報務員都只顧相互逗樂取笑。這時候少校發話了，他叫其中一個報務員接收他的電報。可是他得到的答覆是：

「我想您可以等待一會兒，行嗎？」說完這句話，他們又開始逗樂取笑。

少校說他可以等待，並不著急。然後，他又擬了一份電報，內容是：

今晚請過來和我共餐。我可以把你某分局如何經營業務的情況告訴你。

西聯電報公司經理：

不一會兒，那個剛才說話傲慢無禮的年輕人伸出手來接過了電報稿，剛一讀完電文，他的臉色就變了，他開始又是道歉又是解釋。他說，如果這份害人的電報發了出去，他就會被辭退，也許永遠也找不到另一個這樣的職位。如果能饒恕他這一次，他以後就再也不做客戶會提意見的事情了。於是少校接受了這一表示讓步的請求。

我們從電報局離開後，少校說：

「喏，您看見了嗎？那就是我運用的權術——同時，您也明白它是怎樣發揮作用的。一般人總是愛進行恫嚇，那種做法沒有好處——因爲那小夥子總是會唇槍舌劍，跟你針鋒相對地來上一套，結果常常是你輸給他，讓自己出醜。可是，您看，權術這東西可是他們對付不了的，溫和的語言加上有效的權術——這就是我們應當使用的方法。」

「嗯，我明白了，然而並不是每個人都有您那樣的機會呀，並不是每個人都和西聯電報公司經理有那樣的交情呀。」

「哦，您誤解了我的意思，其實我並不認識那位經理——我只是爲了要使用權術而利用了他一下。這是爲了他好，也是爲公眾好，所以這樣做是沒害處的。」

我不肯隨聲附和，只吞吞吐吐地說：

「可是，說謊也是正當的，或者高尚的嗎？」

他並不在意這句問話中那些委婉含蓄的、自以爲是的意味，他只是不動聲色、穩重而簡單地回答說：

「是呀，有時候是的，爲損害他人利益，或者爲了一己之私而說謊，這是不正當的。然而，爲了幫助別人而說謊，或者爲了大眾的利益而說謊——那麼，說謊就完全是另一回事了。這是一條誰都知道的道理。不必計較所採用的手段怎樣，你只要看收到的效果如何。經過剛才那一幕，那小夥子就會成爲一個稱職的人，就會變得循規蹈矩。他是一個要面子的人，像他那樣的人是值得挽救的。當然，即使不是爲了他本人，單是爲了他母親，我也應該幫助他。他的母親肯定還健在——還有姐妹們。可惜的是有些人總是忘記這一點！您可知道，我這輩子從來沒參加過決鬥——一次也沒有——雖然和其他人一樣，我也曾遇到過挑釁。每當這時候，我會看到對方無辜的老婆和孩子站在我和他之間。他們並沒有招惹誰，正因爲這樣，我可不能傷了他們的心。」

就是在那一天，他糾正了許多人日常行爲中所表現的陋習，但始終沒引起摩擦——總是運用巧妙而漂亮的「權術」。事後別人並沒感到難堪，而他本人卻從那些行動中得到了很大的快樂與滿足，我不禁羨慕他所做的這一切——心想：需要時，我也能夠很有把握地用巧妙的語言來揭露事實，就像我相信經過訓練後，能夠在印刷品的掩護下用筆墨所做到的那樣，或許我也要採用這種辦法了。

那天夜晚，我們很晚才離開，乘鐵路馬車[2]去市區，途中三個喧鬧粗暴的傢伙上了車，開始在一群膽小怕事的乘客中（他們有的是婦女和兒童）左顧右盼，任意地嘲笑，說的都是些污穢輕薄的語言，沒一個人敢反抗或者勸阻他們，列車員好言相勸，曉之以理，卻遭到了那些惡棍的唇罵和嘲笑。

我很快就意識到，少校已經覺得這是屬於他所管的事情了，顯然，他是在盤點自己腦子裡儲存的權術，正在進行準備。我想，在這個場合，只要是一句玩弄權術的話說出了口，他就會招來劈頭蓋臉的一大堆嘲笑，甚至導致比這更加難堪的後果。然而，爲時已晚，我還沒來得及悄聲勸阻他，他已經開口了。他用平緩而冷靜的口氣說：

「列車員，您必須把這些豬趕下去。讓我來幫助您。」

這可是我沒料到的。一眨眼的工夫，三個惡棍已經向少校撲過來。但是他們一個也沒能碰到他。他飛快地揮出了三拳，你很難在拳擊場外看到如此迅猛的攻擊，直打得那三個人一個也沒力氣再從倒下的地方站起來。

少校拖著他們，把他們趕下了車，我們的車又繼續前進。

剛才那一幕使我驚奇，驚奇的是看到一個溫順得像頭羔羊的人竟然會做出這樣的事情；

2. 當時一種馬匹拉動的有軌車。

驚奇的是他顯示出那樣強大的力量，取得了全面徹底的勝利；驚奇的是，他把整個事情做得如此乾淨俐落而又有條不紊。想到整天都聽到這個「打字機」不停地談應當怎樣進行委婉的勸導和使用溫和的權術，我就覺得現在的情形具有它幽默的一面，於是我想提醒他注意到這一點，並且就此說上幾句嘲笑的話。然而，我再向他一打量，就知道那樣做將是徒勞的——因爲他那副怡然自得的神情並不含有絲毫幽默感，他是不會理解我的話的。

我們下車後，我說：

「剛才那可是一套精彩的權術呀——實際上是三套精彩的權術。」

「剛才那個嗎？那不是什麼權術。您根本沒弄懂。權術完全是另一回事。對那種人你不能運用權術，因爲他們對權術不會理解的。不，那不是權術，那是暴力。」

「看您提到了它，我……當然，我認爲您這次可能說對了。」

「說對了？我當然說對了。那就是暴力。」

「我也認爲，從外表上看來它是暴力，您常常需要利用那種方式改造人嗎？」

「絕對不是。那種情形極少發生。半年裡最多也只會發生一次。」

「那幾個人受了傷會恢復嗎？」

「會恢復？這還用說，他們肯定會恢復的，他們絕對不會有生命危險的，我知道應該怎樣揍，應該揍哪兒。您也看到了，我並沒擊中他們的顎骨底下，因爲那樣會要他們命的。」

我相信這是實話。我說（我認為自己說得挺俏皮），他平日裡就像隻羊羔，可是剛才那會兒突然變成一頭公羊——一頭撞角的公羊，但是他卻顯得那麼誠懇可愛，一本正經地說我講得不對，說什麼撞角羊完全是另一樣東西，現在人們已經不再使用它了[3]。

他這話叫人聽了生氣，我差點兒脫口而出，說他像個傻子，一點兒也不會欣賞玩笑話——說真的，這句話已經到了嘴邊，但我還是沒說出口，因爲我知道現在不必急，還是等以後有機會在電話裡說吧。

第二天下午，我們出發去波士頓。特等車廂吸菸室裡已經客滿，於是我們來到普通吸菸室。過道旁邊的臨近座位上坐著一個態度謙和、樣子像農民的老人，他面色蒼白，正用一隻腳鉤住那扇開著的門，想要使車廂裡透點新鮮空氣。

過了不一會兒，一個身材高大的制動手衝進車廂，走到門前停下，惡狠狠地瞪了老人一眼，然後猛地把門一拉，差點兒把老人的皮靴都給帶走。然後他又匆匆地趕著忙他的事情去了。有幾個目睹的乘客笑起來，老人露出了一副又羞又惱的可憐神情。

過了一會兒，列車員從我們面前走過，少校攔住他，用一貫的客氣態度提出這個問題：

「列車員，如果制動手的舉動有不對的地方，乘客該去哪投訴？是向您投訴嗎？」

「如果要投訴他，您可以到紐黑文站。他有什麼做錯了嗎？」

少校把事情的經過說了一遍。列車員似乎樂了，他溫和的語氣中微含譏諷地說：

「您的意思好像是說，整個過程中那個制動手並沒說什麼。」

「是的，他沒說什麼。」

3. 英文中「撞角公羊」battering ram，還有一個意思是古代使用的一種攻城工具，所以說現在人們已經不再使用了。

「可是您說，他向老人惡狠狠地瞪了一眼。」

「是的。」

「後來就粗魯地拉開了那扇門。」

「是的。」

「全部經過就是這些，對嗎？」

「對，這就是全部經過。」

列車員輕輕地笑了，說道：

「好吧，如果您要去投訴他，那是可以的，可是我不大明白，這究竟算得了什麼呢。您可能會說——當然，我是根據您的話猜測的——那個制動手侮辱了這位老先生。那麼，受理您投訴的人會問您，他說了一些什麼，您說，他根本什麼也沒說，那麼，我估計他們就會說，既然您自己承認他一句話也沒說，那您又怎麼能斷定那是對老先生的侮辱呢？」

列車員這一番無懈可擊的說理，引起了周圍乘客的一片讚許之聲，這使他感到很得意——這你可以從他臉上看出來。但是少校並不介意。他說：

「看，剛才您正好指出了現行的投訴制度中存在的一個明顯的缺陷。鐵路公司的職員們——不但公眾有這種想法，而且看來您也有這種想法——都沒注意到：除了語言上的侮辱以外，還有其他方式的侮辱。所以，也就沒人到總辦事處去投訴他受到人家在態度上表示的侮辱，包括使用手勢、表情等方式進行的侮辱。然而，這樣的侮辱有時候會比任何言語的侮辱更使人難以忍受，它會使你感到非常難堪，因爲它並不會留下任何實質的東西，可以讓你抓住它的把柄。那些侮辱了別人的人，即使被叫到鐵路公司的職員面前，也大可以說他連做夢也沒想到他的態度會得罪別人。我認爲，鐵路公司的職員們必須特別重視，必須迫切要求乘客報告那些非語言類的侮辱態度和傲慢舉動。」

列車員大笑起來，他說：

「哎呀，說真的，您這樣嚴苛的要求，未免太過認真了吧！」

「可是在我看來這並不是過分的要求。我到了紐黑文站，一定會去報告這件事，而且我相信我會由於這樣做而受到感謝。」

聽完這話，列車員好像有點不大自在了。

的確，他離開的時候，神情顯得很嚴肅。我說：

「您總不至於真的爲了這件小事去費神吧？」

「這可不是一件小事。像這樣的事必須隨時報告。這是公民的責任，凡是公民，誰都不應該逃避責任，但是，這件事無須我投訴。」

「爲什麼？」

「我沒必要這樣做嘛，運用權術就可以解決問題了，您瞧著吧。」

沒過一會兒，列車員又來巡視了。他走到少校跟前時，俯身湊近他說：

「得啦，您不必去投訴他了，他是我的下屬，如果下次他再敢那樣，我會教訓他的。」

少校很誠懇地答道：

「是呀，這正合我意！您可別認爲我是出於什麼報復的心理，事實並非如此，我只是出於責任心——純粹是一種責任感，完全是這麼一回事。我的妻舅是鐵路公司的董事，如果他知道您手下的制動手下次再野蠻地侮辱一位根本沒招惹他的老先生，您就要勸告那制動手，那我的妻舅會感到高興的，這一點您大可以相信。」

列車員並沒像一般人所預料的那樣表示高興，反而顯得猶豫不安了。

他在一旁站了一會兒，接著說：

「我認爲有必要現在就對他進行懲處。我要辭退他。」

「辭退他？那樣能帶來什麼好處？難道您不認爲更聰明的辦法還是教他如何更好地服務乘客，好讓他將功補過嗎？」

「對，這話有道理。您認爲應該怎麼辦？」

「他當著這麼多人侮辱了那位老先生。是不是應該叫他來，當著大家的面給那位老先生賠禮道歉呢？」

「我這就叫他來。而且，我要在這兒聲明：如果所有的人都肯像您這樣及時向我報告這類事件，而不是一聲不響地走開，而事後又在背後說鐵路公司的壞話，那麼，不久情況就會改善，我非常感謝您。」

很快制動手來道歉了。他走後，少校說：

「喏，您瞧這件事解決起來多麼簡單容易，普通老百姓什麼事都辦不到——而董事的舅子要怎麼做都行。」

「可是，您真有一位當董事的舅子嗎？」

「永遠都有這麼一位，當公眾的利益需要的時候，我永遠會說有這麼一位。在所有的董事會裡——在任何地方，我都有一位舅子，這樣就省了我一大堆麻煩。」

「這可是十分廣泛的親戚關係。」

「是呀。像他們這樣的人我有三百多個。」

「難道列車員就不會懷疑這種關係嗎？」

「這種情形我還沒遇到過，真的——到目前爲止我從來沒遇到過。」

「爲什麼您不隨他去處理，讓他去把那個制動手開除了，反而採用那懷柔的辦法呢？您瞧，他這樣的人是罪有應得呀。」

少校回答時，那口氣裡的確稍許含有一些不耐煩的意味：

「如果您能冷靜下來，稍微思考一下，您就不會提出這樣的問題了。難道制動手是條狗，只能用對待狗的方法去對待他嗎？他是一個人，需要像人那樣去謀生。再說，他總有姐妹，或者母親，或者妻子兒女，要靠他去養活。永遠是這樣的情形——不會有例外。如果你剝奪了他的生計，那你也剝奪了那些人的生計——可是，他們哪點招惹你了？根本沒有呀。開除了一個粗魯無禮的制動手，再去雇另一個跟他完全相同的，又有什麼好處呢？這種做法是不明智的。難道您沒意識到，對這個制動手進行改造後繼續留用，這才是一個合理的辦法嗎？肯定是的。」

接著他就用讚賞的語氣講述了統一鐵路公司某區段一位監督的故事，說有一個已有兩年經驗的扳閘工一次疏忽大意，導致一列火車出了軌，死傷了幾個人。群眾十分憤怒，要求開除那個板閘工，但是監督說：

「不，諸位錯了。他已經得到了教訓，以後再不會讓車出軌了。因此他變得更加有用了，我要留用他。」

此後，在那次旅遊中，我們只遇到了一件不尋常的事。在哈特福德站和斯普林菲爾德站之間，火車上的侍應生抱著許多廣告印刷品，高聲吆喝著跑進來，不小心把一冊樣本掉在了一個正在熟睡的先生膝蓋上，他一下子被驚醒了。那人十分憤怒，和他兩個朋友一起憤憤不平地訴說這件冒犯了他的事。他們把特等車廂裡的列車員叫來，向他投訴這件事，要求必須開除那個侍應生。那三個投訴的乘客都是霍利奧克的富商。顯然，列車員對他們望而生畏。他試圖平息他們的怒火，向他們解釋說，那孩子並不歸他管，而是屬於一家報刊公司的，然而，他怎麼勸解都沒用。

這時候少校自告奮勇地提出證明，爲那個孩子辯護。他說：

「事情的經過我都看見了，諸位並沒存心誇大，但是你們的反應卻太過激烈了，那孩子剛才所做的只不過是火車上的侍應生所做的，如果你們想要他此後舉動更穩重，態度更和藹，那我也同意你們的做法，並且準備站在你們這一邊；但是，如果連一個改過的機會都不給他，就要把他開除，那對他來說是不公平的。」

但是他們很氣憤，聽不進任何妥協的辦法，他們說熟識波士頓．奧爾巴尼鐵路公司的總經理，明天寧可暫時放下其他的事，也一定要先到波士頓解決侍應生的問題。

少校說他也會去那裡，要盡自己的一切力量來幫助那個侍應生。其中一位先生向他打量了一下，說：「看來，這件事要取決於誰能對總經理施加的影響大小了。您跟布利斯先生有私交嗎？」

少校不動聲色地說：「是的。他是我舅舅。」

這個回答取得了令人滿意的效果，尷尬的沉默持續了一兩分鐘，接著幾位當事人就開始在談話中找臺階下，含糊其辭地承認自己剛才過於偏激，不久一切趨於平靜友好，彼此間顯得相當融洽，終於決定拋開這件事不談，從而使那個侍應生保住了他的工作。

結果不出我所料：鐵路公司總經理根本不是少校的舅舅——這一天少校只是在火車上利用了他一次。

在歸途中，我們沒遇到什麼值得記述的事。也許那是因爲我們乘的是夜車，一路上我們都在睡覺。

星期六晚上我們離開紐約，坐火車去賓夕法尼亞州。第二天清晨用過早餐後，我們走進特等車廂，但是發現那兒冷清沉悶。車廂裡只有很少幾個人，沒有任何活動。於是我們進入那節車廂的小吸菸室，看見那兒坐著三位紳士。其中兩個人正在抱怨鐵路公司所定的一條規章制度——星期日禁止在車上玩牌。原來他們剛才在玩那種無須禁忌的「大小傑克」紙牌遊戲，但後來卻被列車員阻止了。少校對此表示關切，他對第三位紳士說：

「是您反對他們玩牌嗎？」

「根本不是，我是耶魯大學的教授，雖然相信宗教，但不是對任何事物都有偏見。」

接著少校就對其他兩個人說：

「你們盡可以繼續玩下去嘛，先生們，既然這裡沒人反對。」

其中一個人不肯冒險，但是另一個人說，如果少校願意加入，他很想再玩一次，於是他們倆把一件大衣鋪在膝上，開始玩起來。過了不久，特等車廂的列車員來了，他蠻橫地說：

「喂，喂，先生們，這是不允許的。把紙牌收起來——玩牌是不允許的。」

此時，少校正在洗牌。他一面洗著，一面說：

「禁止玩牌，這是奉了誰的命令？」

「是我的命令，我禁止玩牌。」

這時候開始發牌了，少校問：

「這主意是您想出來的嗎？」

「什麼主意？」

「星期天禁止玩牌這個主意呀。」

「不——當然不是。」

「那是誰想出來的呢？」

「是公司。」

「那麼，這根本不是您的命令，而是公司的命令。對嗎？」

「對。可是，如果你們繼續玩牌，那麼我必須強迫你們立刻停止。」

「急躁辦事不會帶來什麼好處，它常常只會造成很大的損失。是誰授權給公司頒佈這樣一項規定的？」

「我的先生，那和我沒關係，再說……」

「可是您不要忘了，它關係到的不只是您，它可能是一件對我關係重大的事。事實上，這件事對我確實十分重要，我不能破壞了我國的任何一條法規，但同時也不能讓自己蒙上恥辱；我也不能允許任何人或者公司利用非法的規章來妨礙我的自由（這一點也是鐵路公司一向試圖做到的），同時不玷污我作爲公民的權利，所以，現在再回到剛才那個問題上：究竟是誰授權你們公司頒佈這道命令的？」

「這我可不知道，這是公司的事。」

「但它也是我的事，我懷疑公司有什麼權利頒佈這樣一條規章？這條鐵路途中要經過好幾個州，您知道我們現在是在哪一個州嗎？這個州在這方面制定的又是什麼法律嗎？」

「它的法律和我不相干，可是公司的規定我必須執行，我的職責就是禁止玩牌，先生們，它必須受到禁止。」

「事實也許是這樣的，然而，辦事情還是不要急躁的好。在很多旅館裡，他們都會把一些規定張貼在屋子裡，但是照例要援引該州相關的法律條文，作爲那些規定的根據。但我看這裡並沒有張貼類似的文告，請您出示您的憑證，然後可以讓我們做出決定，因爲，您也看到了，我們玩牌的興致都叫您給破壞了。」

「我沒這一類的憑證，但是我奉了公司命令，單憑這一點就夠了，公司的命令必須服從。」

「咱們還是別輕易做出結論，我們最好都心平氣和地仔細探討下這個事情，看咱們究竟堅持的是什麼原則，以免任何一方犯了錯誤。因爲，剝奪美國公民的自由，這件事看來遠比您和鐵路公司想像的更爲嚴重，在剝奪他人自由者能證明他有權這樣做之前，我不允許他在我面前如此肆無忌憚，再說……」

「先生，您到底放不放下紙牌？」

「這件事也許不會耽擱多久，但也要看情形而定。您說這命令必須遵守，『必須』，這是一個語氣強硬的措辭，您自己也可以意會，它的語氣有多麼強硬。當然，一個明白事理的公司，不會在授權您執行這樣嚴厲的命令的同時，又不制定一個處罰違反規章者的辦法，那樣它就會變成一紙空文，只會惹得別人的嘲笑。那麼，對於違反者的處罰是什麼？」

「處罰？我從來沒聽說過什麼處罰。」

「不用說，您肯定是弄錯了。您爲執行公司的規定而來，很粗魯地打斷一場無須禁忌的娛樂遊戲，卻不教您在執行這道命令時應該對違反者採取的手段嗎？難道您不認爲這種做法是荒謬可笑的嗎？如果乘客拒絕遵守這條命令，那您又打算怎樣懲罰他們？您打算搶走他們的紙牌嗎？」

「不。」

「打算在下一站把違反規章的人趕下車嗎？」

「這個，不——我們當然不能這樣做，如果他有車票。」

「那您會把他送去法院嗎？」

列車員無言以對，顯然感到爲難了。少校又開始發牌，他接著說：「您瞧，您毫無辦法，公司讓您陷入很狼狽的境地。您執行一項荒謬的規定，儘管在執行時你虛張聲勢。可是，把這件事仔細一分析，您就會發現自己根本沒辦法強迫人家服從。」

列車員端著架子說：

「先生們，規定已經告訴你們了，我已經盡了自己的責任，至於你們是否遵守它，那你們就看著辦吧。」說完這話，他轉身要走。

「對不起，請等一等。這件事還沒完。您剛才說已經盡了自己的責任，我認爲您這話說錯了，即使您真的已經盡了自己的責任，那我還未盡到我的責任呢。」

「您這是什麼意思？」

「您是不是準備等列車到了匹茲堡站，去總辦事處投訴我違反了規章？」

「不，那樣會有什麼好處呢？」

「您必須去告我，否則我就會去告您。」

「告我什麼呀？」

「告您沒有禁止我們玩牌，沒有遵守公司的規章制度。作爲一個公民，我有責任協助鐵路公司監督它的職工按規定辦事。」

「您這話是認真的嗎？」

「當然是認真的，我覺得您做人並沒有錯，可是我認爲，作爲工作人員，您這樣做事做得不對——您沒嚴格執行公司的規章制度。如果您不去告我，我一定去告您，我一定會去。」

聽完這話，列車員顯得有些迷惑不解，他沉思了一會兒，後來突然激動地說：

「這倒像是我在找麻煩！完全是一篇糊塗帳，瞧我也昏了頭了，這可是從來沒遇到的事情，大家一直都只是一味地執行公司的規定，從來沒有疑問，所以我也就沒注意到，那道沒有處罰辦法的愚蠢規定有多麼荒謬可笑！我不會告任何人，我也沒要被任何人告——你想想，那樣會給我招來無窮的麻煩！現在你們就繼續玩牌吧——如果高興的話，你們就玩一整天吧——咱們別再爲這件事情找麻煩了！」

「不，我只是爲了要維護這位先生的權利才坐在這兒的——現在他可以回到自己的位子上來了。但是，在您離開之前，可不可以告訴我，您認爲公司制定這條規章是爲了什麼？您能爲這件事想出一個理由——我意思是說，一個合理的理由——一個至少表面上聽起來不愚蠢，一個不像是白癡想出來的理由嗎？」

「這個，我當然能夠想到。問到爲什麼要制定這條規定，道理很簡單。那是爲了不傷害其他乘客的感情——我意思是說乘客中那些虔誠的宗教徒，星期天在車上玩牌會褻瀆他們的安息日，那會使他們不高興的。」

「我本來也有同樣的想法，可是，他們願意自己在星期日旅行，褻瀆安息日，卻不允許別人……」

「我的天呀，您這可說到了重點上了！以前我可從來沒想到這一點。事實上，如果冷靜下來仔細分析一下，就知道這是一條愚蠢的規定。」

正在這個時候，另一節車上的列車員走過來，打算很專橫地禁止玩牌，可是特等客車的列車員攔住他，把他拉到一邊，向他解釋。此後再聽不到他們提到這件事了。

我在芝加哥時生病了，在床上躺了十一天，結果沒能看到博覽會，因爲我剛剛能夠活動，就必須立即啓程回去了。在我們出發的前一天，爲了讓我有個寬敞的地方休息，可以睡得舒服一些，少校已經訂了一間臥車特別包廂。可是當我們到達車站時才知道，由於調配員一時疏忽，我們預訂的那節車沒被掛上。列車員給我們留下了一對臥鋪——他說，這已經是他盡最大努力能做的了。可是少校說，我們並不著急，完全可以等著把那節車給掛上再走。列車員和顏悅色，但是含嘲帶諷地說：

「也許，正如您所說，你們並不著急，可是我們卻非趕快不可啊。來，快上車吧，先生們，上車去吧。別讓我們等著啦。」

可是少校非但不肯上車，也不許我上去。他堅持要乘坐他所訂的車，他說非那樣不行。這一來，那個急得直冒汗的列車員可不耐煩了，他說：

「我們這樣做，已經盡了最大的努力。我們沒法做那不可能做到的事，你們要麼就用這套臥鋪，要麼就索性不用它吧。由於出了一個差錯，現在時間太晚，已經來不及糾正，只好將就點兒，你們就這樣湊合一下吧，別的乘客都是這樣。」

「咳，對了，事情就壞在這裡，如果他們也都要維護自己的權利，並且堅持到底，現在你們就不會這樣滿不在乎地試圖踐踏我的權利了。我根本不想給你們帶來不必要的麻煩，但是我有責任保護下面一位乘客不再這樣受騙。所以我一定要乘坐我訂的車，否則我就在芝加哥待下去，控告你們公司破壞了合同。」

「控告我們的公司？——就爲了這樣一件事！」

「當然。」

「您真的要這樣做嗎？」

「當然，我就是要這樣做。」

列車員用懷疑的目光打量了少校一會兒，然後說：

「你可把我鬧糊塗了——這可是新鮮花樣——我以前從來沒碰到過這樣的事兒。但是，我完全相信這樣的事您會做出來的，這樣吧，我找站長去。」

站長剛來的時候十分惱怒——惱的是少校，而不是那個造成差錯的人。他態度相當蠻橫，也像剛才那個列車員起初那樣，但是他怎麼也沒辦法說服這位談吐優雅的炮手，後者依然堅持要乘他所訂的車。但是，事情很明顯，在這種情形下只有一方能占上風，而結果當然是少校。站長只好收起惱怒的表情，裝出一副和藹可親的樣子，甚至多少還表示了歉意。這給雙方和解創造了一個良好的開端，於是少校做出妥協。他說可以放棄已訂的特別包廂，但必須用另一間包廂作爲補償。

經過一番尋找，終於找到一間特別包廂，那包廂的主人是個善良的紳士，肯用他的包廂調換我們的臥鋪，我們終於出發了。那天晚上列車員來看我們，他態度友好，十分殷勤，我們聊了很久，最後成了好朋友，他說希望公眾以後常常給他們多添一些麻煩——因爲那樣只會產生有益的影響。他說，乘客不能指望鐵路公司盡他們的一切責任，除非他們自己也多少關心自己的權益。

我希望我們已經結束了這次旅程中移風易俗的工作，然而事實並非如此。第二天早晨，少校在餐車裡點了一份烤雞。侍者說：

「菜單上沒這道菜，先生，我們只供應菜單上有的。」

「可那位先生在吃烤雞。」

「對，可是那情形不同呀，他是鐵路公司的監督。」

「那我就非要烤雞不可了，我不喜歡這種有區別的待遇，請您馬上去——馬上給我上一份烤雞。」

侍者把負責人找來了，負責人低聲婉言解釋，說這件事是不可能辦到的——因爲這違反規定，公司的規章是很嚴格的。

「那麼，好吧，您必須一視同仁地執行這條規定，或者一律取消這條規定。您要麼拿走那位先生的雞，要麼就給我也來一份。」

負責人惶惑無主，甚至有點兒不知所措了。他開始費勁地解釋，可就在這時候，那個列車員走過來，問發生了什麼事情。負責人說，這裡的一位先生一定要點一份烤雞，可這是違反規定的，而且菜單上也沒這道菜。

列車員說：「那你照章辦事嘛——沒其他辦法。等一等……是這位先生嗎？」接著他就大笑起來，說，「別去管你們的那些規章吧——這是我給你的忠告，聽我的話沒錯，他要什麼就給他什麼——別讓他又在權利問題上大發議論啦。他點什麼就給他什麼吧，如果你們現在沒有雞，那麼就停了車去買吧。」

少校吃完雞，然後說，他之所以這樣做，只是出於責任感，爲的是要維護一條原則，其實他是不愛吃雞的。

因此，這次旅行雖然我沒看到博覽會，但是我學到了一些怎樣運用權術的手段，將來這些手段也許對我和讀者都是方便有用的。

他是否還在人間？

一八九二年三月，我去里維埃拉[1]區的門多涅爾遊玩。那是個安靜的地方，你可以單獨享受幾英里外蒙地卡羅及尼斯所能和大家共同享受的一切好處。這就是說，那兒有燦爛的陽光，茂密的森林，清新的空氣和碧波蕩漾的大海，卻沒有那煞風景的喧囂和嘈雜，以及各種奇裝異服和浮華的炫耀。

門多涅爾是個清靜、淳樸、悠閒而不講究排場的地方，有錢人和浮華的人物都不到那兒去。我是說，一般情況下，有錢人是不會到那兒去的。不過偶爾也會有有錢人來，不久前我就結識了其中的一位，我姑且叫他史密斯吧——這多少是有些替他保守秘密的意思。

有一天，在英格蘭旅館裡，我們正在用早餐的時候，史密斯忽然大聲喊道：

1. 位於法國東南部，臨地中海的一個區，是度假勝地，門多涅爾為當地一個小鎮。

「快看！注意看門裡出去的那個人，你仔細看清楚。」

「為什麼？」

「你知道他是誰嗎？」

「知道，你還沒有來之前，他就在這兒住了好幾天了。聽說他是里昂一個很闊的綢緞廠大老闆，現在年老退休了。我看他肯定非常孤單，因為他總是一副苦悶的樣子，無精打采，從不與人交談。他的名字叫西奧斐爾・麥格南。」

我以為接下來史密斯會繼續說下去，告訴我他為什麼會對這位麥格南先生如此感興趣。但是他卻什麼也沒說，反而轉入沉思，不久居然把我和其他一切都完全拋到九霄雲外了。

他偶爾伸手抓一抓他那輕柔的白髮，以便幫助他思考，早餐冷掉他也沒有在意。後來他才說：

「唉，忘了，我怎麼也想不起來了。」

「想不起什麼呀？」

「我想說的是安徒生的一篇很好的小故事，可是我把它給忘了，故事大概是這樣的：有個小孩，他有一隻養在籠子裡的小鳥，他很愛牠，可是又不知道怎樣照顧牠。這鳥兒唱歌，可是沒有人聽，沒有人理會。後來這個小鳥肚子餓了，口也渴了，於是此時牠的歌聲就變得淒涼而微弱，最後終於停止了——鳥兒死了。小孩過來一看，非常傷心，後悔莫及，他只好含著傷心的眼淚，傷心地把他的朋友們叫來，大家懷著極為深切的悲慟，為這隻小鳥舉行了隆重的葬禮。小傢伙讓小鳥餓死就如同世人讓詩人餓死一樣，大家在他死後花許多錢舉行葬禮和立紀念碑，但是如果把這些錢用到他們生前，那是足夠養活他們的，甚至還可以讓他們過舒服日子呢，那麼……」

我們的談話在這時候被打斷了。那天晚上十點左右，我又碰到史密斯，他邀我上樓去，到他的會客室裡陪他抽菸，喝熱的蘇格蘭威士忌。他的房間是個很愜意的地方，裡面擺著舒適的椅子，裝著喜氣洋洋的燈，壁爐裡讓人溫暖的火，燃燒著乾硬的橄欖木，再加上外面低沉的海濤澎湃聲，更使一切達到了美滿的境界。我們已經喝完了兩杯威士忌，談了許多隨意稱心的閒話，史密斯說：

「現在我們興致正高，我正好趁此給你講一個離奇的故事，這件事是個保守了多年的秘密——這秘密只有我和另外三個人知道，現在我可要拆穿這個西洋鏡了，你有興趣聽嗎？」

「當然了，你儘管說吧。」

下面就是他講給我聽的故事：

「多年以前，我還是個年輕的畫家——實在是個非常年輕的畫家——我在法國的鄉村隨意漫遊，到處寫生。在這期間，我遇到了兩個可愛的法國青年，他們也是畫畫的。那時候我們那股快活勁兒就像那股窮勁兒一樣，也可以說，那股窮勁兒就像那股快活勁兒一樣——你愛怎麼想就怎麼想吧。那兩個小夥子的名字是克勞德．弗雷爾和卡爾．包蘭日爾——真是兩個可愛的小夥子，太可愛了，總是朝氣蓬勃，簡直就像和貧窮開玩笑，無論風霜雨雪，日子總是過得有滋有味。

「後來我們來到布勒敦的一個鄉村，當時我們簡直窮得走投無路，幸運的是，一個和我們一樣窮的畫家收留了我們，這就等於救了我們的命——他就是法朗斯瓦・米勒[2]。」

「什麼！法朗斯瓦・米勒！就是那偉大的畫家嗎？」

「偉大？那時候的他也並不見得比我們偉大到哪兒去，就算在他自己住的村子裡，他也沒有什麼名氣，他簡直窮得不像話，除了蘿蔔，他就沒有什麼可以給我們吃的，甚至有時連蘿蔔也是上頓不接下頓。我們四個人成了忠實可靠、互相疼愛的朋友，可以說是難以分開。我們在一起拼命地畫呀畫的，作品是越堆越多，可就是很難賣掉一件。我們在一起的日子非常美好，可是，也實在可憐極了！有時候我們簡直是活受罪！」

「我們就這樣熬過了兩年多的時光。突然有一天，克勞德說：

「『夥計們，我們已經山窮水盡了。你們明白不明白？——徹底的山窮水盡，村裡的人都不再賒東西給我們了——簡直是聯合起來跟我們過不去，我跑遍了整個村子，結果還是一樣。他們根本不肯再賒給我們一分錢的東西了，除非我們能先還清舊帳。』

「這可真叫我們沮喪，每個人都臉色發白，一副狼狽相，這下子我們可知道自己的處境是多麼糟糕了。大家沉默了許久。最後米勒嘆了一口氣說道：

「『我也想不出什麼主意來——真的一籌莫展。夥計們，誰想個辦法吧。』

「沒有人回答，如果凄慘的沉默也可以叫作回答的話。

卡爾站起來，緊張地來回踱著步，然後說道：

2.尚・法朗斯瓦・米勒（Jean-François Millet，1814－1875）是法國著名畫家，代表作為《晚禱》《拾穗》。

「『真是丟人！你看這些畫，一堆一堆的，都是些好畫，它們比得上歐洲任何一位畫家的作品——不管他是誰，而且許多閒逛的陌生人都這麼說，反正意思總差不多是這樣。』

「『可就是沒有人願意買。』米勒說。

「『那倒沒關係，反正他們這麼說了，而且說的是真話。就說你那幅《晚禱》吧！難道會有人跟我說……』

「『別提了，卡爾——我那幅《晚禱》，有人要出五法郎買它。』

「『什麼時候？』

「『誰出這個價錢？』

「『那人現在在哪兒？』

「『你怎麼沒答應他？』

「『得了——大夥兒別這麼一齊說話呀。我本以為他會多出幾個錢——我很有把握——看他那神氣是要多出的——所以我就開價八法郎。』

「『得——那麼後來呢？』

「『他說他會再來找我的。』

「『真是糟糕透頂！哎，法朗斯瓦——』

「『啊，我知道，我知道！我不該那樣，我簡直是個大傻瓜。夥計們，我本意是好的，你們也承認這一點，我……』

「『那還用說，我們當然明白，願上帝保佑你這善良的人吧，可是下次你可千萬別再這麼傻呀。』

「『我？我但願有人用一棵大白菜跟我換就好了——你瞧著吧！』

「『大白菜嗎？啊，別提這個——一提起來我就直流口水，說點兒別的不那麼叫人難受的事情吧。』

「『夥計們，』卡爾說，『難道這些畫真的沒有價值嗎？你們說呀。』

「『誰說沒價值！』

「『難道不是價值連城嗎？你們說呢？』

「『是呀。』

「『確實是價值連城，如果能給它們安上一個大名鼎鼎的作者，那一定能賣個好價錢。是不是這麼回事？』

「『當然是這樣的。誰也不會懷疑你這個說法。』

「『可是——我沒有開玩笑——我這話究竟對不對呀？』

「『噢，那當然是不會錯的——我們也並不是在開玩笑。可是那又怎麼樣？那又怎麼樣？那與我們有什麼相干？』

「『我想這麼辦，夥計們——我們就給這些畫硬安上一個鼎鼎大名的畫家的名字！』

「剛才還活躍的氣氛消失了，大家滿臉疑惑地望著卡爾，他葫蘆裡究竟賣的什麼藥呢？上哪兒去借一個鼎鼎大名的畫家的名字呢？叫誰去借呢？

「卡爾坐下來，說道：

「『現在我就要想出一個切實可行的辦法來，我認爲我們要想不進遊民收容所，那這就是我們唯一的出路，並且我對這個辦法有絕對的把握。我這個意見是以人類歷史上各種各樣，早已是大家公認的事實爲根據的，我相信這個計畫一定能使大夥兒都發財。』

「『發財！你簡直是發神經。』

「『不，我可沒發神經。』

「『哼，還說沒有！——你明明是發神經了。你說怎麼才算發財？』

「『每人十萬法郎吧。』

「『看來他的確是害神經病了，我早就知道了。』

「『是呀，他是有神經病。卡爾，你是不是窮瘋了，所以就……』

「『卡爾，你應該吃藥了，吃完藥馬上到床上去休息。』

「『先拿繃帶把他捆上吧，捆上他的頭，然後……』

「『不對，捆上他的腳跟才行，這幾星期，他的腦子總是開小差，異想天開哩——我已經看出來了。』

「『住嘴！』米勒擺出一副嚴肅的樣子說，『先讓這孩子把他的話說完嘛。那麼，好吧——卡爾，把你的計畫說出來吧。究竟是什麼好辦法？』

「『好吧，那麼我先來個開場白，請大家注意人類歷史上有這樣一個事實，那就是許多藝術家的才華都是一直到他們餓死了之後才被人欣賞的。這種例子不計其數，我都可以根據它總結出一條定律來，這個定律就是，每個默默無聞的、無人理會的藝術家在他死後總會被人賞識，而且一定是在他死後才行，到那時候他的畫就會身價百倍了。我的計畫是這樣：我們先進行抽籤——幾個人當中有一個要死去才行。』

「他說得滿不在乎，卻完全出人意料，所以我們幾乎同時驚跳起來。然後，大家又議論紛紛，要想出辦法——治病的辦法——幫卡爾治他的腦子；可是他耐心地等著大家平靜下來，然後才繼續說他的計畫：

「『是呀，我們反正得死一個人，目的是救剩下的幾個——當然也救他自己。我們抽籤決定，抽中的那個就會一舉成名，而剩下的都會發財。喂——好好聽著嘛，別插嘴——我敢說我並不是在這兒胡說八道。我的主意是這樣的：在今後這三個月裡，被選定要死的那一位就拼命地畫，儘量積存畫稿——並不需要正式的畫，不用！只要畫些寫生的草稿就行，隨便畫些習作，沒有畫完的習作，隨便勾幾筆的習作都行，每張上面用彩色畫筆塗幾下——當然是毫無意義的，反正總是他畫的，畫完以後要題上作者的名字，每天畫它五十來張，讓每張上面都帶上點兒特點或是派頭，讓人一看就知道是他的作品……你們都知道，這些東西才最值錢。在這位偉大畫家去世之後，大家就會出不可思議的價錢來爲世界各地的博物館收購這些傑作，而我們就爲他們準備一大堆這樣的作品——一大堆！在這段時間裡，其餘的人就要給這位將死的畫家拼命吹捧，並且在巴黎和那些商人身上下一番工夫——這是給以後的成功做準備，明白吧？等到一切都佈置就緒，趁著熱火朝天的時候，我們突然就向他們宣布畫家的死訊，並且舉行一個熱鬧的葬禮。你們明白這個主意了嗎？』

「『不明白，至少還是不十分……』

「『還不十分明白?這都不懂?那個人並不是要真的死去，他只要從此改名換姓，銷聲匿跡就行了。我們弄個假人一埋，大家假裝哭一場，叫全世界的人也陪著哭吧，我……』

「可是大家根本沒有讓他把話說完，每個人都爆發出一陣歡呼，連聲稱妙;大家都跳起來，在屋子裡蹦來蹦去，彼此互相擁抱，歡天喜地地表示感激和愉快。我們把這個偉大的計畫一連談了好幾小時，似乎連肚子都不覺得餓了。

「最後，一切詳細辦法都安排好了以後，照原定計劃，我們開始抽籤，結果選定了米勒——他會假死，然後我們把那些非到最後關頭捨不得拿出來的做紀念的小裝飾品湊到一起，這些東西，對我們來說只有到了無可奈何的時候才肯拿來做賭注，企圖一本萬利地發個財。我們把它們當掉，當來的錢除了留下幾個法郎作爲出門的費用和爲米勒接下來幾天的生活購買蘿蔔外，只夠勉強湊出一頓告別的晚餐和早餐。

「第二天一大早，我們三個人吃完早飯就分別出發了——當然是靠兩條腿嘍，每人都帶著十幾張米勒的小畫，打算把它們賣掉。卡爾準備去巴黎，他要到那兒去盡自己所能地吹捧米勒，爲以後偉大日子的到來做準備;克勞德和我決定各走另一條路，隨意到法國各地走走。

「這以後，我們的遭遇之順利和痛快，真要叫你聽了會大吃一驚的。我走了兩天，開始著手我們的計畫。我在一個大城市的郊外開始給一座別墅寫生——因爲我看見別墅的主人站在樓上的陽臺上，於是他下來看我畫——我早料到了他會來。我畫得很快，故意吸引他的興趣，他偶爾不由自主地讚美我兩句，後來就越說越帶勁了，他說我簡直就是一位大畫家!

「我把畫筆擱下，從皮包裡取出一張米勒的作品來，指著角上的簽名，裝作很得意地說：「『我想你當然認識這個嘍？嘿，他就是我的老師！所以你是應該懂得這一行的！』

「這位先生好像犯了什麼罪似的，顯得局促不安，沒有作聲，我故作惋惜地說：

「『你不會連法朗斯瓦．米勒的簽名都認不出來吧！』

「他當然不會認得那個簽名，但是不管怎麼樣，他處在那樣尷尬的境地，居然讓我這麼輕輕放過，他是感激不盡的。他說：

「『怎麼會認不出來！嘿，的確是米勒的嘛，一點也不錯！我剛才也不知道想什麼來著，現在我當然認出來了。』

「隨後他表示他想買這張畫，可是我說我雖然沒什麼錢，可也並沒有窮到那個地步。不過後來我還是讓他用八百法郎將那幅畫買去了。」

「八百法郎?!」

「是呀，米勒本來是打算拿它換一塊豬排的。不錯，我用那張小小的畫換來了八百法郎。現在假如能用八萬法郎把它買回來，那我真是求之不得，可是這個時期早已過去了。我給那位先生的房子畫了一張很漂亮的畫，本想以十法郎賣給他，可是想到我是一位大畫家的學生，這麼賤賣又不大像話，所以我就讓他用一百法郎買走了它。我馬上到城裡把八百法郎匯給米勒，第二天又往別處出發了。

「可是我不用再走路了——不用。因爲我買了馬。從此以後，我一直都騎馬。我每天只賣一張畫，絕不會賣兩張。我總是對買主說：

「『我現在把米勒的畫賣掉，根本就是個大傻瓜，因爲這位畫家恐怕活不過三個月了，他死了之後，就算你出天價也別想再買到他的畫了。』

「我想方設法把這個消息儘量傳播出去，預先做好準備工作，好讓大家重視那場大事。

「這個賣畫的計畫是應該歸功於我的——那是我出的主意。那天晚上我們商量我們的宣傳計畫的時候，我就提出了這個辦法，三個人都同意先試一試，如果實在不行，再想其他辦法，結果我們三個人都做得很成功。我只走了兩天路，克勞德也走了兩天——我們倆都知道不能在離家太近的地方使米勒出名，這樣會露餡的——可是卡爾只走了半天的路程，這個狡猾的傢伙，沒良心的壞蛋！從那以後，他到各處旅行的派頭簡直就像個公爵一樣。

「我們隨時和各地的地方報紙記者搭上關係，讓他們在報紙上發表消息，但是我們所散佈的新聞並不是發現了一位新的天才畫家，而是故意裝成人人都知道法朗斯瓦．米勒的樣子。我們根本不提稱讚他的話，只是簡單報導一些關於這位『著名畫家』的近況——有時候說他病況有所好轉，有時又說希望渺茫，不過總的來說是凶多吉少。我們每次都把這類消息圈出來，寄給那些買過畫的人。

「卡爾很快就到了巴黎，他大擺排場地幹起來了，他結交了各種報紙的記者，把米勒的情況報導散播到英國和整個歐洲去，最後連美國甚至世界其他地方也都報導了。

「六星期之後，我們三個在巴黎見了面，經過商量後決定停止宣傳，同時也不再寫信叫米勒寄畫來了。這時候他的名字已經轟動一時，時機已經成熟，所以我們覺得應該在這時候馬上行動，以免錯過時機；於是我們就寫信給米勒，叫他到床上躺下，趕快餓瘦一點，因爲我們希望他在十天之內『死去』，如果來得及的話。

「我們計算了一下。成績很不錯，三個人一共賣了八十五張畫和習作，一共賣了六萬九千法郎。最後一張畫是卡爾賣出去的，價錢賣得最高。他把《晚禱》賣了兩千兩百法郎。我們將他狠狠地誇獎了一番——可從沒想到後來會有一天，整個法國都搶著要把這張畫據爲己有，最後居然還有一位無名人士花了五十五萬法郎的現金把它搶購去了。

「那天晚上我們準備了香檳酒，舉行了慶祝勝利結束的晚餐。第二天，克勞德和我就收拾行李，回去陪伴米勒度過他臨終的幾天，一面謝絕那些打聽消息的閒人，同時每天按時發出病況報告，寄到巴黎給卡爾拿去在幾大洲的報上發表，把消息報導給全世界關心他的人們。最後終於到了宣布噩耗的時刻，卡爾也及時趕回來幫忙料理最後的葬禮。

「你想必還記得吧，那次的出殯真是空前絕後，轟動世界，新舊世界的上流人物都來參加了，大家都悲痛地爲米勒哀悼。我們四個——還是那麼難以割捨——抬著棺材，不讓別人幫忙。我們這麼做是有原因的，因爲棺材裡只裝著一個蠟做的假人，如果讓別人去抬，棺材的重量就出了問題，難免要露馬腳；因此，我們當初曾經相親相愛地在一起共患難過的四個老朋友抬著棺材……」

「哪四個人？」

「我們四個嘛——米勒也幫忙抬著他自己的棺材哩。不用說，是化裝的，化裝成一位米勒的親戚——一位遠房的親戚。」

「真是太妙了！」

「我說的可是真話，那還不是一樣嘛。啊，你還記得他畫的價格是怎麼飛漲的吧。至於賣畫的錢嗎？我們簡直不知如何處理才好，現在巴黎還有一個人收藏著七十張米勒的畫，這是他花了二百萬法郎從我們這兒買去的。至於當初我們在路上那六個星期裡米勒趕出來的許許多多的寫生和習作呢，哈，你聽聽我們現在賣的價錢一定會大吃一驚——並且那還得在我們願意賣的時候才行！」

「這真是個離奇的故事，簡直太讓人吃驚了！」

「是呀——可以這麼說。」

「那米勒後來怎麼樣了呢？」

「你能保守秘密嗎？」

「我會的。」

「你還記得今天在餐廳裡我叫你注意看的那個人嗎？那就是法朗斯瓦．米勒。」

「我的天哪，原來——」

「如此！是呀，這一次人們總算沒有讓一個天才餓死，然後將他應得的報酬裝到別人的皮包裡，這隻能唱的鳥兒終於沒有白唱，也沒有落得死後才有一場遲到的盛大葬禮的下場了。我們原來是等著遭這種命運的哩。」

敗壞了赫德萊堡的人

一

那是多年以前的事情。當時赫德萊堡是四里八鄉公認的最誠實、最正直的一個鎮。這種良好的名聲一直保持了三代，並且以此爲榮，鎮上人們把這種榮譽看得超過一切。這種自豪感是如此的強烈，保持這種榮譽的願望是如此迫切，以至於鎮裡的嬰兒在搖籃裡就開始接受誠實信念的薰陶，而且，這一類的教誨還要作爲主要內容，在以後對他們進行教育時貫穿始終。同時，在整個成長過程中，年輕人要與一切誘惑徹底隔絕，這樣，他們誠實的信念就能夠利用一點一滴的機會變得更加堅定而牢固，成爲滲入骨髓的品質。

鄰近的那些鎮都嫉妒赫德萊堡這種至高無上的榮耀，他們表面上對赫德萊堡人以誠實爲榮冷嘲熱諷，嘲笑那是虛榮心作怪。然而，他們也不得不承認赫德萊堡的確是一個腐蝕不了的鎮。再追問下去，他們也會承認：一個想離家外出找一個好工作的年輕人，如果他來自赫德萊堡，那麼，他除了自己老家的名聲以外，無須任何其他保證的條件。

然而，日久天長，赫德萊堡還是因爲得罪一位過路的外地人而終於倒了楣——這可能是他們的無心之失，也可能並未在意，因爲赫德萊堡名聲極佳，所以無論是外鄉人的閒言碎語，還是高談闊論，赫德萊堡人都不會在意。可話又說了回來，早知此人是個愛記仇、不好惹的傢伙，當初對他破破例不就萬事大吉了嗎？

整整一年的工夫，無論那人走到哪兒，總會想起在赫德萊堡受的委屈，只要一有空閒，就挖空心思地琢磨怎麼報復，從而讓自己心裡舒坦。他想了很多主意，這些主意全都不錯，可沒有一個是十全十美的，最重要的是，這些主意只能損害許多個別的人，而他想要的卻是可以把全鎮一網打盡的辦法，不能有一人漏網。最後他想到了一個巧妙的辦法，這主意剛冒出來，他的臉上就出現了幸災樂禍的光芒。他馬上開始擬定具體的實施方案，還自言自語地說：「就這麼辦——我要把那個鎮的名聲徹底敗壞！」

六個月之後，他乘坐一輛輕便馬車再次來到赫德萊堡，大約在晚上十點，馬車停在銀行老出納員的大門外。他從馬車上搬下一只袋子，扛著它踉踉蹌蹌地穿過院子，敲了敲門。裡面一個女人說了聲「請進」，他就進去了。

他把那只袋子放在客廳火爐的後面，很客氣地向正在燈下坐著看《福音導報》的老太太說：「您只管坐著好了，太太，我不打擾您。好了——現在這東西藏得嚴嚴實實，誰想知道它在哪兒可不容易了。太太，我能見見您先生嗎？」

「不行，他上布利克斯敦了，也許過半夜才能回來。」

「那好，太太，沒關係，我只不過是想讓您先生照管一下這只袋子，如果他找到了物主，就轉交給他。我是外地人，您先生並不認識我，我來到這個鎮，是特地來了卻我很久以來的一樁心事的。現在事情已經辦妥，我該走了，我很高興，甚至還有點兒得意，以後你們再也不會見到我了。袋子上繫著一張字條，上面把所有的事都說清楚了。晚安，夫人。」

老太太其實挺害怕這個神秘的大個子陌生人，見他走了心裡才踏實。不過她的好奇心被勾引起來了，於是就直奔袋子而去，取下了那張字條。上面開頭的話是：

請予公佈，或者用私訪的辦法找到物主——只要能找到物主，無論用哪一種辦法都可以。這個袋子裡裝的是金幣，重一百六十磅零四盎司——

「天哪，門沒鎖呀！」

理查茲太太渾身顫抖地撲過去把門鎖上，然後把窗簾放下來，戰戰兢兢地站在那兒，提心吊膽，思考著怎樣使自己和那袋錢更安全一點。她豎起耳朵聽聽有沒有賊，過了一會兒，她抵擋不住好奇心，又回到燈下，看完了那張紙上的話：

我是個外國人，馬上就要回國去定居了，我在貴國逗留了很長時間，承蒙貴國關照，不勝感激。對於貴國的一位公民——一位來自赫德萊堡的公民——我更想格外地致以謝意，因為一兩年前他給過我一個很大的恩惠。實際上，那是兩樁恩德。

讓我說明經過吧：

我曾經是個賭徒，我的意思是，我過去是個賭徒——一個輸得精光的賭徒。那天夜裡我來到這個鎮的時候，饑腸轆轆，身無分文。我在黑暗處向人乞討，因為我不好意思在有亮光的地方討錢。我求對人了，他給了我二十塊錢——也可以說，他給了我一條命，我當時就是這麼想的。他還給了我財運，因為我靠那筆錢在賭場裡發了大財。

還有最後一條：當時他對我說過的一句話讓我至今銘記在心，這句話最後讓我口服心服，因為口服心服，我才良心發現，再也不賭了。現在我並不知道他是誰，可是我要找到他，讓他得到這筆錢，由他施捨出去，或者把它拋棄，或者自己留著，全都由他自己決定。

這只不過是我知恩圖報的方式罷了，假如可以在此地多逗留一些日子，我會自己去找他。不過沒有關係，您一定能找到他的，因為這是個誠實的鎮，腐蝕不了的鎮，我知道我可以信任它，不用擔心。誰能說出那位先生當年對我說的那句話，就可以證明他是我的恩人，我相信他一定還記得那句話。

現在我的辦法是這樣的：假如您願意進行私訪，悉聽尊便。請把這張紙上寫的話告訴每一個可能是那位先生的人，假如他回答說：「我就是那個人，我當初說過這樣的一句話……」就請核實一下——打開袋子，您能在袋子裡找到一個密封的信封。如果那位先生所說的話與此相符，那就把這筆錢交給他，不用再問下去了，因為他無疑就是那位先生。

如果您願意公開尋訪，就請把這番話發表在本地報紙上——再加上如下說明，即從當日起三十天內，請申領人於星期五晚上八時光臨鎮公所，將他當初所說的話密封交給（如果他肯費心處理的話）伯傑斯牧師，請伯傑斯先生屆時當場將錢袋啟封，看與袋內的話是否相符。如果相符，就請將這筆錢連同我衷心的感謝，一起交給這位已經確認身分的恩人。

理查茲太太坐下來，先是激動得微微顫抖，很快又陷入了沉思——她思索著：「這可真是件蹊蹺事！……那個好心人隨手施捨了幾個小錢，現在善有善報，發的財可真不小呀！……這件好事要是我丈夫做的就好了！——因爲我們太窮了，都這麼老了還這麼窮！……」

她嘆了口氣，「可這並不是我的愛德華幹的，不是，給外國人二十塊錢的不是他。這真可惜，真的，現在我明白了……」這時她打了個冷戰，「不過，這是賭徒的錢呀！是不清不白得來的，這種錢咱們可不能拿，連碰都不能碰，我可要離它遠遠的，這錢一看就覺得髒兮兮的。」

她換了把遠一點的椅子坐下來——「我盼著愛德華趕快回來，把這錢拿到銀行去，說不定什麼時候小偷就會來，一個人在這兒守著它真是可怕得很啊。」

十一點的時候，理查茲先生回來了，他妻子迎頭就說：「你可回來了！」

他卻說：「我太累了，簡直累得要命，過窮日子可真不容易啊，到了這個歲數還要幹這種倒楣的差事。熬來熬去熬不出頭，就爲那點兒薪資，當別人的奴隸。可人家拖著拖鞋在家裡坐著，有的是錢，真舒坦啊！」

「愛德華，你知道，我爲了你有多難過啊，不過，你得想開點兒：咱們的日子還算過得去，咱們的名聲也不錯……」

「是呀，瑪麗，這比什麼都重要啊，我剛才說的話你可別介意——我就是一時煩躁，算不了什麼，親親我——好了，什麼事也沒了，我再也沒有什麼埋怨了。你弄什麼東西來了，口袋裡有什麼？」

於是，他妻子把那件大秘密告訴了他。一陣天旋地轉之後，他說：「一百六十磅重？唉，瑪麗，那得至少有四——萬——塊錢哪——想想——一大筆財產啊！咱們鎮上有這麼多財產的人還不到十個。把那張字條給我看看。」

他把那張字條掃了一遍，說：「這可是奇事啊，嘿，簡直是傳奇小說嘛！和書上那些不可能的事一樣，平常誰見過這樣的事呀。」

這時他激動起來，神采奕奕，興高采烈。他打著哈哈，彈著老太婆的臉蛋兒，說：「嘿，咱們發財了，瑪麗，發大財了！咱們只要把這些錢藏起來，把這張紙一燒就行了。要是那個賭徒再來問起這件事，咱們只要愛理不理地瞪著他，說：『你亂說什麼胡話呀！我們可從來沒聽說過你，也沒聽說過你那個什麼袋子。』那時候，他就傻了眼，還有——」

「還有，你就在這兒開玩笑吧，那袋錢可還在這兒哪，現在很快就要到小偷活動的時候了。」

「嗯，你說得對，那咱們怎麼辦呢──私訪？不行，不能這麼辦。那可就把這篇小說糟蹋啦，還是公開的方法比較好，想想看，這件事得鬧出多大的動靜來啊，讓別的鎮全都嫉妒死了。在這種事情上，除了赫德萊堡，一個外鄉人還能相信誰呀，這是他們知道的，這不是給咱們鎮炫耀的機會嗎？我現在就得到報館的印刷廠去，否則就太晚了。」

「慢著──慢著──別把我一個人留在這兒守著它呀，愛德華！」

可是他已經走了。不過只走了一小會兒，在離家不遠的地方，他就遇見了報館的主筆兼老闆。理查茲把那張字條交給他說：「我有一篇好新聞給你，柯克斯──拿去發表吧。」

「可能來不及了，理查茲先生，不過我看一看吧。」

回到家裡，他和妻子坐下來又將這件迷人的蹊蹺事談論了一番，他們一絲睡意都沒有。第一個問題是，那位給外鄉人二十塊錢的公民會是誰呢？這個問題似乎很簡單，夫妻倆不約而同地說了出來：

「巴克利．古德森。」

「不錯，」理查茲說，「這樣的事他幹得出來，這也正是他向來的作風，像他這樣的人鎮裡再也不會有別人了。」

「誰都會這麼說，愛德華──無論如何，背後誰都會承認的，到如今有六個月了吧，咱們鎮又變成原來那個老樣子啦──誠實，狹隘，自以爲是，一毛不拔。」

「他向來都是這麼說的，一直說到咽氣的那一天──而且還是毫不客氣地當眾那麼說。」

「是呀，就為了這個，他才遭人恨。」

「嘿，就是。不過他倒不在乎。叫我說，在咱們這些人當中，除了伯傑斯牧師，最遭人恨的就是他了。」

「伯傑斯可是罪有應得呀——在這塊地方，他再也別想有人聽他佈道了，雖說這鎮算不了什麼，可人們對他總還是心裡有數的。愛德華，這個外鄉人指名讓伯傑斯發這筆錢，這件事看起來是不是有點怪呀？」

「哎，對——是有點怪。那是——那是——」

「哪來的這麼多『那是』呀？要是你的話，你會選他嗎？」

「瑪麗，說不定那個外地人比我們鎮上的人對他瞭解得更清楚呢。」

「盡說這種話，這幫不了伯傑斯的忙！」

丈夫似乎左右為難，不知說什麼好，而妻子凝神注視著他，等著他答覆。理查茲遲疑地開口了，好像明知道他的話要受到置疑：

「瑪麗，伯傑斯不是個壞人呀。」

他妻子自然是吃了一驚。

「胡說！」她叫了起來。

「他不是個壞人，這我很清楚。他之所以被大家看不起，都是因為那件事——就是鬧得滿城風雨的那一件事。」

「那『一件事』，太對啦！好像只那一件事還不夠似的。」

「足夠了，足夠了，只不過那件事不是他的錯啊！」

「你說什麼，不是他的錯？誰都知道那是他幹的事！」

「瑪麗，我敢擔保——他是清白的。」

「我沒法相信。你是怎麼知道的？」

「這是不打自招，我很慚愧，可是我非得說出來不可，因爲只有我一個人知道他是無罪的。我本來能夠救他，可是——可是——唉，你知道那時候全鎮上的人一邊倒——我哪有勇氣說出來呀，如果我說出來，大家就都會對我進攻了。我也覺得那樣做很卑鄙，太卑鄙了，可是我不敢哪，我沒有勇氣挺身而出。」

瑪麗顯出了迷惑的神情，一聲不吭地坐在那兒。過了一會兒，她吞吞吐吐地說：

「我——我想你當初如果——如果——那是不行的。人可不能——呃——大家的看法——不可能那麼輕易——那麼——」

這是一條難行的路，她陷入泥潭了，她繞不出來了，可是，稍停一會兒，她又開了腔，「要說這件事你做得是很對不起人，可是——嘿，咱們頂不住呀，愛德華——真是頂不住啊。哎，無論如何，我也不願讓你說出來！」

「瑪麗，假如說出來，不知會有多少人瞧不起咱們，那樣一來——那樣一來——」

「現在我擔心的是他對我們是什麼看法，愛德華。」

「他？他可不知道我當初能夠救他。」

「啊，」妻子鬆了一口氣，嚷嚷著，「這樣我就高興了，只要他當初不知道你能救他，他——他——呃，這件事就好辦多了。唉，我原本就該想到他是不知道的，雖然咱們對他很冷淡，可他老是想跟咱們套交情。別人拿這件事挖苦我不止一次了，像威爾遜兩口子，威爾科克斯兩口子，還有哈克尼斯兩口子，他們都不懷好意地拿我尋開心，明知道使我難爲情，非要說『你們的朋友伯傑斯』如何如何。我可不想讓他老是對我們表示好感，我不明白他爲什麼始終要這樣。」

「我可以給你解釋，這可又是不打自招了。那件事剛出來鬧得沸沸揚揚的時候，鎮上打算讓他『坐木槓』。我受不了良心的折磨，就偷偷去給他通風報信，他就離開小鎮，到外地避風去了，直到風平浪靜了才回來。」

「愛德華！當時鎮上要是查出來——」

「別說了！現在回想起來，還叫我心驚膽戰呢，那件事剛做完我就後悔了，所以我都沒敢跟你說，就怕你臉上神色不對，被別人看出來。那天晚上，我很擔心，整整一宿輾轉反側睡不著。可是過了幾天，一看誰也沒有懷疑，我又覺得幸虧我來了那麼一招。到現在我還高興呢，瑪麗——別提有多高興了。」

「現在我也高興啊，那樣對待他也太可怕了。你知道，你這樣做才算對得起他。可是，愛德華，萬一這件事哪天水落石出了，要怎麼辦呢？」

「不會的。」

「爲什麼？」

「因爲大家以爲那是古德森幹的。」

「當然他們會這麼想！」

「就是。當然啦，他也不在乎大家這麼想，大家讓那個可憐的薩斯伯雷老頭找他算帳，老頭兒就照他們說的風風火火地跑了去。古德森把他渾身打量了一番，好像要在薩斯伯雷身上找出一塊自己特別鄙視的地方，然後說：『這麼說，你是調查組的，是嗎？』薩斯伯雷說：『差不多吧。』『哦。依你說，你是需要詳細情形呢，還是聽點兒簡單的就行了呢？』『古德森先生，我先聽簡單的，如果他們需要瞭解詳細情形，我就再來一趟。』『那太好了，你就讓他們全都見他媽的鬼去——這樣夠簡單的了吧！薩斯伯雷，我還要給你一番忠告，你再來打聽詳細情形的話，帶個籃子來，把你那幾根老骨頭提回家去。』」

「古德森就是這樣，一點都沒變，他老是認爲他的意見比誰都強，他就這點虛榮心。」

「瑪麗，這一來就萬事大吉了，把咱們給救了，再也不會有人提起那件事了。」

「謝天謝地，我想也不會有人提了。」

他們又興致勃勃地把話題轉到那袋神秘的金子上來。過了一會兒，他們的談話開始有了停頓——因爲沉思而停頓。停頓的次數越來越多。最後理查茲竟然想得入神了。

他神情茫然地盯著地板，望了半天。後來他的兩隻手慢慢地開始做一些神經質的小動作，配合著他的心理活動，看起來很是著急的樣子。這時候，他的妻子也轉入了沉思，一聲不吭地琢磨著心事，從神態看得出她已經心亂如麻，不大自在。

最後，理查茲站了起來，漫無目的地在房間裡瞎逛悠，一面伸手搔搔他的頭髮，就像一個夢遊的人正做一個噩夢。後來，他好像是拿定了主意，一聲不響地戴上帽子，大步流星地出門去了。他的妻子還在緊鎖著眉頭想心事，彷彿沒有發覺屋裡只剩下她一個人了。

她不時喃喃自語：「可別讓我們受到誘惑[1]……可是——可是——我們真是太窮了，太窮了！……可別叫我們受到……啊，這礙別人的事嗎？——再說誰也不會知道……可別把我們……」

她的聲音越來越小，漸漸低得聽不見了。

過一會兒，她抬頭掃了四周一眼，半驚半喜地說——

「他去了！可是，天哪，也許來不及了——來不及了……也許還不晚——也許還來得及。」

她站起來，神經質地一會兒把兩手絞在一起，一會兒又鬆開。一陣輕微的戰慄掠過她的全身，她從乾啞的嗓子裡擠出了聲音：「上帝饒恕我吧——這念頭真可怕呀——可是……上帝呀，看我們成什麼樣子啦——我們都變成怪物了！」

她把燈光擰小一點，躡手躡腳地溜到那只袋子旁跪下，用手撫摸著鼓囊的邊角，愛不釋手。年邁昏花的老眼中閃出一絲貪婪的光。

她一陣一陣地發呆，有時又半似清醒，自言自語地說：「要是我們能再等一等就好了！——啊，只要等那麼一小會兒，別那麼性急就好了！」

這時候，柯克斯也從辦公室回到家裡，把這件蹊蹺事從頭到尾告訴了自己的妻子，他們很熱烈地議論一番之後，猜到了已故的古德森，認爲全鎮只有他才會慷慨解囊拿出二十塊錢——一筆不小的數目，去接濟一個落難的外鄉人。後來，他們的談話中斷了，倆人默默無言地想起了心事。他們漸漸地神經緊張和煩躁起來。最後妻子開口了，好像是自言自語：「除了

1. 出自《聖經·馬太福音》和《聖經·路加福音》，原文為：「不要叫我們遇到試探，救我們脫離凶惡。」

理查茲夫婦……還有咱們，誰也不知道這個秘密……」

丈夫微微地驚動了一下，從沉思中醒過來。他神情木然地望著臉色蒼白的妻子，然後猶豫不決地站起身，偷偷地戴上一頂帽子，又瞟了一眼自己的妻子——這是無聲的請示。柯克斯太太三番兩次欲言又止，後來她用手按住嗓子，點頭示意。很快，家裡只剩下她一個人在那裡自言自語了。

這時，理查茲和柯克斯匆匆忙忙地走在更深夜靜的街道，倆人迎面走來，氣喘吁吁地在印刷廠的樓梯口碰了面。夜色中，他們相互打量著對方的臉色，柯克斯悄悄地問：

「除了咱們，沒人知道這件事吧？」

理查茲悄悄地回答：

「誰都不知道——我擔保，誰都不知道！」

「如果還來得及——」

兩個人上了樓梯，就在這時候，一個小夥子趕了上來，柯克斯問道：

「是你嗎，強尼？」

「是，先生。」

「你別忙著去發那些早班郵件——什麼郵件都別發，等著，我吩咐你的時候再說。」

「已經發走了，先生。」

「發走了？」話音裡流露出一股說不出的失望。

「是，先生。從今天起到布利克斯敦以外所有城鎮的火車都改點了，報紙要比往常早發二十分鐘，我只好加緊趕，要是再晚兩分鐘就──」

兩人沒聽他說完，就掉過頭去慢慢走開了，大約有十分鐘，兩個人都沒有出聲。後來柯克斯氣哼哼地說：

「你究竟趕個什麼勁呀，真是莫名其妙。」

強尼恭敬地回答：

「我現在明白了，你看，也不知道是怎麼搞的，我老是不動腦子，把事情弄得無法挽救，不過下一次──」

「下一次個屁！一千年也不會有下一次了。」

這對朋友沒道晚安就各奔東西了，各自拖著霜凍似的兩條腿走回家去。

回到家，他們的妻子都一躍而起，迫不及待地問：「怎麼樣？」──她們的眼睛得到了答案，不用聽到一字半句，自己就先垂頭喪氣地坐了下去。然後兩家都爆發了激烈的爭論，這可是新鮮事。從前兩口子也吵過架，可是都不激烈，都是不傷和氣的，而今天夜裡兩家的爭吵就好像是一個老師教出來的。

理查茲太太說：

「愛德華，要是你等一等，要是你停下來想一想，可是你不！你非要直奔報館的印刷廠，非要把這件事嚷嚷出去，非要讓天下的人都知道不可！」

「那上面是明明說了要發表呀。」

「說了又怎麼樣，那上面還說可以私訪呢，隨你的便，現在可好──我沒說錯吧？」

「嘿，沒錯——沒錯，上面是那麼說的；不過，我一想到這件事會轟動一時，一想到一個外鄉人居然這麼信得過赫德萊堡，這是多大的榮譽啊！」

「啊，當然啦，這些我都明白，可是只要你稍微等一等，仔細想想，不就能想起來已經找不到應該得這筆錢的人了嗎？他已經進了棺材，而且身後無兒無女，就連親戚也沒有。這麼一來，這筆錢要是歸了很需要用錢的人，對誰都沒有妨礙呀，再說——再說——」

她傷心地哭了起來。她丈夫本來是想說幾句好話安慰她，可脫口而出的卻是這麼幾句：

「可是歸根到底，瑪麗，不管怎麼說，這樣做肯定是最妥當的辦法，咱們心裡有數。再說，咱們別忘了，這也是命中註定——」

「命中註定，呵！一個人要是幹了蠢事想找個藉口，都會說『什麼都是命中註定啊』！要說這筆錢特地來到咱們家，不也是命中註定嗎？上帝已經安排好的事，你非要倒插一腳——誰給你這種特權啦？這叫不知好歹，就是這樣——敬酒不吃吃罰酒，你就別再裝什麼老實人、規矩人啦——」

「可是，瑪麗，你也知道咱們這一輩子是怎麼教育出來的，把咱們教得只要是老實事，想也不想就馬上去做，全鎮上的人都是這樣，這都變成咱們的第二天性了。」

「噢，我知道，我知道——沒完沒了的教育、教育、教育，教人要誠實——從搖籃裡就開始教，拿誠實當擋箭牌，抵制一切誘惑，所以這全是虛偽的誠實，誘惑一來，就全都經不住考驗，今天晚上咱們可都看見了。老天有眼，我對自己這種像石頭一樣結實、無法敗壞的誠實從來沒有一絲一毫的懷疑，直到今天——今天，第一次真正的大誘惑一來，我就——愛德華，我相信全鎮的誠實都是虛僞的，就像我一樣，也像你一樣，全都糟透了，這個鎮卑鄙、冷酷、吝嗇，除了這個遠近聞名和自命不凡的誠實，這個鎮連一點兒德行都沒有了。我敢發誓，我確實相信，如果有朝一日這份誠實在要命的誘惑腳底下栽了跟頭，它的名譽榮耀會像紙糊的房子一樣變成碎片。好，這一回我可把心裡話說出來了，心裡也舒坦了。我是個騙子，一輩子都是，可是我自己還不知道。以後誰也別再說我誠實──我可受不了。」

「我──哎，瑪麗，我心裡想的和你一模一樣，我真這麼想的，這感覺太怪了，過去我從來不敢相信會是這樣──從來不信。」

隨後是一陣長時間的沉默，夫妻倆都陷入了沉思。最後妻子抬起頭來說：

「我知道你在想什麼，愛德華。」

理查茲一臉被人看穿心思的窘態。

「說出來真是丟人，瑪麗，可是──」

「那沒什麼關係，愛德華，我現在跟你想到一塊兒去了。」

「但願如此。你說出來吧。」

「你想的是，如果有人猜得出古德森對那個外鄉人說過什麼話就好了。」

「一點沒錯。我覺得有罪，而且難爲情。你呢？」

「我也一樣。咱們在這兒搭個床吧，好好守著錢袋，等明天早上銀行金庫開門，收了這只袋子……天哪，天哪──咱們要是沒走錯那步該有多好！」

搭好了床，瑪麗說：

「那句開門咒語[2]——到底是怎麼說的？我真想知道那句話是怎麼說的。好吧，來，咱們該上床了。」

「上床睡覺嗎？」

「不是，想。」

「是呀，想。」

這時候，柯克斯夫婦也打完了嘴仗，言歸於好了，他們上了床——想來想去，輾轉反側，煩躁不安，思量古德森究竟對那個傾家蕩產的流浪漢說了一句什麼話。那真是句寶貴的箴言，一句話就值四萬塊，還是現金。

鎮上的電報所那天晚上關門比平日晚，原因是這樣的：柯克斯報館裡的編輯主任是美聯社的地方通訊員。他可以算是一位掛名的通訊員，因爲他一年發的稿子被社裡採用不超過四次，不超過三十個字。可這一次不同。他把捕捉到的線索報告之後，馬上就接到了回電：

將原委報來——點滴勿漏——一千二百字。

約的是一篇大稿子呀！編輯主任如約完成了這篇報導。於是，他成了全美國最得意的人。第二天吃早飯的時候，從蒙特利爾到墨西哥灣，從阿拉斯加的冰天雪地到佛羅里達的柑橘園，幾乎所有的美國人都在念叨「不可敗壞赫德萊堡」。千百萬人都在談論那個外鄉人和他的錢袋，都在關心那位得主是否可以找到，都盼著能趕快看到這件事的後續報導——越快

2. 阿拉伯民間故事《天方夜譚》裡阿里巴巴和四十大盜的故事中可以使強盜藏寶洞大門打開的咒語。

越好。

二

赫德萊堡鎮的人們一覺醒來已經舉世聞名，他們先是大吃一驚，然後歡欣鼓舞，繼而得意揚揚，得意之情難以言表，鎮上十九位要人及其夫人們爭相走告，互相握手，笑顏逐開，彼此道賀，大家都說這件事給詞典裡添了一個新詞——赫德萊堡：義同「拒腐蝕」——這個詞註定要在各大詞典裡永垂不朽啦！

其他一般階層的公民和他們的妻子也到處亂跑，舉動也大同小異。人人都跑到銀行去看那只裝著金子的袋子，還沒到中午，就已經有鬱鬱寡歡、心懷嫉妒的人成群結隊地從布利克斯敦和鄰近各鎮蜂擁而至。當天下午和第二天，記者們也從四面八方紛紛趕來，驗明這只錢袋的正身及其來龍去脈，把整個故事重新包裝，對錢袋做了即興的描寫渲染，理查茲的家，銀行，長老會教堂，浸禮會教堂，公共廣場，以及將要用來核實身分、移交錢財的鎮公所，也沒有逃過記者們的妙筆生花。此外，他們還為其他幾個人畫了幾幅怪模怪樣的肖像，有理查茲夫婦，銀行家平克頓，有柯克斯，報館的編輯主任，還有伯傑斯牧師和郵電所所長，甚至還有傑克·哈里代。

哈里代遊手好閒，和藹可親，是一個在鎮裡沒有人看得起的粗人，三天打魚，兩天曬網，他是個孩子王，也是那些喪家犬的朋友，是鎮子上典型的「山姆·勞生」[3]。那個其貌不

3. 十九世紀美國女作家斯托夫人的小說《老鎮上的人們》中的人物。

揚的小個子平克頓皮笑肉不笑、油腔滑調地向所有來賓展示這個錢袋，他興奮地搓著一對細皮嫩肉的巴掌，極力吹噓這個鎮源遠流長的誠實美名以及這次驚人的例證，他希望並且相信這個榜樣將四散傳播，傳遍美洲，在挽回世道人心方面起到劃時代的作用。還有諸如此類的話。

一星期之後，一切又平靜下來。當初瘋狂的自豪和喜悅已經清醒過來，漸漸化成了輕柔、甜蜜和無言的欣慰，好像是一種意味深長、難以言表的心滿意足。人人臉上都流露了平和而聖潔的幸福表情。

這時候起了一種變化，這是一種緩慢而漸進的變化。因爲變化非常緩慢，所以剛開始幾乎無人察覺，或許根本就沒有人察覺。只有傑克．哈里代是個例外，他無論什麼事情都能看得清楚，無論什麼事情，哈里代總能拿來開玩笑。他發現有些人看起來不像一兩天以前那麼高興，就開始說風涼話挖苦他；然後他又說這種現象越來越厲害，簡直成了一副晦氣相；繼而人家滿臉都是苦惱不堪的神氣；最後，他說人人都變得悶悶不樂，滿腹心思，心不在焉了，就算他把手一直伸到鎮上最吝嗇的人褲袋深處去摳一分錢，也不會讓他清醒過來。

在這段時間——也許大約在這段時間——那十九戶要人的一家之長在臨睡前差不多都要說一句這樣的話，通常是先嘆一口氣，然後才說：

「唉，那個古德森究竟說了一句什麼話呢？」

男人的妻子用顫抖的聲音說：「嘿，別說了！你心裡在胡思亂想些什麼呢？怪嚇人的。看在主的分上，快別想了！」

可是，到第二天晚上，這些男人又把這個問題搬了出來，照樣受到妻子的呵斥。不過呵斥的聲音小了一點。

第三天晚上，男人們懷著苦悶和茫然再嘮叨這個問題的時候，這一次妻子們隱約有點不知所措，她們都有話要說，可是又都欲言又止。

但接下來的那個晚上，她們終於開了口，熱切地附和著：

「唉，要是咱們能猜出來該多好啊！」

一天天過去，哈里代的嘲諷越來越說得有聲有色，越來越惹人討厭，越來越陰損了。他勁頭十足地到處遊逛，拿這個市鎮開心。有時候是挖苦個別的人，有時候嘲笑大家。不過，全鎮裡也只有他還能笑得出來，全鎮不見一絲笑語，一片死氣沉沉，盡是空虛而淒涼的荒漠。

哈里代扛著一個三腳架，上面放著一個雪茄煙盒，假裝那是個照相機。碰上行人就把他攔住，然後把這玩意兒對準他們說：「準備！——笑一笑。」可是，如此高明的玩笑也沒能在那一張張陰沉的臉上引起反應，讓它們鬆弛一下。

三個星期就這樣過去了，還剩下一個星期。

那是星期六的晚上——晚飯已經吃過了。如今的星期六沒有了以往大家一起熱熱鬧鬧逛商店、開玩笑的場面，街面上空虛寂寞，人跡稀少。理查茲和老伴獨自坐在小客廳裡，一副愁眉不展、滿肚子心事的樣子。這種情形已經成了他們晚間的習慣：從前他們守了一輩子的老習慣——看書，編織，隨意聊天，或者是鄰居們互相串門，這些習慣已經成爲歷史，被他們忘掉很久了——也許已經有兩三個星期了吧。現在沒有人閒聊，沒有人看書，也沒有人互相串門，全鎮上的人都坐在家裡唉聲嘆氣，愁眉不展，沉默不言，他們都想猜出那一句話。

郵遞員送來了一封信。理查茲無精打采地瞟了一眼信封上的字和郵戳，兩樣都是陌生的，於是他隨手把信扔在桌子上，又恢復了剛才被打斷的思路，忍受著無盡的痛苦與煎熬，繼續猜度著那句寶貴的箴言。兩三小時以後，他的妻子疲憊不堪地站起來，和往常一樣沒道晚安就去睡覺。

可是，她走到那封信旁停下來，沒精打采地看了看，然後拆開信，大概掃了一遍。理查茲坐在翹起的椅子上靠著牆，下巴垂在大腿上發呆。這時候他聽見了「啪」的一聲響，回頭一看，原來是妻子摔倒了。他趕快跑過去攙扶，不料她卻激動地大叫起來：

「別管我，我太高興了。你快看信——看哪！」

他疑惑地接過信來，貪婪地讀著，腦子不禁昏眩起來。那封信是從很遠的一個州寄來的，信裡說：

「我和你素不相識，但是這沒有關係：我想告訴你一件事情。我剛從墨西哥回到家中，就聽到了那條新聞。你當然不知道那句話是誰說的，可是我知道，而且知道這個秘密的只有我一個人。那人是古德森。多年以前，我就和他很熟。那天晚上，我路過你們那個鎮，坐半夜的火車離開以前，我就一直在他那兒做客。在赫爾胡同，我在旁邊聽見了他在暗處對外鄉人說的那句話。從去他家的路上，直到後來在他家抽菸的那段時間，他和我談論的都是這件事，他在談話中提到了很多你們鎮上的人——差不多都說得很不客氣，只對兩三個人還算口下留情，這兩三個人當中就有你。我說的是『口下留情』——僅此而已。

「我記得當時他說鎮上的人他沒有一個喜歡的——一個都沒有。不過說到你——我想他應該說的是你，有一次幫過他一個大忙，也許你自己都不知道這個忙對他有多麼的重要，他說他希望有一筆財產，臨死的時候就要把它留給你，至於鎮上其他人，留給他們的只有詛咒而已。所以，假如你當初幫過他的忙，你就是他的合法繼承人，就有權利得到那袋金子。我知道我可以信賴你的廉潔和誠實，因為這是每一個赫德萊堡鎮的公民都具有的世代相傳、從未湮沒的天性。現在我可以非常放心地把那句話透露給你，如果你自己不應得到這筆錢，一定要去找到那個應該得到的人，讓可憐的古德森得以報答他所說的那份恩惠，以表達他的感激之情。那句話是這樣說的：『你絕不是一個壞人，快去改過自新吧。』

霍華德．L．史蒂文生

「啊，愛德華，這筆錢是咱們的了。我真是太高興了，噢，我真是太高興了——親親我，親愛的，咱們有多少日子沒親過了——現在你可以擺脫平克頓和他的銀行了，再也不用給別人當奴隸了，我高興得簡直要飛起來了。」

夫妻倆在長靠椅上相互愛撫著，度過了半小時的快樂時光，舊日的時光重新降臨，那種時光從他們相愛就開始了，直到那個外鄉人帶來這個該死的錢袋……過了一會兒，妻子說：

「啊，愛德華，你真幸運，當初能夠幫他一個大忙！可憐的古德森，我從來都不怎麼喜歡他，可是現在我覺得他很可愛。幹得漂亮！做了這樣的事你都沒有說過，也不張揚，真有你的啊。」然後她用略帶責備的語氣道：「不過你總該告訴我嘛，愛德華，你總該告訴自己的妻子呀。」

「這個，我——呃——這個，瑪麗，你瞧——」

「別再吞吞吐吐的啦，快告訴我吧，愛德華。我一直是愛你的，現在更是爲你感動自豪。誰都相信這鎮上只有一個慷慨大方的好人，原來你也——愛德華，你怎麼不告訴我？」

「這個——呃——哦——唉，瑪麗，我不能說！」

「你不能說？爲什麼不能說？」

「你瞧，他——這個，他——他讓我保證不說出去。」

妻子把他打量了一番，很慢很慢地說：

「讓——你——保證？愛德華，你怎麼跟我說這種話？」

「瑪麗，你難道以爲我會撒謊嗎？」

她頗爲惶惑，一時說不出話來，然後她握著丈夫的手心說：「不是……不是，咱們把這話扯遠了——上帝饒恕我們吧！你這輩子從來沒有撒過謊，可是現在——現在眼看咱們腳底下的根基就要垮了，咱們就——咱們就——」

她一時也說不下去了，後來又斷斷續續地說：「不要叫我們受到誘惑吧——我想你是跟人家保證過，那就算了吧。我們不要再談這個問題了，這件事就算這麼過去了，咱們還是高高興興的，這不是自尋煩惱的時候。」

聽著妻子的話，愛德華有點兒過意不去，因爲他總是心猿意馬——他在努力想著到底幫過古德森什麼忙。

夫妻倆一夜都沒怎麼合眼，瑪麗高高興興地忙著想心事，愛德華也忙著想，卻高興不起來。瑪麗在計畫著怎麼用這筆錢，愛德華卻搜腸刮肚地要想起對古德森的恩惠。

剛開始，他還因爲對瑪麗撒了謊——如果說那也算撒謊——有點兒惴惴不安。後來經過再三思索，他認爲就算是撒謊，那又怎麼樣呢，又算得了什麼大不了的事呢？咱們不是經常作假嗎？既然都能作假，怎麼就不能說呢！你看瑪麗，看她都幹了什麼。他抓緊時間做老實事的時候，她做了什麼？她在後悔自己當時沒有毀了那張字條，把錢昧下來！偷東西能比撒謊好到哪裡去呢？

就這樣，撒謊的事已被拋諸腦後，理查茲不必爲此而內疚了，而且還留下了一點兒自我安慰的東西。但另一點就變得突出了：他真幫過人家的忙嗎？確定無疑，史蒂文生的信裡說了，再也沒有比古德森自己更好的證明了——這簡直可以作爲法律上的證據，因此這一點是毫無問題的。

他又忐忑不安地想到：幫忙的人究竟是理查茲，還是其他什麼人，這位素不相識的史蒂文生先生並沒有十分把握，而且，他還說信任理查茲的人格呢，理查茲只能自己來決定這筆錢應該歸誰——假如自己不是那個該拿錢的人，就一定會胸懷坦蕩地把該拿錢的人找出來，對此史蒂文生先生毫不懷疑。把人擺佈到這種地步，真是可惡，史蒂文生難道就不能不留下這個疑點嗎？他爲什麼要多此一舉呢？

又是一陣思索，是理查茲而不是別人的名字給了史蒂文生深刻的印象，讓他覺得那個該拿錢的人就是自己，這到底是怎麼回事呢？這一點感覺不錯，是的，這實在是大有希望。他越想就覺得希望越大——直到這個理由漸漸成爲實實在在的證據。於是理查茲馬上把這個問題放到一旁，儘量不去想它，因爲他有一種直覺：證據一旦成立，最好就不要再去糾纏了。

這樣一來，他理所當然地放寬了心，可是還有一件瑣事老來干擾他的注意力：他當然幫過人家的忙——這是理所當然的了，可到底幫過什麼忙呢？他必須得想出來——這件事不想出來他就睡不著覺，只有想出來才能讓他心地坦然。

於是他想了又想，想到了許多件事情——從可能幫過的忙，到很可能幫過的忙——但是這些事情好像沒有一件夠資格，沒有一件夠分量，沒有一件能值那麼多錢——值得古德森能立遺囑給他留下一筆財產。不但如此，最鬱悶的是他根本就想不起自己曾經幫過他哪些忙。那麼，究竟要幫一個什麼樣的忙，才能讓一個人感激不盡呢？噢——拯救他的靈魂，一定是這麼回事！

對，他現在想起來了：當初他曾經自告奮勇去勸古德森入教，苦口婆心地勸了他足有——他正想說勸了他足有三個月。可是經過愼重考慮，還是削減爲一個月，然後又削減爲一星期，削減成一天，最後減得幾乎沒有了。

是啊，他現在想起來了，那個場面不大好受，可是歷歷在目，古德森當時讓他少管閒事，讓他滾蛋——他可不想跟在赫德萊堡的屁股後面上天堂！

這條路走不通，理查茲頓時洩了氣，他沒拯救過古德森的靈魂。然後，又一個念頭冒了出來：他挽救過古德森的財產嗎？不行，他是個窮光蛋——這肯定行不通。救過他的命？對呀，哎呀，他早就應該想到這一點了。有了頭緒，他腦子就飛快地運轉起來。

在此後的整整兩小時裡，他嘔心瀝血，忙於編造拯救古德森性命的情節。他嘗試著歷盡千辛萬苦救古德森一命。每次救命行動都推進到了一個功德圓滿的地步，扣人心弦，但就在他開始認爲這一行動確有其事的時候，總會冒出一些細節來，把整個事情都攪成無稽之談。比如，救落水的古德森，他迎著巨浪而上，把不省人事的古德森拖上岸來，四周一大群人圍觀喝彩。可是，正當他已經把整個過程想好，開始把這一切銘記在心的時候，一大堆矛盾的細節卻紛至遝來：這樣重要的事情鎮上的人們總得知道吧，瑪麗總得知道吧，況且自己的記憶裡如果有這種事情，也會像鎂光燈似的放出耀眼的光芒，這又不是那種不足掛齒的小事，怎麼會做完還「不知道幫了人家多大的忙」呢；而且他現在才想起來：自己還不會游泳呢。

從一開始他就忽略了：這件事必須是他已經做了之後卻「不知道這忙對他有多重要」。唉，真是的，要找這樣的事情應該是不費吹灰之力，比找其他事情容易多了！

果然如此，他不久就想出了一件。多年前，古德森眼看就要和一個名叫南茜・休維特的漂亮女孩結婚，但是出於種種原因，這樁婚事還是作罷了。那女孩死了，古德森依然是個單身漢，而且慢慢變成了一個性情孤僻且憤世嫉俗的傢伙。

那女孩死後不久，鎮上的人就發現，或是自以爲早就知道：她有一點點黑人血統。理查茲把事情的來龍去脈細枝末節推敲了半天，終於想起了一些似乎與此有關的事情，這些事情一定是因爲好多年無暇顧及，已經從記憶中消失了。他隱隱約約記得，當初就是他發現女孩的黑人血統，於是他把這個消息告訴了鎮上的人，鎮上的人也告訴了古德森他們是從哪裡得來的消息。他就這樣挽救了古德森，使他免於和那個有黑色混血的女孩結婚。他幫了古德森一個大忙，卻不知道這個忙的價值有多大，說實在的，他根本就不知道是在幫人家的忙，可是古德森明白幫這個忙的價值，也明白他是如何千鈞一髮地避免了他和那個黑色混血的女孩結婚，於是才在臨死前對幫他忙的人感激不盡，希望能留一筆財產給他。

現在一切都簡單明瞭，終於全都弄清楚了，他越想這件事就越明白、越踏實。最後，當他舒舒服服地躺下睡覺的時候，心裡頗爲滿意而快樂，這件事在他的記憶中就像是昨天剛剛發生的一樣，他甚至還能隱約記得古德森有一次對他表示過謝意。

就在理查茲努力思考的這段時間裡，瑪麗已經花了六千元買新房子，還給她的牧師買了一雙拖鞋，此刻她安安穩穩地睡著了。

就在這個星期六的晚上，郵遞員給鎮上的其他各位大戶分別送去了一封信——一共送了十九封。每個信封上的筆跡各不相同，可是信的內容卻彼此相同，除了一點以外，分毫不差。每封信都和理查茲收到的那一封如出一轍，在筆跡和其他一切上都是——只是在有理查茲名字的地方換上了其他收信人的名字。

整整一夜，那十八位本鎮大戶在同樣的時間裡與他們同病相憐的理查茲一樣做了同一件事——聚精會神，拼命想記起他們曾在無意中給巴克利．古德森幫過什麼忙。無論對誰來說，這都不是件輕而易舉的事，然而他們都成功了。

在他們思考這項艱苦工作的同時，他們的妻子卻輕易地把這一夜工夫都消磨在花錢的問題上了。一夜之間，十九位太太平均每人把那只錢袋裡的四萬塊錢花了七千塊——總共是十三萬三千塊錢。

第二天傑克．哈里代大吃一驚。他看出鎮上的十九位要人及其夫人臉上重新顯出了平和聖潔的快樂神情。他簡直莫名其妙，也想不出什麼法子來消除或者擾亂這種情緒，現在該輪到他對生活感到不滿了。他私下對這種快樂的起因做了諸多推斷，然而一經推敲，沒有一條能站得住腳。

他碰見威爾科克斯太太的時候，看見她那心醉神迷的樣子，就想道：「她家的貓生了小貓咪了」——去問她家的廚子：結果並無此事。廚子也發覺了四周瀰漫著喜氣，卻不知道原因何在。

哈里代發現「老實人」（鎮上人送的外號）畢爾遜臉上也有那種狂喜的表情，就斷定畢爾遜的哪一家鄰居摔斷了腿，但是調查表明，沒有這回事，格里高利．耶茨強忍著得意忘形，只可能有一種原因——他的丈母娘死了：結果又猜錯了。

「那麼平克頓——平克頓——他一定是討回來本以為沒有盼頭的一角錢的老帳。」如此等等。有的猜測只能存疑，有些則已證明是大錯特錯。最後，哈里代自言自語地說：「不管怎麼樣，眼下赫德萊堡有十九家一步登天了，我還不清楚這件事的前因後果，我只知道上帝今天不值班。」

有一位鄰州的設計師兼建築商近日來到這個前景黯淡的鎮，冒險辦了一家小公司，掛牌已經有一星期，還沒有一個顧客上門。這人很沮喪，後悔他不該來。誰料到突然間雲開霧散，那些大戶的太太一個接一個來找他，悄悄地說：

「下星期一到我們家來——不過這件事你先別聲張，我們正打算蓋房子哪。」

這一天他接到了十一家的邀請。當天晚上他給女兒寫信，毀了她和一個學生的婚約。他說她可以找到一個比那小子好一萬倍的對象。

銀行家平克頓和其他兩三位富裕人物籌畫著蓋鄉村別墅——可是他們從容地等待著。這種人是不見兔子不放鷹的。

威爾遜夫婦策劃了一個新的盛舉——一場化裝舞會。但他們並沒有正式地邀請客人，只是親密地告訴所有的親戚朋友，他們認爲應該舉辦這場舞會——「只要我們辦舞會，當然會請你啦。」大家都出乎意料，議論紛紛：「嘿，他們準是瘋了吧，威爾遜家這對窮鬼哪兒辦得起舞會呀。」十九家主婦之中有幾位私下對她們的丈夫說：「這倒是個好主意，我們先別聲張，等到他們那個窮會完了，我們自己再來辦一個，準讓他們出洋相。」

還沒過幾天，那些未來的揮霍的預算越來越沒譜，越來越無所顧忌，越來越愚蠢，現在看來，好像這十九家中的任何一家在錢到手之前不但要花光那四萬塊錢，而且還真的要在那筆錢到手的時候負債呢。

有幾戶頭腦簡單的不滿足於紙上談兵，竟然靠賒帳真的花起錢來了。他們買地，抵押產業，購置農場，做股票投機生意，買漂亮衣服，買馬，買各種各樣的東西，先用現金付清利息，其餘定期付清——以十天爲限。沒過多久，這些人深思熟慮之後開始清醒，於是哈里代注意到一種可怕的焦慮又爬上了很多人的臉龐。他又糊塗了，不明白這到底是怎麼回事。「不是威爾科克斯家的貓咪死了，因爲牠們本來就沒有生出來；沒有人摔斷腿；丈母娘也沒有減少；什麼事也沒有發生——這真是個猜不透的謎啊！」

還有一個人同樣百思不得其解——這就是伯傑斯牧師。近來他無論走到哪裡，似乎總有人跟蹤，或是東張西望地找他。只要他走到一個僻靜的地方，那十九家當中就肯定會有一家的人出現，偷偷把一個信封塞到他手裡，再加上一句耳語：「星期五晚上在鎮公所拆開。」然後就悄無聲息地溜走了。他原來猜想也許會有一個人來申領那只錢袋，畢竟古德森已經死了，可是他從來沒想過會有這麼多人來申請。等到星期五這個偉大的日子終於到來時，他已經收到了十九個信封。

三

鎮公所從來沒有這麼漂亮過，裡側的主席臺後面掛上了鮮豔奪目的旗幟，兩邊牆上彩旗高懸，依次排開，樓座的前沿和柱子上都裹著旗幟。這一切都是爲了給外地人深刻的印象，因爲外地來賓想必都不是等閒之輩，而且多半會和新聞界有聯繫。

全場座無虛席，四百一十二個固定座位全部坐滿了，過道裡擠出來的六十八個座位也坐滿了。主席臺的臺階上也坐了人，有幾位顯要的來賓被安排在主席臺就座，主席臺前沿和兩側成馬蹄形擺開一排桌子，桌子後面坐著一大批來自各地的特派記者。全場的裝束之講究在這個鎮上是空前的。這裡還頗有幾套價格不菲的華麗服裝，穿了它的女士看上去有點兒不大習慣。起碼是本鎮人覺得她們不大自在，也許只是因爲鎮上的人知道她們從來沒有穿過這種衣服吧！

那一袋金子放在主席臺前的一張小桌子上，全場都能看得見。在場的大多數人都饒有興趣地盯著它，心裡感到一種強烈的興趣，垂涎欲滴的興趣，望洋興嘆的興趣。占少數的那十九對夫婦卻以親切、深情和擁有者的眼神看著它，同時，這少數人中的男性的一半則在一遍遍地默誦感謝與會者歡呼與祝賀的答詞，他們覺得很快就要站起來發表這篇激動人心的答詞了。這些先生中，不時有一位從衣袋裡拿出一張字條來，偷偷掃上一眼，以便幫助記憶。

當然啦，場內一直迴響著嗡嗡的交談聲——這是常事。可是後來當牧師伯傑斯先生起立，用手按住那只錢袋的時候，全場靜得掉一根針都聽得見。他先敘述了錢袋曲折離奇的來龍去脈，繼而熱情洋溢地談起了赫德萊堡因至高無上的誠信而獲得的歷史悠久、當之無愧的名望，以及全鎮人對這種名望感到的由衷的驕傲。他說，這種名望原本就是一份無價之寶，靠上帝保佑，如今這筆財富更是變得不可估量。因爲最近發生的這件事讓赫德萊堡的名聲廣爲傳播，讓全美洲的目光都聚焦在這個鎮上。他希望並且相信這件事將使赫德萊堡這個名字永遠成爲「不可敗壞」的同義詞。（掌聲）

「那麼，靠誰來呵護這筆寶貴的財富呢，全鎮人共同負責嗎？不！呵護赫德萊堡的名望是每一個人的責任，而不是集體的。從今以後，在場的諸位都要親自擔任它的特別監護人，各負其責，使它免受任何傷害。請問大家——請問各位——是否接受這個重任呢？（台下紛紛答應）那好極了，你們還要把這種責任傳給諸位的子子孫孫，世代無窮。

「今天你們的這份純潔是無可指摘的——務必讓純潔永遠保持下去。今天，你們中間沒有一個人會經不起誘惑去碰別人的錢，一定要恪守非己之財、一文莫取的這種美德。（『一定！一定！』）儘管有的鎮對我們缺乏善意，但是這裡我不想拿我們鎮和別的鎮對比——我想說的是他們有他們的作風，我們有我們的作風，我們就心滿意足吧。（掌聲）

「我講完了。朋友們，在我手下，是一位外鄉人對我們的令人信服的表彰，通過他，從今以後全世界將永遠明白我們是些什麼樣的人。雖然我們並不知道他是誰，不過我謹代表各位向他表示感謝，請大家高聲歡呼，表示同意。」

全場起立，發出長時間雷鳴般的致謝的歡呼聲，經久不息，連會場的牆壁都震動了。大家落座以後，伯傑斯先生從衣袋裡取出一個信封。他撕開信封，從裡面抽出一張字條，全場鴉雀無聲。他緩緩地、動聽地念出了字條上的內容——聽眾如癡如醉地傾聽著這句神奇的、字字千金的話：

「我對那位落難的外鄉人說的話是：『你絕對不是一個壞人。快去改過自新吧。』」

伯傑斯念完後說道：

「咱們馬上就能知曉，這上面寫的話和封在錢袋裡那句話是否相同了。如果相符——這一點毫無疑問——這袋金子就屬於本鎮的一位公民了。從今以後，他就在全國的面前成為使我們小鎮遠近馳名的那種特殊美德的象徵——畢爾遜先生！」

全場的人正憋足勁要爆發出一陣狂風驟雨般的歡呼聲，但是結果卻不是這樣，大家反而像集體中風似的，一時簡直是毫無聲息，然後，一陣竊竊私語聲在全場蔓延開來——內容諸如此類：「畢爾遜！噢，算了吧，這也太不靠邊了吧！拿二十塊錢給一個外鄉人——別管給誰了——就憑畢爾遜！這話講給水手們聽還差不多！」

這時，全場又突然靜了下來，因爲大家發覺了另一件事：在會場的一處站起來的是畢爾遜執事，他謙遜地低著頭，在另外一處，威爾遜律師也像他一樣站了起來。眾人好奇地沉默了片刻。事出意外，人人都莫名其妙，那十九對夫婦更是怒不可遏。

畢爾遜和威爾遜各自轉過臉來，四目相對。畢爾遜話裡帶刺地問：

「威爾遜先生，您幹嘛要站起來呀？」

「因爲我有站起來的權利呀。也許你不嫌麻煩，給大家說一說您爲什麼要站起來？」

「我很願意。因爲那張字條是我寫的。」

「不要臉，撒謊！那是我親手寫的！」

這下輪到伯傑斯目瞪口呆了。他站在主席臺上，一臉迷茫地望望這一位，又看看那一位，有點兒不知所措。全場的人都茫然失措。這時威爾遜律師打破了沉寂，他說：

「我請求主席念出那張字條上的簽名。」

這句話讓主席清醒過來，他大聲念出了那個名字：

「約翰・華頓・畢爾遜。」

「怎麼樣？」畢爾遜得勢不饒人，「現在你沒話可說了吧！居然打算在這騙人，說說你到底打算怎麼給我道歉，給在場受侮辱的諸位道歉吧？」

「我無歉可道，先生。不僅如此，我還要當眾指控你從伯傑斯先生那裡偷走了我寫的那張字條，然後照原樣抄了一份，簽上你的名字。除此以外，你沒有別的辦法能得到這句話，因爲全世界只有我一個人掌握著這些話的秘密。」

事情再這樣下去不免鬧成醜惡不堪的局面，大家痛心地注意到記者正拼命地做著記錄。很多人叫著：「主席，主席！維持秩序！維持秩序！」

伯傑斯使勁敲著手裡的小木槌說：

「我們不要忘記應有的禮貌吧！這件事顯然是哪裡出了一些問題，不過，那也沒什麼大不了的。我現在想起來了，威爾遜先生確實給過我一封信，我現在還保存著呢！」

他從衣袋裡拿出一個信封，撕開掃了一眼，露出驚訝和困惑的表情，好一會兒沒有作聲。他恍惚地用僵硬的姿勢擺手，鼓了幾次勁想說點什麼，卻都垂頭喪氣地欲言又止。有幾個人大聲喊道：

「念呀！念呀！上面寫的是什麼？」

於是，他用夢遊般恍恍惚惚的聲調念了起來：

「『我對那位不幸的外鄉人說的那句話是：「你絕不是一個壞人（全場瞪著眼睛望著他，大為吃驚），快去改過自新吧。」』」（全場議論紛紛：「真奇怪！這是怎麼回事？」）主席說：「這一張的落款是瑟盧．威爾遜。」

「怎麼樣？」威爾遜大聲喊道，「依我看，這件事就算水落石出了！這再清楚不過了，我那張字條是讓人偷看了。」

「偷看?!」畢爾遜針鋒相對，「我要叫你知道，不管是你，還是像你這樣的渾蛋，都不許這麼大膽地——」

主席：「肅靜，先生們，肅靜！坐下，你們兩位都請坐下。」

他們服從了，可是依然晃著腦袋，怒氣衝衝地喋喋不休。面對這個稀奇的緊張場面，大家都覺得莫名其妙，不知如何是好。

過了一會兒，開帽子鋪的湯普森站了起來。他本來有意躋身於十九大戶之列，可是他不夠資格。因爲想要與十九大戶爲伍，他的帽子存貨不多。他說：

「主席先生，要讓我說，難道這兩位先生都沒錯嗎？我想請教你，先生，難道他們倆都恰好對那位外鄉人說了同樣的話不成？我覺得——」

皮匠站起來，打斷了他的話。皮匠是個滿腹牢騷的人，他自信有實力入選十九家大戶，但是沒有獲得大家的公認。因此，他的言談舉止也就摻雜了一點兒情緒。他說：「嘿，問題倒不在這兒！這樣的事也說不定會有——一百年裡說不定能有兩次——可是，另外那件事可不會有。他們倆誰也沒有給過那二十塊錢！」

（一片喝彩聲。）

畢爾遜：「我給過！」

威爾遜：「我給過！」

接著兩人又互相指控對方有偷竊行爲。

主席：「肅靜，請坐下——兩位都請坐下。這兩張字條無論哪一張都沒有片刻離開過我。」

一個聲音喊道：「好──那就沒有什麼問題了！」

皮匠：「主席先生，現在我有一點弄明白了：這兩位先生當中肯定有一個曾經藏在另一家的床底下，偷聽人家的私人秘密。如果我的話並不違反會場規矩，我就說一句吧：這件事他們誰都可以幹得出來。（主席：「肅靜！肅靜！」）先生，這句話我收回，我只提一條建議：假如他們兩個人真有一個偷聽了對方告訴他的老婆的那句話，咱們現在就能把他給抓出來。」

有人問：「怎麼辦？」

皮匠：「很容易。這兩個人說那句話的時候，用的詞並不是完全一樣的，讀兩張字條當中相隔的時間有點長，還插進去一段臉紅脖子粗的嘴仗，要不是這樣，相信大家早就注意到了。」

有人說：「快把不一樣的地方說出來。」

皮匠：「畢爾遜的字條寫的是『絕對不是』，威爾遜字條寫的是『絕不是』。」

許多人喊道：「他說得對，是那麼寫的！」

皮匠：「那麼，現在只要主席打開錢袋核對一下，咱們就能知道這兩個騙子哪一個──（主席：「肅靜！」）──這兩位冒險家哪一個──（主席：「肅靜！肅靜！」）──這兩位紳士哪一個──（哄堂大笑和掌聲）──究竟誰有資格戴上這枚勳章，榮任本鎮有史以來的首任騙人精──他讓赫德萊堡丟臉，今後赫德萊堡也要讓他不自在！」（熱烈的掌聲。）

許多人大聲齊呼：「打開！──打開袋子！」

伯傑斯先生撕開那只錢袋，抽出一個信封來，信封裡裝著兩張折疊的字條。他說：

「這兩張字條有一張寫著：『在寫給主席的所有條子，如果有的話，全部念完以前請不要查看。』另一張上寫著『對證詞』。讓我來念一念。條子上寫的——是：

「我並不要求申請人把我恩人對我說過的話的前半部分引用得一字不差，因爲那一半比較平常，而且可能忘記，但是結尾的三十個字非常顯眼，很容易記住。如果不能把這些字一字不差地寫出來，那麼這個申請人就是個騙子。我的恩人當時說過，他很少給別人忠告，不過一旦給了，那必定是金玉良言。隨後他就說了那句一直刻在我心中，無法遺忘的話：「你絕不是一個壞人——」

眾人異口同聲：「好了——錢歸威爾遜了！威爾遜！威爾遜！講話吧！講話吧！」

大家一下子簇擁在威爾遜身邊，爭先恐後向他握手，熱烈地向他道賀——這時候主席敲著小木槌，大聲喊著：

「肅靜，先生們！肅靜！肅靜！讓我先念完。」

會場恢復平靜後，主席繼續宣讀下面的話：

「『快去改過自新吧——否則，記著我的話——因爲你作了孽，總有一天你得死，不是去地獄，就是去赫德萊堡——還是想辦法去前一個地方吧。』」

隨後是死一樣的沉寂。剛開始，一片憤怒的陰雲飄來，罩得人們臉色陰暗起來。過了一會兒，這片陰雲慢慢消散，一種幸災樂禍的神情想取而代之。這種表情力圖流露出來，以至於大家全力以赴，痛苦不堪地克服困難才把它壓了下去。記者們，布利克斯敦鎮來的人，以及其他外地來賓都低著頭，雙手捂臉，靠了全身的力氣和非凡的禮貌才忍住了。

就在這時，一聲桀驁不馴的吼聲突然爆發，不合時宜地打破了場內的沉寂——這是傑克．哈里代的聲音：「這話才是金玉良言哪！」

全場的人，包括客人在內，全都忍不住了。就連伯傑斯先生的莊嚴也馬上洩了氣，這時，與會的人感到所有的約束都已正式解除，於是大家就隨心所欲了。一陣長時間的大笑，笑得前仆後仰，酣暢淋漓，最後終於停了下來——這停下來的時間剛好，伯傑斯先生利用這段時間準備繼續發言，大家則擦掉笑出來的眼淚。不過笑聲又一次爆發了，接下來又是一陣大笑，最後伯傑斯才得以說出這幾句嚴肅的話：

「想掩蓋事實已經沒有用處了——如今，我們面臨一個極其嚴峻的問題。這個問題事關本鎮的榮譽，危及全鎮的名聲。威爾遜先生和畢爾遜先生提交的對證詞有兩字之差，這件事性質非常嚴重，因爲這表明兩位先生之中總有一位犯了盜竊的行爲——」

這兩個人本來癱坐在那裡，有氣無力，抬不起頭來。可是聽到這些話，他們倆都像被電擊似的，想挺身站起——

「坐下！」主席嚴厲地說，他們都服從了。「我剛才說了，這件事的性質非常嚴重。這件事情——雖然只是他們中的一個人幹的，可是現在問題就更加嚴重了。現在他們兩個人的名譽都處於極其可怕的險境之中。說得更嚴重一點兒，是處於難以脫身的險境之中，兩個人都漏掉了那最重要的三十個字。」

他頓了幾秒鐘，故意讓那遍佈全場的沉寂再次凝聚起來，強化給人深刻印象的效果，繼續說道：「這件事情的發生，似乎只有一種說法可以解釋。我請問這兩位先生，你們是不是串通好了，互相勾結？」

一陣低語聲掠過場內：「他們兩個人都是騙子？」

畢爾遜沒有經歷過這種意外場面，他無可奈何地癱坐著，一籌莫展。威爾遜是律師，雖然臉色蒼白，心慌意亂，但還是掙扎著站起來說：

「我請求諸位原諒，讓我解釋一下這件痛心疾首的事情。很抱歉，我要將這些話說出來，因爲這肯定會使畢爾遜先生受到無法挽回的損害。直到現在，我一直對畢爾遜先生另眼相看、非常敬重。過去我和諸位一樣絕對相信，任何誘惑都拿畢爾遜先生沒有辦法。可是，爲了維護我自己的名譽，我不得不坦白地說出來，請求諸位的原諒，現在我很慚愧地承認我曾經向那位傾家蕩產的外鄉人說過那對證詞裡所有字句，包括那三十個字的誹謗之詞。（全場轟動）

「最近報上登出這件事以後，我就想起了那些話，決定來領這筆錢，因爲我有充分的權利去領取它。現在我請大家考慮一件事，仔細想一想：那天夜裡外鄉人對我感激不盡，他自己也說無法用言語來表達他的感激之情，並且說如果有一天他有能力，一定要千倍地報答我。那麼，現在我想請問大家：我怎麼能想像，怎麼能相信，就算想到天邊也想不到——既然他對我充滿感激之情，怎麼會在他的對證詞後面添上完全沒有必要的三十個字？幹出這種無情無義的事來，給我設這麼一個陷阱？——讓我在大庭廣眾之中，在自己人面前，變成誹謗本鎮的一個壞蛋？

「這太荒唐了，太不可思議了！他的對證詞應該只包含我給他的忠告，也就是開頭那句真心實意的話。我對這深信不疑。如果是你們，恐怕也會這麼想。你們無法理解，你幫了別人，也沒有得罪過他，可他反而這麼卑鄙地陷害你。所以我充滿自信、毫不懷疑地在一張字條上寫下了起頭的那句話，結尾是『快去改過自新吧』，然後簽了名。當我正要把字條裝進信封的時候，有人叫我到辦公室去一趟，我不假思索就把那張字條擺在桌子上，轉身走了。」

他停了一會兒，慢慢地將目光轉到畢爾遜身上，等了一會兒，接著說，「請大家注意：過了一小會兒我回來的時候，畢爾遜先生正從我的前門走出去。」（群情衝動。）

畢爾遜立即站了起來，大喊一聲：

「撒謊！這是無恥的謊話！」

主席：「請坐下，先生！請威爾遜先生繼續講話。」

畢爾遜的朋友們把他拉到座位上，勸他鎮靜下來，威爾遜接著說：

「事情就是這麼簡單。那時我發現我寫的字條已經不在原先的地方了，不過當時我並沒有在意，我想可能是風吹的。我做夢也不會想到畢爾遜先生居然會偷看別人的秘密文件，他是個體面的人，想必不會自降身分去幹那種事情。我就開門見山地說吧，他把『絕』寫成了『絕對』，原因是很明顯的，這想必是記性不好。世界上只有我一個人能正大光明地毫無遺漏地寫出對證詞來。我的話講完了。」

世界上再也沒有什麼事情像一篇動聽的演說那樣富於煽動性，由於聽眾不熟悉演講的技巧和騙術，它能往聽眾的腦子裡灌迷藥，顛覆他們的信念，敗壞他們的感情。威爾遜得勝入座，立刻被全場讚許的歡呼聲淹沒了。朋友們集聚在威爾遜周圍，和他握手，向他祝賀。畢爾遜卻被訓斥聲壓住，一句話也不許他說。

主席使勁敲著小木槌，不斷地喊：

「可是我們還要繼續進行，先生們，咱們繼續吧！」

後來場內終於安靜了許多，那位開帽子鋪的說：

「可是，還繼續什麼呢，先生，接下來不就是給錢了嗎？」

眾人的聲音：「這話有道理！這話有道理！到前面來吧，威爾遜！」

賣帽子的說：「我倡議給威爾遜先生高呼萬歲，他象徵著那種特殊的美德，足以──」

他話還沒有說完，就爆發了潮水般的歡呼聲。在歡呼聲中──在主席的木槌聲中──有些起鬨的人把威爾遜抬到一個大個子的肩膀上，打算把這勝利者抬到主席臺上去。這時候主席的聲音壓倒了這陣喧鬧聲──

「肅靜！回到原位！還有一張字條沒念呢，都忘了嗎？」

會場恢復平靜了，他拿起那張字條正準備開始念，卻又把它放下來，說道，「我忘了，這要等我所收到的信件通通宣讀過之後才能念呢。」

他從衣袋裡拿出一個信封，抽出裡面的信來看了一眼，顯出驚訝的神氣，又把信拿得稍遠一點仔細端詳，卻只瞪著眼睛望著。

有二三十個人大聲喊道：

「寫的是什麼？念呀！念呀！」

於是他就照辦了，慢慢地、以驚奇的神情念著：

「『我對那位外鄉人說的那句——（眾人的聲音：「嘿！怎麼搞的？」）——話是：「你絕不是一個壞人。（眾人的聲音：「哦，上帝啊！」）快去改過自新吧。」（眾人的聲音：「噢，全亂了！」）落款是銀行家平克頓。」

一陣肆無忌憚的狂笑衝破了禁忌，轟然爆發。這種笑法讓頭腦清醒的人們簡直想哭。沒有受牽連的人們笑得眼淚直淌；肚子都笑疼了的記者們在紙上塗抹誰也認不出的天書；一隻正在打盹的狗被笑聲嚇了一跳，跳起來向一團糟的會場一陣狂吠。在一片嘈雜聲中，各種各樣的喊叫聲此起彼伏：「咱們鎮出名了——兩位不可敗壞的模範！——這還不算畢爾遜哪！」「三個！——把『老實人』也算進去得了——越多越好！」「對呀——畢爾遜也當選了！」「哎呀，可憐的威爾遜——受過兩個賊的陷害了！」

一個有震懾力的聲音：「安靜！主席先生又從他衣兜裡掏出寶貝來了。」

眾人的聲音：「哇呀呀！又有新東西了？念一念！念呀！念呀！」

主席念道：「『我說過的那句話』，『你絕不是一個壞人。快去改過自新吧』。落款是格里高利·耶茨。」

暴風般的一陣呼聲：「有四個模範了！」「耶茨萬歲！」「再掏一張！」

這時，全場一片唯恐天下不亂的吼聲，準備把在這件事裡能找到的玩笑開個淋漓盡致。十九家大戶個個臉色蒼白，有苦難言，他們站起身來想往過道裡擠，可是很多人大聲嚷著：「注意門口，注意門口——把門都關上，不能讓不可敗壞的人物離開會場！大家都坐下！」

大家聽從了這個要求。

「再掏一封！念吧！念吧！」

主席又掏出了一封，大家聽熟了的那些詞語又開始從他嘴中溜出來：

「『你絕不是一個壞人——』」

「名字！名字！他叫什麼名字？」

「L·英戈爾斯貝·薩金特。」

「有五位當選了！把這些象徵都放在一起！繼續！」

「『你絕不是一個壞——』」

「名字！名字！」

「尼古拉斯·惠特沃斯。」

「呼啦！呼啦！今天簡直是個象徵節呀！」

有人故意用淒涼的音調唱起歌來，用的是那首好聽的「天皇曲」裡「他膽怯的時候，漂亮姑娘——」那幾句的曲子（省略了「今天是」那幾個字）。聽眾們興高采烈地一起隨聲合唱。這時，有人不失時機地編了一句詞——

你可別忘了這一點——

全場剛把這句詞吼出來，馬上就有人編好了第三句——

赫德萊堡是不可敗壞的——

全場又把這一句吼了出來。歌聲剛落，傑克·哈里代高亢嘹亮地配上了最後一句——

諸位象徵都在我們面前！

這首歌大家唱得淋漓盡致。然後全場興高采烈地又從頭開始，把這四句詞唱了一遍，唱得氣勢磅礴，波瀾壯闊，唱完之後，又用雷鳴般的聲音為「將於今晚接受榮譽稱號的不可敗壞的赫德萊堡及其各位象徵」歡呼了九遍，末尾還嗷嗷了幾聲。

然後，人們又從四面八方向主席喊道：

「接著來！接著來！念吧！再念一些！把你收到的通通念出來！」

「對——接著來！我們要博得永垂不朽的大名了！」

這時有十幾個男人站了起來，表示抗議。他們說這齣滑稽戲一定是哪個惡作劇的人瞎編造的，是對全鎮人的侮辱，毫無疑問，這些簽名都是偽造的——

「坐下！坐下！住嘴！你們這叫不打自招。我們馬上就能在那些信裡面找出你們的大名來。」

「主席先生，你一共收到多少這樣的信封？」

主席數了一下。

「算上已經念過的，一共十九封。」

一陣暴風雨般的哄笑聲轟然響起。

「裡面也許都藏著這個秘密呢，我提議你全都打開，把那番話末尾的簽名念出來——也念念開頭那八個字。」

「附議！」

主席宣布這個動議全場通過——吼聲如雷。

這時，可憐的理查茲老漢和他太太並排站了起來。老太太低著頭，怕的是被人看出她在哭泣，她的丈夫用胳膊挽著她，用顫抖的嗓音說：

「各位朋友，大家都瞭解瑪麗和我，瞭解我們的生平。我想，以前你們大家都喜歡我們，也看得起我們——」

主席打斷了他的話：

「對不起，我來說兩句吧。理查茲先生，一點不錯，你說的都是實話。本鎮上的人確實瞭解你們，確實喜歡你們，確實看得起你們。不但如此，大家還尊敬你們，愛戴你們——」

哈里代又大聲喊了起來：

「這才是絲毫不假的實話，是真心話！如果大家認爲主席說得對，就全體起立表示贊成。起立！來吧——一！二！三！——大家一起來！」

全場起立，熱情洋溢地面對著這對老夫妻，各個角落都揮舞著手絹，就像漫天飛舞的雪花，大家以滿腔熱愛的心情一致發出了歡呼。

主席接著說道：

「剛才我要說的話是這樣的：理查茲先生，我們都知道你們是一片好心，可是現在不是憐憫罪人的時候（「對呀！對呀」的喊聲）。從你的臉上我就看得出你這種好意的企圖，可是我不能讓你替那些人求情——」

「不，我是要——」

「理查茲先生，請坐下吧。我們必須審查其餘的信——只是爲了對那些已經被揭露的人表示公正，也應該這樣做。我向你保證，等這件事一辦完，一定馬上讓你發言。」

許多人的聲音：「對！主席說得對，在這個關鍵時候可不能停下來！接著來吧！——就按剛才說的辦！念名字！念名字！」

老夫妻無可奈何，只好坐下了，丈夫對妻子悄悄地說：「別提多難受了，只有等著了，等他們發現咱們原來是替自己求情，那就更丟臉了。」

隨著人名的宣讀，肆無忌憚的笑聲又爆發了。

「『你絕不是一個壞人——』落款：『羅伯特・狄特馬施』」

「『你絕不是一個壞人——』落款：『艾里發勒特・維克斯。』」

「『你絕不是一個壞人——』落款：『奧斯卡・懷爾德。』」

這時候大家又想出了一個主意：提議由大家替主席念那八個字。主席是求之不得，此後他只需把字條拿在手裡等著。大家則異口同聲，用整齊的、悅耳的深沉語調唱出那八個字來（大膽地惟妙惟肖地模仿一首有名的教堂讚美曲的調子）——「『你——呀——絕——呃——不是一個壞——唉——唉——人』」然後主席說：「落款，『阿契波爾德・威爾科克斯。』」如此類推，一個名字接一個名字，除了那些倒楣的十九家大戶以外，人人都越來越感到一種歡天喜地的痛快。有時念到一個特別光彩的名字的時候，大家就讓主席停下來，一齊把對證詞從頭吟誦一遍，包括最後那句：「不是去地獄，就是去赫德萊堡——還是想辦法去前一個地方吧。」

就是在這種特殊情況下，他們還要加上一個莊嚴、沉痛和堂皇的聲調加唱一聲：

「阿——門！」

名單上的人越來越少，越來越少，一念到和他相似的名字時，可憐的理查茲就戰戰兢兢。他不斷暗自數著，在痛苦中煎熬，提心吊膽地等待那個時刻到來，到那時他就有那份可恥的權利，和瑪麗站起來說完替自己求情的話。

這段求情詞他打算這麼說：「一直到現在，我們從來沒有做過一件壞事，只是想安分守己地過日子，沒有丟過臉。我們過的是貧困日子：年紀大了，又沒有兒女照顧。我們受了誘惑，竟然墮落了。剛才站起來的時候，本來是想如實坦白，請求不要在大庭廣眾之中念我們的名字，我覺得那樣我們實在承受不了，可是大家沒有給機會讓我說出來。這也公平，我們應該和別人一樣自作自受接受懲罰。我們也很難過，我們這一輩子，還是頭一次聽別人念叨我們的名字——臭名字。看在我們過去老實的分兒上，請大家慈悲一點——高抬貴手，別讓我們臉面上太過不去。」

正想到這裡，瑪麗看他心不在焉的樣子，就用胳膊肘輕輕推了他一下。這時，全場正吟誦到「你——呀——絕——呃——」。

「準備，」瑪麗悄悄地說，「他已經念過十八個名字了，輪到念你的名字了。」

吟誦的聲音停止了。

「下一個！下一個！下一個！」一連串的吆喝聲從全場各個角落響了起來。

伯傑斯又把手伸到衣袋裡。那對老夫妻戰戰兢兢地想站起來。伯傑斯摸了一會兒說：

「啊，原來我已經都念完了。」

夫妻倆悲喜交加，如釋重負地癱坐在椅子上。瑪麗悄悄地說：「哦，上帝保佑，咱們得救了！他弄丟了咱們的信，這可是一百袋金子都換不來的好事！」

全場又爆發出用「天皇曲」改編的滑稽歌詞，一連唱了三遍，越唱越有勁。到第三遍結束的時候，全體起立唱道——

諸位象徵都在我們面前！

唱完以後，大家都齊聲爲「赫德萊堡的純潔以及我們的十八位不朽的美德代表」高呼萬歲，末尾又嗷嗷叫了幾聲。

這時，馬具匠溫格特站起來建議，爲「全鎮最廉潔的人、唯一沒有企圖得到那筆錢財的重要公民——愛德華．理查茲」歡呼。

大家懷著發自內心的熱忱向理查茲夫婦歡呼致意。這時又有人提議推舉理查茲作爲神聖的赫德萊堡傳統的唯一監護人和象徵，賦予他權力，讓他昂然聳立，傲視整個譏諷的世界。

提議在歡呼聲中通過，於是大家又唱起了那首「天皇曲」，尾句改成：

還有一位真的象徵已經出現！

停了一下，這時——

一個聲音冒了出來：「那麼，現在該誰拿這袋金子呢？」

皮匠（尖酸刻薄地）：「這好辦。應該把這筆錢讓那十八位不可敗壞的大人分了。他們每人給了那落難的外鄉人二十塊錢——還給了他那番忠告——各人輪流說的——這一隊人物走過，花了二十二分鐘。在外鄉人身上下注，共計三百六十塊錢。現在他們只要收回這筆借款，外加利息總共四萬塊錢。」

許多人的聲音（冷嘲熱諷地）：「好主意！分攤！分攤！可憐可憐這些窮鬼吧——別讓他們望眼欲穿啦！」

主席：「肅靜！我現在宣讀那位外鄉人的另一個文件。文件裡說：『如果沒有出現申領人（眾口一詞地大聲嘲諷），我希望你打開錢袋，把裡面的錢交給貴鎮的各位重要公民，委求他們保管（「呵！呵！呵」的喊聲），並以他們認爲最好的方式，用於永保貴鎮因它的不可敗壞的誠實而獲得的崇高聲望並使之發揚光大（又是一陣喊聲），他們的名字和成就將爲這種聲望增添新的、永久的光彩。』（熱烈的譏諷喝彩聲轟然響起）好像就是這麼多了。不——還有一段附言：

「附言——赫德萊堡的公民們：根本沒有什麼對證詞，也根本就沒有人說過那些話（劇烈的騷動）。也不曾有一個行乞的外鄉人，沒有那二十塊錢的施捨，也沒有為此表達謝意和恭維的話，這一切都是捏造的（全場一片驚訝和快意的嗡嗡聲）。讓我來用幾句話說說我的故事吧。某日路過你們鎮的時候，我被狠狠地羞辱了一番，但我本不該受此羞辱。假如換了其他人，他只要殺了你們鎮上的一兩個人也就心滿意足，認為划算了。可是在我看來，這樣的報復只是小打小鬧，還不夠厲害，因為死人感覺不到任何痛苦。再說，我又不能把你們通通殺光，當然，就算我真能把你們斬盡殺絕，那我還是不能滿意的。

「我要毀掉這地方的每個人，要毀掉的不是他們的身體，不是他們的財產，而是他們的虛榮，這是那些軟弱的愚人身上最脆弱的部位。於是我喬裝打扮回到這裡來觀察你們，你們太容易被玩弄了。你們以誠實獲得了悠久和崇高的聲譽，這是你們的寶中寶，是你們的心肝，對此你們自然引以為豪，當發現你們十分警惕地防備你們自己和你們的兒女受到誘惑時，我就馬上明白應該採取什麼步驟了。

「唉，你們這些頭腦簡單的傢伙，在所有脆弱的東西之中，最脆弱的就是沒有經過誘惑考驗的道德。我擬訂了一個計畫，搜集了一張名單，我的計畫就是要腐蝕這個拒腐蝕的赫德萊堡。我是要把好幾十個一輩子純潔無瑕、從不說一句謊話、也沒有偷過一分錢的人都變成撒謊的人和竊賊。

「不過我最擔心的是古德森，因為他不是在赫德萊堡土生土長的。我擔心一旦我的計畫開始實施，我的那封信擺在你們面前時，你們心裡就會想：『我們這裡只有古德森才會給一個窮鬼二十塊錢呢』——那樣，你們可能就不上鉤了。可是老天把古德森收了去，那時我知道萬事大吉，於是就放好了誘餌，設下陷阱。

也許我不能讓收到我寄出去的偽造對證秘語的人一網打盡，不過沒關係，只要我明白赫德萊堡人的本性，我就能讓他們之中的大多數上圈套。（一些人的聲音：「沒錯——一個也沒漏網。」）我相信他們哪怕去偷這筆謊稱的賭資，也不會輕易放過，這些可憐的、經不住誘惑的傢伙，真是不可救藥。我希望一下子踩碎你們的虛榮心，叫它永世不得翻身，再賦予赫德萊堡一個新的抹不掉的名聲，讓這個名聲到處流傳。如果我已經成功了，就請打開錢袋，召開『赫德萊堡永保美名發揚光大委員會』會議吧。」

一陣旋風似的聲浪：「打開！打開！十八家到前面去！『永保美名發揚光大委員會』！不可敗壞的——往前走！」

主席把錢袋打開，抓了滿滿一把明晃晃、黃燦燦的大塊錢幣，細細察看——

「朋友們，原來不過是些鍍金的鉛餅！」

全場立即對這一消息報以熱烈的歡呼聲，歡呼聲平息以後，皮匠大聲喊著：

「最擅長幹這種事情的顯然是威爾遜先生，就憑這點，他就是『永保美名發揚光大委員會』的主席了。我提議威爾遜代表他的夥伴們上前接受委託，保管這筆錢財。」

上百人齊聲大喊：「威爾遜！威爾遜！威爾遜！講話吧！講話呀！」

威爾遜（用氣得打顫的聲音說）：「大家要是允許我說句話，我也不怕說得太粗野：去他媽的——這筆錢！」

一個聲音喊：「啊，虧他還是個浸禮會教徒哪！」

某人的聲音：「還有十七位象徵！登臺吧，先生們，快接受委託吧！」

等了一會兒——沒人反應。

馬具匠：「主席先生，這些從前的上流人物，總算給咱們剩下一位清白先生，他需要錢，也應該拿錢。我提議主席指派傑克．哈里代到主席臺上去，拍賣那一口袋二十元一塊的鍍金幣，把所得的錢給應得的人——這人正是赫德萊堡樂意表彰的——愛德華．理查茲。」

大家採納了這個提議，在狂熱的氣氛中，那條狗又來看熱鬧了。馬具匠先投了一塊錢的標，從布利克斯敦來的人和巴南鎮的代表競爭激烈，標價每提高一次，大家就歡呼喝彩。隨著時間的推移，人們越來越亢奮，投標的人勁頭十足，膽子越來越大，立場越來越堅定，標價由一元跳到五元，又跳到十元，再跳到二十元，五十元，一百元，然後——

拍賣開始時，理查茲苦惱地對妻子說：「瑪麗，這怎麼行呢？這——這——你想，這是褒獎人格純潔的榮譽獎啊，可是——可是——這怎麼行呢？我最好還是站起來——瑪麗，咱們該怎麼辦呢？——你覺得咱們應該——（哈里代的聲音：「有人出十五塊錢啦！——十五塊買這一袋！——二十塊！——好，謝謝！——三十塊——多謝！三十，三十。三十塊錢！——有人出四十塊嗎？——這位出四十啦！接著來呀，先生們，接著來！——五十塊！——謝謝，豪爽的天主教教友！加到五十啦、五十，五十塊！——七十！——九十！——好極了！——一百！——往上加呀，往上加呀！——一百二十——一百四十！——正是時候！——一百五十！——二百！——了不起！有人出二百——謝謝！——二百五十！——」）

「愛德華，這又是一次誘惑，我簡直渾身發抖。可是，啊，咱們已經逃過了一次誘惑，那應該警誡我們！（「是有人出六百嗎？——多謝！——六百五十，六百五十——七百塊啦！」）不過，愛德華，你想想，誰也不會懷疑我們啊！（「八百塊啦！——噢呵！——出九百吧！——帕森斯先生，你是不是說——謝謝——九百！——這麼一袋真鉛寶貝九百塊就要出手了，算上鍍金全套在內啦——等等！是不是有人說——一千塊！——專誠致謝！——有人出一千一百嗎？——

這一袋鉛馬上就要名揚四海啦——」）噢，愛德華，（開始嗚咽），咱們太窮了！——可是——可是——你覺得該怎麼辦就怎麼辦吧——你想怎麼辦就怎麼辦吧。」

愛德華屈服了——這就是說，他坐著不聲不響。雖然良心上有點過不去，可是在這種情況下他身不由己啊。

此時在場的還有一位陌生人，他的樣子好像是一個業餘的偵探，打扮成一位很不像的英國伯爵。這人懷著濃厚的興趣一直關注著會議的進程，一臉心滿意足的表情，心裡一直在暗自思量。此時他的內心獨白大致是這樣的：

「那十八家沒有一家投標，這可不過癮。要按演戲的規矩來[4]，我必須改變這個局面，得讓這些人把他們原來打算偷的這一袋東西買下來，還要讓他們出高價買——他們當中有幾家很有錢呢。另外，我在估計赫德萊堡人本性時有一處失誤，那個讓我出現失誤的人應該得到高額回報，這筆錢也要有人出。理查茲這個窮老漢讓我失算了，他真是個老實人。這件事我雖然理解不了，不過我得承認這點。是啊，他看我出的是『立二』，他自己卻擺出『一條龍』，他拿這筆賭注理所應當。假如我能想出辦法來，他還可能贏一筆大錢呢。他確實讓我失算了，不過這事不提也罷。」

他觀察著投標的進程。當價格漲到了一千塊錢以後，行情就暴跌了，漲幅漸漸放慢。他等待著，繼續觀察。一個競標的退出了，然後又是一個，又是一個。現在他卻參加一兩次投

4. 歐洲古典戲劇創作的「三一律」，即一部劇本中時間、地點、情節三者必須完整一致。

標了。當出價降到十塊錢一檔的時候，他就加五塊錢，有人跟著加了三塊錢。他等了一會，然後猛抬了五十塊錢，結果這袋東西歸了他，標價是一千二百八十二塊錢。全場立刻爆發出一陣歡呼——然後停止了。因爲他站起來，舉起一隻手，開始講話：

「我想要說句話，請大家幫個忙。我是做珍品生意的商人，我和全世界各地熱衷錢幣收藏的人們有生意上的往來。今天我買的東西，照這樣原封不動就能賺一筆錢。不過，假如能得到大家的同意，我還有一個辦法，可以讓這些二十元一塊的鉛幣每一塊都當得了金幣的價值，那樣也許更值錢。只要你們同意我的辦法，我就把賺到的錢分一部分給你們的理查茲先生。今晚，他那堅不可摧的誠實已經得到了大家如此公正和誠摯的認可。我準備分給他一萬元，明天我就把錢交給他（喝彩聲轟動全場。可是那句『堅不可摧的誠實』卻讓理查茲夫婦脹得滿臉通紅，不過，大家以為那是謙虛，所以並沒有露出馬腳）。如果我希望你們能以三分之二的絕對多數通過我的提議，我將視爲全鎮的授權，我的要求僅此而已。只要上面有能引起好奇心並有叫人不得不注意的印跡，就可以更有價值。現在，只要我能徵得你們的許可，讓我把這每一塊假金幣都印上那十八位先生的名字，他們——」

聽眾中的十分之九一下子站了起來，連人帶狗，這項提議在旋風般表示同意的喝彩和哄笑聲中獲得通過。

大家坐了下來，除了克萊．哈克尼斯「博士」以外，全體象徵都站起來強烈抗議這個人所提議的胡鬧辦法，並且威脅要——

「請你們不要威脅我，」那個陌生人鎮定地說，「我知道我自己的權利，從來不怕人家嚇

唬。」（喝彩聲）

他坐下了。哈克尼斯「博士」這時看到有機可乘。他是當地兩大富豪之一，另一位就是平克頓。哈克尼斯家專賣一種流行的藥品，開的簡直就是造幣廠。他作爲一個黨派提名的候選人，正在參加州議會競選；而平克頓正是另一黨派提名的候選人，這是一場勢均力敵的激烈角逐，而且正在日趨白熱化。這兩位對於金錢的胃口都很大，兩人都買了一大片地，各有目的。因爲有一條新鐵路即將修建，所以他們兩人都想在州議會裡佔有一席之地，這樣就可以劃定對自己有利的路線。這場角逐可能是一票定勝負，勝者就可以發兩三筆財。賭注不小，而哈克尼斯又是一個大膽的投機家，他恰好緊靠著那位陌生人坐著，正當其他各位象徵紛紛提出抗議，徒供聽眾欣賞的時候，他卻湊過身子悄悄問道：

「這一袋東西你打算賣多少錢？」

「四萬塊錢。」

「我給你兩萬塊。」

「不行。」

「兩萬五。」

「不行。」

「乾脆三萬吧。」

「定價是四萬塊，少一分錢也不行。」

「好吧，我就出這個價錢。明天早上十點我到旅館裡來。咱倆私下見面，這件事我不想讓別人知道。」

「很好。」於是那位客人站起來，向全場的人說：

「我看時間不早了，這幾位先生的話並不是沒有價值，很有趣味和富有魅力，不過，請大家原諒，我先告辭了。感謝大家同意了我的請求，真是幫了大忙，我向諸位道謝。請主席先生替我保管這個錢袋，我明天早上來取。另外，這三張五百塊錢的鈔票，也請您轉交理查茲先生。」鈔票交給了主席。「九點我來取這錢袋，十一點我會把一萬塊錢的餘款親自送到理查茲先生的家裡。再見。」

於是他撇下了正在大聲喧鬧的聽眾，走了出去。喧鬧聲中夾雜著亂七八糟的歡呼聲、「天皇曲」的歌聲、狗的叫聲和「你——呀——絕——呃——不是一個壞——唉——唉——人——阿——阿——阿門！」的吟唱。

四

回家以後，理查茲夫婦被大家的祝賀和恭維一直折磨到半夜，終於只剩下他們自己了。他們沉默地坐著想心事，顯得有點難受。後來瑪麗嘆了一口氣說：

「你說這能怪咱們嗎，愛德華——真能怪咱們？」她轉眼望著躺在桌子上的三張興師問罪的大鈔。剛來道賀的人們還在這兒羨慕不已地看著、欽佩地摸著呢。

愛德華沒有馬上回答，他嘆了口氣，遲疑地說：

「瑪麗，咱們——咱們也是迫不得已啊！這——呃，這是命中註定。所有的事情都是命中註定啊！」

瑪麗抬起頭來，呆呆地望著他，可是他並沒有看妻子。停了一會兒，她說：

「從前我還以爲被人祝賀和稱讚的滋味很好呢，可是——現在我覺得——愛德華……」

「嗯？」

「你還想在銀行待下去嗎？」

「不……不想了。」

「辭職嗎？」

「明天上午吧——書面的。」

「這也許是最妥當的辦法。」

理查茲用兩隻手托著腦袋，低聲說：

「從前，別人的錢像水一樣嘩嘩地從我手心中流過，我都不在乎，可是——瑪麗，我太睏了，太睏了——」

「咱們睡吧。」

早上九點，那位陌生人來取那只口袋，把它裝在一輛馬車裡運到旅館去了。十點，哈克尼斯和他私下交談了一會。陌生人索取了五張由一家都市銀行開給「持票人」兌現的支票——四張一千五百元的，一張三萬四千元的。他只把一張一千五百元的放進錢包，把剩下總共三萬八千五百元全都裝進一個信封，等哈克尼斯走了之後，他又寫了一頁短信，一併裝進信封裡。十一點時，他來到理查茲家敲門。理查茲太太從百葉窗縫裡偷偷地看一眼，然後把信封接了過來，而那位陌生人卻一言不發地走了。

她滿臉通紅地跑回來，兩條腿磕磕絆絆，氣喘吁吁地說：

「我敢保證，我認出他來了！昨天晚上我就覺得好像從前在什麼地方見過他。」

「他就是送錢袋來的那個人嗎？」

「我看大致是不成問題。」

「如此說來，他也就是那個化名史蒂文生的人了，他用那個捏造的秘密把鎮上的所有頭面人物都毀了。現在，如果他送來的是支票，不是現款，那我們也上當了。原先咱們還以爲已經躲過這一劫了呢。睡了一夜，我剛剛覺得心裡踏實了一點，可是一看見那個信封我就討厭。這信封裝八千五百塊錢，不夠厚，就算都是最大的票子也要比這厚。」

「愛德華，你爲什麼不喜歡支票呢？」

「史蒂文生簽字的支票！假如這八千五百塊錢是現鈔，我還可以勉強收下——因爲那還像是命中註定的，瑪麗——我的膽子向來都挺小的，我可沒有勇氣拿一張簽了這個晦氣的名字的支票去兌現，那準是一個圈套。那人根本就是想讓我上當，咱們好歹總算躲過去了。現在他又想了一個新花招。如果是支票的話——」

「唉，愛德華，真是糟透了！」她舉著支票，嚷了起來。

「扔到火裡吧！快點兒！咱們可千萬別上當，這是把咱們和那些人擺在一起，讓大家都來嘲笑咱們的陷阱，還有——快給我吧，你幹不了這種事情！」

他抓過支票，打算牢牢地抓緊，趕緊送到爐火裡去，可是他畢竟是個凡夫俗子，而且是幹銀行這一行的，於是他停頓了一下，仔細看看支票上的簽名，結果他幾乎暈倒了。

「讓我透透氣，瑪麗，讓我透透氣！這簡直就和黃金一樣呀！」

「噢，那太好了。愛德華！爲什麼？」

「支票是哈克尼斯簽的，這究竟是怎麼一回事呀，瑪麗？」

「愛德華，你這是——」

「你看——看看這個！一千五——一千五——一千五——三萬四。三萬八千五百！瑪麗，那袋東西還不值十二塊錢，可是哈克尼斯卻當作貨真價實的金幣付了錢。」

「你是說，不只是那一萬塊錢，這些錢全都是咱們的？」

「嗯，好像是這麼回事。而且支票還是開給『持票人』的。」

「你說這豈不是好事嗎，愛德華？到底是怎麼回事啊？」

「我看，這是暗示咱們到遠處的銀行去提款。應該是哈克尼斯不願意把這件事傳出去吧。那是什麼——一張字條？」

「是呀，是和支票夾在一起的。」

字條上是「史蒂文生」的筆跡，可是沒有簽名。那上面說：

「我大失所望了。你的誠實超越了誘惑力所能控制的範圍。對此我本來有截然不同的看法，但是在這一點上我冤枉了你，我請你原諒，誠心誠意地請你原諒，我向你表示敬意——同樣是誠心誠意的，這個鎮上連給你供差使都不配。親愛的先生，當初我曾經給自己規規矩矩地打過賭，賭的是能把你們這個自命不凡的鎮上十九位先生全都拉下水。我輸了，請你拿走全部賭注吧，這是你該得的。」

理查茲深深地嘆了一口氣說：

「這真是用火寫的啊！真燙人哪。瑪麗，我又開始難受起來了。」

「我也是。啊，親愛的，我寧願——」

「你想想看，瑪麗——他居然這麼相信我。」

「噢，別這樣，愛德華——我受不了。」

「要是咱們真能受之無愧這些讚美的話，瑪麗——上帝知道，我從前的確擔當得起呀——我想，我情願不要這四萬塊錢。那樣我就會把這封信看得比金銀財寶還珍貴，好好地珍藏起來，永遠保存。可是現在——有了它在身邊指責，我們就不能在它身邊過日子了，瑪麗。」

他把字條扔進了火中。

這時來了一個信差，送了一封信來。

理查茲撕開信封，從信封裡抽出一張紙來念，信是伯傑斯寫來的。

在我遇到難關的時候，你救過我。昨天晚上，我救了你。雖然這是以撒謊為代價的，但是我無怨無悔，而且是出於內心的感激之情。這個鎮上只有我瞭解你的為人，深知你多麼勇敢、多麼善良、多麼高尚。你也知道人家歸咎於我、眾口一詞地給我定了罪名的那件事，你心裡不會看得起我，不過請你相信，我起碼是個感恩圖報的人。這可以幫助我忍受我的痛苦。

伯傑斯（簽名）

「又救了咱們一命。而且條件這麼好！」他把信扔進火裡，「我——我想真還不如死了，瑪麗，我真想了無牽掛啊。」

「唉！這日子真難過，愛德華。一刀刀刺到咱們心窩子上，偏偏又是出自他們的厚道——真是報應哇！」

選舉的前三天，兩千名選民每人忽然獲得紀念品一件，一塊大名鼎鼎的雙頭鷹假金幣[5]。它的一面印了一圈字：「我對那位不幸的外鄉人說的話是——」另一面印的是：「快去改過自新吧。平克頓（簽名）。」於是那場著名鬧劇的殘羹冷炙就全部潑在了一個人頭上，隨之而來的就是慘重的後果。剛剛過去的那次哄堂大笑再次重現，矛頭直指平克頓。於是哈克尼斯的競選就輕易獲勝了。

理查茲夫婦收到支票過了二十四小時之後，他們的良心已經逐漸安穩下來，雖然他們還打不起精神來。這對老夫妻慢慢學會了在負罪中尋求心安理得。有一件事他們還須學會適應，那就是，由於罪過仍有可能被人發覺，負罪感慢慢就形成新的、真正的恐怖。這樣一來，負罪感就在現實生活中以活生生的、極爲具體而又引人注目的面貌呈現出來。

教堂裡早晨的禱告是例行的程序，牧師說的是老一套，做的也是老一套。這些話他們早

5. 舊時美國使用的一種金幣，因上有雙頭鷹圖案而得名。

就聽過無數遍了，覺得都是空話，和沒說一樣，越聽越容易打瞌睡。可是現在不同了：禱告詞好像處處帶刺，好像是指著鼻子罵那些窮凶極惡而又想蒙混過關的人。晨禱一結束，他們就儘快甩開那些恭維的人，趕快就往家裡跑，只覺得渾身冷徹骨髓，這種感覺是一種連他們自己都說不清楚的、隱隱約約、模模糊糊、若隱若現的恐懼，剛好他們在街角處又碰見了伯傑斯先生。他們主動點頭和他打招呼，可他竟然置之不理！其實他是沒有看見，可他們並不知道。他這樣做是什麼暗示呢？可能是——可能是——唉呀，可能有好幾層可怕的意思啊，也許他知道理查茲本來可以給他洗刷罪名，因此想默默地等待時機來給他算帳？

回到家裡，他們心煩意亂，不由得猜想那天晚上理查茲對妻子透露伯傑斯無罪這個秘密時，他們的傭人或許在隔壁房間裡聽見了。緊接著，理查茲開始想像當時他曾聽到那個房間裡有女人長袍拖地的聲音，接下來他就確信真的聽到過。他們隨便找個藉口把莎拉叫來，觀察她的神色：假如她向伯傑斯洩露了秘密，從她的行爲舉止就應該能看得出來。他們問了她幾個不著邊際、前言不搭後語、聽起來毫無目的的問題，讓那女孩認爲這對老夫妻一定是讓飛來橫財沖昏了頭腦。

他們用嚴厲的目光死死盯住她，把她給嚇壞了，事情終於弄假成真了。只見她滿臉通紅，神經緊張，一臉惶恐不安的樣子。在兩個老人看來，這就是做賊心虛的明證——她犯的是一樁不可恕饒的大罪——毫無疑問，她是一個奸細，是一個叛徒。莎拉離開以後，他們開始把許多毫不相關的事情東拼西湊放在一起，得出了一個可怕的結論。形勢已經糟到了不可挽回的地步，理查茲倒抽了一口冷氣，他的妻子問：

「唉，怎麼回事？——怎麼回事？」

「那封信，伯傑斯的那封信！話裡話外都是挖苦，我現在明白過來了。」他複述著信裡的話，「『在內心裡，你不會看得起我，因爲你知道人家歸咎於我的那件事』——啊，現在再清楚不過了，上帝保佑吧！他知道我明白！你看他措辭真巧妙。這是個圈套，但我瞎了眼，偏要走進去！瑪麗，你——」

「唉，我知道你想說什麼，這太可怕了，他沒把你的那份假對證詞還給咱們。」

「沒有——他是要故意留下來摧毀我們。瑪麗，他已經在別人面前揭穿了我們。我明白——我全明白了。做完晨禱以後，我在好多人臉上都看出這層意思來了。啊，咱們和他點頭打招呼，他爲什麼不搭理，那是因爲他幹過什麼自己心裡有數！」

他們那天夜裡請來了醫生。第二天早上消息就傳遍各處，這對老夫妻病得很厲害。醫生說，他們是由於得了那筆意外橫財興奮過度，同時恭喜的人太多，睡不好覺，就病倒了。鎮上的人都真心地爲他們難過，因爲現在全鎮差不多只剩下這對老夫妻能讓大家引以爲榮了。

兩天以後，情況更糟了。這對老夫妻神志不清，做起了不可理解的怪事。據護士親眼所見，理查茲擺弄過幾張支票——是那八千五百塊錢嗎？不對——是個驚人的數目——三萬八千塊錢！這麼大的數目從何而來，究竟應該怎麼解釋呢。

第二天，護士們又傳出了消息，更古怪的消息。爲了幫助病人，她們決定要把支票藏起來，以免發生意外。可是等她們去找的時候，支票已經從病人的枕頭下面消失了。病人說：

「別動枕頭啊，你想找什麼？」

「我們覺得最好把支票——」

「你們別想再看見支票了，它已經被毀掉了，支票是魔鬼送過來的，我都看見上面蓋著地獄的印章呢，我知道這是送來騙我犯罪的。」然後，他又嘮嘮叨叨地說了一些讓人無法明白的又古怪又可怕的話，醫生告誡她們，這些話不要外傳。

理查茲說的是真話，因爲那些支票再也沒有人看到過。

一定是哪個護士夢中說漏了嘴，因爲不出兩天，那些不許聲張的言語已經在鎮上傳得滿城風雨了。那些話好像是說理查茲自己也申請過那一袋錢，伯傑斯隱瞞了事實，然後又被不懷好意的人洩露出去了。

伯傑斯爲此備受責難，但是他自己予以堅決否認。他說拿一個病重老漢神志不清的胡言亂語當真是不公平的。可是，猜疑還是滿天飛，流言還是越來越多。

一兩天以後，有消息說理查茲太太昏迷中說的話漸漸與她丈夫的囈語雷同起來。於是懷疑越來越重，已經變成了確定無疑的事情，全鎮爲唯一保持誠實的重要公民而感到自豪的熱情開始暗淡下來，苟延殘喘了一陣兒之後，逐漸熄滅了。

六天過去，又有新的消息傳來。這對老夫妻馬上就要離開這個世界了。到了彌留之際，理查茲忽然清醒起來，他叫人去請了伯傑斯。伯傑斯說：

「請大家都出去一下。我想他是希望說幾句心裡話。」

「不！」理查茲說，「我要有人在場做證。我要你們當場聽一聽我的懺悔，好讓我死得像一個人，別像狗一樣。我誠實，但那是和其他人一樣，是僞裝的誠實，我也和其他人一樣，一碰上誘惑就站不住腳了。我寫過一紙謊言，去申請過那個倒楣的錢袋，由於我曾經幫過伯傑斯先生一次忙，於是為了報恩（糊塗啊），他就把我的申請信隱瞞了起來，那樣就救了我。你們都知道好多年以前大家歸罪於伯傑斯的那件事，當時只有我的證明才能給他洗刷冤屈，可我是個懦夫，聽任他蒙受不白之冤——」

「不——不——理查茲先生，你——」

「我的傭人把我的秘密出賣給他——」

「沒人向我出賣過什麼——」

「他就做了一件自然而然的事情，他後悔不該這麼好心救我，就把我的醜事揭穿了——我是罪有應得——」

「沒有，從來沒有的事！——我發誓——」

「我真心原諒他了。」

伯傑斯熱情的辯解，這個臨死的人都聽不見了。他直到咽氣的那一刻也不知道自己又害了可憐的伯傑斯一次。他的老伴在那天晚上也咽了氣。

十九家聖人中僅存的一位道德模範也做了那個殘酷的錢袋的犧牲品。赫德萊堡昔日輝煌的最後一塊遮羞布也無聲地枯萎了，它的憂傷雖然不那麼明顯，卻已經深入骨髓了。

由於人們急切的懇求和請願，州議會通過了允許赫德萊堡更名的法令——（不要管它是什麼名字了——恕不透露），而且還從世世代代刻在該鎮官印上的那句箴言中刪去了一個字。

原官印：引導吾等受誘惑。現官印：引導吾等受誘惑。

它又變成一個誠實的小鎮了，假如誰想再打算找它的碴兒，一定要趁早才行。

Story 24

狗的自述

我的母親曾經告訴我，我的父親是個「聖伯納種」[1]，而她是個「柯利種」[2]，可是我卻是個「長老會教友」[3]。這些微妙差別我自己並沒有意識到。在我看來，這些名稱都不過是些派頭十足可是毫無意義的字眼。我母親卻十分在意這些。她喜歡講述這些，很享受別的狗因爲這些而驚訝和忌妒的表情，好像在驚訝她爲什麼受過這麼多的教育似的。可是她並沒有受到什麼真正的教育，不過是故意賣弄罷了。她只不過是在吃飯的時候從別人的談話中以及孩子們上學時聽來的。每逢她聽到一些深奧的詞彙，她就翻來覆去地背誦，所以她能把它記住，等到附近的狗聚在一起的時候，她就把它們拿出來唬人，讓別的狗吃驚並且忌妒，無論是小狗還

1. 一種大型犬，毛色多為紅棕色或白色，因最初由阿爾卑斯山聖伯納修道院馴養而得名。
2. 柯利牧羊犬，是一種長毛大型犬，頭部較尖。
3. 波美拉尼亞犬，特徵為尖嘴、立耳、長毛，體型較小，其英文發音接近「長老會教友」一詞。

是猛狗都會被她唬住，這就使她沒有枉費一番心血。

要是有生人，他一定先是懷疑，然後大吃一驚，鎮靜之後，就會請教她那是什麼意思。她每次都能給出答案。這是他始料未及的，他本以爲可以難住她。所以她解釋之後，他反而顯得很難爲情，因爲他本以爲難爲情的會是她。其他的狗都期待著這個結局，然後十分高興地爲她慶祝，因爲他們都有過經驗，早知道結局會是這樣。

當她把一串深奧字眼的意思解釋給別人聽的時候，大家都羨慕得要命，沒有一隻狗會去懷疑這些解釋是否正確。這也是很自然的，因爲首先，她回答得非常快，就好像是字典在講話似的，還有呢，他們上哪兒去弄清楚這究竟對不對呀？因爲有教養的狗就只有她一個。

後來我大一些了，記得有一次她把「缺乏智力」這幾個字記熟了，然後在整整一星期裡的各種集會上拼命地賣弄，使人很難受、很喪氣。也是因爲那一次，她在八個不同的集會上被人問到這幾個字的意思，而每次脫口而出的解釋都不一樣，這就使我看出了與其說她有學問，還不如說是沉得住氣，當然，我並沒有揭穿她。

有個詞經常會被她掛在嘴邊，就像救命稻草似的，用來應付緊急關頭，當她被置於尷尬的境地時，這個詞就會派上用場，那就是「同義詞」這個名詞。當她碰巧搬出幾星期以前賣弄過的一串深奧的字眼，可是早把原來準備的解釋忘到九霄雲外去了，要是有個生人在場，那當然要被她弄得頭昏眼花，半天才能清醒過來。可是這時候她開始轉移話題，津津有味地講述新的話題，料不到會有問題，所以當別人突然打斷她要她解釋的時候，我就看得出她似乎面有難色（我是唯一明白她那套把戲的底細的狗）——可她只是遲疑了一會兒——然後自信滿滿地解釋道：「那是『額外工作』的同義詞。」或是說出與此類似的一長串嚇人的詞兒，說完就逍遙自在地輕快地開始另一個話題。她簡直是稱心如意，你知道吧，那個生人被她唬住了，顯得土頭土腦、狼狽不堪，那些熟人就不約而同地用尾巴敲打地板，他們的臉上也改變了神氣，顯出一副歡天喜地的樣子。

對於成語也是一樣。如果有好聽而深奧的成語，她就學回來一整句，賣弄六個晚上，兩個白天，每次都給出不同的解釋——她也是迫不得已，因爲她所注意的只是那句成語。至於那是什麼意思，她可不在乎，因爲她也知道那些狗反正沒有什麼腦子，抓不著她的錯。

咳，在這方面她還真是了不起！這一套她弄得很拿手，所以她一點也不擔心，對於那些糊塗蟲的無知，她是很有把握的。她甚至把人家吃飯時與客人說的一些引人發笑的小故事也記住一些，可是照例她總是把一個笑話裡面的精彩地方胡湊到另外一個裡面去，當然是拼湊的不合適，簡直莫名其妙。當她講這些小故事的時候，就倒在地板上打滾，又笑又叫，就像發了瘋似的，可是我看得出她自己也不明白她爲什麼沒有當初別人說的時候那樣有趣。不過這些並不重要。因爲這時別的狗也都打起滾來，並且汪汪大叫，個個心裡都暗自爲了沒有聽懂而害臊，根本不會想到原因並不在他們身上，而是誰也看不出這裡的毛病。

從這些事情，你能看出來她是個相當愛面子而且不誠實的傢伙。可是她還是有長處的，我覺得那足以與她的缺點相抵。她的心地善良，態度也很文雅，人家做了什麼對不起她的事，她從來不記恨，隨便說幾句就把它給忘了。她還把這種好脾氣教給了她的孩子，同時我們還從她那兒學會了在危險時刻表現得勇敢和敏捷，絕不逃避，無論是朋友或是陌生人遇到了危險，我們都要挺身而出，盡力幫助人家，根本不考慮自己要付出多大的代價。而且她總是言傳身教，自己做出榜樣來，這是最好的辦法，最有效果，最經得起考驗。

啊，她也做了許多勇敢的事和漂亮的事，太了不起了！這方面她也算是位勇士。而且她還非常謙虛——總而言之，你不能不佩服她，並且不自覺地以她為榜樣。哪怕拿一隻「查理士王種」長耳狗與她相比，她也有她的閃光點。所以，您也知道，她除了有教養而外，還是有些別的優點。

當我長大成人的時候，就被別人買走了，從此以後就再也沒有見過她了。她很傷心，我也是一樣，我們倆都哭了。可是她極力安慰我，說是我們活在這個世界上是為了一個高尚而神聖的職責，我們必須好好地盡我們的責任，不能埋怨，我們要隨遇而安，要儘量想到別人的利益，不要計較自己的得失。因為那些並不是我們所能控制的事。她說只要能做到這些的人，將來會在另一個世界獲得無上光榮與尊敬，我們禽獸雖然不會去天堂，可是安安分分地過日子，多做些好事，不圖回報，那就可以在我們短暫的生命裡活出尊嚴與價值，這本身就是一種報酬。

這些道理是她和孩子們到主教學校去的時候聽到的，她用心地記下來，比她記那些字和成語都更加認真。而且她還下了很深的功夫去研究這些道理，為的是讓我們從中獲益。由此看來，她腦子裡雖然有些輕浮和虛榮的成分，究竟還是聰明和肯用心思的。

然後我們就互相告別，淚眼朦朧地看了彼此最後一眼。她最後囑咐我的一句話——我想她是特意留在最後說的，好讓我記住——是這樣的：「為了紀念我，如果別人遇到危險的時候，你就不要想到自己，想想你的母親，照她的辦法行事。」

我會忘記這句話嗎？當然不會的。

我的新家有趣極了！房子寬敞漂亮，還有許多圖畫和精美的裝飾，十分考究的傢俱，根本沒有陰暗的地方，處處都有五顏六色的陽光照耀，周圍還有很寬敞的空地，最好的是有個大花園——啊，大片的草坪，高大的樹，鮮豔的花朵，簡直太完美了！我在那兒就好像這一家人裡面的一分子，他們都喜歡我，把我當成寶貝，而且並沒有給我取新名字，還是用我原來的名字，這個名字是我母親給我取的——愛蓮．麥弗寧[4]——我覺得它特別親切。這是母親從一首歌裡找出來的，格雷夫婦也知道這首歌，他們說這個名字很漂亮。

格雷太太大約三十歲，她非常漂亮、非常優雅，那樣子是你無法想像的；莎第十歲，她和她媽媽像極了，簡直是照著她的模樣做出來的一份苗條可愛的複製品，赭色的辮子垂在背上，身上穿著短短的上衣；娃娃才一周歲，長得胖胖的，臉上有一對酒窩，他很喜歡我，老愛拉我的尾巴，抱我，然後哈哈大笑表示他那天真爛漫的快樂，簡直沒有個夠；格雷先生三十八歲，高個子，身材頎長，長得很英俊，有點禿頂，人很機警，動作靈活，一本正經，辦事迅速果斷，不感情用事，那副乾淨的臉龐上總是閃耀著冷冷的智慧的光芒！

他是一位有名的科學家。我不知道科學家是什麼意思，可是我母親一定知道這個名詞的用法，知道怎麼去賣弄它，獲得別人的敬佩。她會知道怎麼去拿它叫一隻捉老鼠的小狗聽了

4.原文為Erin Mavourin，意思是「我親愛的愛爾蘭」，出自蘇格蘭詩人湯馬斯．坎貝爾的一首名為《愛爾蘭的流放》的詩歌。

垂頭喪氣，也可能用它把一隻哈巴狗唬住。

可這個名詞還不是最好的，最好的是實驗室。要是有一個實驗室能把所有的狗脖子上拴著繳稅牌的頸圈都取下來，我母親就可以組織一個大型的托拉斯來辦這麼一個實驗室。實驗室並不是一本書，也不是一張圖畫，更不是洗手的地方——大學校長的狗是這樣說的，可是他說得不對，那叫作盥洗室。[5] 實驗室是大有區別的，那裡面擺滿了罐子、瓶子、電器、五金絲和各種稀奇古怪的機器。每星期都有別的科學家來到這兒，然後坐在一起使用那些機器，討論他們所謂的試驗和發現。

我也常常到這兒來，站在旁邊聽，爲了我母親，我很想學點東西，這樣可以好好地紀念她，可這對我是件痛苦的事，因爲我體會到她一輩子耗費了多少精神，而我卻一點也學不到什麼，無論我怎麼努力，聽來聽去，還是聽不出個所以然來。

平時我就躺在女主人工作室的地板上睡覺，她會溫柔地把我當作一條墊腳凳，這使我很高興，因爲這也一種愛撫；有時候我會在育兒室裡待上個把鐘頭，孩子們會調皮地把我的頭髮弄得亂蓬蓬的，使我很快活；有時候娃娃睡著了，保姆爲了娃娃的事情出去幾分鐘，我就會在娃娃的小床邊看守一會；有時候我會在空地上和花園裡跟莎第追逐打鬧，直到我們都筋疲力盡，然後我就會在樹蔭底下的草地上舒舒服服地睡覺，而她則在旁邊看書；有時候我會到鄰居的狗那兒去拜訪拜訪他們——因爲附近有幾隻非常好玩的狗，其中有一隻很漂亮、很客

5. 英文裡實驗室laboratory和盥洗室lavatory發音接近。

氣、很文雅的狗，名字叫作羅賓．阿代爾，他是一隻捲毛的「愛爾蘭種」獵狗，他也和我一樣，是個「長老會教友」，他的主人是個蘇格蘭牧師。

主人家的僕人都對我很和氣，而且都很喜歡我，所以，你也看得出，我的生活是很幸福的。天下再不會有比我更幸福、更知道感恩圖報的狗了。我不斷地這樣告誡自己，我要極力循規蹈矩，多做正經事，不辜負母親的慈愛和教誨，儘量給別人帶來快樂。

我不久就有了自己的孩子，這使我更加幸福，更加快樂。他走起路來一搖一擺的，可愛極了，身上的毛長得光滑柔軟，就像天鵝絨似的，小腳非常特別、可愛，眼睛炯炯有神，小臉兒天真活潑，非常可愛。我看見孩子們和他們的母親把牠愛得要命，拿他當作寶貝，就算是一個細微的小動作，他們都要大聲歡呼，這真使我非常得意。我覺得生活太美好了，天天如此……

冬天很快來臨了。有一天我在育兒室裡擔任守衛。我在床上睡著了，娃娃也在小床上睡著了，大床和小床是並排的，在靠近壁爐那一邊。這種小床上掛著一頂很高的羅紗尖頂帳子，裡外都看得透。保姆出去了，只剩下我們這兩個瞌睡蟲。壁爐裡燃燒的柴火迸出了一顆火星，掉在蚊帳的斜面上。不久，娃娃便大叫起來，把我驚醒過來。

這時候帳子已經燒著了，火焰正躥向天花板！我還沒有來得及細想，就嚇得跳下來，飛快地跑到了門口，可是很快母親臨別的教誨在我耳朵裡響起來了，於是我又回到床上。我把頭伸進火焰裡去，咬住娃娃的腰帶，拖著他往外逃，我們在煙霧裡跌跌撞撞，我又換個地方把他銜著，而小傢伙一直在尖叫，我們跑出了門口。

跑過過道裡拐彎的地方，我還在不停地拖。我覺得非常興奮、快活和得意，可是這時候主人卻大嚷起來：「快鬆開，你這該死的畜生！」我跳開躲避。可是他快得出奇，一下就追上了我，用他的手杖狠狠地打我，我左閃右躲，嚇得要命，但是左腿上還是狠狠地挨了一棍，痛得我直叫喚，一下子倒在地下，不知道該怎麼辦才好。手杖又舉起來要打，可是沒有揮下來，因爲保姆驚恐地叫起來了：「育兒室著火啦！」主人就往那邊飛跑過去，這樣我才保住了別的骨頭。

真是疼痛難忍，不過沒有關係，我一會兒也不能耽擱，主人隨時都可能回來。所以我就用三條腿一瘸一拐地向過道另一頭走去，來到一道漆黑的小樓梯，它是通往頂樓的，那上面放著一些舊箱子之類的雜物，平時很少有人上那兒去。我吃力地爬上樓，然後在黑暗中摸著往前走，穿過一堆一堆的東西，終於找到了一個我以爲最隱秘的地方藏了起來。躲在那兒我還害怕，真是太傻了，可我就是害怕，我簡直怕得要命，只能拼命忍住，連小聲叫喚都不敢，雖然呻吟是可以舒緩疼痛的，但此時卻無法做到。不過我還可以舐一舐我的腿，這也有點好處。

樓下亂哄哄的，有人大聲叫嚷，也有飛奔的腳步聲，一直過了半小時，才沒有了動靜。總算安靜下來了，這對我來說是很愉快的，因爲這時候我的恐懼心理漸漸平靜下來了。恐懼比疼痛還難受哩——啊，難受得多。然後又聽到一陣聲音，這把我嚇得渾身發抖。他們在叫我——叫我的名字——還在找我哩！

因爲離得遠，這些喊聲不大聽得清楚，可是這並沒有消除那裡面的恐怖成分，這是我從來沒有聽過的最可怕的聲音。喊聲在各處響起：經過所有的過道，到過所有的房間，兩層樓和底下那一層還有地窖通通跑遍了，然後又到外面，越跑越遠——然後又返回房子裡，在整幢房子裡又跑過一遍，我以為這些喊聲永遠也不會停下來。可是總歸還是停止了，過了好幾個小時，頂樓上原本模糊的光線現在也被漆黑的暗影完全遮住了。

然後在那一片安靜之中，我的恐懼心理漸漸地消除了，我才安心睡了覺。我休息得很好，可是朦朧的光還沒有再出來的時候，我就醒了。我覺得身體已經好多了，也想到了一個好主意。我的主意是這樣的：從後面的樓梯悄悄地爬下去，藏在地窖的門背後，天亮的時候送冰的人一來，我就趁他把冰往冰箱裡裝的時候溜出去逃跑。白天繼續藏起來，到了晚上再往前走，我要到……唉，隨便到什麼地方吧，只要是人家不認識我，不會把我出賣給我的主人就行。想到這兒我高興起來。可是我忽然想到：咳，如果丟下我的孩子，活下去還有什麼意思呀！

這可叫人大失所望。可是沒有任何辦法，我明白現在的情形，所以只好待在原來的地方，靜靜地待著，聽天由命——因為這些不是我能改變的。生活就是這樣——我母親早就這樣說過了。後來——唉，後來喊聲又響起來了。我的心裡又生起了恐懼。心裡想，主人是絕不會放過我的。我不知道我究竟做錯了什麼，使他這樣生氣，這樣討厭我，不過我猜那大概是狗所不能理解的什麼事情，人總該看得清楚，反正是很糟糕的事吧。

他們不停地叫喊——我覺得好像叫了幾天幾夜似的。時間拖得太久了，我又餓又渴，簡直難受得要發瘋，我知道我已經沒有力氣了。到了這種情形的時候，就睡得很多，我也就大睡特睡起來。有一次我在驚嚇中醒過來——因爲我好像覺得喊聲就在那頂樓裡！

果然是這樣。那是莎第的聲音，她一面還在哭，可憐的孩子，她叫著我的名字，夾雜著哭聲，我聽到她說：

「回我們這兒來吧——啊，回我們這兒來吧，別生氣——如果你不回來，我們真是太……」

這使我非常高興，簡直不敢相信自己的耳朵。我感激得什麼似的，然後汪汪地叫了一聲，莎第馬上就從黑暗中和廢物堆裡一顛一跌地鑽出去，大聲地叫喊道：「找到她啦，找到她啦！」

後來的那些日子——哈，那才真是不可思議呢。主人一家及僕人們——咳，他們簡直就像是崇拜我啊。似乎無論給我鋪多好的床也嫌不夠講究；至於吃的東西呢，他們非給我弄些還不到時令的稀罕野味和講究的食品，都不覺得滿意；每天都有朋友和鄰居們到這兒來聽他們說我的「英勇行爲」——這是他們給我所幹的事情取的名稱，意思和「農業」一樣。

我記得有一次我母親把這個名詞帶到一個狗窩裡去賣弄，她就是這麼解釋的，可是她沒有說「農業」是怎麼回事，只說那和「壁間熱」是同義詞。[6]格雷太太和莎第給每一個新來的客人講這個故事，每天要說十幾遍，她們說我冒了性命危險救了娃娃，我們倆都有燒傷可以證明，然後客人們就抱著我一個一個地傳過去，把我摸一摸、拍一拍，大聲地稱讚我，您可以看得出莎第和她母親的眼睛裡那種得意的神氣。人家要是問起我爲什麼瘸了腿，她們就顯得

6.這裡作者將一些字形發音近似，或者意思上有關聯的字混淆在一起，訛稱為「同義詞」。

不好意思，趕快轉移話題，可是有時候人家把這件事情問來問去，我就覺得她們簡直好像要哭似的。

這還不是全部的光榮呢。主人的朋友們來了，整整二十個最出色的人物，他們把我帶到實驗室裡，好像我是一種新發現的東西似的。其中有幾個人說一隻畜生居然有這種行爲真是了不起，他們說這是他們所能想得起的最神奇的本能的反應。可是主人揚揚自得地說：「這比本能高得多。這是理智，有許多人雖然得到主的眷顧，有了理智的頭腦，可是他們的理智還不如命中註定不能去天堂的這個可憐的小畜生。」

他說罷就大笑起來，然後又說，「咳，你們看我，我真是可笑！唉，雖然身爲科學家的我才智過人，可是我所想到的不過是認爲這隻狗發了瘋，要把孩子弄死，事實上，要不是這個小傢伙的智力——這是理智，實實在在的！——要是沒有牠的理智，我的孩子早就完蛋啦！」

他們翻來覆去地爭論，而我始終是爭論的中心和主題，我希望母親能夠知道我已經得到了這種了不起的榮譽。她一定會爲我而驕傲的。

然後他們又開始討論光學，這也是他們取的名詞，當討論到如果大腦受傷眼睛是否會失明時，大家的意見有了分歧，他們就說一定要用實驗來證明才行。然後他們又談到植物，這使我很感興趣，因爲莎第和我在夏天種了一些種子——你要知道，我還幫她挖坑哩——過了不久，就有一棵小樹或是一朵花長出來，真是不可思議。可是這就是事實。我很希望我能說話——那麼我就可以把這些告訴他們，讓他們知道我懂得多少事情，我對這個問題非常感興趣。可是我對於光學並不感興趣，這玩意兒十分無趣，後來他們又談到了這個話題上，我就覺得很討厭，所以就睡著了。

春天很快就來了，天氣很晴朗，春風和煦，陽光明媚，漂亮的女主人及兩個孩子要出遠門探親，離開時拍了拍我和我的小孩子，算是告別。男主人沒有工夫陪我們，可是我們母子一起玩，日子還是過得很愉快。僕人們都很和氣，和我們很要好，所以我們一直很快樂，老是計算著日子，等著女主人和孩子們回來。

可是有一天，那些人又來了，他們說要進行實驗，於是他們就把我的孩子帶到實驗室裡，我也就用三隻腿瘸著走進去，心裡覺得很得意，因爲人家看得起我的孩子當然是件愉快的事情。一陣討論後實驗開始了，突然小狗娃慘叫了一聲，然後被放在了地上，可牠卻一歪一倒地亂轉，滿頭都是血，男主人拍著手大聲嚷道：

「你看，我贏啦——果然不錯吧！牠簡直瞎得什麼也看不見了！」

其餘的人都附和道：

「果然是這樣——你證明了你的理論，從今以後，受苦的人類應該感謝你的大功勞。」他們把他包圍起來，熱烈地和他握手，一邊祝賀，一邊稱讚。

可是這些話我一句也沒有聽進去，因爲我立刻就往我的小寶貝那兒跑過去，緊緊地靠著牠，舐著牠的血。牠的頭靠著我，小聲地哀嚎著，我心裡很明白，牠雖然看不見我，可是在牠那一陣痛苦和煩惱之中，能夠感覺到牠的母親在身邊，這對牠也是一種安慰。很快牠就倒下去了，牠那柔軟的鼻子放在地板上，牠安安靜靜地，再也不動了。

不一會兒，主人停止了討論，按按鈴把僕人叫進來，吩咐他說：「把牠埋在花園裡最遠的那個犄角裡。」說完又繼續討論，我跟在僕人後面趕快走，心裡很高興、很輕鬆，因爲我知道小狗娃已經睡著了，所以就不會覺得痛了。

我們一直走到花園裡最遠的那一頭，那是孩子們和保姆跟我們母子倆夏天常在大榆樹的樹蔭底下玩的地方，僕人就在那兒挖了一個坑，我看見他打算把小寶貝種在地裡，心裡很高興，因爲我知道牠會長出來，長成一個很好玩、很漂亮的狗，就像羅賓·阿代爾那樣，等女主人和孩子們回來的時候，還會叫他們喜出望外。

所以我就幫他挖，可是我那隻瘸腿是僵的，不中用，你知道這得用兩條腿才行，否則就沒有用。僕人挖好了坑，把小羅賓埋起來之後，拍拍我的頭，他眼睛裡含著淚，說道：

「可憐的小狗，你可救過他孩子的命哪。」

我在坑邊守了整整兩星期，可是他並沒有長出來！在往後的一星期裡，有一種恐懼不知不覺地鑽到我心裡了。我覺得這事情有些可怕。我也不知道究竟是怎麼回事，可是這種恐懼讓我坐立不安，儘管僕人們拿最好的東西給我吃，可是我還是吃不下。

他們很心疼地撫摸我，甚至晚上還過來，哭著說：「可憐的小狗——不要再守在這兒，回家去吧。別讓我們傷心啊！」

這些話使我更加不安，我知道一定出事了。我一點力氣也沒有了。從昨天起，我就再也站不起來了。最後這個鐘頭裡，僕人們望著正在落山的太陽，夜裡的寒氣正在凝聚，他們說的話，我都聽不懂，可是他們的話有一股使我心裡發冷的味道。

「那幾個可憐的人啊！他們可不會想到這個。明天早上他們就要回來了，一定會關心地問起這隻勇敢的狗，那時候我們幾個誰能硬起心腸，把事實告訴他們呢：『這位無足輕重的可憐的小寶貝到了那不能升天的畜生們所去的地方了。』」

Story 25

三萬元的遺產

一

湖濱鎮是一個有五六千人口的小鎮，生活舒適，在大西部[1]算得上是一個漂亮的小鎮。小鎮的教堂共能容納三萬五千人。這是大西部和南部的規矩：因爲那裡人人都信教，新教的各個教派都有信徒，也都有自己的一塊地盤。湖濱鎮裡沒有高低貴賤之分——有也不會被接受。鎮子裡的人都相互熟識，大家相處得十分和睦。

薩拉丁．福斯特是鎮上最大的一家商店的會計，在鎮上所有的會計裡，他那的薪資最多。他今年三十五歲，已經在這家商店工作了十四年，他從結婚的那個星期就開始在那裡工作，當時的年薪是四百塊，以後慢慢地往上加，每年加一百塊錢，四年後年薪達到八百塊，

1. 美國落磯山脈到太平洋沿岸之間的地帶。

然後一直保持這個水準——這是筆可觀的收入，大家也都覺得他應該拿這麼多。

他的妻子伊萊克特拉是個賢內助，只是和他一樣，喜歡幻想，也喜歡背著人看點兒閒書。那時她十九歲，還像個孩子，就和福斯特結了婚。她結婚以後做的第一件事，就是用二十五塊的現金——她的全部積蓄，在鎮郊買了一英畝地，那時薩拉丁的積蓄比她還少十五塊，伊萊克特拉把這塊地改成了菜園，交給隔壁的鄰居照看，一年就收回了成本。

她從薩拉丁第一年的薪資裡積攢出三十塊錢存到儲蓄所，第二年存了六十，第三年存了一百，第四年存了一百五十。那時薩拉丁的年薪加到了八百，與此同時，他們有了兩個孩子，開銷大了起來。儘管如此，她每年還是能從丈夫的薪資裡拿出兩百塊錢來存上。結婚七年以後，她在那片菜地中間蓋了一幢又漂亮又舒適的房子，花了兩千塊錢。她先付了一半的錢搬了進去。又過了七年，她不僅還清了債務，還剩下幾百塊的結餘，當作本錢用來賺錢。

伊萊克特拉賺錢靠的是地價上漲。她將多年前便宜買進的一兩英畝地賣給了想建房的人，從而賺到了錢。買她地的那些人脾氣不錯，和她以及她不斷擴大的家庭相處和睦，能當好鄰居，相互有個照應。從這些穩妥的投資中，她每年都有大約一百塊錢的額外收入。孩子們一天天地長大，越長越可愛。她也是一個快樂的女人。丈夫和孩子給她快樂，她也把歡樂給了丈夫和孩子。可是故事就在這個節骨眼開始了。

小女兒克萊藤內斯特拉，就叫她克萊蒂吧，十一歲，她的姐姐格雯德倫，就叫她格雯吧，十三歲，姐妹倆都是文靜沉穩的女孩。她們的名字裡也蘊含著父母親的浪漫氣質，而這種氣質是又是從前輩傳承下來的。這是一個溫馨和睦的家庭，一家四口都有暱稱。薩拉丁的暱稱不常見，聽不出是男是女——叫薩利，伊萊克特拉也是這樣，叫艾萊柯。

白天，薩利是個優秀的會計、好商人，工作兢兢業業，艾萊柯則是個盡職盡責的好母親、好妻子，也是一個精打細算、持家有道的婦女。一到晚上，他們就在溫馨的起居室裡拋開單調乏味的塵世，徜徉在一個更完美的世界裡。他們輪流朗讀小說，神遊四方，在目眩神迷的華麗宮殿中，在陰森恐怖的古堡裡與王公貴族、名媛高士為伍。

二

突然有一天，傳來了一個天大的消息！這個讓人驚喜的消息來從鄰州傳來的，薩利一家唯一還在世的親戚就住在那裡。那人是薩利的親戚——不知是遠房的族叔還是隔了兩三房的堂兄。這位親戚名叫提爾伯里・福斯特，是個七十歲的單身漢，聽說家境富有，可性格倔強，多少有點古怪。薩利曾經寫信與他聯繫過一次，以後就再也沒幹過那種傻事。

這一次是提爾伯里主動寫信給薩利，說他快不行了，希望將自己的三萬元錢留給薩利，這倒不是出於親情，而是因為這些錢給他帶來了太多的煩惱，所以他想死後把這些錢交給適當的人，好讓它們繼續搗亂。

這筆遺產將在他的遺囑裡做出交代會如數付清。要得到這筆錢，薩利必須向遺囑執行人保證以下三點：一、薩利不能用口頭或書面方式表露出對這筆贈款的興趣；二、不詢問死者的死亡過程；三、不參加葬禮。

還沒從這個消息的驚喜中平靜下來，艾萊柯就寫了一封信，訂閱了這位親戚住地的報紙。夫妻兩人鄭重約定：那位親戚在世期間，絕不向任何人提起這件大事，以免哪個不懂事的傢伙拿這件事到快死的人那裡撥弄是非，好像是他們觸犯禁令，故意張揚，辜負了饋贈這筆遺產的美意。

在接下來的時間裡，薩利的帳漏洞百出，艾萊柯也心不在焉，一會兒端起個花盆，一會兒拿起本書，一會兒又揀起塊木頭，不知道自己要做什麼。兩個人都浮想聯翩。

「三萬塊錢！」

整整一天，這四個令人心旌搖盪的字如天籟一般在他們的腦海中迴蕩。從結婚那天起，艾萊柯就把錢包攥得緊緊的，除了必須的開支，薩利從來沒花過一分錢。

「三萬塊錢！」

天籟在繼續迴蕩。一筆鉅款，簡直不可思議！

整整一天，艾萊柯絞盡腦汁，盤算怎樣用這筆錢去賺錢，薩利想的卻是怎麼花這筆錢。這天晚上小說也沒人朗讀了。爸爸媽媽一言不發，心事重重，一點兒玩的心思也沒有。孩子們也就早早地離開了。孩子們道晚安時的親吻像給了空氣，沒有任何反應，兩個人根本沒有意識到孩子們的親吻，一小時後，他們才發覺孩子們已經離開起居室了。在這一小時裡，最忙的是兩枝鉛筆，夫婦倆一直把它們拿在手裡運籌帷幄。

最後，薩利打破了沉默，興高采烈地說：

「太好了，艾萊柯！夏天咱們先拿出一千塊錢來，買一匹馬，一輛馬車；冬天再拿出一千塊錢來，買一副雪橇和一副皮的雪橇帽子。」

艾萊柯果斷而冷靜地回答：

「你想動這筆錢？不行。這筆錢一分也不能動！」

薩利深感失望，漲紅了臉。

「艾萊柯！」他氣呼呼地說，「咱們辛苦了這麼多年，一分錢當成兩分錢花，現在咱們有錢了，當然要——」

看到她的眼神柔和了下來，薩利就沒有說完。薩利的懇求打動了艾萊柯。她柔聲細語地規勸薩利：

「親愛的，我們不能動這筆本錢，那不是好辦法。拿這筆錢的利息——」

「那也可以，那可以，艾萊柯！你真可愛，真好！利息也不少啊，咱們要是能花——」

「當然不是全花，親愛的，不能全花了，不過你可以花費其中一部分。不多也不少。可是本金是不能花的——那裡的一分一厘都要生利，利滾利。你說——我說得對嗎？」

「啊，當然對——對極了。不過我們要等很長時間的，因爲六個月才能領第一筆利息。」

「對——可能還要晚一點。」

「還要晚，艾萊柯？爲什麼？利息不是半年一結嗎？」

「照那種辦法投資是半年，可是我不願用那種辦法投資。」

「那你用什麼辦法？」

「賺大錢的辦法。」

「大錢。那好啊！接著說，艾萊柯。到底是什麼辦法？」

「投資煤炭，把錢投到新礦、開採新煤上面，可以先投一萬打底。我們把公司成立起來之後，一股的錢就可以算作三股。」

「上帝啊，聽起來真不錯，艾萊柯！可那些股能值多少錢？要等到什麼時候？」

「估計一年吧。半年利息百分之十，一年後就是三萬。我全都清楚，這張辛辛那提報紙上的廣告都寫著呢。」

「上帝啊，一萬塊一年變成三萬！咱們把那筆錢都投進去，拿回九萬來豈不更好！我馬上寫信，現在就寫——明天就怕來不及了。」

他朝寫字檯飛奔而去，可是艾萊柯卻攔住他，把他拉回椅子上來。她說：

「別暈頭轉向了。那筆錢還沒有到手呢，怎麼買股？」

薩利的激情少了幾分，可他還沒有完全平靜下來。

「可是，艾萊柯，其實那筆錢已經是我們的了，你知道——而且馬上就要到手了。說不定他已經脫離苦海了。說不定，他現在正在收拾行李準備下地獄呢，我想——」

艾萊柯打了個激靈說：

「你怎麼能這樣呢，薩利！可別說這種無恥的話。」

「那好，只要你高興，讓他戴個光圈上天堂也行，他怎麼樣和我無關，我只是隨便說說。說句話也不行嗎？」

「可你幹嘛要說這麼可怕的話呢？你還沒死的時候，別人這樣說你，你會高興嗎？」

「當然不高興，但假如這輩子最後一件事就是用送錢來害人，他也別不高興。艾萊柯，我們別說提爾伯里了，說點兒實實在在的事吧。我看煤礦倒是值得把那三萬塊錢都投進去，這樣做有什麼問題嗎？」

「把賭注全押到一邊——這就是問題。」

「如果這樣，那就算了。另外那兩萬怎麼辦呢？你想拿它們做什麼？」

「不用著急，我好好想想再決定。」

薩利嘆了口氣：「如果你已經決定了，那就這麼辦吧。」他又沉思了一會兒，說：「從現在起，一年之內咱們就能用一萬賺兩萬。賺的錢咱們總可以花了吧，艾萊柯？」

艾萊柯搖搖頭。

「還是不行，親愛的，」她說，「在咱們分到頭半年的紅利以前，股票賣不出好價錢，所以你只能花一部分。」

「哼，就只能花那麼一點兒啊——還得等整整一年！活見鬼，我——」

「哎，沉住氣！也許用不了三個月就分紅呢——這完全可能啊。」

「哦，那太好了！哦，謝謝你！」薩利跳起來，感激地吻著妻子，「那就是三千塊錢啦——足足三千塊呀！那我們能花多少呢，艾萊柯？大方點兒——說定了，親愛的，你就行行好吧。」

艾萊柯也興奮起來，興奮得經受不住丈夫的懇求，答應拿出一千塊來花——其實，理智告訴她花這麼多錢是不明智的。薩利發瘋似的吻著妻子，即便如此，也表達不了他的興奮和感激之情。

這一輪感激和愛心攻勢把艾萊柯徹底征服了，在重新穩住陣腳以前，她又批准給了薩利一筆錢——兩千塊。按她的想法，這兩千塊錢是遺產裡還沒動用的那兩萬塊在一年內可賺到的五萬或六萬的一小部分。

薩利眼中閃爍著激動的淚花，他說：

「哦，我得抱你一下！」然後就是一個深深的擁抱。抱完以後，薩利拿著帳本坐下來開始算帳，首先是他最想要的。

「馬——馬車——雪橇——雪橇帽子——漆皮——狗——大禮帽——教堂椅子[2]——上弦的表——鑲新牙——嘿，艾萊柯！」

「什麼事？」

「還沒算完呢，是嗎？算吧算吧，剩下的兩萬塊投出去了嗎？」

「沒有，那筆錢不著急，我要先四處看看，再拿主意。」

「那你怎麼還沒算完呀？你還在算什麼？」

「嘿，我得想想投資煤礦賺的三千塊錢該用在什麼地方，對不對？」

「老天，你瞧我這腦子！我怎麼沒想到呢。你是怎麼安排的？算到哪一年啦？」

「不太遠——也就兩三年吧，我打算將這筆錢再進行投資：一次投在石油，另一次投在小麥。」

2. 教堂裡供某一種家庭專用的座位。

「嘿，艾萊柯，太棒了！大約能賺到多少？」

「我想想——嗯，保守估計，大約能賺十八萬，也許還能再多賺點兒。」

「呵！太棒了！我的天哪！咱們總算是苦盡甘來了。艾萊柯！」

「什麼事？」

「我想捐給教會三百塊——有這麼多錢，幹嘛不花呢！」

「這再好不過了，親愛的，這才是像你這樣慷慨大方的人應該做的事。」

聽了這番稱讚，薩利心花怒放，不過他也很公道，把功勞都記在了艾萊柯身上，因爲沒有艾萊柯，他也不會有這麼多錢。

然後他們就上床睡覺，由於太過高興，以至於連客廳裡的蠟燭都忘了吹滅，等脫了衣服，他們才想起來。薩利說，就算蠟燭價值一千塊，他們也用得起，就那麼點著吧，可艾萊柯還是下床去把蠟燭吹滅了。

艾萊柯的這次熄蠟行動可謂一箭雙鵰，因爲就在她往回走的時候，她突然想到了一個主意：她要趁熱打鐵，將那十八萬翻成五十萬塊。

三

艾萊柯訂的那份小報是每週四出報的，週六那份報紙才能從提爾伯里的村子跋涉五百里到達這裡。提爾伯里的那封信是週五寫的，就算他當天就死，也遲了一天，趕不上當週的報紙，而離下一週的出版時間還早著呢。這樣，福斯特一家還要等差不多整整一星期，才能知道提爾伯里是不是已經功德圓滿了。

這個星期十分漫長，等待也是十分焦急。如果不想些能夠打發時間的事，他們夫妻倆簡直要頂不住了。正如我所說，他們並不缺有益身心的事，妻子正拚命積累財富，丈夫忙著花錢——只要妻子給他花錢的機會，不論錢多錢少都無所謂。

終於熬到了週六，那份《薩加摩爾週報》來了，是埃弗斯利．本內特太太送來的。她是長老會牧師的妻子，正在勸說福斯特夫婦積德行善，為教會捐些錢。可是，話題還沒展開，就戛然而止，因為本內特太太很快就發現，兩位主人對她的話充耳不聞；她摸不著頭腦，氣呼呼地起身告辭了。

本內特太太前腳剛出門，艾萊柯就迫不及待地撕開了報紙的封套，她和薩利的眼光齊刷刷地掃視著訃告欄。真是大失所望！根本沒提到提爾伯里。

艾萊柯一直是個虔誠的基督教教徒，基督教的教條和信仰約束著她的情感，她定了定神，備感欣慰地說：

「謝天謝地，他還沒有去世，再說——」

「這個老不死的，我真想——」

「薩利！你不覺得害臊嗎？」

「我才不在乎呢！」丈夫怒氣衝衝地回答，「咱們心裡想的都一樣，別再假惺惺地裝腔作勢了，說實話吧。」

艾萊柯覺得自己受到了侮辱，她說：

「我真不知道你怎麼能說出這種不仁不義的話來，我什麼時候裝腔作勢了？」

薩利還是憤憤不平，不過他卻想換一種說法蒙混過關──以為這樣就能唬住艾萊柯。薩利說：「艾萊柯，我可沒那麼壞，我真正的意思不是說裝腔作勢，我是說──是說──那老掉牙的教條，你懂嗎？嗯，就是生意人那一套，就是──就是──嘿，你明白我是什麼意思。艾萊柯──就是──比方說，如果你用空殼子擺出來當作實心的，別人也不會覺得有什麼不妥當，這不過是生意人的潛規則，是從古到今的老規矩，是一成不變的風俗，是守──守──媽的，我也不知道該怎樣形容才好，反正你明白我的意思，艾萊柯，我並沒有害人之心。我再換種說法吧，你瞧，比如說一個人──」

「行了，夠了，」艾萊柯冷冷地說，「咱們別再說這個啦。」

「好吧，好吧，」薩利熱情洋溢地答道，他擦著腦門上的汗，心裡暗暗舒了口氣。他沉思著做自我批評：「我本來拿了一把好牌──我明明知道是好牌──可我拿在手裡沒打出去，我打牌時總是犯這個毛病，要是我能堅決一點──可我沒有，我從來沒有，我的學問還不夠啊。」

自知理虧，他也就默不作聲了，艾萊柯的眼神寬恕了他。

他們馬上回到那個最感興趣的話題上來了，這是其他任何事情都無法比擬的，那就是猜測報上為什麼沒有刊登提爾伯里的死訊。他們東猜西想，一會兒走投無路，一會兒又柳暗花明，可是轉了一個大圈子，他們又回到原地，得到的結論是，之所以沒有刊登提爾伯里的訃告，唯一合理的解釋──毫無疑問──就是提爾伯里還沒死。

這事有點讓人洩氣，甚至還有些氣憤，不過事已至此，也只能順其自然了。這一點他們達成了共識。在薩利看來，雖然天意如此，畢竟反常，不可思議。說實話，這是他能想到的最不可思議的事情之一——想到這裡，他也就帶著幾分情緒發洩出來了。不過，這並沒有引起艾萊柯的注意，她一言不發。艾萊柯就算有想法，也都藏在心裡。不論何時何地，她的原則就是在所有場合都不輕舉妄動。

這對夫婦只有等著下週的報紙——顯然提爾伯里拖延了死期。這就是他們的想法和結論。然後他們就把這件事擱在一邊，努力平靜好心情各自忙他們的事了。

他們並不知道自己完全錯怪了提爾伯里。提爾伯里做到了他信裡說的事情，他已經死了，如約而死。如今他死了四天多，已經安息了；死得徹頭徹尾，死得完完全全，和公墓裡頭的每一位剛死的人一樣。提爾伯里的死訊有足夠的時間登上《薩加摩爾週報》的訃告欄，可是卻出了一點點的疏漏。這種疏漏任何一家都市報紙都不會出，可是出現在《薩加摩爾週報》這樣的鄉村小報上是不足爲奇的。因爲在社評版截稿的時候，霍斯提特紳士淑女冰淇淋店爲報社贈送了一夸脫草莓冰淇淋。於是，爲提爾伯里寫的那幾句平平淡淡的悼詞就給刪掉了，騰出版面來刊載編輯對冰淇淋店熱情洋溢的謝詞。

提爾伯里的訃告字版在送到備用架上的時候被弄亂了。這條訃告本來還可以用，因爲《薩加摩爾週報》從來不糟蹋「備用」稿，只要排版不亂，「備用」稿就常備不懈。可是只要字版一亂，稿子就算毀了，不會起死回生，也就永遠沒有見報的機會了。所以，無論提爾伯里高不高興，就算他在墳墓裡暴跳如雷也無濟於事——他的死訊在《薩加摩爾週報》上永無出頭之日了。

四

冗長乏味的五個星期過去了。《薩加摩爾週報》準時在每週六送到，卻隻字不提提爾伯里・福斯特。此刻，薩利再也沒有耐心了，怒吼道：

「去他媽的，這個老不死的！」

艾萊柯嚴厲地批評了丈夫，她義正詞嚴地說：

「你也不想一想，要是這句混帳話剛出口，你也一蹬腿就死了呢？」

薩利氣急敗壞，順口就說：

「那算我走運，沒把這話憋在心裡。」

男人的自尊心逼著薩利說點兒什麼，可他又沒想好合情合理的話，就順嘴說了這一句。接著，他偷了一壘——這是他的說法——溜之大吉，以免遭妻子連珠炮般的責問。

一晃六個月過去了，《薩加摩爾週報》仍然隻字不提提爾伯里的事。這期間，薩利已經三番兩次暗示他想搞清楚，可是艾萊柯卻對此置之不理，於是薩利鼓足勇氣，決定正面打聽。他提議由自己喬裝改扮，偷偷潛入提爾伯里的村子，偷偷地摸清情況，艾萊柯斬釘截鐵地制止了這個危險的計畫，她說：

「你想什麼呢？淨給我添亂！你就像個小孩子，必須得隨時留意你，否則準闖禍。該幹什麼就幹什麼去吧！」

「嘿，艾萊柯，我能做到神不知鬼不覺——我保證。」

「薩利．福斯特，你難道不知道你得四處打探嗎？」

「是啊，那又怎麼啦？誰都猜不出我是誰呀。」

「哼，瞧你說的！有朝一日你得向遺囑執行人證明你從來都沒有打聽過，那時怎麼辦？」

他居然把這點給忘了。他答不上來，一時語塞。艾萊柯接著說：

「別再胡思亂想給我添亂了，別中了提爾伯里的圈套，你明白那是個圈套嗎？他就盼著你往裡面跳呢。聽著，你就別再惦記了，我是不會讓你這麼做的。」

「嗯？」

「只要你活著，哪怕等一百年，也絕不要再提起這件事，你答應我！」

「好吧。」薩利心有不甘地嘆了一口氣。

艾萊柯的語氣緩和了下來，她說：

「要沉住氣，我們快成功了，我們有的是時間等待，不用著急，咱們那兩筆固定收入一直在增加，至於期貨，我從來沒有看錯過——它們的價格正飛快地上漲呢。我們家是本州最幸運的了。我們已經開始躋身富人行列了，這你都知道，是吧？」

「是，艾萊柯，沒錯。」

「那就得感謝上帝的恩賜，別再自尋煩惱了，沒有上帝的幫助和指引，我們會有這麼多的收穫嗎？」

他吞吞吐吐地答道：「不——不，不會的。」薩利又滿懷深情，用讚賞的口氣說：「不過，說到炒股票的智慧和耍弄華爾街的手腕，我倒覺得你是個行家高手，要是真想，我——」

「別說了！親愛的，我知道你沒有害人之心，也沒有不敬的意思，可是，你一張嘴就會說出幾句嚇人的話，你老是讓我提心吊膽，爲你、也爲大家捏一把汗，以前我並不害怕打雷，可如今我一聽見打雷就——」

她哭了起來，再也說不下去了，此情此景深深打動了薩利，他緊緊地握住妻子的手，一邊撫摸，一邊發誓要痛改前非，他自責了一番，後悔不迭地請求寬恕。他誠心誠意地爲自己的言行道歉，他說只要能夠彌補過失，他甘願做出任何犧牲。

他花了很長的時間反省自己的言行，決心今後一定不再語出驚人。發誓洗心革面並不難，其實他也已經這樣做了。可是，這樣做會有什麼好處，會有什麼長遠的好處嗎？沒有，這都是暫時的——他深知自己的弱點，對這個弱點也是無可奈何——說得到但是做不到。他決定要想一個更好更保險的辦法，最終他想到了，他從自己一分一毫節省的血汗錢裡拿出一筆來，在房頂上安了一個避雷針。

可是沒過多久，他又故態復萌了。

習慣這東西創造的奇蹟多麼驚人啊！而習慣的養成又是如此容易，如此迅速——無論是不起眼的小習慣，還是脫胎換骨改造我們的大習慣，全都如此。如果一連兩天偶然都在凌晨兩點睜眼，我們就必須小心了，因爲偶然次數多了就會成爲習慣。還有，只需要一個月的酗酒放縱，那麼你就可能成爲酒鬼——不過，這些都是人所共知的事，不說也罷。

沉浸於蓋空中樓閣的習慣、做白日夢的習慣的形成也是如此之快！它已經成爲一種享受。一有空閒，我們就被它勾走了魂，沉迷其中，它侵蝕了我們的心靈，使我們沉醉於蠱惑人心的妄想之中——是啊，我們的夢幻生活和我們的真實生活混淆不清，真假難辨，是多麼迅速，多麼輕而易舉的事情啊！

不久，艾萊柯訂了一份芝加哥的日報和一份《華爾街指數》。她花了整整一星期，拿出每週讀《聖經》的勁頭來，勤奮研究這兩份報紙，重點研究財經版。薩利注意到，她對預測和掌握實際市場和精神市場兩方面的證券行情越來越內行了。對此，薩利佩服得五體投地，他爲艾萊柯闖蕩世俗股市的勇氣和膽略感到驕傲，同時對她進行精神上交易所採取的保守的謹慎的態度也同樣自豪。

他注意到艾萊柯在很多方面都有天賦，並且頗有膽量，在複雜的期貨市場上總是做短期，但是她小心翼翼地到此爲止——在其他方面，她做的都是長期。她的投資策略簡單有效，就像她對薩利解釋的那樣：她在物資期貨方面的投入是投機，而在精神期貨方面的投入則是投資。對前者她情願冒點風險，碰碰運氣，對後者她卻要做到「十拿九穩」——她不光要賺錢，還要股票過了戶才算數。

沒過幾個月，艾萊柯和薩利的想像力就有了進步。每日的訓練開拓了兩人想像的範圍與效率。因此，想像中艾萊柯將賺錢的速度加快了很多，薩利則與她比翼齊飛，花錢的本領也與日俱增。一開始，艾萊柯把投資煤礦的收益期定爲十二個月，從未考慮過這個期限可以縮短爲九個月，因爲那時她還處於沒有啓蒙的小兒科時期，沒有金融方面的經驗和實踐。

不久她就開了竅，九個月的期限消失了，想像中的一萬塊投資翻了三倍後收入帳戶，利潤到手了！

這是福斯特夫婦值得慶祝的日子，他們都高興得說不出話來了。這是有原因的：對市場情況經過仔細觀察之後，艾萊柯提心吊膽、戰戰兢兢地把剩餘的兩萬塊也投了進去。在想像中，她眼看著手裡的股票價格不斷地上漲——同時伴隨著股市每時每刻都可能暴跌的風險，她的精神壓力越來越大，實在不能再支持下去了。因爲，她對股票投機生意還是一個新手，沉不住氣。於是，她用想像中的電報給想像中的經紀人發出了抛出的指令，她認爲四萬塊錢的利潤已經夠多了。抛出這筆股票的同時，煤礦投資的豐厚利潤也在那一天落袋了。

正如我剛才講的，這夫妻倆說不出話來了。那天夜裡他們大喜過望、如醉如癡，極力想意識到這是一件了不起的大事，也就是將想像中的這筆財富——實際上淨值十萬，認爲是實打實的十萬。

從此，艾萊柯再也不怕股票投資。起碼不再害怕從夢中驚醒，面頰慘白，那都是初出茅廬時的事情了。

這確實是一個難以忘懷的夜晚，慢慢地，已經發了財的意識在這對夫妻的靈魂深處站穩了腳跟，於是他們開始給這些錢派用場了。

假如我們能進入這兩位的夢境，就會發現他們那幢整潔的小木屋消失了，取而代之的是一棟兩層的磚瓦房，房前有鑄鐵的柵欄，我們還能看到從客廳的天花板上垂著一盞三個燈泡的枝形煤氣燈架，原先樸素的碎布地毯變成了昂貴的一碼一塊五的布魯塞爾貨[3]，大路貨的壁

3.布魯塞爾出產的一種底層為粗麻，上層由彩色羊毛織出圖案的高級地毯。

爐也不見了，取而代之的是一座有雲母窗的考究的大壁爐。另外還有其他一些東西，比如，輕便馬車、雪橇帽子、高筒禮帽，等等。

從此以後，儘管他們的女兒和鄰居們看到的依舊還是舊木屋，可在艾萊柯和薩利眼裡，那是一棟兩層樓的磚瓦房。艾萊柯天天晚上都爲想像中的煤氣費單子而傷腦筋，然後從薩利滿不在乎地回答中得到安慰：「怕什麼？咱們付得起！」

他們發財後的第一天晚上，夫妻倆決定上床之前好好慶祝一番。他們決定要開一個派對。可是，怎麼跟女兒及鄰居們解釋呢？他們不想讓別人知道自己發財了。薩利想開派對，甚至有點迫不及待，可是艾萊柯十分理智，沒有批准。她說，儘管這些錢幾乎已經到手，可還是等到真正到手再辦才好。她堅持這個立場，毫不動搖，必須保守這個大秘密——對女兒、對鄰居們都要保密。

這對夫妻左右爲難。他們已經決定要慶祝，這點不能改變。可是，既然要保密，他們怎麼慶祝呢？三個月之內不是任何人的生日。提爾伯里的遺產也沒有到手，他顯然是要長命百歲了。那，他們慶祝什麼呢？薩利想著想著，越來越著急，越來越心煩意亂。不過，薩利終於找到了理由——在他看來，這是神來之筆——把所有的煩惱一下子統統解決：他們可以用發現美洲紀念日的理由慶祝。這是一個絕妙的主意。

艾萊柯也爲薩利的妙計感到驕傲，幾乎無法用語言表達自己的敬佩——她說，她自己怎麼也想不出這個主意來，雖然薩利受寵若驚，對自己的機智也驚嘆不已，不過他還是謙虛地說，這算不了什麼，誰都想得到。

艾萊柯聽了，得意揚揚地晃著腦袋，高興地說：「啊，沒錯！誰都能——啊，誰都能想到！比如說霍薩納．迪爾金斯吧！阿得爾伯特．皮納特也能——呃，親愛的——沒錯！那好，我倒想看他們來比試比試，沒別的意思。上帝，如果他們能發現一個四十英畝的小島，我都會驚訝得合不攏嘴。要說發現整個大陸，薩利．福斯特，你再清楚不過了，讓他們搜腸刮肚，他們也是想像不到！」

這位可愛的女子知道丈夫是有天賦的；即使因愛情而稍稍高估了他，也不過是甜蜜而溫柔的過錯而已，因爲愛，這是情有可原的。

五

派對十分熱鬧。朋友們老少咸集，齊聚一堂。年輕人有弗蘿晉．皮納特、格蕾絲．皮納特以及她們的哥哥阿得爾伯特．皮納特，他是一個剛出道的補鍋匠，生意正紅火。還有小霍薩納．迪爾金斯，他是一個剛出師的泥瓦匠，阿得爾伯特和霍薩納已經對克萊藤內斯特拉和格雯德倫．福斯特獻了好幾個月的殷勤，夫婦兩人知道後，心中暗喜。現在他們卻突然高興不起來了。他們意識到經濟狀況的改變已經在他們的女兒和兩個小工匠之間畫了一道社會地位的鴻溝。兩個女兒如今可以往高處走了。

不錯，一定要往高處走。她們一定要嫁給律師或者商人，甚至比這些還要高貴的人。老爸和老媽操著心呢，絕不能讓她們下嫁給這些小工匠。

可是，這些念頭和設想都藏在心裡，沒有擺到桌面上來，因此也沒有給慶祝活動罩上陰影。他們表現出來的是志得意滿的矜持和高傲以及氣度不凡的派頭和從容的舉止，這些都讓客人們發出由衷的讚嘆，感到十分吃驚。每個人都察覺了這一點，大家議論紛紛，但是沒人知道其中的秘密。

這裡面有非同尋常的神秘之處。有人隨口說了兩句，沒想卻是歪打正著：「他們就像是發了橫財似的。」

一點不錯，他們完全猜對了。

絕大多數母親都會按照慣例包辦兒女的婚姻，她們教誨各自的女兒，講一通莫測高深卻又不著邊際的大道理——但常常事與願違，只會把女兒們訓得哭泣不止，引起她們內心的反感。如果這些母親還要教訓那些小工匠不要再打女兒的主意，就會把事情弄得更糟。然而，這位母親卻與眾不同。她很聰明。她既沒有教訓那兩個年輕人，也沒有對其他人提及此事，只告訴了薩利一個人。薩利聽完了表示理解，不光理解，還讚不絕口。他說：

「我明白你的意思。當然不能當面給這些貨色挑毛病，這樣不考慮場合會傷害彼此的感情，無法繼續做買賣。你不用加價，只需要把貨物的成色提上去，順其自然就好。艾萊柯，這就叫聰明，實在聰明，絕頂聰明。你想要什麼樣的貨色？選好了沒有？」

沒有，她還沒有選好。他們必須在市場上巡視一遍——他們也這麼做了。他們首先將兩個人提上了議事日程，他們是年輕有爲的律師布萊迪什和牙醫福爾頓。薩利打算請他們來吃飯。艾萊柯說請當然要請，但不是馬上就請，這事不急。我們平時留意這兩個小夥子，等等看。如此重要的大事，需要慢慢來才不會有閃失。

事實再次證明艾萊柯這一次很有先見之明。因爲在三個星期之內，她從股市中大賺特賺，她想像中的那十萬塊錢又變成了足足四十萬塊。那天晚上，他們歡天喜地，簡直像騰雲駕霧一般。

吃晚飯的時候，他們破天荒地上了香檳。其實並不是真的香檳，而是運用了充分的想像力弄假成真了。這本是薩利提議的，可艾萊柯心一軟就答應了。兩個人心裡都惴惴不安，羞愧難當，因爲薩利是戒酒會的積極分子，參加葬禮時，他總穿著戒酒會的罩衣，連狗都不敢多瞧他一眼[4]。他立場堅定，始終堅持自己的主張。

艾萊柯是基督教婦女戒酒會的會員，她也擁有該會會員堅定的意志與聖潔非凡的品德。然而時過境遷，炫耀財富的心理佔據了優勢。他們的生活再次證明了一條可悲的真理，這條真理已經被世人反覆證明：儘管信念是抵禦浮華墮落傷風敗俗的強大而崇高的力量，但是它卻不足以對抗貧窮。何況他們擁有了四十萬塊錢的財富呢！

他們重新審議女兒的婚事。這一次牙醫和律師都不在挑選之列了，他們不夠資格了。他們考慮了肉類罐頭食品批發商的兒子和鎮上銀行家的兒子。可是和以往一樣，他們最終的結論仍然是：再等等，再考慮考慮，走一步，看一步，力求萬無一失。

他們的運氣又來了。密切關注市場走勢的艾萊柯看準了一個絕好的冒險機會，大膽地炒了一把股票，然後是一段戰戰兢兢、疑慮重重、忐忑不安的時光，假如失敗，那就傾家蕩產

4.在美國俚語中常用「快樂的狗」替代喝醉的酒鬼。

了。後來終於有了結果，艾萊柯激動得語無倫次，說話的聲音都走了調：

「不用再提心吊膽了，薩利——咱們已經有整整一百萬了！」

薩利感激涕零地說：

「哦，艾萊柯，你是個奇才，是我的寶貝，現在咱們終於自由了，咱們財源滾滾，再也不用算計著過日子了。這一回可以喝克利戈[5]名酒了！」

他一狠心拿出一品脫樹葉子酒，一邊喝，一邊說「真他媽的不便宜」，她歡喜得眼睛都濕潤了，用恨鐵不成鋼的眼神溫柔地責備他。

豬肉批發商的兒子和銀行老闆的兒子也被東之高閣了，然後又開始考慮州長和眾議員的公子了。

六

如果繼續列舉福斯特家虛無財產飛速增長的細枝末節，就太無聊乏味了。這個過程確實不可思議，令人眼花繚亂，頭暈目眩。隨便什麼東西，艾萊柯都能點石成金，耀眼的財富越來越多，似乎永無止境。無數的財富奔湧進來，強大的財源仍然洶湧澎湃，巨大的數目依然不斷刷新，五百萬——一千萬——兩千萬——三千萬——難道就這樣永無止境了嗎？

兩年的時光在他們狂熱而執著地追求中匆匆而過，如癡如醉的福斯特夫婦幾乎沒有留意

5. 一種香檳酒的牌子，因為普魯士國王弗雷德里克・威廉四世所嗜好，故一家英國雜誌給這種酒取名為「克利戈」。

到時間的飛逝。如今他們的財富已達三億。全國各大財團的董事會裡，他們都有一席之地。而且隨著時間的推移，財富還在不斷地往上漲，一次一百萬，一次一千萬，幾乎是隨心所欲，迅速地湧過來。很快那三億翻了一番——又翻了一番——再翻一番。

數目已達到驚人的二十四億了！

慢慢地，他們的帳目有了些混亂。有必要把股票的帳目清一清，理理頭緒了。這一點福斯特夫婦懂得，也感覺出來了。他們意識到這項工作勢必不可少；同時，他們也懂得，想要做好這項工作，就要有始有終，一旦開始就不能中途停止。這項工作需要十個鐘頭。可是，他們哪有連續十個鐘頭的閒置時間呢？薩利一天到晚忙著賣別針，賣糖，賣印花布，每天不變；艾萊柯一天到晚忙著做飯、洗碗、打掃屋子、疊被鋪床，天天如此，沒人幫她幹家務，因爲兩個女兒都在養尊處優準備進入上流社會呢。

福斯特夫婦知道有辦法能騰出十個鐘頭來，這是唯一的辦法。可是夫婦倆人都羞於啓齒，都想等著對方先開口。最後，薩利終於開口了：

「總要有人讓步，那就由我來吧。既然我已經動了這個念頭，那就不妨把它大聲說出來。」

艾萊柯臉紅了，不過她很感激丈夫。他們沒有再說下去，就決定破戒了。這個辦法就是違反安息日[6]不幹活的規矩。因爲只有這樣，他們才有連續十個鐘頭的時間。這只不過是在墮落的道路上又向前走了一步，其他的墮落行爲會接踵而至。巨額財富的誘惑力是可怕的，足

6. 猶太教將星期六作為安息日，而基督徒則以星期日為安息日，在安息日不可以工作，而應專心禮拜上帝。

以攻破修煉不深者的道德防線。

他們拉上窗簾，不守安息日的規矩了。經過艱苦的工作，仔細檢查了一下他們的股權，開列了清單。一長串大名鼎鼎的公司真嚇人啊！包括鐵路系統、汽船公司、標準石油公司、遠洋電報公司、微音電報公司以及其他許多企業，甚至克朗代克金礦、德比爾斯鑽石礦、塔馬尼貪財公司[7]和郵政部的曖昧特權。

二十四億資本，全都穩穩當當地投在績優股上，財源穩定，穩賺不賠。每年的收入達到了一億兩千萬。艾萊柯輕鬆愉快地長舒一口氣，然後說：

「夠了嗎？」

「足夠了，艾萊柯。」

「那咱們怎麼辦呢？」

「就此打住。」

「洗手不幹了？」

「說得對。」

「我同意。這件好事幹完了，咱們該好好休息休息，花錢享受了。」

「太好了，艾萊柯！」

「怎麼樣，親愛的？」

7. 當時一家由民主黨人成立的組織，貪污受賄十分嚴重，故此詞已成為政治腐敗的代名詞。

「這些收入咱們能花多少？」

「全都能花。」

看起來，她丈夫好像有一塊石頭落了地。他一句話也沒說，他已經樂得說不出話來了。一旦發現了這個訣竅，從此以後，他們就不再遵守安息日的老規矩了。每週日晨禱以後，他們整整一天都用來編排——編排花錢的門道。這種美妙的消費活動總是持續到午夜過後。每次揮霍之後，艾萊柯都會慷慨地拿出幾百萬，捐贈給知名慈善機構和教會產業。

薩利也出手闊綽，在某些項目上一擲千金。剛開始他還給這些項目分別冠以固定的名稱，這只是剛開始的時候，但後來這些項目逐漸失去了鮮明的輪廓，最終被歸入了「雜項類」，全都變成不清不白的名目了——這樣做倒是安全，因為薩利已經開始胡鬧了，使用這些數以百萬計的鉅款來購買日常必需品——蠟燭，這是一個嚴肅而極為棘手的問題。

艾萊柯曾為此發愁，但很快問題就解決了，因為發愁的根源已經不復存在。她也曾痛苦過，悔恨過，害臊過，不過她最終保持了沉默，成了一個同謀，薩利開始偷蠟燭了，從商店往回偷。

事情從來都是這樣，巨額財富對窮人是一劑烈性毒藥，會連皮帶骨地吞噬他的良心。福斯特夫婦貧窮的時候，絕不會動手偷蠟燭，可是，現在他們的舉動——我們先不涉及這個問題。從蠟燭到蘋果只有一步之遙：薩利開始偷蘋果，後來是肥皂，接著是蜂蜜，再往後是罐頭、陶器。只要我們一開始走下坡路，那是多麼容易越變越壞啊！

與此同時，福斯特夫婦驚天動地的財富積累進程中，又有了其他里程碑式的標誌，那棟虛構的磚樓換成了一幢由花崗岩造的有棋盤格子複式屋頂的建築。後來，這幢房子也沒有了，讓位給一幢更加氣派的豪宅——依此類推，一幢又一幢建在想像中的豪宅拔地而起，一幢比一幢更高，更寬敞，更豪華，然後又一幢接著一幢地無影無蹤了。

一直到後來在他們慶祝的日子裡，我們隨他們的夢境住進了一座宮殿般的豪宅，這是一棟山頂建築，四周樹木蘢蔥，從宮殿可以俯瞰山谷、河流以及雲霧繚繞的層巒疊嶂——這都是絕對私產，都歸兩位幻想者所有。宮殿裡僕從如雲，個個穿著制服，來自世界各大都市的名流權貴濟濟一堂，談笑風生。

這座宮殿在很遠的地方，遠在天邊，迎著初升的太陽，似乎遙不可及，恍如隔世。它建在羅德島的新港，那裡是上流社會的聖地，美國顯貴們的酒池肉林。按照慣例，每逢安息日晨禱過後，他們都會在這所豪宅裡消磨一部分時光，其他時間則在環遊歐洲的旅途上，或者在悠閒宜人的私人遊艇上。每星期在湖濱鎮寒酸的角落裡熬過卑微乏味的六天以後，第七天就可以虛空夢遊，浮想聯翩——這已經成了他們固定的生活習慣了。

在處處受到制約的現實生活中，他們仍然像以往那樣——艱難度日、克勤克儉、小心翼翼、腳踏實地。他們一直對長老會的小教堂虔誠禮拜，誠心誠意地爲教會做事，全心全意地恪守神聖而嚴厲的教規。可是在他們虛幻的生活中，他們卻追隨著幻想的誘惑，從不計較這幻想的性質和變化。

艾萊柯的幻想還算實際，而薩利的幻想卻已經亂了套。艾萊柯在她的虛幻生活中，先是信主教派，因爲這個教派的頭面人物都有顯赫的身分；然後改信高教派，因爲那裡的蠟燭點得多，場面比較講究；後來，她又皈依羅馬天主教教會，因為他們有紅衣主教，蠟燭點得更多。可是艾萊柯的這些追求在薩利看來是毫無意義的，他的幻想生活是一幅熱情奔放、永無止境的激動人心的畫面，這個千變萬化的過程，保證了每一個場景都新鮮活潑、光彩照人，連宗教活動也是如此。他不斷地參加各種宗教活動，像換襯衫似的變換花樣。

從福斯特夫婦發跡開始，他們就出手闊綽，隨著財富逐漸增加，他們也更加慷慨。不久，他們簡直是揮金如土了，艾萊柯每週都要建一到兩所大學，另加一到兩所醫院，包括羅頓[8]的一家醫院和一批小教堂。偶爾也會建一座大教堂。有一次，薩利不合時宜、不加考慮地開了一句玩笑，他說：「要不是天冷，她已經送走一船傳教士，去點化冥頑不靈的中國人拿二十四K純金的儒教換成假造的基督教了。」

這句粗魯無情的話傷透了艾萊柯的心，她哭著跑開了。此情此景讓薩利心焦如焚，他非常後悔，恨不得能夠收回那句話。可是她一句責備的話都沒說——這更讓他心如刀絞。她沒有要求薩利反省——她本來可以劈頭蓋臉羞辱薩利一頓的，但她那寬容大度的沉默已經報復了薩利，讓他自慚形穢，喚醒了他自己一連串醜惡的回憶。過去幾年揮金如土的生活他是如何度過的，這些場景一一展現在他的眼前。

他坐在那裡越是反省，越覺得羞愧難當。看看妻子的生活——多麼美好，光明正大。對比他自己的生活——何等輕浮，充滿了無聊的虛榮心，何等自私，何等空虛，何等卑劣啊！再看

8. 以英國社會改革家羅頓勛爵命名的救濟窮人的場所。

看它的傾向——從來沒有上進心，只有墮落，不斷的墮落！

他把妻子的生活歷程和自己的生活歷程做了一番比較，找到了自己和妻子的差距——於是他又陷入了沉思——天呀！他還有什麼可辯解的呢？當她建造第一座教堂的時候，他幹嘛去了？糾集了一幫花天酒地、玩膩了的百萬富翁湊了一個牌局，在自己的宅子裡紙醉金迷，一局輸掉幾十萬，還傻呵呵地爲爭一個冤大頭的美名而沾沾自喜呢。當她造第一所大學的時候，他幹嘛去了？他正和一個「相公」鬼混，作踐自己呢。他還跟那些放浪形骸、除了錢以外一無所有的花花公子爲伍，沉迷於聲色犬馬而不自省。當她籌建第一間育嬰堂的時候，他幹嘛去了？唉！當她籌備那個高尚的女性純潔會的時候，他又在幹嘛？

啊，真是的！當她和基督教婦女戒酒會、女性組酒隊以不折不撓的精神展開運動，清除那些害人的酒瓶酒罐時，他幹嘛去了？他正醉得一塌糊塗。當她捐造了一百座大教堂後，受到羅馬教皇的感謝和歡迎，並且由教皇親手向她頒發了她當之無愧的金玫瑰勳章[9]的時候，他又幹嘛去了？在蒙德卡羅搶劫銀行呢！他不得不停下來。他實在想不下去了。其他的醜行劣跡更是讓人不寒而慄。他站起身來，鼓足勇氣想說實話，讓這段見不得人的生活曝光，坦白承認一切。他再也不能過這種人不人、鬼不鬼的日子了。他要去對她講清楚。

他說到做到，他對她坦白了一切，然後在她的懷裡哭了起來，一面哭，一面呻吟，不斷地乞求她的原諒。聽到他的坦白，艾萊柯極爲震驚，幾乎精神崩潰，不過畢竟他是她的親

9. 金質飾物，四旬齋時教皇會贈送給信奉天主教的各國君王等知名人士。

人，她的心肝寶貝，她的幸福源泉，是她的一切。無論他有什麼樣的要求，她都無法拒絕，於是他得到了她的寬恕。她覺得從今以後他會蛻變成另一個人。她明白，他只能懊悔，而不能改過自新。然而，就算他如此道德敗壞、腐朽墮落，難道他不是她的親人、心上人、崇拜的偶像了嗎？她嫁雞隨雞，嫁狗隨狗，然後她就敞開自己那扇思念的心扉，徹徹底底地原諒了他。

七

這件事過後不久，在一個星期天下午，他們乘著夢想中的遊艇在夏日的海面上遊玩，悠閒自在地斜倚在後甲板的天篷底下享受日光。倆人都沉默著，都在想著自己的心事。這些日子以來，這種沉默不知不覺地多了起來，最近更加常見。以前的親密和真誠正在衰退。

薩利那次坦白種下了惡果，艾萊柯費了好大勁想從腦海裡驅走那可怕的記憶，可它就是不走，這種記憶的恥辱和苦澀玷污了她溫馨的幻想生活。如今她看得出來，她的丈夫每到週日就變成了一個放蕩不羈、令人生厭的傢伙。可是她呢——難道她自己就無可指責了嗎？唉，她明白事實並非如此。她也有件事瞞著他，這是不忠誠的行爲，爲此，她整日心事重重，惴惴不安。

她違反了他們之間的約定，並且把他蒙在鼓裡。在強烈的誘惑下，她又做起了生意：她押上了他們全部的財產，買進了這個國家所有的鐵路、煤礦和鋼鐵企業，現在一到安息日，她就焦慮恐懼，唯恐一不留神，洩露隻字片言，讓他察覺。由於做了這件對不住丈夫的事，她既痛苦，又懊悔，不由自主地對丈夫憐憫有加。看到他躺在那兒，喝得爛醉如泥，她的心中就充滿了悔恨。他毫不懷疑——全心全意、毫無保留地信賴她，可頭上卻高懸著一盆可能傾家蕩產的禍水，這禍水就是她放的。

「嘿——艾萊柯？」

薩利突如其來的一句話一下子驚醒了她。她從心中擺脫了那件煩心事，覺得很高興，就用往日那種甜蜜的嗓音答道：

「什麼事啊，親愛的。」

「你知道嗎，艾萊柯，我覺得咱們犯了個錯誤——這可是你的錯。我指的是女兒的婚事。」他坐了起來，挺著肥肥的青蛙肚，慈眉善目，真像一尊銅佛。他的口氣鄭重起來了。

「想想吧——五年多了。你還是墨守成規，一成不變，只要賺一筆，擇婿的檔次就提高一檔，每到我琢磨著要舉行婚禮的時候，你的眼光又高了，讓我一回回地失望。我覺得你也太難伺候了，總有一天咱們得落個高不成低不就。頭一次，咱們把牙醫和律師去掉了。也罷——我也同意，接著咱們否定了銀行老闆和豬肉批發商的兒子，這也由他去——甩得有道理。再往後，咱們又沒看上眾議員和州長家的公子——我承認這也沒有什麼不妥。接下來是參議員和合眾國副總統的公子——也有道理，因爲這種芝麻官也做不了多久。後來你就打算找個貴族，我記得當時咱們家的油田終於出油了——對！咱們要在四百家大戶[10]裡篩選一遍，網羅一些門第

10. 紐約上層名流，典出美國著名律師麥卡利斯特的一句話：「紐約的上層社會中大約只有四百人是大人物。」

顯赫、出身不凡的世家貴冑，這些血統純正的家族已經有一百五十年的歷史了，具備大家風範，一百年前就沒有了祖先身上的鹹魚和老羊皮襖的味道，從那以後就整天坐享其成，養尊處優。到時候了！該舉行婚禮了吧？當然！可是不成，從歐洲來了兩個貨真價實的貴族，你馬上讓煮了半熟的鴨子飛了。

「艾萊柯，這可太讓人掃興了！從那以後，又是一長串的等待，你否定了兩個二等男爵，換成兩個男爵；然後甩掉了這兩個男爵，換成了兩個子爵；子爵換成伯爵；伯爵換成侯爵；侯爵再換成公爵。艾萊柯，現在總該舉行婚禮了吧！——這把牌你已經打到頭了，你又在這四個公爵裡挑三揀四，他們來自不同國家，個個都聲名遠播，而且血統高貴，譜系清楚，而且個個都破了產，背了一屁股債，雖然他們要價不低，可咱們能出得起呀。好了，艾萊柯，別再拖了，別再猶豫不決了，把一副牌都攤開，讓女兒們自個兒挑吧！」

在薩利對艾萊柯的婚姻戰略大張撻伐的過程中，她一直面帶溫柔而沉穩的笑容。她的眼裡閃出一絲愉快的光芒，那似乎是獲勝時流露出的欣慰的詫異。她用盡可能平靜的語氣說：

「薩利，要不，咱們就找個——找個王族吧？」

太妙了！這可憐的人一下子昏了頭，跌倒在船側的龍骨板上，小腿被鋼架擦破了一層皮。好一陣子，他都兩眼直冒金星，後來清醒了，才一瘸一拐地走過去坐在妻子身邊。他那雙朦朦朧朧的眼睛，向妻子傾訴著當年的那種讚美和愛意。

「老天爺！」他激動不已地說，「艾萊柯，你真棒——你是全世界最棒的女人！你真是高深莫測，我服了。我一直以為有資格對你的規劃指手畫腳，現在才明白，就我還指手畫腳呢?!

假如我立刻閉嘴細想，就能明白你的錦囊妙計了。親愛的，我總是這麼毛手毛腳，沉不住氣——給我講講你的計畫吧！」

這個受了奉承、揚揚得意的女人神秘地湊到他的耳邊，輕聲地說了一個王子的名字。聽到這個名字，他屏住呼吸，臉上放出奇異的光彩。

「天哪！」他說，「你真有眼光！他擁有一家賭場，還管理著一塊墓地，一個主教和一座教堂——這些全都是他自己的產業，全都穩賺百分之五百，他的股票也無可挑剔，他這份產業是全歐洲最靠得住的，那塊墓地——在全世界也是獨一無二：除了自殺的，其他死者謝絕入內。真的，再說，免費埋葬經常都不實行，那個公國雖然不大，不過也夠用了：墓地裡面有八百英畝，周邊有四十二英畝，這是個君主國——這一點至關重要，至於土地大小倒是無所謂。要光是貪圖地盤的話，那就去撒哈拉大沙漠吧。」

艾萊柯心潮澎湃，她高興極了。她說：

「你想想，薩利——這個家族從來沒有跟歐洲王族之外的人通過婚，咱們的外孫子以後就是國王了！」

「千真萬確，艾萊柯——他會手握權杖，外孫拿著權杖隨隨便便，根本不放在眼裡，就像我拿著一把尺一樣。艾萊柯，你真是獨具慧眼，他已經攥在你手心裡了，是不是？他跑不了吧？不會有什麼意外吧？」

「當然。你就等好消息吧。他不是一份債務，而是一筆資產；另外那個也一樣。」

「另一個是誰，艾萊柯？」

「是西基斯蒙德—西格弗里德—勞恩費爾德—丁克爾斯皮爾—施瓦岑伯格—布魯特沃斯特殿下，也就是卡普雅默世襲大公。」

「怎麼可能？你是開玩笑吧！」

「千真萬確，絕無虛言。」她答道。

他大喜過望，狂喜地把她摟在懷裡，說：

「真是太神奇、太不可思議了！這是三百六十四個古日爾曼諸侯國中歷史最悠久、地位最尊貴的一個，也是俾斯麥[11]取消割據後少數幾個允許保留族產的王室之一。我知道那個莊園，我去過那兒，莊園裡有一個製繩作坊，一個蠟燭廠和一支軍隊，那是一支常備軍，步兵騎兵都有。有三個士兵，一匹馬。艾萊柯，咱們漫長的等待過程中既有傷心也有希望，但上蒼有眼，我現在真高興。我必須要感謝你，親愛的，這都是你的功勞。日子選好了嗎？」

「下個週日。」

「太好了。咱們要把這兩樁婚事按照最時興的盛典規矩來辦，同時要符合男方王室家族的身分；據我所知，只有一種婚姻才是王族的最高榮譽，也只有王室才能享受這種榮譽，那就是與民女聯姻[12]。」

---

11. 十九世紀著名政治家，曾任普魯士王國首相和德意志帝國宰相，因其推行「鐵血政策」，又被稱為「鐵血宰相」。

12. 薩利誤解了這個短語的意思，以為對女方家庭是一種榮耀，其實這個短語是指，若王子或貴族與平民結婚，妻子必須保持較低的地位，其子女也不能承襲父親的世襲頭銜和財產。

「幹嘛要這樣說呢，薩利？」

「不知道，不管怎樣，這是王室的做派，只有王室才配擁有這樣的權利。」

「那咱們就照章辦事，而且——我還非要這樣辦不可，與民女聯姻就要按聯姻的排場操辦，否則就別結婚。」

「一言爲定！」薩利一邊說，一邊高興得摩拳擦掌，「這在美國可是前無古人，後無來者啊。艾萊柯，這場婚禮肯定會讓新港那兒的人忌妒不已。」

然後他們又陷入沉默，幻想的翅膀飄然而飛，飛向全球的各個角落，邀請所有的王公貴族和他們的家人，並且白送他們的旅費，要他們來參加婚禮。

八

這對夫婦過了三天騰雲駕霧的日子，他們對周圍的一切只有模模糊糊的意識，所見的所有東西都是隱隱約約的影子，就像在上面罩了一些薄紗。他們沉溺於幻想之中，常常聽不懂別人說的話，回答自然也是顛三倒四，驢頭不對馬嘴。薩利白天在商場賣蜜用秤稱，賣糖用尺量，顧客要蠟燭，卻給人家肥皂；艾萊柯把貓放到盆裡洗，把牛奶倒在髒衣服上。大家對這些驚愕不已，嘰嘰喳喳地到處議論：「福斯特夫婦究竟怎麼啦？」

三天以後出現了驚人的事情。事態出現了好的轉機，在四十八小時內，艾萊柯想像中的投機生意的行情一直在上漲，上漲——上漲——繼續上漲！超出了成本價。繼續上漲——漲——漲！超出成本價五個點了——十個點——十五個點——二十個點！

這筆巨額投機生意已經獲得了二十個點的淨利，艾萊柯想像中的經紀人從遠方聲嘶力竭地喊著：「抛吧！抛吧！看在上帝的分兒上，趕快抛掉！」

她把這個驚人的消息透露給薩利，薩利也說：「抛吧！抛——現在可別錯過機會，現在你已經是全球首富了！——抛！抛！」然而，她憑藉鋼鐵意志繼續長驅直入，她說，她要放手一搏，讓它再漲五個點。

這是一個不幸的決策。就在第二天股市出現了歷史性暴跌，創紀錄的暴跌，摧毀性的暴跌。這一下華爾街徹底垮臺了，所有金籌股[13]在五小時之內暴跌了九十五點，有人看見億萬富翁在包華利大道[14]討飯。可艾萊柯仍然持股觀望，能堅持多久，就堅持多久。可是，最後等來的是令她徹底絕望的電話，她想像中的經紀人出賣了她。

直到這個時候，她身上的男子氣概才煙消雲散，又恢復了女人的本來面目。她摟著丈夫的脖子哭訴：

「都是我的錯，我無法乞求你的原諒，我實在受不了了。咱們是窮光蛋了！窮光蛋，我的命真苦啊。婚禮慶典也無法進行了，全都完了，現在咱們連個牙醫都買不起了。」

尖酸刻薄的話一股腦地湧到了薩利的嘴邊，他想說：「我求你抛，可是你——」可他始終沒有說出口，他不想在追悔莫及的艾萊柯那顆破碎的心上再捅一刀。他想安慰他的妻子，說：

13. 被大家認為極度可靠的股票。
14. 位於紐約貧民區附近的一條街道，佩有眾多廉價酒吧、旅舍。

「艾萊柯，挺住，還沒有全完呢，我叔叔的遺產你並沒有真的拿去投資，你投的是那筆錢無形的未來收益，咱們賠了的只是你用舉世無雙的金融頭腦和判斷力，憑藉那筆未來收益獲得的增值部分。振作起來，別再想這些，咱們還有三萬塊錢沒有動，可以肯定，憑你的經驗，在兩年之內用那筆錢你可以創造更多的財富！那兩樁婚事吹不了，只是被延期了。」

這些安慰的話句句在理，艾萊柯聽進去了，精神也爲之一振，她的眼淚止住了，重新煥發出勃勃生機。她眼裡閃著希望的光芒，心中充滿感激之情，舉手發誓，展望未來，她說：

「現在我宣布——」

可是她的話被一位客人打斷了。原來，來人是《薩加摩爾週報》的編輯兼老闆。他碰巧到湖濱鎮來探望即將走完人生旅途的祖母。除了這樁令人傷心的事情，他還想順便辦另一件事，因此來拜訪福斯特夫婦。因爲這對夫婦過去幾年過於專注於其他事務，忘了支付報錢。欠款一共是六塊錢。

再沒有比這位客人更受歡迎的了，他一定熟悉提爾伯里，他可能知道他什麼時候進棺材。當然了，他們不能這樣直接問，因爲那會觸犯遺囑規定，不過他們可以繞著圈子打聽，希望能有結果。

可是，這個計謀沒有奏效，因爲那位木頭編輯根本不知道他們的意思，可是後來居然在無意中如願以償了。那位編輯說著說著，就打起比方來，說：

「上帝啊，就像提爾伯里．福斯特那麼難纏！——這是我們那兒的一句俗話。」

這句話突如其來，把福斯特夫婦嚇了一跳。編輯看見了，抱歉地說：

「對不起，這句話並無惡意。就是隨便說說，你們知道，只是一句玩笑而已——沒什麼特別的意思。他是你們的親戚嗎？」

薩利壓下心頭迫不及待地渴望，極力不動聲色地回答：

「我們——這個，我們不認識他，只是聽說過。」

編輯鬆了口氣，恢復了鎮定。

薩利又問了一句：「他——他——還好吧？」

「他好？嘿，不瞞您說，他五年前就進棺材了。」

福斯特夫婦渾身都因爲傷心而發抖，不過他們自己的感覺倒像是高興。

薩利用一種無關痛癢的口氣試探著問：

「哦，是嗎？人一輩子就是這樣，誰也免不了——富翁也難免一死。」

編輯哈哈大笑起來。「這話不能用來形容提爾伯里，」他說，「他身無分文，是全鎮人湊錢爲他舉行的葬禮。」

福斯特夫婦像霜打似的呆坐了兩分鐘，泥塑木雕一般，渾身直冒涼氣。最後，薩利面色蒼白、有氣無力地問道：

「是真的嗎？您說的這是真的？」

「嘿，那當然！我是遺囑執行者之一，他什麼都沒留下，只把一架小推車留給了我，那車還沒有輪子，沒什麼用處，不過也總算是件東西吧，爲了報答他，我給他編了幾句悼詞，可又被別的稿子擠掉了。」

可這時福斯特夫婦根本沒聽進去，他們的心裡堵得滿滿的，什麼也聽不進去，他們垂頭喪氣地坐著，除了心碎，全身沒有別的感覺。過了一個鐘頭，他們仍舊坐在那兒，低垂著頭，一動不動，無聲無息；就連客人離開他們也沒有發覺。

後來他們的身體搖晃了一下，無精打采地抬起頭來，若有所思地相互盯著，心神恍惚，接著又像小孩子似地顛三倒四說胡話。他們常常只說半句話，就不出聲了，看來不是沒意識到，就是想不起該說什麼。

有時候他們從沉默中蘇醒過來，會有一種朦朧的感覺似乎又想起了什麼事，然後，他們帶著無言的關懷，輕輕拉住彼此的手，表達相互的同情和支持，好像是說：「我就在你身旁，我不會丟下你，咱們一起承受，總會解脫出來，忘了這些，總有一塊墓地可以安息，忍著吧，用不了多久。」

他們繼續活了兩年，他們的心在夜晚備受折磨，總是冥思苦想，沉浸在悔恨與痛苦的混亂之中。後來，他們兩人在同一天得到了解脫。

臨終之際，薩利萬念俱灰的心頭籠罩著的黑暗消散了一會兒，這時他說：

「飛來的不義之財是禍端，對我們沒好處，火紅的日子不會長久，爲了這個，我們把甜甜蜜蜜、和和美美的小日子都丟了——別人可別再跟我們學了。」

他閉上眼睛靜靜地躺著，死亡的陰影漸漸籠罩了他，他的腦子漸漸失去了知覺，這時候他發出喃喃的囈語：

「金錢帶給他痛苦，他卻報復在我們身上，我們跟他無冤無仇啊。現在他遂了心願，他用卑鄙而狡猾的詭計，說給我們留三萬塊錢，他知道我們會想方設法地賺更多，這樣一來就會毀了我們的生活，傷透我們的心。他本來可以再多留點兒，多得讓我們不再想去賺更多，他本可以這樣的。心眼兒好一點兒的都會這麼做。可他小肚雞腸，沒有同情心，沒有——」

經典新版世界名著：3

百萬英鎊【全新譯校】

作者：〔美〕馬克・吐溫
譯者：曹潤雨
發行人：陳曉林
出版所：風雲時代出版股份有限公司
地址：10576台北市民生東路五段178號7樓之3
電話：(02) 2756-0949
傳真：(02) 2765-3799
執行主編：朱墨菲
美術設計：吳宗潔
行銷企劃：林安莉
業務總監：張瑋鳳

初版日期：2019年3月
版權授權：鄭紅峰
ISBN：978-986-352-672-8

風雲書網：http://www.eastbooks.com.tw
官方部落格：http://eastbooks.pixnet.net/blog
Facebook：http://www.facebook.com/h7560949
E-mail：h7560949@ms15.hinet.net
劃撥帳號：12043291
戶名：風雲時代出版股份有限公司

風雲發行所：33373桃園市龜山區公西村2鄰復興街304巷96號
電話：(03) 318-1378
傳真：(03) 318-1378
法律顧問：永然法律事務所 李永然律師
　　　　　北辰著作權事務所 蕭雄淋律師

行政院新聞局局版台業字第3595號 營利事業統一編號22759935

定價：380元

國家圖書館出版品預行編目資料

百萬英鎊 / 馬克・吐溫著. -- 初版. -- 臺北市：風雲時代, 2019.02　冊；　公分

ISBN 978-986-352-672-8 (平裝)

874.57　　107021017